STAYING *was the* HARDEST PART

RABIA DOĞAN

STAYING *was the* HARDEST PART

CARLSEN

VORBEMERKUNG FÜR DIE LESER*INNEN

Liebe*r Leser*in,
dieser Roman enthält potenziell triggernde Inhalte. Aus diesem Grund befindet sich hier eine Triggerwarnung. Am Romanende findest du eine Themenübersicht, die demzufolge Spoiler für den Roman enthält.
Entscheide bitte für dich selbst, ob du diese Warnung liest. Gehe während des Lesens achtsam mit dir um. Falls du während des Lesens auf Probleme stößt und/oder betroffen bist, bleib damit nicht allein. Wende dich an deine Familie, Freunde oder auch professionelle Hilfestellen.
Wir wünschen dir alles Gute und das bestmögliche Erlebnis beim Lesen dieser besonderen Geschichte.
Rabia und das Carlsen-Team

Für Semra Ertan, die sich öffentlich selbst verbrannte als Protest gegen den deutschen Rassismus. Für alle Menschen, die auf dem Mittelmeer ertrunken sind, weil die lebensgefährliche Flucht weniger beängstigend war als die kriegszerrüttete Heimat. Möge der Ort, an dem ihr jetzt seid, gnädiger, zuvorkommender und liebevoller zu euch sein.

EINS | BİR

Evren

Hätte man mich mit fünfzehn gefragt, wo ich mich mit einundzwanzig sehe, dann hätte ich wahrscheinlich gesagt: auf meinen eigenen Konzerten, vielleicht in einem Vorlesungssaal mit Menschen, die mir einst fremd waren, oder auf dem Weg zu meinem Wunschberuf. Ich hätte mir naiv alles Mögliche ausgemalt, außer einen Sackgassenjob, den ich nicht verlassen kann.

»Evren, kannst du die Bücher einordnen?« Melli ist mit ihren knappen ein Meter fünfzig fast schon zu übersehen, aber ihre Locken und die helle Stimme ziehen jegliche Aufmerksamkeit auf sich. Der mit gestapelten Lehrbüchern überfüllte Bücherwagen reicht ihr bis unter die Brust. Die Klausuren dieses Semesters stehen an, und wie immer leihen Studierende auf die Schnelle Bücher aus, um sie häufig ein paar Tage später ungebraucht zurückzubringen. Wir hatten Fälle, da mussten wir ihnen hinterhertelefonieren. Nicht ich, jedoch die anderen.

Das Metall des Lenkers ist kühl, und die Räder lassen sich erst nach einem Ruck bewegen. Sportlich bin ich noch nie gewesen. Besonders daran erinnert werde ich, wenn ich den Wagen ausräumen und dazu mit ihm durch die halbe Bibliothek wandern muss. Warum sind akademische Bücher auch so schwer?

Als ich die ersten Wälzer in die Abteilung für Philosophie einräume, flucht jemand hinter mir laut genug, dass ich mich umdrehe. Viel zu laut für eine Bibliothek, in der Menschen in Ruhe lernen möchten. Mit zusammengezogenen Brauen werfe ich der Person einen tödlichen Blick zu. Der reicht meistens.

Vor einem Haufen Unterlagen sitzend tippt der junge Mann auf seinem Laptop herum, als würde jede einzelne Taste klemmen, und schüttelt aufgebracht den Kopf. Er merkt, dass ich ihn anstarre, woraufhin ich meine Arme vor der Brust kreuze. Seine Augen werden groß, und er zieht den Kopf ein, bevor er leise weitertippt.

Manchmal muss man nichts sagen – zusammengezogene Augenbrauen und eine wütende Miene reichen aus. Das ist das Schöne am Menschsein. Wir haben gelernt, Gesichter zu interpretieren, haben die Grundbausteine dafür in die Wiege gelegt bekommen.

Meine Armbanduhr verrät mir, dass ich in wenigen Minuten Schluss habe. Eigentlich sollte ich nach Hause gehen und etwas kochen, aber dort ist es oft stiller als in der Bibliothek. Mit quietschenden Rädern verschwinde ich in Richtung Rezeption, um den Wagen dort abzustellen. Die Universitätsleitung hat uns spätestens Ende dieses Semesters neue versprochen, doch bis jetzt ist nichts passiert, und es sind nur noch wenige Wochen vom Halbjahr übrig. Es ist wie immer ein Spiel der Geduld.

»Waren das alle Philosophiebücher, die abgegeben wurden?« Melli rümpft die Nase und nimmt den Wagen an sich.

Ich nicke halbherzig. Es sind jedes Mal die gleichen Studiengänge, die innerhalb kurzer Zeit viel lesen müssen. Andere Besucher sehen die Bibliothek als ästhetischen Fotohintergrund, was ich ihnen nicht verübeln kann. Die Philologische Bibliothek ist mit ihren langen, abgerundeten Etagen futuristisch genug für aufmerksamkeitserregende Bilder in den sozialen Medien. Jeder Lernbereich ist mit einer eigenen Lampe und Steckdose ausgestattet und bietet einen ordentlichen Arbeitsplatz, an dem man sich weniger leicht ablenken lässt als im eigenen Zimmer.

»Bleibst du noch hier, oder fährst du schon nach Hause?« Mit Melda, die alle Melli nennen, arbeite ich schon seit einem Jahr zusammen. Sie ist eine der wenigen, die versuchen, sich mit mir anzufreunden. Dass es etwas einseitig verläuft, ist meine Schuld. Es gibt nicht viele Jobs, die mein Schweigen akzeptieren. Wenn man in einem Café bedient, muss man mit Kunden sprechen. An der Kasse muss man den Preis nennen und Menschen einen schönen Tag wünschen. Als Lehrerin, Psychotherapeutin, Ingenieurin muss man sprechen. Es ist schwer, Geld zu verdienen, wenn man nicht redet – egal wie sehr man es braucht. Aber Melli stellt keine Erwartungen an mich.

Ich hebe meinen Zeigefinger, und sie versteht sofort, dass ich auf der höchsten Etage am letzten Tisch sitzen möchte, um ein Buch zu lesen. Ihr Lächeln gräbt sich in mein Herz, und mit meinem Finger sinkt auch meine Laune. In diesen Momenten würde ich alles lieber tun, als zu schweigen. Die Wörter rollen mir aber nicht von der Zunge. Sie bleiben zwischen meinen verwirrenden Gedanken und meinem verklebten Rachen stecken.

Onur hätte mich dafür gescholten. Er hätte mich in Meldas Richtung geschubst und mich gezwungen, etwas zu sagen. Seine Offenheit hat mich geprägt, dafür gesorgt, dass ich nie allein war und meine Ängste überwunden habe. Mit ihm ist mein Mut verschwunden. Verblasst wie seine Stimme, an die mich nur seine letzte Sprachnachricht erinnert.

Ich kann nicht mehr, Evren. Ich habe genug, und ich weiß nicht einmal mehr, ob es mir überhaupt leidtut, dich allein zu lassen. Küss Azra von mir. Seni seviyorum.

Meine Tasche lasse ich im Pausenraum und nehme nur mein Buch mit nach oben. Die Treppen sind mit grauem Teppich belegt und dämpfen die Geräusche meiner Stiefel. Die meisten der Studierenden verteilen sich auf den unteren Ebenen, sodass mich Leere willkommen heißt. Wie so oft.

Das stört mich nicht – ich lasse mich auf meinen üblichen Platz fallen und lehne mich gegen die Wand neben mir. Das ist das Gute an den letzten Tischen auf beiden Seiten. Ich hole das dünne Buch hervor, das ich vor ein paar Tagen angefangen habe zu lesen, und blättere auf die richtige Seite. Es geht um intersektionalen Feminismus und welche Rolle Schwarze Frauen darin gespielt haben, ihn voranzutreiben. Das Ende ist nicht mehr weit. Umso nerviger ist es, dass ich meine Textmarker vergessen habe. Wichtige Informationen muss ich jetzt also mit Eselsohren markieren.

»Darf ich mich setzen?«

Ich schaue nicht auf, bis sich jemand auf den Stuhl neben mir niederlässt und einen durchsichtigen Bibliothekskorb auf den Tisch knallt. Die Deckenlampen beleuchten die lange Reihe der Tische hinter dem Typen, die unbesetzt ist. Warum muss er mir auf die Pelle rücken, wenn genug Stühle frei sind?

»Keine Antwort nehme ich als ein Ja.« Das Lächeln auf seinen Lippen ist selbstgefällig und breitet sich auf dem gesamten Gesicht aus. Der leichte Akzent in seinen Worten macht mich hellhörig. »Ich war zwar noch nie in der Philologischen Bibliothek, aber alle sagen, wie hübsch sie ist. Da musste ich ihr endlich einen Besuch abstatten, bevor ich fertig mit dem Studium bin.«

Seine Augen sind stechend grün und beobachten mich unnachgiebig. Der Wimpernkranz ist umrandet von schwarzer Farbe, die leicht verlaufen ist, und ein silberner Nasenring schmückt seinen rechten Nasenflügel. Er sieht nicht viel älter aus als ich. Vielleicht wenige Jahre.

Er wartet auf eine Antwort, als ich mich von ihm wegdrehe. Eine Antwort, die er nie bekommen wird.

Warum redet er überhaupt mit mir, als wären wir Freunde?

Ein paar gedruckte Blätter gleiten auf den Tisch und dann auf den Boden, nachdem er seinen Laptop aus dem Korb zieht. Ich mache mir nicht die Mühe, sie für ihn aufzuheben. Er hat mich in meinem Lesefluss gestört.

»Du bist nicht wirklich gesprächig, oder?« Ihn scheint meine Apathie nicht sonderlich zu stören. Er grinst noch breiter. Dadurch gräbt sich ein tiefes Grübchen in seine linke Wange, das mich stocken lässt. Unwillkürlich greife ich nach meinem Handy, dessen Powerknopf ich drücke. Der Schweiß in meinem Nacken ist eiskalt, und mein Herz rast, bis mein Hintergrundbild mich beleuchtet. Onur. Mein Bruder. Er hatte auch Grübchen. Nicht unter dem Wangenknochen, sondern weit oben auf den Wangen. Meine Mutter hat immer gesagt, dass sie ihn besonders machen.

»Okay, du willst nicht reden. Bin ich so abschreckend?«

Verwirrt blinzle ich. Der junge Mann drängt sich in mein Bewusstsein, nimmt mein gesamtes Blickfeld ein. Sein Grübchen ist verschwunden. Und damit auch mein Bruder. In der steilen Falte zwischen seinen Augenbrauen ist Sorge erkennbar, der ich wenig Beachtung schenken kann.

Abrupt stehe ich auf, weshalb der Stuhl unter mir auf den Boden kracht. Bis ich ihn zurück an seinen Platz gerückt habe, lasse ich mein Buch zweimal fallen. Das Papiercover reißt an der oberen Ecke ein. Ich presse es gegen meine Brust und stolpere die Treppen hinunter. Mein Herzschlag pocht so laut in meiner Schläfe, dass ich nicht einmal mitbekomme, was mich Melli fragt, als ich meine Sachen zusammenklaube und meine Jacke über meine Schultern ziehe. Der Schal landet irgendwo in meinem Rucksack. Ich verlasse fluchtartig die Bibliothek.

Es ist schon fünf Jahre her. Warum schaffe ich es nicht, damit klarzukommen?

ZWEI | İKİ

Evren

Die U-Bahn ist um die Zeit völlig leer gefegt. Nur wenige Studierende verteilen sich auf den verschiedenen Sitzen und unterhalten sich. Ihre Worte prallen an meinem Trommelfell ab, zerfallen in eine mir unbekannte Sprache. Eine Sprache, die mich ächtet, die sich über meinen aufgelösten Zustand lustig macht. Ich verdiene es auch – es ist extrem viel Zeit vergangen, und ich lasse mich noch immer von meinen Emotionen leiten. Warum kann ich nicht damit umgehen? Es akzeptieren oder noch besser … vergessen.

Mit zittrigen Fingern fahre ich über mein Gesicht, das von nassen Schlieren bedeckt ist. Das Winterwetter wird von den Türen zurückgehalten und erreicht meinen Körper nicht, trotzdem rauscht eine unbarmherzige Kälte durch mein Inneres.

Der Klingelton meines Handys tönt aus meiner Jackentasche, was ich ignoriere. Ich möchte es nicht herausholen, möchte nicht mein Hintergrundbild sehen, möchte nicht die gebrochene Stimme meiner Mutter hören, die sich seit dem Verschwinden meines Bruders nicht erholt hat. Die noch immer bricht, egal was sie sagt.

Warum tue ich mir das an? Ich hätte das Bild längst ändern können. Was hält mich auf? Habe ich eine masochistische Ader?

Endlich stoppt das Klingeln, wiederholt sich immer und immer wieder in meinen Ohren. Klagend. Als wäre ich schuld an meinen Gefühlen, wenn es doch Onur ist, der mich zurückgelassen hat mit all dem Kummer, den Ängsten und Aufgaben. Einer Mutter, die nicht mehr in ihrem eigenen Bett schlafen kann, sondern Ruhe nur in seinem findet, obwohl sein Geruch verflogen ist. Entflohen durch die undichten Holzfenster, die längst ausgetauscht werden müssten.

Er hat mir das alles angetan. Absichtlich. Und trotzdem leide ich darunter. Muss die Folgen seiner Taten, seines Verschwindens ausbaden. Als wäre es nicht schon schwer genug, *ich* zu sein. Mich und meine Trauer zu ertragen.

»Die Sitze sind zum Sitzen da, nicht für Taschen, junge Dame«, zischt ein hagerer Mann, der seine Hände um die Haltestange geschlungen hat. Ich ziehe meinen Rucksack auf meinen Schoß, während die Tränen noch immer brennen und meine Lungen sich schmerzend zusammenziehen.

»Ich weiß ja nicht, wie das in Ihrer Kultur ist, aber hier weiß man sich zu benehmen.« Es ist ein unheilvolles Raunen, das ich in einer ähnlichen Form oft genug gehört habe. Die Worte des Mannes sind zwar träge, trotzdem sitzen die Stiche tief, als hätte er das nächstbeste Küchenmesser genommen und es mir in Lichtgeschwindigkeit in den Magen gerammt.

Eigentlich müsste ich es gewohnt sein, eigentlich müsste ich es kennen. Solche Worte werden mir schließlich nicht das erste Mal an den Kopf geworfen. Meine Englischlehrerin hat mich mal vor der Klasse gefragt, ob meine Eltern nicht an Sprechtagen teilnehmen, weil sie kein Deutsch können. In Deutschland zeuge man Kinder nicht nur, um sie zu kriegen, man kümmere sich auch um sie. Ich konnte ihr nicht sagen, dass es daran lag, dass sie von morgens bis abends die Arbeit erledigten, für die sich jeder andere zu fein war.

Mein Bruder hat danach wichtige Termine wahrgenommen. Als ich in der siebten Klasse war, ist er mit siebzehn beim Elternsprechtag erschienen und hat mit jedem einzelnen Lehrenden gesprochen. Auf sein Verschwinden wütend zu sein, ist in manchen Momenten herzzerreißend.

Ich blinzle mehrmals, um den Tränen keinen Austritt mehr zu gewähren. Schwäche neben solch einem Menschen zu zeigen, wäre fatal. Es würde ihm gefallen, und das ist das Letzte, was ich mir wünsche. Diese Worte sollten ihm wehtun – vielleicht nicht jetzt, aber später. Die Genugtuung, dass sie bei mir so angekommen sind, wie er sie gemeint hat, will ich ihm nicht geben.

Ich schaue aus dem Fenster und versuche, die Hitze auszublenden, die der Mann neben mir ausstrahlt. Der Kloß in meinem Rachen löst sich langsam.

Die dreißig Minuten nach Hause gleichen Stunden. Als endlich meine Station angekündigt wird, atme ich erleichtert auf. Ich quetsche mich an dem Mann vorbei, der nichts als böse Blicke für mich übrig hat. Nachdem ich ausgestiegen bin, hallen die Schritte der Berliner auf den grauen Fliesen der U-Bahn-Station und in meinen Ohren wider. Draußen auf dem Leopoldplatz herrscht Leben, das mich mit frischer Luft empfängt. So frisch, wie eine Dreimillionenstadt sie zu bieten hat. Menschen tummeln sich auf den Gehwegen, kaufen in den kleinen, alten Supermärkten ein, holen sich eine Packung *baklava*, um den Abend ausklingen zu lassen, oder eilen nach einem langen Arbeitstag nach Hause. Dass ich zur letzten Gruppe gehöre, lassen mich die Blasen an meinen Hacken spüren. Ich hätte heute nicht meine neuen Schuhe anziehen sollen.

Diesem Weg folge ich jeden einzelnen Tag, manchmal sogar samstags. Jedes Mal blicken mir schrille Reklametafeln verschiedener Läden entgegen, und ich lerne Wörter aus Sprachen, die ich immer höre, aber nie entziffern kann. Doch die Farbenfreudigkeit Weddings verschwimmt zu einem undurchdringlichen Grau, wenn ich die Wohnungstür im siebten Stock aufschließe, zu dem kein Aufzug führt.

Außer Atem lasse ich die alte Holztür zurück ins Schloss fallen und schließe sie wie gewohnt ab. Letzten Monat ist jemand im zweiten Stockwerk eingebrochen, und seitdem lässt meine Mutter Vorsicht walten. *Als hätten wir hier Wertvolles, das es sich zu stehlen lohnt.*

»Du bist aber früh da.«

Ich zucke zusammen, bevor ich mich zu meiner Schwester drehe, die mich mit einem Strahlen grüßt.

»Hast du mir das Pädagogiklehrbuch mitgebracht?«

Es läuft mir kalt den Rücken hinunter, als ich realisiere, dass sie mich heute Morgen im Halbschlaf nach dem Buch gefragt hat. Sie braucht es für eine Klausur, die bald auf sie zukommt.

»Dein Blick sagt alles«, jammert sie und fährt sich durch ihr langes dunkelbraunes Haar, das in der Sonne rötlich schimmert. Letzte Woche hat es unsere Mutter mit Henna gefärbt, und wir mussten mehrere Stunden das Wohnzimmer lüften, um den Geruch aus der Wohnung zu bekommen. Von *anne* ist nichts zu sehen.

Ich beiße mir auf die Lippe und gehe auf sie zu, um sie in den Arm zu nehmen. Für wenige Sekunden wehrt sie sich, bis sich ihre Hände auf meinem Rücken treffen.

»Morgen bringst du es mir bitte mit, *tamam mı*?«

Ich nicke schnell.

»Ich habe auch noch eine Linguistikklausur nächsten Freitag«, sagt sie seufzend. Der Stress zeichnet sich auf ihren filigranen Zügen ab.

Azra trennt sich von mir und verschwindet wieder in unserem Zimmer. Wenige Sekunden später ertönt gedämpft Bach – sie sitzt am Schreibtisch und lernt. Ich habe mich längst an die klassische Musik gewöhnt, da sie diese auch während ihres Abiturs gehört hat. Seit einem Semester ist sie an der Freien Universität eingeschrieben und studiert Sonderpädagogik und Deutsch auf Lehramt.

Ich bin anscheinend die Einzige in der Familie, die ein Problem mit Sprachen hat. Oder dem Sprechen. Wie man es nimmt.

Der Flur ist dunkel, und der Putz bröckelt um den Stromzähler herum ab. Er entblößt eine pissgelbe Wandfarbe, die älter sein muss als ich. Meine Stiefel stelle ich in den kleinen Schrank neben die Schuhe meiner Schwester, die die Wohnung seit ihrer letzten Vorlesung im Januar nicht mehr verlassen hat. Ihre erste Klausurenphase an der Uni spannt sie sehr stark ein.

Meine Jacke hänge ich an den leeren Holzhaken. Wenn meine Eltern später von der Arbeit zurückkehren, werden die restlichen Haken auch beladen sein. Außer der dritte, der seit dem Verschwinden meines Bruders frei bleibt. Niemand traut sich, etwas an seinem aufzuhängen. Während der mahagonifarbene Lack an allen anderen abblättert und ein helleres, billiges Holz zum Vorschein bringt, wirkt seiner wie neu.

Die Erinnerungen heute gleichen kleinen Elektroschocks, die sich in statisches Knistern umwandeln und in den Ohren rauschen. Ich brauche nicht noch mehr Beton an meinen Beinen, der mich in den Abgrund meiner Vergangenheit zieht. Für heute habe ich genug.

Um an nichts denken zu müssen, gehe ich in die Küche, die keinen Raum für mehr als zwei Personen bietet. Ich stelle das kleine Fenster auf Kipp und öffne danach den Kühlschrank. Wie so oft bin ich dran mit dem Kochen. Meine Mutter steht zwölf Stunden auf den Beinen und putzt ein Krankenzimmer nach dem anderen. Kochen nach einem anstrengenden Arbeitstag hat sie nicht verdient, vor allem nicht nach ihrem Bandscheibenvorfall im letzten Jahr. Vielleicht bringt mein Vater etwas aus dem Imbiss mit, den er seit Jahren leitet. Er rentiert sich gerade noch, um ihn offen zu halten, aber nicht genug, um die nicht verschließbaren Türen der Hängeschränke über meinem Kopf auszutauschen.

* * *

»Meinst du, ich kann mit Freunden weg?«, fragt Azra, während ich die Zwiebel für die Bolognese schneide. »Ich habe schon ein Brot gegessen, ich würde nur etwas trinken. Wäre das okay?« Ihre Stimme ist leise, und sie beißt sich auf die Unterlippe.

Meine Eltern waren gut darin, sie von unseren Sorgen fernzuhalten. Auch als Onur verschwunden ist, hat Azra wenig von den unbezahlten Rechnungen und den gelben Briefen auf dem Esstisch mitbekommen. Ich selbst wurde erst danach eingeweiht und trage seitdem eine Verantwortung, die schwer auf meinen Schultern lastet.

Ich nicke mit zaghaft gehobenen Mundwinkeln.

Azra macht einen kleinen Sprung und klatscht kurz in die Hände, bevor sie mich in ihre Arme nimmt. »Ich habe heute zwar mein Geld bekommen, dennoch gehe ich nicht ohne Limit aus.«

Liebevoll drücke ich sie von mir weg und lege meinen Kopf schief, um sie genauer zu betrachten. Sie ist in den letzten fünf Jahren schnell gewachsen. Von der schüchternen Vierzehnjährigen zu einer Studierenden. An den Abend, an dem sie mir erzählt hat, dass sie ihr Abitur machen möchte, kann ich mich noch klar erinnern. Das Bild ist bunt und grell in meinen Gedanken. Nicht wie die Erinnerungen an meinen Bruder, die unaufhaltsam verblassen.

Ich male ein Herz unter ihr Schlüsselbein, so wie ich es seit jeher tue.

»Ich liebe dich auch.« Sie drückt mich ein letztes Mal fest, und der Kokosnussgeruch ihres Shampoos steigt mir in die Nase. »Ich werde auch früh zurück sein und mich wieder an den Schreibtisch setzen. Die Klausuren werden gut laufen.«

Sie hat sich einen Ausgehabend mit ihren Freunden verdient, die sie schon länger nicht gesehen hat. Das ständige Lernen laugt sie aus.

Es dauert wenige Minuten, bis die Tür lautstark hinter Azra zufällt und ich das Messer wieder in die Hand nehme. Das Öl in der zerkratzten Pfanne auf dem Herd glänzt verräterisch, weswegen ich die klein geschnittene Zwiebel hineinfallen lasse.

Das letzte Mal, dass ich ausgegangen bin, ist Jahre her. Freunde wenden sich ab, wenn man nur noch von tiefer Trauer berichten kann. Das Zuhören und das Erzählen nehmen ein Ende. Freundlichkeiten werden weniger, die Versuche, Kontakt aufrechtzuerhalten, sporadischer. Es gibt nichts mehr, was die Verbindung stärkt. Sie knackt wie eine Telefonleitung, bevor sie vollkommen in sich zusammenbricht und das Piepen an das erinnert, was einmal war. Die Freundschaft ist tot.

Verübeln kann ich es weder Defne noch Cansu oder Feyza, denn ich habe es ihnen nicht leicht gemacht. Nachdem mein Bruder verschwunden ist, habe ich mich zurückgezogen und meine Stimme verloren. Reden hat keinen Sinn mehr ergeben. Warum auch? Es hat meine Probleme nicht gelöst. Die ersten Nächte haben wir noch nach ihm gesucht, nach ihm geschrien, bis unsere Münder nichts als ein raues Kratzen verlassen hat. Ich habe meine Stimme nicht mehr gebraucht, sie hat mir nichts mehr genützt.

DREI | ÜÇ

Evren

Der eingerissene Buchdeckel ist mir ein Dorn im Auge, auch nachdem ich versucht habe, ihn notdürftig zusammenzutackern. Die Enden des Metallclips stechen beim Umblättern unangenehm in meine Haut. Im anderen Arm war noch vor Sekunden eine Kanüle.

»So …« Die Krankenschwester klebt das Pflaster auf die Einstichstelle. »Warten Sie zehn Minuten und trinken Sie was, dann dürfen Sie gehen.«

Ich nicke, was sie als Zeichen sieht aufzustehen.

»Haben Sie was dabei? Ich kann Ihnen gerne Saft oder einen Apfel anbieten.«

Ihre Freundlichkeit ist neu. Ich habe schon häufig an der Charité Blut gespendet und ausschließlich distanziertes Personal erlebt.

Ich schüttle den Kopf. Die Äpfel hier sind immer eingedrückt und der Saft eher eine Zuckerwassermischung, deswegen nehme ich meinen eigenen Vorrat mit. Sie geht zur nächsten Person neben mir, stellt ihr dieselben Fragen und verschwindet, um ihr ein paar Minuten später Obst und Wasser zu bringen.

Seit meinem achtzehnten Geburtstag komme ich alle drei Monate vorbei und spende Blut. Damals ist es die Neugier gewesen, meine Blutgruppe zu erfahren und in der medizinischen Fachbibliothek in der Nähe abzutauchen. Jedes Mal habe ich mir eine neue Krankheit ausgesucht, über die ich mich belesen habe. Es ist ein Ritual geworden – und die zwanzig Euro Entlohnung waren auch ein guter Anreiz.

Heute erinnert mich die schwere Tasche mit Anatomiebüchern daran, dass ich wieder in die Bibliothek muss – nicht meine eigene Wissbegierde, die zwischen dem Job und zu Hause auf halber Strecke liegen geblieben ist. Ein Erstsemester der Medizin hat Melli an der Rezeption angefleht, ihm die Bücher abzunehmen, weil er nicht mehr zur Fachbibliothek kommt, und sie hat eingelenkt. Da ich sowieso auf dem Weg zur Arbeit an der Bibliothek vorbeifahre, hat sie mich beauftragt, sie vorbeizubringen.

Lautlos schlage ich mein Buch zu und stopfe es in meine Jackentasche. Die zehn Minuten sind schneller vergangen als erhofft. Bewaffnet mit meiner Tasche verlasse ich das Gebäude und mache mich auf den Weg zur Zentralbibliothek der Charité, die mit ihren unscheinbaren Putzwänden und der kleinen Aufschrift an der Tür leicht zu übersehen ist. Wie immer begrüßt mich kühle Luft und blaue Innenausstattung. Saskia, der Melli Bescheid gesagt hat, dass ich mit abzugebenden Büchern noch einen Abstecher hierher machen werde, erwartet mich an der Abgabe.

»Hey, Evren, lange nicht mehr gesehen.« Ihr Gesichtsausdruck ist ähnlich warm wie der der Krankenschwester. Heute ist anscheinend ein guter Tag, nur ich habe das Memo mit der super Laune verpasst.

»Wie geht es dir?«

Ich zucke mit den Schultern. Die Studierenden, die die Lernplätze füllen und bleischwere Bücher vor sich liegen haben, hinterlassen eine Beklemmnis in mir, die mir leider bekannt ist. Mein Herz ist zum Zerreißen gespannt, und ich weiß, dass ich hier nicht mehr herkommen sollte. Eigentlich. Die hohen Decken sind einengend und die Stille ohrenbetäubend laut. Früher wollte ich von der Medizin umgeben sein, heute ist mir all das viel zu nah. Nicht nur mein Zuhause und die Arbeit haben mich davon abgehalten, sondern mein versuchter Selbstschutz. Jede Bewegung zwischen den Regalen erinnert mich daran, was ich nicht haben kann. Egal wie sehr ich möchte. Zu meinem sechsten Geburtstag hatten meine Eltern mir einen Ärztekoffer gekauft. Einen von denen, die schrill und bunt sind, alles in Übergröße, damit Kinderhände besser damit umgehen können. Ich war begeistert, habe meine Mitschüler und Mitschülerinnen, Lehrenden und Familienmitglieder untersuchen wollen. Das Plastikstethoskop habe ich laut meiner Mathelehrerin nur von meinem Hals genommen, wenn ich auf die Toilette musste. Es liegt bis heute in meinem Zimmer.

»Bei euch ist bestimmt auch viel los?« Saskia rümpft die Nase und liest dabei die Barcodes der Bücher ein. »Die Studierenden können einem echt leidtun.«

Ich presse die Lippen zusammen und reiche ihr das letzte Buch. Sowohl der Stress als auch der Druck, der einen über zwölf Semester Medizinstudium auf Trab hält, müssen groß sein.

»Gut, ich habe alles.« Sie schenkt mir einen freundlichen Blick und streicht über meinen Arm. »Vielleicht sehen wir uns wieder öfter. Magst du dich nicht noch umschauen?«

Ich versuche, ihren Gesichtsausdruck nachzumachen, aber jede Muskelbewegung ist falsch … verzerrt. Saskia arbeitet seit fünfundzwanzig Jahren hier. Wir haben uns, bevor ich den Job in der Philologischen Bibliothek angenommen habe, häufig gesehen. Mindestens jeden Freitag. An meinen Blutabnahmeterminen habe ich mich in die hinterste Ecke gesetzt und die verschiedensten medizinischen Themen gepaukt. Nicht, weil ich musste, sondern weil es mich wirklich interessiert hat. All das ist heute weit weg.

Trotzdem drehe ich mich zu den Lernplätzen mir gegenüber. Vielleicht kann ich mich zwischen zwei große Regale setzen, mir vorstellen, wie es wäre, hier ständig zu lernen. Nur für einen kurzen Moment. Wie es wäre, keine finanzielle Last auf meinen Schultern zu tragen.

Ich gehe an mehreren Gruppen vorbei, die es sich nicht erlauben können, die Köpfe zu heben. Zwischen den Büchern sind vereinzelte Plätze fürs Lernen. Das eine Paar Augen, das sich neugierig auf mich richtet, erkenne ich sofort. Ich kann das Augenrollen nicht unterdrücken.

»Schweigsames Mädchen aus der Philologischen?« Der Typ, der sich ein paar Tage zuvor ungefragt neben mir auf den Stuhl hat fallen lassen, setzt sich auf und verfolgt jede meiner Bewegungen, sodass ich gezwungen bin anzuhalten.

»Was machst du hier?«, flüstert er.

Ich zucke mit den Schultern.

»Was treibt dich in die Weite? Bis zur Charité?« Mit schief gelegtem Kopf und einem Schmunzeln beobachtet er mich. »Warst du auf der Suche nach mir? Oder –«

Ich gehe auf ihn zu, nehme seinen Stift, der neben dem Laptop liegt, und kritzle auf seinen Block. Alles, damit er aufhört, mit mir zu reden.

Pscht, wir sind in einer Bibliothek. Dasselbe könnte ich dich fragen. Was machst du hier? Machst du eine Rundtour durch alle Universitätsbibliotheken in Berlin, bevor du mit dem Studium durch bist?

Mit Schnelligkeit überfliegt er die Wörter. Seine Mundwinkel zucken auffällig, und er nimmt den Stift aus meiner Hand, um etwas in eiligen Zügen niederzuschreiben.

SO WAS IN DER ART ... WAS FÜHRT DICH HIERHER?

Ich nehme den Stift wieder an mich und möchte etwas antworten, doch mein Handy klingelt. Vor Schreck lasse ich den Kugelschreiber fallen und greife in meine Tasche.

»Hey, Evren!« Melli ist außer Atem. »Ich wollte fragen, wann du kommst? Leider kann ich mir keinen dritten Arm wachsen lassen. Ich brauche dich hier.«

Wenn es nicht dringend wäre, hätte sie mich nicht angerufen. Ich tippe eine Antwort, und sie verabschiedet sich, bevor ich auflege.

Der Typ starrt mich neugierig an. Ich möchte ihm sagen, dass das Kajal um seinen Wimpernkranz verschmiert ist. Als würde er ahnen, dass mir etwas auf der Zunge liegt, schiebt er den Stift in meine Richtung und beugt sich ein wenig zu mir. Eine Strähne löst sich aus seinen nach hinten gekämmten Haaren. Sie verirrt sich auf seine Nasenwurzel, aber das scheint ihn nicht zu stören.

Die Arbeit ruft, schreibe ich schnell auf den Block. Sein Blick huscht von dem Blatt zu mir und verharrt für meinen Geschmack eine Sekunde zu lang auf meinem Gesicht.

»Ich bin die letzte Person, die dich aufhält.« Er winkt und schenkt mir ein halbes Lächeln, das sein Grübchen aufblitzen lässt.

Als ich die Zentralbibliothek der Charité verlasse, rauscht das Blut in meinen Adern. Ich sollte die Medizin nicht konfrontieren, wenn ich weiß, dass das Studium außerhalb des Möglichen liegt. Wenn ich weiß, dass ich mich nicht einschreiben kann, egal wie viele Bücher ich mir anschaue und wie häufig ich in der Fachbibliothek sitze. Weil ich es mir einfach nicht leisten kann.

Ich habe zwar mein Abitur in der Abendschule nachgeholt, ein Medizinstudium schaffe ich neben einem Vollzeitjob jedoch bestimmt nicht. Niemals. Da ich meine Familie finanziell nicht im Stich lassen und sonst niemand aushelfen kann, bleibt es bei einem Traum. Das einzusehen, liegt mir schwer im Magen.

Auch wenn ich studieren könnte … Ärzte reden mit ihren Patienten und Kollegen. Ich kann nicht einmal mit meiner Familie sprechen. Zu Anfang *wollte* ich. Das Verschwinden meines Bruders schnürte mir den Hals zu. Jede Silbe fiel gurgelnd in sich zusammen.

Heute weiß ich nicht einmal, ob ich es *kann*. Die Fähigkeit, verbal zu kommunizieren, und der Mut, es tatsächlich zu tun, verschwimmen zu einem. Die Kraft, mich damit auseinanderzusetzen, habe ich längst verloren. Sie ist verschwunden, nachdem die Polizei uns gesagt hat, dass sie meinen Bruder nicht suchen könne, da er neunzehn sei. Vielleicht sei er in Drogengeschäfte verwickelt gewesen. Bis heute bin ich mir sicher, dass diese Möglichkeit in ihren Köpfen existiert hat, weil mein Bruder einem Stereotyp entsprach. Dass er in Wedding gelebt hat, hat seinen Teil dazu beigetragen.

* * *

Der beißende Wind am nächsten Morgen kündigt die lange Wartezeit auf den Frühling an. Wir haben zwar erst Ende Februar, aber der Schnee und die Kälte finden kein Ende. Ich mag den Winter. Er ist ruhiger als die anderen Jahreszeiten. Die Menschen werden langsamer und genießen sich gegenseitig, nehmen sich eher wahr.

Die U-Bahn ist wie gewöhnlich voll. Diesmal überfüllen die Studierenden sie, da sie zur Philologischen Bibliothek führt. Meine müden Knochen sind das Omen eines anstrengenden Tages.

Früher, als das Leben noch in Ordnung war, habe ich den Sommer mehr gemocht als den Winter. Ich habe ihn mit Parkkonzerten und warmer Limo gleichgesetzt. Mit Freunden im Gras zu sitzen, während die Sonne untergeht, und einem unbekannten Musiker zuzuhören, war der Gipfel meines Lebens. Ich habe mich nie freier gefühlt, nie besser ein- und ausgeatmet – trotz des Zigarettenrauchs der anderen.

Es hat mir gefallen, mitzusingen. Laut mitzugrölen und meinen Herzschlag im Takt der Musik zu spüren. Ich habe jede erdenkliche Situation dafür genutzt. Sogar auf dem Henna-Abend meiner Cousine, an dem die Braut von ihrem Elternhaus verabschiedet wird, habe ich gesungen. Mit fünfzehn fand ich das so überragend. Ich habe Tage mit ihr und meiner Tante gesprochen, bis sie sich auf ein Lied geeinigt haben.

Wenn die Braut sich von ihrer Mutter verabschiedet, sitzt sie zumeist in der Mitte des Saals, und alles ist in rotes Licht getaucht, dabei läuft im Hintergrund ein Abschiedslied. Die Schwiegermütter schmieren Henna in die Handflächen des Paares als Zeichen des Schutzes vor anderen.

Normalerweise wird das Lied über Lautsprecher abgespielt, aber ich durfte es damals singen, konnte es an die Länge der Zeremonie anpassen und emotional gestalten.

Ganz vorne zu stehen, während Leute neugierig auf meine Cousine und ihren Mann geschaut haben, hat mir erlaubt, zu entspannen, egal wie versteift ich in dem Alter in sozialen Situationen war. Das Singen hat es erleichtert, ich habe mich der Luft nahe gefühlt und konnte die Augen vor der Menschenmenge verschließen. In solchen Situationen hatte meine Angst aus Kindertagen mich nicht im Griff. Ich war eins mit der Musik. Letztendlich ist es auch diese Angst gewesen, die heute meine Stimmbänder zuknotet.

Jetzt stolpert mein Herz, wenn es versucht, im Rhythmus eines Lieds zu schlagen. Zu fremd, zu anders, zu überwältigend. Ich bin davon überzeugt, dass ich kein Taktgefühl mehr habe.

Die Unterhaltungen holen mich aus meinem Gedankenstrudel wieder zurück in die Realität, weswegen ich die Augen schließe und meine Stirn gegen den Haltegriff lehne. Ein Mädchen erzählt von der abgefahrenen Party am Wochenende, und ein anderer Typ prahlt mit seinem »dreistelligen Fickscore«. Ich verziehe das Gesicht zu einer Grimasse und rümpfe die Nase. Wären meine Augen nicht geschlossen, hätte ich sie längst gerollt. Ich lasse die überaus detaillierten Beschreibungen seines letzten »Betthäschens« über mich ergehen, bis die mechanische Stimme meine Station ansagt.

Noch nie war ich so froh, aus dem stickigen Wagen zu kommen, wie jetzt. Ich haste regelrecht hinaus und sauge die frische Luft in meine Lungen. Die ersten Schneeflocken des Tages trudeln in einem gemächlichen Tempo auf uns herab. Ihre Kälte begleitet mich bis in die Bibliothek, die im Gegensatz dazu brüht. Ich lege meine Tasche im Pausenraum ab und ziehe die Jacke aus.

Melli ist nicht auffindbar, und ich bin allein mit den anderen Mitarbeiterinnen, die genauso hektisch ihre Mäntel ausziehen, um sich um die Studierenden zu kümmern. In meinen Spind, auf den mein Name notdürftig aufgeklebt wurde, packe ich meine Sachen. Ich klemme meine Haare hinter die Ohren, doch mein wirrer Pony fällt ohne Mitleid wieder auf meine Stirn. Der Spiegel auf der Innenseite wirft kein schönes Bild zurück. Ich hätte mich schminken oder wenigstens die Augenringe abdecken sollen.

»Evren!«

Ich drehe mich in die Richtung der Tür, die mit einem lauten Knarzen aufgeht. Auch die sollte durch einen der Techniker an der Uni geölt werden.

»Erledigst du wieder das Einräumen? Ich habe mit der Ausleihe zu tun«, sagt meine Kollegin. »Der Wagen steht vorne bei der Abgabe. Er ist sehr voll, ist das in Ordnung?«

Ich nicke ein weiteres Mal. Mehr braucht sie nicht, sie macht auf dem Absatz kehrt und verschwindet hinter die Rezeption, die uns durch halbhohe Wände und Fenster vor Studierenden verbirgt. Sie stehen schon in einer Reihe, um Bücher abzugeben. Meine Kollegin macht es sich auf dem weichen Schreibtischstuhl gemütlich.

Mit einem Seufzen ziehe ich den überquellenden Bücherwagen hinter mir her. Die Glastür öffnet sich nach außen, zum Foyer der Bibliothek hin. Einen Schritt hinein gemacht, und mir wird bewusst, wie viel Schall die dünnen Wände abdämpfen. Die Studierenden unterhalten sich mit eingezogenen Köpfen und vorgehaltenen Händen. Die nassen Jacken und tropfenden Regenschirme unterstreichen die Tatsache, dass sie noch nicht angekommen sind.

Was würde ich alles dafür tun, um auch ein Teil des Studierendenlebens zu sein? Ich wäre nicht hier, aber ich würde trotzdem vollgepackt mit Lehrbüchern und mit zu vielen geöffneten Tabs auf meinem Laptop lernen, studieren … Ärztin werden.

Die Aufzüge verstecken sich hinter den Regalen der Südasienkunde. Dass ich den Wagen durch die engen Gänge manövrieren muss, ist das Nervigste an diesem Job. Ich kann mich glücklich schätzen, wenn ich es hinbekomme, ohne einen einzigen Bücherturm zu Fall zu bringen.

Das Innere des Aufzugs ist in bordeauxfarbenen Stoff und zerkratztes Metall gekleidet. Die Türen wollen sich gerade mit einem *Ping* schließen, als ein Arm dazwischenschießt.

Mein Atem bleibt in meinem Rachen stecken, und ich schließe instinktiv die Augen. Zum Glück höre ich kein Knirschen oder Geschrei, nur Lachen. Ein Lachen, das mir bekannt vorkommt.

»Mir geht es gut.« Die Stimme ist mir unheimlich nahe, weswegen ich meine Augen wieder öffne.

Der Typ von gestern steht neben mir. Sein Blick gleitet von den vielen Büchern auf dem Wagen zu mir. Die Scham setzt sich höhnend in meinen Nacken – nicht, weil er mich neugierig anschaut, sondern weil er meine übertriebene Reaktion mitbekommen hat.

Er hebt seinen Arm an. »Schau … alles okay. Er ist noch dran.«

Als ich nichts sage, kehrt Ernsthaftigkeit in seine Züge ein. »In welches Stockwerk musst du?«

Ich antworte nicht, lehne mich an ihm vorbei zu den Knöpfen und drücke die Zwei – er tätigt keinen. Die Türen schließen sich diesmal gänzlich, und ich konzentriere mich auf den winzigen Spalt zwischen ihnen.

»Mein Name ist Talhah, so nebenbei. Wie heißt du?«

Ich werfe ihm einen kurzen Seitenblick zu, den er sofort bemerkt. Seine Wasserlinie und das Lid sind wieder von schwarzem Kajal umrahmt, und der Nasenring blitzt auffällig unter dem kalten Licht.

»Du bist gestern so schnell verschwunden, da konnten wir uns einander nicht vorstellen.« Er lehnt sich locker gegen den Spiegel hinter uns und grinst breit. Den müsste ich eigentlich auch mal putzen, weil die Studierenden nicht aufhören können, ihn anzufassen.

Die Türen gleiten endlich auf, und ich merke, wie warm mir im Aufzug war. Mein Körper kühlt erst herunter, nachdem ich mit dem Bücherwagen zwischen den vorderen Regalen untertauche. Das erste Germanistikbuch wiegt schwer in meiner Hand. Die meterdicke Staubschicht darauf kitzelt in meiner Nase. Es hätte nach der Abgabe eigentlich abgestaubt werden sollen. Da momentan die Hölle los ist, kommt niemand mehr mit den Aufgaben hinterher.

»Du hast das hier vorgestern fallen lassen.«

Was will dieser Typ von mir? Ist mein Schweigen nicht Antwort genug gewesen? Ich stelle das Buch an den richtigen Platz, ganz unten in Bodennähe. Während ich mich aufrichte, wirble ich Staub auf, der in den Hintergrund rückt, als Talhah mir mein Lesezeichen vor die Nase hält.

Es ist ein kleiner Magnetclip, der seine besten Tage hinter sich hat. Die Kratzer sind tief, und das Metall ist längst stumpf. Mein Name steht in einer filigranen Schriftart auf der Vorderseite.

»Ich hätte es dir gestern in der Charité gegeben, aber du warst so schnell weg. Schön, dich kennenzulernen, Evren.«

Ich reiße ihm das Lesezeichen aus der Hand und stopfe es in meine Hosentasche. Das war das letzte Geburtstagsgeschenk, das ich von meinem Bruder bekommen habe.

Als ich nicht antworte, bleibt auch Talhah leise. Möchte er meine Stille diesmal nicht kommentieren? Er schmunzelt, bevor er sich umdreht und mit gemächlichen Schritten verschwindet.

»Man sieht sich bestimmt noch mal!« Seine Worte sind viel zu laut für die Bibliothek. Er stört jeden anderen hier, der vor Stress und Panik den Kopf nicht von den Unterlagen heben kann. Was für ein Arschloch. Könnte ich schreien, hätte ich ihn schon längst zur Schnecke gemacht.

Die Wut auf ihn verlässt mich für eine ganze Weile nicht – sie ist leuchtend rot und verblasst nur allmählich zu einem Pastellpink. Was will er von mir? Warum kann er mich nicht in Ruhe lassen, wenn ihm doch klar ist, dass ich nicht mit ihm rede?

So einen Typen hatte ich schon lange nicht mehr am Hals. Die anderen Studierenden sind sonst nicht wirklich aufdringlich.

Er scheint eine besondere Art zu sein – besonders ätzend.

VIER | أربعة

Talhah

Der Putzplan am Kühlschrank ist eigentlich klar. Sonntags ist Yousef dran mit der Küche. Wenn man sich die Spüle anschaut, wird deutlich, dass seit zwei Tagen niemand mehr aufgeräumt hat. Kaffeetassen über Teller über Pfannen stapeln sich aufeinander, und es juckt mir in den Fingern, den Schwamm in die Hand zu nehmen und Ordnung zu schaffen. Letzte Woche ist unsere Spülmaschine kaputtgegangen, und bis sich ein Handwerker die anschauen kann, müssen wir erst zweihundert Euro zusammenlegen und einen Termin vereinbaren, an dem einer von uns lange genug da ist. Beides verdammt schwierig in einer Vierer-Wohngemeinschaft.

»Ich kümmere mich drum.« Yousef streckt sich gähnend.

»Es ist auch deine Aufgabe.« Ich setze mich an den Esstisch und schiebe etliche Prospekte zur Seite, die sich Zelal jeden Sonntagmorgen anschaut. Ich bin in unserem monatlichen WG-Meeting dafür gewesen, keine Werbung mehr zu erlauben, aber sie hat sich vehement dagegen gewehrt. Es helfe ihr beim Relaxen, und sie wisse, wo unter der Woche die Angebote abzugreifen seien. Am Ende stattet sie jedoch nur dem Aldi uns gegenüber einen Besuch ab oder kauft mit ihrem Angestelltenrabatt im Rewe ein. Ein Vorteil, den sie leider nur noch bis Anfang April genießen kann, wenn die Vorlesungen wieder anfangen.

»Wer hat dir denn ins Müsli gepinkelt, Alter?« Yousef umrundet den Tisch und füllt in eine saubere Schüssel Cornflakes und laktosefreie Milch, die wir ihm wegen seiner Intoleranz aufgezwungen haben. Damit haben wir eher uns als ihm einen Gefallen getan.

»Meine Mutter will mich besuchen«, sage ich kleinlaut.

Ein loser weißer Flyer sticht mir zwischen Prospektseiten ins Auge.

»Ist doch gut.« Er schaufelt sich sein Frühstück in den Mund und zieht den Stuhl mir gegenüber quietschend zurück, um sich darauf fallen zu lassen. »Dein Bruder hat dich bestimmt vermisst.«

Bei der Erwähnung von Malik muss ich mit den Augen rollen. »Der kommt nur hierher, damit er in Berlin ist. Ich bin nicht cool genug für ihn.«

»Verübeln kann ich es ihm nicht. Berlin ist super.«

Yousef hat recht. Ich war schließlich auch extrem glücklich, als ich das Stipendium fürs Studium hier bekommen habe.

»Ich freue mich auch«, murmle ich und weiche seinem Blick aus, indem ich meinen auf den Flyer vor mir richte. Er bewirbt einen Kulturflohmarkt auf dem Parkplatz eines Kaufhauses in Wedding, unweit von uns. Vielleicht sollte ich dort vorbeischauen. Der Markt findet nicht zum ersten Mal statt. Wenn ich Glück habe, ist dort wieder die ältere Frau, die syrische Süßspeisen verkauft. Ich hätte echt nichts gegen *mabrouma* mit Pistazien. Und verdammt viel Zuckersirup.

Als ich noch klein war, hat meine Mutter *mabrouma* und *baklava* nur für Besuch vorbereitet. Wenn danach etwas für uns übrig geblieben ist, durften wir davon essen. Aber was sie uns immer überlassen hat, ist der Sirup, den sie nicht auf dem knusprigen Gebäck verteilt hat. Er hat meist den Boden ihres Kupfertopfs bedeckt, und mein Bruder und ich haben unsere Finger oder Brot hineingedippt.

»Ich würde mich echt freuen, würde sie kommen. Sie sagt zwar konstant, dass sie es versuchen werde, dennoch passiert es nicht.« Meine Wörter sollen gleichgültig wirken, doch ich schmecke den bitteren Schmerz auf meiner Zunge. Sie verspricht es mir wieder und wieder. Bis jetzt hat sie es erst einmal geschafft. In ganzen fünf Jahren nur ein Mal. Verübeln darf ich es ihr nicht – sie arbeitet viel, der Weg von Hannover hierher ist lang, und obwohl mein Bruder eigenständig ist, ist er immer noch siebzehn und würde seinen Kopf liegen lassen, wäre er nicht mit seinem Körper verwachsen.

»Wann hat sie denn gesagt, dass sie kommt?«

»Mitte der Woche.«

Ich sollte sie anrufen und nachfragen. Falls sie auftaucht, kann ich zum Kulturmarkt gehen und Süßes holen. Dadurch sollte sie mir keine fehlende Gastfreundlichkeit vorwerfen können. Sonst muss ich den Einkauf in die nächsten Tage quetschen, was nicht günstig ist, da mein Lieblingsladen häufig das, was meine Mutter oder ich mögen, nicht vorrätig hat. Dort muss ich mindestens eine Woche vorher bestellen, und mit *mamas* Vorgeschichte lohnt sich das meistens nicht.

»Hat Zèlal die schon durchgeguckt?« Ich zeige auf den Stapel Prospekte.

»Sie hat sie Atlas regelrecht aus den Händen gerissen«, antwortet Yousef amüsiert.

Atlas ist der Vierte im Bunde und der Jüngste unter uns. Er ist vor zwei Jahren hergezogen, um Jura zu studieren. Deswegen bekommt man ihn nicht oft zu Gesicht – er verschmilzt mit dem Strafgesetzbuch.

Ich nehme den Stapel an mich und schmeiße ihn im Vorbeigehen in den Papiermülleimer, der neben der Tür steht. Falls *mama* sagt, dass sie nicht kann, dann fahre ich zum Markt und hole *mir* etwas. Verdient habe ich es nach diesem anstrengenden Semester allemal.

Socke liegt wie immer auf meinem Bett und breitet sich so aus, als würde es alleinig ihm gehören. Die weißen Pfoten lassen seine Krallen hervorblitzen, nachdem er sich streckt und mich mit einem leisen Miauen begrüßt.

»Mach mal Platz«, nuschle ich und lege mich aufs Bett zu ihm. Augenblicklich klettert er auf meine Beine, um es sich darauf gemütlich zu machen. Ich bin mir sicher, dass er mich die letzten Jahre vor einer hoffnungslosen Depression geschützt hat.

Aus dieser Position kann ich die Verfärbung an der Decke sehen. Die Wohnung über uns hatte vor ein paar Jahren einen Wasserschaden, und dieser hat sich auch in meinem Zimmer in Form von riesigen Wasserflecken verewigt. Der Vermieter will sich das erst anschauen, wenn Schimmel ein Problem werden sollte oder der Nachbar über mir in meinen Schoß fällt.

Ich hole mein Handy hervor und öffne die App, mit der ich meine Mutter anrufe. Sie sieht auf dem kleinen Bild neben ihrer Nummer glücklich aus. Richtig glücklich, mit einem breiten Lächeln, in der festen Umarmung meines Vaters. Ich stehe als Grundschüler vor ihnen, und mein Bruder liegt in ihren Armen. Es ist durch das Alter ausgeblichen. An den Ecken ist erkennbar, dass sie es von einem alten Filmfoto abfotografiert hat. Ich muss mehrmals blinzeln, bevor ich auf das Icon für den Videoanruf tippe.

»Talhah, *habibi.*« Ihr Lächeln schmerzt mich, denn es ist nicht echt. Seit den Sperrkontrollen an den Grenzen von Damaskus. Seit die Soldaten uns unser Haus nur gelassen haben, weil mein Vater Verletzte verarztet hat. Seit Assads letzter Rede, die Hoffnung in uns geschürt hat, dass die Unruhen ein Überbleibsel der Konflikte in den Nachbarländern wären. Dass sich bald die Supermarktregale füllen würden. Dass wir wieder in die Schule gehen dürften. Dass wir wieder ununterbrochen Strom hätten.

»*Mama*, wie geht es dir?«

»Gut, *habibi*. Und dir? Wie läuft das Studium?«, fragt sie auf Arabisch. Früher hätte sie mich dafür gescholten, dass ich sie mit ›*mama*‹ anspreche. Wir sind von klein auf mit Hocharabisch aufgewachsen. *Es heißt* ummi, *nicht* mama, hat sie immer gesagt. Mittlerweile akzeptiert sie auch die Umgangssprache, denn wir sind nicht mehr in Syrien. Ich studiere nicht in Damaskus. Und sie ist keine angesehene Anwältin mehr, deren sozialer Status einst ihre höchste Priorität war, sondern hat nach etlichen Tests und Tausenden Sprachkursen in Deutschland gerade noch eine Position als Rechtsanwaltsgehilfin bekommen. Deutsch spricht sie trotzdem selten mit mir.

»Wie immer …« Ich vergrabe meine Finger in Sockes Fell. »Anstrengend, aber ich komme durch.«

»Du machst das super.« Ihre Augen werden glasig, und die Unterlippe zittert wie eine Hiobsbotschaft, die ich nicht bekommen möchte.

»*Mama* –«

»Er wäre stolz auf dich«, flüstert sie, obwohl das genau die Worte sind, die ich nicht hören wollte. Die durch mein Trommelfell schießen und mich gedanklich Blut kotzen lassen. Die Worte, die mehr wehtun als eine Stichwunde direkt ins Herz. Die tödlicher sind als eine solche.

»Ich weiß.« Meine Stimme bricht, und der sonst so starke Ton, wenn ich Arabisch spreche, verfällt der Hoffnung eines kleinen Jungen, der vor zehn Jahren jeden Tag seine Mutter gefragt hat, wann sein Vater wiederkommt. Wann er wieder mit ihm Fangen spielt und ihm dabei hilft, ein Pflaster auf das aufgeschürfte Knie zu kleben.

Sie schnieft und fährt sich mit den Fingern unter die Augen. »Ich halte dich nicht länger ab. Arbeitest du weiter an deiner Doktorarbeit?«

Ich nicke schwach.

»Du schickst sie mir, wenn du fertig bist, ja?«

»Mache ich.« Ich muss mehrmals blinzeln, bis die Tränen nicht mehr brennen. »Kommst du am …« Ich halte inne.

Mittwoch. Ich will Mittwoch sagen. Auf Arabisch. Aber meine Lippen bleiben versiegelt. Was war verdammt noch mal Mittwoch auf Arabisch? Warum fällt es mir nicht ein? Mir fehlen doch sonst keine Wörter. Nicht bei stinknormalen Gesprächen.

Mein Hirn sucht jegliche mentalen Sprachkataloge ab. Alles fällt mir ein – Affe, Regal, Sonne, Ofen. Aber an der Stelle, wo Mittwoch stehen sollte, herrscht gähnende Leere.

»Ich weiß noch nicht, ob es klappt«, antwortet meine Mutter, jedoch bin ich Lichtjahre entfernt. Warum fällt mir Mittwoch nicht ein? Verdammt. »Ich habe wieder viel auf der Arbeit zu tun, und Maliks Schule hat auf meine Bitte, ihn für drei Tage abzumelden, nicht reagiert.«

Immer dieselbe Antwort. Ich hätte nichts anderes erwarten sollen. Wütend kann ich trotzdem nicht sein. Sie kann nichts dafür, dass sie das Gefühl hat, sich nicht freinehmen zu können. Hotels in Berlin sind auch nicht billig und schon gar nicht für zwei Personen. Sie will sich wahrscheinlich nicht in mein Zimmer quetschen. Sie sagt immer, dass sie mich nicht einengen und mich von der Uni ablenken wolle. Dabei löst die Enge die Klaustrophobie aus, die sie in einer der vielen Geflüchtetenunterkünfte entwickelt hat. Das erste Geschenk Europas an uns.

»Okay, kein Problem. Sag einfach Bescheid, wenn es klappen sollte.« Ich schenke ihr ein Lächeln, das genauso gefälscht ist wie ihres. »Sonst komme ich irgendwann nach Hause.«

Sie nickt. »Mach das. Wir haben dich sowieso vermisst.«

Ich auch. Wenn Berlin eins bieten kann, dann Ablenkung von all den Trümmern, die ich mit mir herumschleppe, als wären wir zusammengeschweißt. Als würden sie mich am Leben erhalten, während ich eigentlich drohe wie eine Porzellanpuppe unter ihrer Last zu zerbrechen.

»*Uhibbuki*«, sage ich auf Hocharabisch, um von meinem völligen Unwissen abzulenken. Wenn *mama* wüsste, dass ich einfache Wörter vergesse, würde es sie unnötig traurig stimmen.

»Ich liebe dich auch, Talhah.«

Sie winkt mir kurz zu, bevor der Bildschirm dunkel wird und wieder auf meinen Startbildschirm springt. Die bunten Apps verblassen vor meinen Augen. Ich setze mich auf, um mich auf den Weg zum Markt zu machen. Wenn ich jetzt liegen bleibe und mich, wie nach jedem Gespräch mit meiner Mutter, in meiner Trauer suhle, dann wird Zelal wieder versuchen, mir eine Therapie aufzuzwingen. Als hätte ich nicht genug Therapiestunden hinter mir, die insgesamt fünf Kinder hätten heilen können.

»Talhah?«, ruft jemand laut aus dem Flur.

»Ja?« Ich stehe auf, sammle meinen Jutebeutel und die Kamera ein und nehme das Portemonnaie an mich, das auf dem Keyboard neben meinem Schreibtisch liegt.

»Gehst du auf den Kulturmarkt?«

Atlas reißt die Zimmertür auf. Er ist adrett gekleidet und schiebt seine runde Brille das Nasenbein hoch.

»Hatte ich vor, ja.« Ich schultere die Tasche und richte meine Haare, bevor ich nach dem Kohlstift greife und meine Augen umrande.

»Kannst du mir *künefe* mitbringen?«

Ich drehe mich mit einem halben Lächeln zu ihm. »Klar, aber nur, wenn du es auch beim richtigen Namen nennst: *knafeh.*«

Er macht eine wegwerfende Handbewegung. »Was auch immer. Ist doch eh dasselbe.«

»Willst du es vom Türken?«

»Bitte!«

Die Süßspeise aus dünnen Teigfäden, zwischen denen Käse liegt, beträufelt mit kaltem Zuckersirup, könnte theoretisch die fünfte Mitbewohnerin sein. Ich sollte für die ganze Truppe was mitbringen.

Zelal sagt immer, dass sie *knafeh* besser zubereiten könne, da das Gekaufte kalt sei. Bis jetzt muss sie das noch unter Beweis stellen. Die Idee, die Zutaten einzukaufen, verwerfe ich, nachdem ich die Wohnungstür hinter mir geschlossen habe. Sie würde mir den Kopf abreißen und eine Ausrede herbeizaubern, warum sie heute eben nicht kann.

Da ist mir kalter *knafeh* lieber.

FÜNF | BEŞ

Evren

»Kannst du den Salat durchmischen?« Meine Mutter schaut nicht einmal von ihrem Multigrill auf, ich nicke trotzdem. Sie weiß, dass ich es machen werde. Dafür bin ich schließlich am Morgen um sechs aufgewacht.

Die Kälte heute ist beißend und die Leute auf dem Flohmarkt noch weniger gesprächig als sonst. Normalerweise soll alter Krempel verkauft werden, aber Weddinger haben den wöchentlichen Markt in ein kleines Kulturfest verwandelt. Alle Farben des Stadtteils konzentrieren sich sonntags auf dem großen Parkplatz eines Kaufhauses. Das letzte Mal habe ich mich mit vegetarischen Piroggen vollgestopft. Diesmal haben wir uns vorgenommen, arabische Süßspeisen mitzunehmen, weil mein Vater sich das gewünscht hat.

»Azra hat gesagt, dass sie vielleicht später kommen möchte. Nach dem Lernen.« Während meine Mutter auf Türkisch spricht, verdampfen Atemwolken in der Kälte. Sie hat unter der Woche schon genug gearbeitet, eigentlich sollte sie jetzt auf der Couch die Füße hochlegen. Aber jeder Cent zählt, also stehen wir hier, zwischen Hunderten Ständen, und verkaufen etwas Warmes. Das ist nicht das erste Mal, und wir sind manchmal auch zu dritt hier, wenn mein Vater neben der Arbeit im Imbiss Zeit hat. Man verdient genug, um den Einkauf der nächsten Woche zu finanzieren. Trotzdem sitzt dieser Knoten in meiner Brust, der schmerzt und sich nicht löst, bis wir in unserer Wohnung sind und meine Mutter erleichtert aufseufzen kann.

Als wir jünger waren, hat sie immer davon erzählt, dass es bald vorbei sein werde. Dass wir es schaffen werden. Raus aus unserer Miniaturwohnung. Raus aus Wedding. Ein Haus mit Garten. Zeit fürs Ausatmen.

Ich kann mich nicht an das letzte Mal erinnern, als ich nicht die Luft angehalten habe. Wir haben das Schwimmen längst verlernt und ertrinken in uns selbst – erstarrt durch Panik.

Unmengen an Menschen wandern durch die Mittelgänge und an weißen Zelten verschiedener Verkäufer und Verkäuferinnen vorbei. Eine betagte Dame uns gegenüber versucht, altes Geschirr loszuwerden. Ihre fragile Figur und das Zittern bewegen mich beinahe dazu, ihren Stand mit dem wenigen Geld zu leeren, das ich bei mir habe.

»Evren, ich habe nur noch wenig Füllung. Ich glaube, wir sind nicht mehr allzu lang hier. Das ist auch unser letzter Salat.« Meine Mutter betrachtet unsere wenigen verbliebenen Vorräte, die von einem lukrativen Tag erzählen. Wir haben uns die Finger wund gearbeitet, indem wir *lahmacun* gebacken und verkauft haben. Die türkische Pizza mit einer scharfen Hackfleischfüllung ist auf solchen Veranstaltungen sehr beliebt. Und ich konnte auch gut essen, also sollte ich mich vielleicht nicht beschweren.

Ich nicke, und meine Mutter richtet lächelnd ihr grünes Kopftuch, das etwas nach vorne gerutscht ist. Ich habe es ihr mit meinem ersten Gehalt gekauft, das ich bei der Post verdient habe. Es ist mittlerweile ausgefranst an den Enden, aber sie wehrt sich gegen jegliche Empfehlung, es endlich wegzuschmeißen.

»Wenn du möchtest, kannst du dir auch die Stände anschauen? Den Rest erledige ich.«

Ich schüttle den Kopf und umfasse die Schüssel vor mir, woraufhin sie mit einer wegwerfenden Handbewegung reagiert. »Geh schon, *kuzum*, dann kannst du auch *baklava* für uns kaufen. Ich schaffe das. Los.«

Sie ist eine determinierte Frau, ist immer fest überzeugt. Wie ein Felsen – man kann sie nicht wegbewegen. Ich bin mir sicher, dass sie es deswegen hinbekommen hat, uns großzuziehen und dabei nicht vollkommen zu ertrinken. Ihre Stärke wird sichtbar zwischen den Lachfalten, die sich neben ihr trauriges Lächeln graben, zu dem sie sich trotz jedweder Umstände bewegen kann. Wird deutlich durch die Kraft, die sie aufbringt, um jeden Tag aufzustehen und weiterzumachen, obwohl das Schicksal sie schon mehrfach unter sich begraben hat.

»*Hadi.*« Sie zeigt mit ihrer Zange außerhalb unseres Sonnenschutzes, der heute als Regenschirm dient.

Ich lasse meine Schultern hängen, aber trete trotzdem vor unseren Tisch. Sie wird darauf beharren, also bringt es nichts, sich zu wehren. Vielleicht finde ich auch ein paar Schnäppchen, bevor die meisten ihre Stände abbauen und nach Hause fahren.

Die Unterhaltungen der Menschen um mich gleichen einem Zirpen, sind freudig und verschwimmen zu einem unverständlichen Geräusch – vielleicht verlerne ich nicht nur das Reden, sondern das Verstehen. Meine Welt ist nichts als Watte, in die ich gepackt bin, durch die ich nichts sehen kann. Es gibt keine Gefahr, die zu mir dringt und meine Realität auf den Kopf stellt.

Ich kann mich noch genau an den Moment erinnern, als mir klar wurde, dass mein Bruder nicht zur Arbeit gefahren ist. Dass er seit vier Tagen nicht aufzufinden ist. Dass er wirklich verschwunden ist. Spurlos.

»Onurs Mailbox ist voll. Ich komme nicht mehr durch.« Die Stimme meiner Mutter zerbricht wie die Vase auf dem Couchtisch, die mein Vater hilflos zerschlagen hat. Die Glasscherben verteilen sich auf dem Laminatboden, der an manchen Stellen längst aufgeplatzt ist. Ich grabe meine Zehen in den Teppich unter mir. Es pikst. Ich sollte meine Füße wegziehen. Aber bei mir kommt nichts weiter als ein Sausen in den Ohren an. Der Schmerz ist eine Illusion, doch mein Körper kreischt.

Zieh deine Füße weg. Blut. Mailbox. Schmerzen. Glas. Voll. Verwirrung. Onur ist weg. Nicht auffindbar.

Ich dachte immer, Verlust fühlt sich viel eindringlicher an. Viel knalliger. Wie ein riesiges Loch mitten in der Brust. Dabei ist es nichts weiter als Splitter in den Fußsohlen.

Einschneidend, kraftraubend und so verdammt schwer herauszubekommen.

»Sie haben gesagt, dass der Blitz manchmal nicht funktioniert. Können Sie nichts am Preis machen?«

Die Stimme reißt mich aus meiner Trance, und ich befinde mich wieder mitten in Berlin auf dem Flohmarkt. Das Rauschen um mich verwandelt sich in laute Stimmen, und das Klirren verschiedener Gegenstände dringt an meine Ohren.

»Ich kann mit dem Preis nicht noch weiter runtergehen. Das geht echt nicht.« Der entrüstete Verkäufer kreuzt die Arme.

»Warum nicht?« Talhahs Stimme fühlt sich wie ein Eimer eiskaltes Wasser an, der über meinen Rücken gekippt wird. Er steht unweit von mir vor dem Stand und hält sowohl eine Tüte von einem syrischen Süßspeisenstand als auch die Kamera in den Fingern, um die er feilscht. Sein Kopf ist schief gelegt, und die Belustigung auf seinen Lippen ist unübersehbar. Natürlich macht es ihm Spaß, die größte Nervensäge zu sein. Sogar auf den Berliner Straßen. Er kann nicht aus dieser Stadt sein, sonst wüsste er, dass man für so eine Albernheit schnell eins aufs Maul bekommt.

»Junge, ich habe dir schon den niedrigsten Preis gegeben. Falls es dir nicht passt, kannst du gerne woanders einkaufen!« Der Mann lehnt sich vor und greift nach der Kamera, aber Talhah macht einen schnellen Schritt nach hinten und schnalzt mit der Zunge.

»Ich bin mir sicher, dass wir uns auf einen Preis einigen können.« Er dreht die Kamera in seinen Händen. Es interessiert ihn gar nicht, dass die Leute ihn anstarren, während sie an ihm vorbeigehen. Wie ist ihm so etwas nicht unangenehm? Ich schäme mich für ihn.

Vielleicht sollte ich verschwinden. Er soll mich nicht sehen. Er wird versuchen, mich in ein Gespräch zu verwickeln, und das ist das Letzte, was ich heute will: eine Unterhaltung, in der ich kein einziges Mal den Mund öffnen werde.

Ich mache auf dem Absatz kehrt und knalle mit voller Wucht in ein älteres Ehepaar. Die Schulter des Mannes landet in meinem Gesicht, sofort zieht sich ein schriller Schmerz von meiner Nase über mein Stirnbein. Mein Kopf pocht blitzartig, und meine Hände fliegen vor mein Gesicht – viel zu spät, um es vor Schaden zu bewahren.

»Pass doch auf!« Die Frau kreischt mir direkt ins Ohr, und ich weiß nicht, was schlimmer zu ertragen ist. Ihr Geschrei oder meine Nase.

Ich möchte mich entschuldigen, sagen, dass es nicht beabsichtigt war und dass ich doch nur vor einem Jungen abhaue, der hartnäckiger als die Kaffeeflecken auf meiner weißen Jeans ist. Aber ich kann nicht. Wie so oft kann ich einfach nicht.

Die Frau guckt mich mit wutverzerrter Miene an, und der Mann, der mich um einen Kopf überragt, massiert seine Schulter. Ich setze einen entschuldigenden Gesichtsausdruck auf, bevor ich mich zwischen ihnen durchquetsche und verschwinde.

Ich fliehe.

Wie immer.

SECHS | ALTI

Emren

Seitdem ich nicht mehr spreche, vermisse ich das Singen. Ich habe so viele Songs geschrieben. Über meine Schwester, die mir meine Kleidung gestohlen hat, weil sie auch *trendy* sein wollte. Über meinen Bruder, der nicht mehr da ist und eine trauernde Familie hinterlassen hat. Über meine erste Liebe, die mich nur komisch angestarrt hat, obwohl ich ihm voller Mut meine Gefühle gestanden habe. Ich habe mit Musik verarbeitet. Es hat mir geholfen, mit meinem Leben umzugehen, bis es nicht mehr … funktioniert hat. Nicht einmal das Komponieren hat sich zwischen meinen Fingern angenehm angefühlt. Irgendwann habe ich mich gefragt, wofür ich noch weiter Lieder schreibe, wenn ich sie nicht singen kann.

»Was zeichnest du da?«

Ich rücke mit dem Stuhl vom Schreibtisch weg, damit Azra einen Blick auf das Blatt werfen kann. Ich bin lange nicht so gut im Malen, aber es ersetzt das Singen bis zu einem gewissen Grad.

Ein verzerrtes Portrait aus groben und klobigen Linien starrt mit aufgerissenem Mund und schmerzerfüllten Augen in den Himmel. Die Kohle in meiner Hand färbt meine Fingerspitzen längst schwarz.

»Nichts gegen dich, aber ich werde immer depressiv, wenn ich mir deine Kunst anschaue.«

Mit zusammengezogenen Brauen schaue ich hoch zu meiner Schwester, die sich über meine Schulter beugt und ihre Capri-Sun schlürft.

Als sie meine zusammengepressten Lippen bemerkt, zuckt sie unschuldig mit den Schultern. »Ich meine ja nur.« Ihre Wärme verschwindet aus meinem Rücken, und sie geht auf ihr Bett zu, in das sie sich fallen lässt. Dabei vergräbt sie ihre Prinzessin-Lillifee-Bettwäsche unter sich. Jene, die sie von mir hat und mit neunzehn noch immer nicht loslassen kann.

»Du darfst auch fröhliche Menschen malen oder Gelb benutzen. Was immer dich glücklich macht.« Sie zieht sich ihren Laptop auf den Schoß, und die ersten Töne des Soundtracks ihrer türkischen Lieblingsserie durchfluten den Raum. »Oder –« Sie stockt für einen Moment, als ihr das Wort auf Türkisch nicht einfällt, und fährt belustigt auf Deutsch fort: »Vitamin-D-Tabletten schlucken. Alles, was dir ein Lächeln auf die Lippen zaubert.«

Ich kann nur genervt schnauben und darauf hoffen, dass sie sich endlich neue Kopfhörer gekauft hat. Ihre letzten hat sie in der U-Bahn verloren, seitdem schaut sie die Serien mit voller Lautstärke in unserem Zimmer – sehr zu meinem Leidwesen. Eine Folge dauert mehrere Stunden, und die Dramatik ist ohne Augenverdrehen kaum auszuhalten. Ich werde ihr empörtes Luftschnappen nicht ignorieren können. Dabei wollte ich in Ruhe zeichnen.

Glücklichsein ist einfach, wenn man nicht das Gefühl hat, dass das Gewicht der Welt auf den eigenen Schultern lastet. Und die Welt ist verdammt schwer. Würde ich studieren und müsste nicht arbeiten, um die Familie über Wasser zu halten, würde mir die Unbeschwertheit leichter fallen. Allein Geld für etwas anderes als meine Familie auszugeben, fühlt sich falsch an. Dass ich hundert Euro für die Anmeldung zum Medizinertest bezahlt habe, liegt mir noch immer wie ein Stein im Magen. Dabei weiß ich nicht einmal, ob ich im Mai antreten werde. Ich habe nicht die Zeit, mich dem Lernen hinzugeben.

Manchmal wünsche ich mir, die jüngere Schwester zu sein, um diesem Druck zu entkommen und das zu tun, was *ich* möchte. Ich sehe, wie glücklich das Azra macht. Aber es ist ein Teufelskreis, den mein Bruder vor mir ertragen hat und dem ich heute nicht entfliehen kann. Für den Azra rein gar nichts kann.

Diesen Entschluss zu fassen und das zu akzeptieren, ist mir oft schwergefallen. Als ich jünger war, habe ich immer gedacht, dass es einfacher wäre, wenn meine Eltern nicht die erste Generation unserer Familie in Deutschland wären. Angekommen ohne Geld, ohne einen Plan und viel zu jung, um alles zu verstehen.

Sie sind hergekommen, um uns ein besseres Leben zu bieten, um selbst ein besseres Leben zu haben – so wie ihre Eltern es versprochen haben. Es ist nicht ihre Schuld, dass es trotzdem hart ist.

Ich verstaue meinen Kohlestift und das bemalte Blatt in der Schublade und mache mich auf den Weg, um mir die Hände in unserem fensterlosen Bad zu waschen. Konzentrieren kann ich mich wegen Azra sowieso nicht mehr. Wie immer sind meine Eltern noch nicht zu Hause. Meist hört man den Fernseher, wenn mein Vater es sich auf der Couch gemütlich macht, oder die Talkshow meiner Mutter, die in der Küche läuft. Jetzt ist es so still, dass man das Knarzen der alten Dielen unter meinen Schritten ausmachen kann.

Der Hahn gurgelt kurz, bevor das Wasser herausschießt. Meine Hände sind eisig, trotzdem fahre ich mir übers Gesicht. Auf meiner Wange ist ein kleiner schwarzer Fleck, der hartnäckig ist. Ich schrubbe mit vier Fingern darüber, und das Schwarz verwandelt sich in Rot. Meine Haut brennt.

Ich sollte das Wasser zudrehen, aber das Geräusch ist beruhigend. Meine Hände ruhen auf dem Beckenrand, darauf wartend, dass meine Atmung, mein Herzschlag und meine Gedanken langsamer werden. Fühlen sich andere Menschen immer ausgeglichen? Gelassen? Steht ihr Körper nicht dauernd unter Strom? Ist ihr Herz etwas anderes als eine tickende Zeitbombe, die bei der falschen Bewegung droht hochzugehen? Ist ihr Leben nicht zerbrechlich wie ein Keramikteller?

Als ich den Hahn zudrehe, wird der Raum durch eine undurchdringliche Stille aufgeblasen. Eine Stille, die mich aus dem Zimmer drückt. Aus der Wohnung. Aus dem Block. Eine Stille, die mir den Atem raubt wie ein nächtlicher Dieb. Sich unbemerkt anschleichend und gekonnt.

»Wo gehst du hin?« Azras Stimme ist das Wellenrauschen, das ich zuletzt in Kindertagen im Urlaub gehört habe. Ich erinnere mich nur bruchstückhaft daran – lediglich das Salz schmecke ich.

Ich verlasse die Wohnung über die Betontreppen und stolpere dabei über meine Füße. Sie sind nichts als Hindernisse. Vielleicht ist die Luft draußen besser. Vielleicht ist sie nicht geschwängert von der Stille, die nie Gutes verheißt. Vielleicht lässt es sich dort atmen.

Mein Leben unterteilt sich in das *Vorher* und *Nachher.* Vorher habe ich gesungen, getanzt, geliebt … geredet. Jetzt ist das Lied schief, ich treffe keinen einzigen Ton mehr, und der Takt scheint verloren. Mein Mund ist trocken und meine Atemwege verkümmert. Einatmen. Anhalten. Ausatmen. Beruhigen.

Nichts hilft. Nichts füllt die Leere, außer der schädliche Berliner Smog, der meine Lungen schwarz teert.

* * *

Das Sternenzelt spannt sich über mir. Die Engel sind längst vom Himmel gefallen, und der Teufel liebäugelt mit den verlorenen Seelen. Eine haust zwischen meiner Wirbelsäule und den Rippen.

Um diese Zeit bin ich normalerweise zu Hause. Trotzdem lasse ich mich auf die Bank fallen. Sie ist feucht und durchnässt meine dunkle Hose, doch die Kälte erreicht mich nicht. Ich höre nichts – kein Geräusch dringt zu mir durch. Die einzelnen Schneeflocken versengen meine freigelegte Haut. Verewigen sich auf meinen Händen in ihrer einzigartigen Form.

Diesen Park kenne ich in- und auswendig. Jede Ecke und jedes Versteck haben sich in mein Gehirn eingeprägt, denn *vorher* sind wir immer hier gewesen. Die Eichen haben unzählbare Geheimnisse für sich behalten, jedes Lachen im Winde verwehen lassen. Hier habe ich meine beste Freundin Defne gefunden und verloren. Mein Bruder hat seine erste Liebe erfahren. Eine Liebe, der ich mich nicht mehr traue in die betrübte Miene zu sehen. Defne, die ihn unter dem Eichenbaum beerdigt hat.

Meine Beine besitzen ein Eigenleben, als sie auf den Baum zugehen. Der nächtliche Wind zerrt an der nackten Krone, sorgt dafür, dass die Zweige sich auf eine unnatürliche Weise biegen. Der

Stamm ist so breit, dass man sich hinter ihm verstecken kann, ohne entdeckt zu werden. Wenn er sprechen könnte, würde er Tausende Liebesgeschichten erzählen. Wie viele von ihnen wohl noch existieren?

An der untersten noch sichtbaren Stelle ist ein mir bekannter Name eingeritzt. *Onur Yıldırım.* Das *O* ist schief und das *n* kann mit Leichtigkeit mit einem *m* vertauscht werden. Aber Defne hat mit seinem Taschenmesser ihr Bestes gegeben und dabei Tränen in den Augen und Wehleiden im Herzen gehabt. Ihr Freund ist verschwunden. Vielleicht sogar verstorben. Somit auch ihre Liebe, die hier ruht. Nach einem Jahr hat sie wie viele von uns aufgegeben.

Der Gedanke sticht nicht mehr wie fünf Winter zuvor. Allein die Vorstellung, dass er tot sein könnte, hat sich damals tief in meinen Magen gegraben. Mittlerweile erscheint sie mir unvermeidlich und gleicht einem dumpfen Klopfen gegen eine längst verschlossene Tür. In jedem Buch folgt nach dem Höhepunkt der Fall. Also warum sollte es hier anders sein? Warum sollte die Geschichte meines Bruders anders enden? Die wenigsten sind Helden, die es lohnt zu retten.

Der Tod holt uns alle irgendwann ab. Bei Onur ist er nicht nett gewesen, hat sich nicht langsam eingeleitet. Hat dem Masochistischen den Vortritt gelassen statt der Hoffnung.

Vielleicht ist das Universum außerordentlich nett gewesen. Hat ihm das Leid und das Warten erspart. Oder aber er ist untergetaucht und will gar nicht gefunden werden – weit entfernt von jeglichen Problemen, die uns täglich versuchen zu ertränken. Alles Ansichtssache, schätze ich.

Uns unwissend zurückzulassen, ist trotzdem der größte Arschloch-Move, den du hättest bringen können, abi. Anne *hat dein Zimmer noch immer nicht ausgeräumt und schläft mit* baba *auf der Couch im Wohnzimmer, in der Hoffnung, dass du irgendwann wiederkommst. Sie kriegt kein Auge zu, weil sie auf dein Klingeln wartet. Ein Klingeln, das nicht kommen wird. Das uns nicht aus dem Schlaf reißen wird.*

Ich hasse dich für das, was du mir angetan hast. Für die schlaflosen Nächte, in denen wir nach dir gesucht haben. Für die Frauen in unserer

Familie, die nicht ihre Klappe halten konnten. Die lauter geweint haben als ich, obwohl jeder meiner *Knochen zertrümmert war. Ich habe Jahre gebraucht, um die Splitter zusammenzusetzen. Manche durchbrechen noch immer schmerzlich meine Haut, lassen sie bluten.*

Niemand hat mich gefragt, wie es mir geht. *Es ist so tragisch, ein Kind zu verlieren. Keine Mutter möchte erleben, wie ihr eigenes Kind vor ihr geht.*

Was ist mit Geschwistern? Was ist mit mir? Der Person, die ihren einzigen Bruder verloren hat? Meinen Helden, der mir bei den schwierigen Mathehausaufgaben geholfen hat. Der mir bei Halsschmerzen Traubensirup gemischt mit Sesampaste aufgezwungen hat. Etwas, das er von unserer Mutter gelernt hatte. Der, der mich in den Schlaf gesungen hat, trotz meiner höheren Tontreffsicherheit.

Die Tränen brennen in meinen Augenwinkeln. Hin ist das Versprechen an mich, nicht mehr zu weinen. Alte Wunden reißen schneller ein. Die Narbe ist empfindlich, und ich verabscheue es.

Ich hasse alles, was du mir angetan hast, abi.

* * *

»Wo bist du?« Seine Stimme ist eine gealterte Version der meines Bruders. Eine zerkratzte Schallplatte aus den späten Sechzigern, die einmal zu oft im Spieler lag. »Wir versuchen schon die ganze Zeit, dich zu erreichen!«

Mein Vater fährt sich über das übermüdet aussehende Gesicht, das ein Kind hat verschwinden sehen. Ein weiteres Mal würde er nicht aushalten, also lächle ich gezwungen in meine Frontkamera und eile die Straße zur nächsten Haltestelle entlang.

Anne nimmt ihm das Handy ab, um zu sprechen: »Als Azra gesagt hat, dass du aus dem Haus gerauscht bist, da habe ich mir nichts gedacht. Es ist spät geworden, *kuzum*, bitte, komm nach Hause.« Die Worte meiner Mutter sind sanft. Nackte Angst ist entweder beraubend oder erzürnend. Ein Ozean, der sie unter sich ertränkt, oder ein Lauffeuer, das sich rächt. Meine Mama ist längst im Wasser untergegangen.

»Wir reden weiter darüber, wenn du da bist. Halt mich bitte auf dem Laufenden. Ich hole dich von der Station ab.«

Das Bild wird schwarz, und ich stopfe mein Handy in meine Hosentasche. Wie kalt mir eigentlich ist, merke ich erst, als ich in die nächste Straßenbahn steige. Sie ist für Berliner Verhältnisse ruhig. Nur zwei weitere Personen haben es sich auf den Plastikstühlen unter dem flackernden Licht gemütlich gemacht. Die meisten sind dienstagnachts zu Hause und ruhen sich für den nächsten Arbeitstag aus. Nur gefallene Menschen suchen zwischen dem Rauch, der die Reklametafeln bleicht, und den Stadtlichtern den Halt, den sie tagsüber nicht finden konnten. Kaputte Menschen fühlen sich im Dunkeln, im Stillen, im Alleinsein angekommen.

Dass mich Dunkelheit nicht abschreckt, sagt vermutlich viel über meine Person aus.

SIEBEN | YEDİ

Evren

Als es am nächsten Abend klingelt, springe ich förmlich aus dem Bett. Meine Eltern sind noch immer auf der Arbeit, und Azra schiebt eine längere Lernnacht in der Bibliothek. Ich habe absichtlich mein Paket letzten Freitag bestellt, auch wenn man mit dem Lernen nie früh genug starten kann. Ich wollte, dass es ankommt, während niemand da ist. Alle würden viel zu viele Fragen stellen. Fragen, denen ich mit Unbehagen ausweichen müsste.

Ich verlasse mein Bett und renne auf die Türsprechanlage zu. Mit einem Surren öffne ich die Eingangstür.

»Ich lasse Ihr Paket im Eingangsbereich. Evren Yıldırım, richtig?«

Diese Situation gleicht den Liedern, die sich langsam aufbauen und aufbrausend werden, ohne sich zu entladen. Man erwartet den Drop jedes Mal, wenn der Refrain einsetzt, aber nichts geschieht. Und dann ist er da. Aus dem Nichts wird der Beat auf dem Boden zerschmettert.

»Hallo? Ist da jemand?« Der Mann klingt genervt, was mich keineswegs beruhigt.

Mein Herz schlägt immer lauter gegen meine gläsernen Rippen, und ich will nichts als reden. Möchte, dass der sich ständig wiederholende Satz aus meiner Brust bricht und meine Kehle verlässt. Wie gewöhnlich geschieht nichts – nicht einmal ein Piepen kommt mir über die zerkauten Lippen.

»Fuck … okay, ich komme hoch, verdammt.« Er ist wütend. Ich möchte am liebsten die Tür schließen und mir einreden, ich wäre nicht diejenige, die ihn sieben Stockwerke hochschickt.

Warum fällt es mir so schwer zu sagen: »Ja, ich bin das«? Warum musste meine Antwort auf Verlust völlige Stille und Trauer sein? Wenn man meine Mutter fragt, war ich schon immer leise und habe mich lieber zurückgezogen, statt mich zu streiten. Im Kindergarten wurde mir die Sandschaufel geklaut, weshalb ich mich neben die Büsche setzte und weinte, anstatt sie zurückzuverlangen. Ich habe immer Angst gehabt, und genau das war der Grund, warum ich aufgehört habe zu reden. Das war die Vermutung eines der etlichen Psychologen, zu denen mein Vater mich geschleppt hat, nachdem jeder andere die Hoffnung verloren hatte.

Jugendliche und Kinder reagieren anders auf schlimme Dinge. Jeder hat seine eigene Belastungsgrenze, bevor man Traumata erleidet. Bei Ihrer Tochter ist die Schwelle wahrscheinlich niedriger, und ihre Reaktion äußert sich sowohl als mentaler wie auch als verbaler Rückzug.

Zu Anfang ist es noch bewusst gewesen, ich habe nicht reden wollen. Habe Personen gemieden. Diese schmierigen Trauerbekundungen und Blicke konnte ich nachts unter der Dusche nicht abwaschen. Anstatt mit einem *Danke* zu antworten, habe ich geschwiegen. Es ist einfacher gewesen, die Menschen zu ignorieren, obwohl mein Schmerz so viel in mir eingenommen hat.

Die Schritte des Postboten sind schwer. Er ist atemlos, überragt mich um einen Kopf und ist genervt von der Anfang Zwanzigjährigen, die in einem Pyjama faul vor der Tür steht.

Ich öffne die Lippen, stoße jedoch lediglich einen hoffnungsvollen Atemzug aus, der im kalten Treppenhaus verpufft.

»Evren Yıldırım?« Seine stoische Miene verändert sich nicht, und ich nicke zur Bestätigung. »Okay, können Sie hier unterschreiben?«

Ich tue wie mir gesagt und nehme das Paket an. Ich kann nicht schnell genug die Tür schließen.

Am liebsten hätte ich mich entschuldigt. Verdammt. Das Paket ist beinahe so schwer wie ich. Er musste es wegen mir bis in den siebten Stock schleppen.

O Gott. Fühlt es sich so an, gefangen zu sein?

Ich atme einmal tief durch, bevor ich mich von der Wohnungstür löse und in mein Zimmer gehe, um das Paket zu öffnen. Ich habe ein paar Übungsbücher und -hefte für den Test für medizinische Studiengänge bestellt. Mit der Augenbrauenschere meiner Schwester fahre ich über das Paketband, bis die schmalen Seiten sich voneinander lösen und der Geruch bedruckter Seiten mir entgegenweht. Den riecht man in einer Universitätsbibliothek selten, außer man steht zwischen den neu gelieferten Zeitschriften.

Die dünnen bunten Bücher liegen sauber aufeinandergestapelt. Auf ihrer Vorderseite ist die Abkürzung *TMS* aufgedruckt, die für den *Test für medizinische Studiengänge* steht. Es ist eine der vielen Prüfungen, die man schreiben kann, um an einen Medizinstudienplatz zu kommen, wenn man keinen Eins-Komma-null-Schnitt im Abitur hatte. Vor allem an der Charité wiegt ein sehr guter Testscore viel.

Die Bücher sehen unscheinbar dafür aus, dass sie mich ein Vermögen von über hundert Euro gekostet haben. Teil des Geldes, das ich seit meinem nachgeholten Abitur letztes Jahr zur Seite gelegt habe – für den Fall der Fälle, dass ich ein Studium doch wagen sollte. Falls ich es schaffe, meinen Mut und Willen zusammenzukratzen, um es trotzdem zu probieren. Im Endeffekt war das Zurücklegen auch nur der Versuch, an meinem Traum festzuhalten und ihn nicht völlig an die Realität zu verlieren.

Als meine Finger über die kalten Buchdeckel streichen, erfüllt mich keine Aufregung oder Euphorie. Pure Angst pumpt unaufhörlich durch meine Adern, erstickt jegliche Freude in ihrem jungfräulichen Keim. Auch wenn ich den Test schreiben sollte, kann ich danach überhaupt studieren? Neben dem Medizinstudium zu arbeiten, ist schier unmöglich – den Wegfall meines Gehalts können wir uns nicht leisten.

Ich rede nicht einmal. Wie soll *ich* Menschen therapieren, ihnen erklären, was falsch mit ihnen ist, und ihnen helfen, wenn ich mir selbst nicht zu helfen weiß?

Ich schlage den Karton zu und schiebe ihn unter mein Bett. Die bunten Cover haben ihren Charme verloren. Egal wie oft ich schlucke, es bringt nichts. Der Geschmack der Furcht ist bitter.

Früher habe ich in solchen Momenten meine besten Freunde angerufen. Vor allem Defne. Lange bevor sie mit meinem Bruder zusammen war, waren wir unzertrennlich. Meine bessere Hälfte, die mit mir gelacht hat, wenn ich meine Freude nicht mehr in mir halten konnte. Die nach meiner ersten Trennung mit mir geweint hat.

Jetzt habe ich niemanden außer mich. Mich und meine zerfleischenden Gedanken.

ACHT | SEKİZ

Evren

Die Bibliothek ist ein stiller Ort. Ein Ort, dessen ruhige Energie sich nie ändert, egal ob der Regen gegen die großen Fenster peitscht oder die Studierenden im hintersten Eck Schutz vor der Sonne suchen. Doch die Spätschicht während der Klausurenphase ist beinahe … gespenstisch. Die Ruhe wird laut, und der Mond spendet wenig Licht.

In dieser Zeit hat die Bibliothek länger auf, heute an den Aktionstagen sogar bis zwei Uhr morgens. Studierende konnten sich ausnahmsweise am Eingang einen Energydrink mitnehmen. Die übrig gebliebenen Dosen habe ich in unseren Pausenraum geräumt. Eine befindet sich zwischen meinen Fingern.

Würde ich nicht dreifach so viel für die Nachtschicht bezahlt werden, vor der sich jeder drückt, wäre ich nicht hier. Die schweren Schlüssel baumeln vom Schreibtisch vor mir. Zeitgleich verspottet das Ticken der Wanduhr mich, indem der Sekundenzeiger immer langsamer schlägt, bis er gänzlich stoppt. Die Batterie hätten wir längst austauschen müssen.

Mit einem Seufzen hole ich mein Handy aus meiner Hosentasche, dessen Helligkeit mir die Sicht nimmt. Ich habe noch fünfzehn Minuten und mit jeder verstreichenden übermannt mich die Müdigkeit. Das Getränk bringt nichts – sogar für Koffein ist es zu spät. Anscheinend hat alles seine Zeit.

Im Dunkeln wirkt das Gebäude imposanter als sonst, die Decken sind weit entfernt und erhellen das Foyer durch gedimmte Lichter. Die meisten Etagen sind völlig dunkel, außer den wenigen Plätzen, die durch die Tischlampen bestrahlt werden. Die Köpfe der Studierenden sind so tief in ihre Materialien gesteckt, dass ich mir sicher bin, dass sie schlummern, anstatt zu lernen. Verübeln kann ich es um diese Uhrzeit keinem mehr. Meine Knochen rufen nach meiner durchgelegenen Matratze, die ich vor acht Jahren zum Geburtstag bekommen habe, nachdem die Federn der vorherigen sich in meiner Haut verewigt hatten.

Ich strecke meine Beine aus und verlasse die Rezeption, um die Studierenden endlich nach Hause zu schicken. Sie haben es genauso nötig wie ich. Der Aufzug ist hell und der Spiegel geputzt. Die Schatten unter meinen Augen machen mir mehr Angst als die, die um diese Zeit in der Bibliothek tanzen.

Ich klappere die Etagen ab, gehe durch alle Gänge und zeige mit einem Finger kurz auf mein Handgelenk, damit die Studierenden wissen, dass es an der Zeit ist. Die meisten schauen mich mit erleichterten Mienen an und packen in Windeseile ihre Siebensachen. Als hätten sie auf meine Erlaubnis gewartet, verschwinden zu dürfen. Vielleicht lässt sie das Wissen, dass sie bis zum Schluss hier gesessen haben, heute Nacht besser schlafen. Das Lernen selbst ist zweitrangig.

Als ich die vierte Etage abgesucht habe, finde ich jemanden auf dem letzten Platz wieder. Jenem, auf dem ich immer sitze, wenn ich Schluss habe, aber noch ein paar Buchseiten genießen möchte.

Natürlich ist es niemand Geringerer als Talhah. Das schummrige Licht der Tischlampe beleuchtet die linke Seite seines Gesichts, das nicht auf der Tastatur seines Laptops liegt, sondern konzentriert dem Bildschirm zugewandt ist. Einer der wenigen, die um diese Zeit noch verantwortungsvoll sind. Selbst ich habe meine Geduld verloren, und ich lerne nicht einmal für eine fordernde Klausur. Vom TMS einmal abgesehen. Die Übungsbücher liegen noch immer in ihrem Karton unter meinem Bett. Ich habe mich nicht getraut, sie rauszunehmen.

»Na, so schnell sieht man sich wieder, Evren.« Ein müdes Grinsen breitet sich auf seinen Lippen aus. Sein Kajal ist verlaufen, aber um diese Uhrzeit müsste Talhah schon abgeschminkt im Bett liegen. Ich sehe bestimmt nicht anders aus.

Ich zeige auf mein Handgelenk und deute über die Brüstung hinweg auf den großen Ausgang. Er zieht für eine Sekunde die Augenbrauen zusammen, schaut auf seine Uhr und seufzt.

»Wir haben echt schon zwei?« Seine Stimme schwankt zwischen Akzeptanz und Panik – ich kann bloß nicken.

Talhah lehnt sich ächzend gegen den Stuhl und lässt den Kopf über die Lehne hängen. Er sieht völlig fertig aus, was ein Zucken hinter meinen Rippen auslöst. Ob das ein komischer Herzschlag gewesen ist oder ein Funken Mitleid ihm gegenüber, kann ich nicht einordnen.

Er ist nervig und läuft mir für meinen Geschmack viel zu häufig über den Weg – Mitleid kann es also nicht gewesen sein.

Ich tippe ihm ungeduldig auf die Schulter, bis er die Augen öffnet.

»Ja, ist ja gut, ich beeile mich.« Er hebt entschuldigend beide Hände und klappt seinen Laptop zu, den er in seinen Korb schiebt. Als ich die Club-Mate darin sehe – wie er sie an Melli vorbeigeschmuggelt hat, ist mir ein Rätsel –, kann ich nichts gegen das Kopfschütteln tun. Vielleicht findet sich irgendwo darin auch linke Theorie. Oder Gras. Beides eine völlig legitime Möglichkeit.

Mit gerunzelter Stirn schaut er zu mir auf. »Was ist so witzig?« Der letzte Stift und ein Block landen in dem Korb, bevor er aufsteht und den Stuhl an seinen Platz rückt. »Was erfreut dich so sehr um diese gottlose Zeit?« Das kurze Mundwinkelzucken ist vermutlich ein Produkt der späten Uhrzeit und seiner Müdigkeit, die unter dem Schwarz der Schminke schlummert.

Ich zucke mit den Schultern.

»Schade.« Ein kurzer Stich der Enttäuschung setzt ein, als er einen Schritt nach hinten macht. Möchte er schon weg? War es das für heute? Keine weiteren Nachfragen, keine Sticheleien, kein Versuch, mich in ein einseitiges Gespräch zu verwickeln?

»Willst du auch mal reden oder reicht dir die nonverbale Kommunikation?«

Meine Enttäuschung verfliegt sofort. Talhah war definitiv angenehmer, bevor er so viele Fragen gestellt hat.

Ich verschränke die Arme vor der Brust, was er mir gleichtut.

»Willst du es mir absichtlich schwerer machen?« Er schmunzelt. »Wie wäre es mit einem Deal, bei dem ich dich am Ende in Ruhe lasse?«

Sofort werde ich hellhörig und beuge mich etwas in seine Richtung.

Er schüttelt ungläubig den Kopf. »Wow, so unsympathisch bin ich? Verdammt.« Übertrieben theatralisch fasst er sich an die Brust und lässt seinen Kopf hängen. Seine dunklen Wellen fallen nach vorne und glänzen noch immer trotz des gedimmten Lichts. Eigentlich habe ich auch welliges Haar, aber ich bekomme es nie gebändigt – die Locken haben mich nie sonderlich gekümmert, und ich habe nie gelernt, sie zu pflegen.

»Aber gut, dann beeile ich mich, ehe du hier noch Überstunden schieben musst.«

Bei seinen Worten hole ich mein Handy heraus und schaue auf die digitale Uhr, die mir anzeigt, dass ich nur noch wenige Minuten habe, bis die Studierenden aus dem Gebäude sein müssen.

Hektisch packe ich es wieder zurück und deute auf den Aufzug. Talhah folgt mir. Ich möchte ihn nach heute Nacht vom Hals haben, und wenn das bedeutet, mit ihm einen Deal einzugehen.

Talhah schaltet die Lampe aus, damit wir zusammen in den hell erleuchteten Aufzug schleichen können. Mit vor Müdigkeit brennenden Augen schaue ich zu meinem Gegenüber, das den Knopf für das Erdgeschoss drückt. Für eine Sekunde ist er nicht so nervig und aufdringlich, sondern konzentriert und leise. Er gefällt mir nachdenklich besser. Das Grinsen hat er komplett verloren, in den Mundwinkeln versteckt sich etwas, das ich nicht ganz erkennen kann. Begleitet durch einen konzentrierten Ausdruck, leere Augen, seelische Abwesenheit. Ich kann es nicht ganz zuordnen, zu lange ist es her, dass ich versucht habe, es zu verstehen. Ist es Trauer? Ich habe ewig nicht mehr nach außen getragen, was in mir stürmt.

Ich bin völlig vereinsamt auf der hohen See meiner unterdrückten Gefühle.

Als es pingt und die Türen sich öffnen, schaut Talhah wieder auf, und zurück ist das Grinsen. Als wäre die kurze Stille, in der er meilenweit weg war, nicht geschehen. Vielleicht hat er sie auch nicht bemerkt, ich werde ihn jedenfalls nicht darauf ansprechen – *sehr witzig, Evren* –, also warte ich darauf, dass er aussteigt, bevor ich dasselbe tue.

»Bereit, den Deal zu hören?« Seine Stimme ist aufgeweckt wie eh und je.

Ich weiß nicht, was mich erwartet, aber ich nicke trotzdem. Wer nicht wagt, der nicht gewinnt.

Wir gehen zu den Spinden, wo er einen öffnet, aus dem er einen zerschlissenen Jutebeutel und eine Winterjacke hervorholt. Den Beutel füllt er mit seinen Habseligkeiten und klemmt ihn zwischen die Beine, um seine Jacke über die Schultern zu ziehen. »Warum willst du nicht mit mir sprechen? Nicht einmal ein Wort?«

Dass diese Frage irgendwann kommt, musste ich erwarten. Sie kommt immer. Egal ob jemand lediglich Hallo sagt oder eine ganze Konversation führen möchte. Ich kann hören, also warum rede ich nicht? Jedes gottverdammte Mal die gleiche Frage, und mir ist bis heute nicht klar, was die richtige Antwort ist. Was genau von mir erwartet wird. Egal wie ich es drehe und wende. Egal wie ich es auf das Papier schreibe – mit Kugelschreiber oder Bleistift. Mit selbstbewussten Linien oder unsicheren. Die eine Antwort reicht nie.

Mein Bruder ist verschwunden. Vielleicht tot. Wir wissen es nicht genau. Traumareaktion.

Die Antwort schließt das Kapitel nicht, ist kein Ende für das Buch, mein Buch. Sie wirft nur mehr Fragen und Verwirrung auf. Fragen und Verwirrung, die auch ich nicht wegerklären kann.

Meine Luft wird bei der Frage knapp, und mein Herzrhythmus gerät außer Kontrolle. Jedes Mal keimt die Angst auf, dass es diesmal stehen bleibt. Dass dieses Mal das letzte Mal ist.

Doch so kommt es nicht. Als ich den Blick hebe, schaut mich Talhah noch immer neugierig an, und ich klammere meine Finger schmerzhaft fest in meinen Schlüsselbund.

»Hat das etwas mit mir zu tun?« Das Interesse, das in seinen Worten mitschwingt, prallt an mir ab und zerschmettert auf dem Boden. Menschen sind immer so egozentrisch. So selbstverliebt, dass sie glauben, dass alles ihretwegen passiert. Diese Frage habe ich oft gehört, und jedes Mal muss ich die Person beruhigen und ihr versichern, dass es nicht an ihr liegt und sie keine Ausnahme ist. Jedes gottverdammte Mal.

Die Sorge spiegelt sich in den grünen Augen Talhahs wider und nagt zeitgleich an meinem Gewissen. Ich atme einmal ein und aus. Ich will nach Hause. Da er mich sowieso nicht in Ruhe lassen wird, bis ich ihm Antwort gebe, bringt es nichts, still zu bleiben. Außerdem habe ich nie ein Geheimnis daraus gemacht, also warum sollte ich es jetzt tun?

Ein paar Studierende gehen an uns vorbei, raus durch die große Eingangstür, die man so spät nachts mit eigener Kraft öffnen muss. Ich lächle kurz und winke ihnen zu.

Talhah schaut mich noch immer an, als ich mich wieder zu ihm drehe. Die kalte Luft von draußen weht für einen Moment in das Foyer und lässt mich erschaudern.

»Evren?«, fragt er fordernd.

Kein Weg führt daran vorbei, also hole ich mein Handy heraus, um ihm eine kurze Antwort zu zeigen. Eine, die ich schon in meinen Notizen gespeichert habe, die ich jedem zeige, der mir die Frage stellt.

> Ich kann hören, aber rede nicht. Mutismus existiert bei verschiedenen psychischen Krankheiten. Bei mir liegt es wahrscheinlich an meiner PTBS – ausgelöst durch das Verschwinden meines Bruders. Die Suche nach ihm und alles, was darauf gefolgt ist, war sehr hart für mich. Ich spreche seit ungefähr fünf Jahren nicht.

Der letzte Satz stimmt nicht ganz. Ich habe nach dem Verschwinden meines Bruders angefangen, weniger zu reden. Als ich arbeiten musste, habe ich nicht mehr mit Freunden gesprochen. Als meine

Schwester ganz normal ihr Abitur machen durfte, obwohl ich es nicht konnte, habe ich aufgehört, mit ihr zu reden. Als mein Vater mich völlig vergessen hat, weil ich den ganzen Tag gearbeitet habe, habe ich nicht mehr mit ihm gesprochen. Es war ein langsamer Shutdown. Erst wenige Tropfen, die sich zu einem stürmischen Meer angesammelt haben.

Zuletzt habe ich noch mit meiner Mutter geredet. Bis zur Abiturfeier meiner Schwester lag ich spätabends neben ihr auf der Couch und habe ihr von meinem Tag erzählt. Von all den Dingen, die sich in mir ansammelten und nicht lösen konnten. Sie hat sich die Zeit für mich genommen, trotz ihres Knochenjobs, der ihr jegliche Kraft raubte.

Als mein Bruder verschwand, blieben nur noch wenige Monate bis zu meinem Realschulabschluss. Danach wollte ich mein Abitur machen, ich hatte schließlich das beste Zeugnis in meiner Klasse. Trotzdem sind meine Eltern nicht zu meiner Abschlussfeier gekommen. Der Grund war wie immer, dass sie schuften mussten. Etwas anderes hätte ich nicht erwarten sollen, denn so ist es, wenn man weder das erste noch das letzte Kind ist. Man wird zwischen der Freude über alles, was das älteste Kind erreicht, und all den Dingen, die das letzte Mal mit dem jüngsten geschehen, vergessen.

Die Abiturfeier meiner Schwester ist es jedoch wert gewesen, sich einen Tag freizunehmen. Und als meine Mutter sich mit mir um Angespartes gestritten hat, damit meine Schwester ein überteuertes Kleid und überflüssige Reisen geschenkt bekam, ist bei mir die Bindung zu ihr gerissen. Ich habe über Monate Geld zurückgelegt für den Tag, an dem ich *vielleicht* studieren kann. Es wurde mir mit einem erbärmlichen Dankeschön aus der Hand gerissen. In diesem Moment habe ich aufgegeben. Geplagt von den Schuldgefühlen, weil ich wusste und noch immer weiß, auf wie viel meine Mutter verzichten musste, um uns großzuziehen, und dem Wunsch, mich selbst mal vor alle anderen zu stellen. Nicht mehr zu sprechen, hat sich bei ihr angefühlt, als hätte ich etwas verloren.

Trotzdem ist das Reden nutzlos geworden, denn meine Worte

sind nirgendwo angekommen. Sie sind verflogen in der zerfetzten Luft zwischen uns – dort, wo einst Liebe war.

Damals, nachdem ich wegen der ersten Panikattacke ins Krankenhaus eingeliefert worden war, haben die Ärzte gesagt, dass ich unter Schock stehe und deswegen nicht rede. Sie haben mich an einen Psychologen verwiesen, aber das lohnt sich zumeist nicht, wenn man nicht spricht. Er hat mich auf totalen Mutismus diagnostiziert. Ich bin immer das leise und ängstliche Kind gewesen, während die Welt darauf gewartet hat, von meinem Bruder erobert zu werden. Ich habe eine Disposition fürs Schweigen, so der Psychologe. Aber ich habe abgeschaltet, ich wollte es nicht hören, denn es hat nichts an der Situation geändert. Es hat weder meinen Bruder zurückgebracht noch habe ich dadurch geredet.

Die Frage ist immer dieselbe, doch die Reaktion ist wie ein Überraschungspaket – man weiß nie, was man bekommt. Oft ist es Mitleid, eine ungewollte Umarmung, nach vorne geschobene Unterlippen, angehobene Mundwinkel, leere entschuldigende Phrasen –

»Wie heißt dein Bruder?«

Bis ich seine Worte registriere, müssen Stunden vergehen. *Wie heißt dein Bruder?* Selten bekomme ich eine Frage gestellt, die ich noch nicht gehört habe. Diesmal durchflutet mich Verwirrung.

Überrumpelt tippe ich den Namen *Onur*, und Talhah liest nickend. »Wie sieht er aus? Hast du ein Bild?« Die Leichtigkeit ist aus seinem Gesicht gewischt. Er blickt mich erwartungsvoll an, sodass ich die Notizen verlasse und ihm mein Hintergrundbild zeige.

»Ich werde die Augen offen halten. Vielleicht ist er ja doch auffindbar.« Verständnis bildet sich auf seinen Zügen ab, als wüsste er, wie es ist, jemanden zu verlieren. »Man weiß nie. Ich hoffe, er taucht auf. Es wäre zu schade, deine Stimme nie wieder zu hören. Ich bin mir sicher, sie ist wundervoll.«

Warum macht dieser Mann es mir plötzlich so schwer, ihn nervig zu finden? Und das, obwohl er mir versprochen hat, mich in Ruhe zu lassen, wenn ich ihm diese eine Frage beantworte.

Gut gemacht, Evren.

NEUN | DOKUZ

Evren

Die sieben Übungsbücher sind dünn, auf meinem Schreibtisch verteilt nehmen sie weniger Platz ein als eine meiner Leinwände. Trotzdem können meine Füße nicht stillstehen, und ich springe von einem auf den anderen. Der Stift in meiner Hand ist schon völlig zerbissen, weshalb die äußere Farbe auf den Laminatboden blättert.

Ich muss anfangen, für den TMS zu lernen, wenn ich ein gutes Ergebnis möchte. Mein Abiturschnitt ist zwar nicht schlecht, aber reicht definitiv nicht für ein Medizinstudium in Berlin aus. Für ein zukünftiges Vielleicht-Studium. Hoffnungsstudium. Eins, das unwahrscheinlicher ist, als ein Einhorn auf dem Alexanderplatz zu finden, das Goldbarren scheißt.

Genervt pfeffere ich den Stift auf die Bücher, wo er mit einem dumpfen Ton abprallt und zu Boden rollt. Verdammt. Ich möchte doch nur ein Buch öffnen und die Aufgaben darin lösen. Warum fällt es mir so schwer? Ich habe ein Vermögen dafür ausgegeben. Warum kann ich es nicht nutzen?

Dabei ist heute der perfekte Tag, um zu lernen. Azra schreibt eine Deutschklausur und will sich danach mit ihren Freunden treffen. Meine Eltern arbeiten bis in den späten Abend. Ich muss nur eins der Bücher aufschlagen. Nur aufschlagen und anfangen. Doch die mentale Barriere lässt es nicht zu, das Softcover anzufassen und über das weiße Papier zu streichen.

Mit beiden Händen fahre ich durch meine Haare, die völlig verknotet sind. Seit Tagen laufe ich nur noch mit einem Dutt und in Jogginghose herum. Vielleicht löst eine heiße Dusche nicht nur meine verspannten Muskeln, sondern auch meine Angst. Vielleicht kann ich sie damit wegspülen. Zuschauen, wie sie im Abfluss verschwindet.

Ich schäle mich aus meiner Kleidung, schmeiße sie in die Waschmaschine und verschwinde hinter der quietschenden Badtür. Seit Langem funktioniert das Schloss nicht, und der Vermieter antwortet nicht auf Mails. Diese Wohnung ist es schließlich nicht wert – sie wird seit Jahren vom Berliner Mietendeckel geschützt. Es gibt nichts zum Ausrauben, also existiert hier auch nichts zum Reparieren.

Ich drehe das Schildchen, das ich gezeichnet habe, auf *Besetzt* um, auch wenn gerade niemand zu Hause ist, und stelle mich unter die warme Dusche.

Das Kokosshampoo meiner Schwester stibitze ich und kann schon ihre mahnende Stimme hören. *Das ist teuer,* abla*! Ich brauche das, du kannst es nicht einfach benutzen. Was, wenn es alle wird und ich mir die Haare waschen möchte?! Willst du, dass ich mit fettigen Haaren herumlaufe?*

Sie ist so eine Dramaqueen, aber das tut meiner guten Laune keinen Abbruch. Ich spritze das Shampoo zwischen meine Handflächen und verteile es in meinen Haaren. Der warme Dampf umgibt mich, versteckt mich vor nicht vorhandenen Blicken. Er tut gut. Erwärmt mich für wenige Minuten. Vielleicht kann ich sogar ihr Rosenwasser für meine Haut benutzen, das sie sich extra von ihrer Freundin mitbringen lässt, wenn diese in der Türkei ist. Die pinke Flasche ist in ihren Augen mehr wert als ich.

Alles wird hinuntergespült – Shampoo, Duschgel, Spülung, sogar ein paar meiner Haarsträhnen. Aber nicht die Angst. Die sitzt mir noch immer im Nacken und flüstert Unverständliches in mein Ohr. Wüsste ich nur, *wovor* ich Angst habe, was diese Angst auslöst, könnte ich mich beruhigen. Aber mein Hirn verweigert es mir. Es schickt Signale an mein Nervensystem und warnt es vor etwas, das ich nicht erkennen kann. Etwas, das sich in den Deckeln der Bücher widerspiegelt, nachdem ich angezogen und mit einem Handtuch auf dem Kopf in mein Schlafzimmer trete.

Vielleicht sollte ich die Bücher wegräumen. Es gibt immer ein anderes Mal. Außerdem habe ich bis in den Mai Zeit. Am Ende macht es keinen Unterschied, ob ich heute oder morgen anfange.

Ich muss nur den Grund finden, warum ich so Angst davor habe. Es ist nichts Verbindliches. Der Test wird nicht über mein Leben bestimmen. Vielleicht ist das der Grund? Auch wenn ich gut abschneiden sollte, wird es mir nicht viel bringen. Die Wahrscheinlichkeit, dass ich dann Medizin studieren werde, ist genauso gering wie jetzt. Den TMS zu schaffen und darauffolgend doch nicht zu studieren, ist schmerzlicher, als es gar nicht zu versuchen.

Ich will gerade die Bücher zusammenräumen, doch es klingelt. Verwirrt ziehe ich die Augenbrauen zusammen. Die Uhr auf dem Tisch zeigt erst vierzehn Uhr an. Azra sitzt definitiv noch vor ihrer Klausur. Meine Eltern würden die Arbeit nicht verlassen, wenn sie nicht unbedingt müssten.

Schnell eile ich durch unseren kurzen Flur und betätige den Türsprecher.

»Hey, Evren! Ich bin's, Melda.«

Immer noch durcheinander drücke ich auf den Einlassknopf für die Haustür. Was macht Melli hier? Sie war die ersten Wochen, in denen ich in der Bibliothek gearbeitet habe, öfter hier. Aber nachdem sie bemerkt hat, dass ich auch dann nicht reden würde, wenn wir allein waren, hat sie aufgegeben. Die Besuche wurden immer weniger. Übel genommen habe ich es ihr nie, ich war eher enttäuscht von mir selbst. Nicht einmal eine Freundschaft konnte ich aufrechterhalten. Jetzt bin ich die uncoole Einundzwanzigjährige, die nur zu Hause bleibt und arbeitet.

Melda braucht nicht lange, um vor unserer Wohnungstür zu stehen. Dass sie seit Ewigkeiten nicht mehr hier war, merkt man ihr nicht an. Sie spaziert ungefragt herein, zieht ihre hohen Schuhe aus und hängt die schwarze Jacke auf den freien dunkelbraunen Haken. Der erste Gedanke ist, sie wegzuziehen und über die anderen zu hängen. Aber er ist absurd, also drehe ich mich zu ihr. Ohne ihre Schuhe ist sie so viel kleiner als ich, dass ich nach unten schauen muss.

»Ich dachte, ich besuche dich mal. Das letzte Mal ist schon lange her. Wie geht es dir, *canım*?« Sie schaut in unser Wohnzimmer, das ich längst hätte aufräumen müssen. Die Bettdecke meiner Eltern liegt auf dem Sofa.

Ich hole mein Handy heraus und tippe auf meine Notizen mit dem Titel *Melda.* Jeder, den ich kenne, bekommt seinen eigenen Ordner auf meinem Telefon. Das erleichtert das Kommunizieren. *Reden wäre einfacher.*

Mellis Notizen sind kürzer als die meiner Mutter oder Schwester.

Mach ich.

Ich weiß nicht.

Bei den Germanistikbüchern.

Echt, du bist mit dem zusammen? Was arbeitet er?

Als ich ganz unten angekommen bin, tippe ich schnell meine Antwort auf ihre banale Frage und drehe das Handy zu ihr.

Ganz gut, nur ein bisschen erschöpft.
Willst du was trinken?

Eigentlich sollte ich ihr mehr anbieten, vielleicht sogar etwas zu essen. Anders kenne ich es nicht von meiner Mutter. In einem türkischen Haushalt verlässt kein Gast das Haus mit leerem Magen. Sie erzählt immer, dass sie es so von unserer Oma gelernt hat. Dass man das letzte Brot mit demjenigen teilt, der sich die Mühe gemacht hat, uns zu besuchen. Vor fünf Jahren haben wir jedes Wochenende Freunde und Freundinnen bei uns gehabt und standen so lang in der Küche, wie eine Folge der derzeitigen Lieblingsserie meiner Mutter gedauert hat. Das Highlight war die Wassermelone, die wir im Sommer von Gästen als Nettigkeit mitgebracht bekamen und aufschnitten.

»O nein. Geht es dir gut? Warum bist du erschöpft?« Ihr Lächeln wird von einem sorgenvollen Ausdruck abgelöst. Uns trennen nur wenige Jahre, trotzdem nimmt sie oft die Mutterrolle ein. Tröstet die Mitarbeitenden und redet mir gut zu. Allein dass sie heute bei mir auf der Matte steht, obwohl ich keine gute Freundin bin, zeugt von ihrem mütterlichen Charakter. Wahrscheinlich liegt es daran, dass ihre Mutter vor zehn Jahren verstorben ist. Jeder hat sein Päckchen zu tragen.

Keine Sorge, ich habe keine Schusswunde, und in mir steckt auch keine Nadel. Willst du jetzt etwas trinken?

Sie verdreht die Augen und schlägt mir sachte gegen die Schulter. »Ein Wasser wäre nicht schlecht. Ich geh schon mal in dein Zimmer, ja?«

Ich nicke, woraufhin sie mir den Rücken zukehrt. Die Küche ist der einzige Raum, der aufgeräumt ist, außer dem Zimmer meines Bruders. Das ist immer ordentlich, nicht einmal ein Staubkorn verirrt sich dort hinein, weil meine Mutter es jede Woche akribisch säubert. Für den Tag, an dem er wiederkommt. Mein Glaube daran, dass er aufkreuzen wird, ist ähnlich verblasst wie seine Bettwäsche, die meine Mutter seit zehn Jahren nicht ersetzt hat. Die roten Pokémonbälle sind mittlerweile pink und Pikachu nicht mehr erkennbar.

Ich fülle schnell zwei Gläser auf und gehe in mein Zimmer. Melli steht vor meinem alten IKEA-Schreibtisch und starrt die TMS-Bücher an, die ich vergessen habe wegzuräumen. Oh, Scheiße. Sie kann für Tage am Stück reden und wird mich definitiv ausquetschen.

»Willst du den TMS machen?« Sie dreht sich nicht einmal zu mir um. Ihre Hände fahren über die Bücher und schaffen etwas, das ich vergeblich versuche: Sie öffnen eins und blättern es durch.

Ich antworte nicht, natürlich tue ich das nicht, also wendet sie sich mir zu und drückt eins der Bücher gegen ihre Brust.

»Willst du doch an der Charité studieren?«

Wollen ja, aber Können ist eine ganz andere Geschichte.

Ich zucke mit den Schultern.

»Als ob? Wirklich?«

Ich zucke wieder mit den Schultern.

»Bist du dir nicht sicher?«

Tief durchatmen. Melli ist zum unpassendsten Moment gekommen. Ich weiß doch selbst nicht, was ich will. Wie soll ich ihr dann die Situation erklären?

Trotzdem nicke ich.

»Hast du dich denn schon für den Test angemeldet?«

Ich nicke erneut.

»Dann musst du ihn machen! Da führt kein Weg dran vorbei.«

Ich schüttle den Kopf und drücke ihr das Glas Wasser in die Hand. Sie nimmt ein paar Schlucke, dennoch lässt sie mich nicht aus den Augen. Als könnte sie dadurch schlau aus mir werden. Als könnte sie meine Meinung ändern.

»Stell dich doch nicht so an, Evren. Du hast dich angemeldet und all das Geld bezahlt. Dann nimm dran teil. Ob du am Ende studierst, ist doch egal. So ein TMS gilt ein Leben lang.«

Sie hat recht. Man darf nur einmal den TMS schreiben, und die Punktzahl gilt für immer. Vielleicht könnte ich Medizin studieren, wenn ich älter wäre und meine Eltern mich nicht mehr so dringend bräuchten.

»Mach es, Mädel. Du kannst nicht auf ewig für deine Familie arbeiten. Du musst auch anfangen, für dich zu leben. Das bist du dir doch wert, oder nicht?«

* * *

Nach einem Kaffee, Mellis Auf-mich-Einreden und meinem stillen Nicken hat sie endlich ihre Schuhe angezogen und ihre Jacke von dem Haken meines Bruders genommen. Ich könnte schwören, dass dabei die Farbe abgesplittert ist, aber ich habe meinen Mund gehalten – wie immer.

Die Bücher auf meinem Schreibtisch räume ich schnell weg. Diesmal brennen sie jedoch nicht anschuldigend auf meiner Haut, als ich sie anfasse. Morgen wird es mir hoffentlich leichter fallen, eins aufzuklappen und zu lernen. Melli hat recht. Ich habe sowieso für alles bezahlt, warum dann nicht teilnehmen? Wenn das Studium nicht funktionieren sollte, tut es das eben nicht. Es wäre nicht der erste Rückschlag in meinem Leben.

»*Abla?*«

Ich schrecke hoch. Bevor ich mich sammeln kann, stürzt Azra regelrecht in das Zimmer. Ihre Umhängetasche fällt zu Boden und reißt den Jutebeutel voller Lehrbücher mit herunter.

»Oh, Scheiße.«

Ich bücke mich und helfe ihr, ihre Schminke, das Handy und den Krimskrams aufzuräumen, den sie mit sich trägt. Ihre Augenbrauen sind zusammengezogen, und wie in ihrer Kindheit leckt sie sich nervös über die Lippen. Der Tag war eindeutig stressig für sie.

»Ich will mit meinen Freunden raus. Willst du mitkommen?« Sie wirft alles, was sie aufsammeln konnte, wieder in ihre große Tasche. »Die sind superlieb. Ich habe schon von dir erzählt. Sie wissen, dass du nicht redest, also musst du dich auch nicht vorstellen.«

Ich schmeiße die letzten Gegenstände in ihre Tasche, die sie vor den bodenlangen Spiegel hinter der Tür stellt.

»Ich weiß, wie ungern du das anderen erklärst.«

Bevor ich antworten kann, ist sie schon aus dem Zimmer verschwunden, und die Tür des Bades knallt in ihrem Rahmen.

Will ich mit?

Dass Azra daran gedacht hat, mich ihren Freunden vorzustellen, bevor ich sie treffe, wärmt mein Herz – fast fühle ich mich schlecht, weil ich ungefragt ihr Shampoo benutzt habe. Was sie ihnen von mir erzählt haben könnte? *Meine Schwester redet nicht mehr. Und seit vier Jahren auch nicht mit mir.*

Der Gedanke sticht ganz ungewöhnlich. Nicht wie ein Messer, das in die Rippen gerammt wird, sondern wie eine Nadel, die über die Arme fährt, ohne die Haut zu durchbrechen und sie bluten zu lassen. Nur ein lang anhaltendes leichtes Brennen, das nicht verschwindet.

Weiß Azra überhaupt, warum ich nicht mehr mit ihr rede? In manchen Momenten fühlt es sich falsch an. Sie kann am wenigsten für die Situation. Sie hat mir nicht die Möglichkeit genommen, mein Abitur auf normale Art zu machen. Sie hat mich nie gezwungen, ihr Abiballkleid oder den Trip mit ihren Freunden nach Amsterdam zu bezahlen. Meine Eltern haben mich gedrängt, mein Gespartes dafür auszugeben, sie glücklich zu machen. Als wäre sie das einzige Kind, das es wert ist, unterstützt zu werden. Ich habe zu meinem sehr gut bestandenen Abendschulabitur nichts als lauwarme Umarmungen bekommen.

Azra ist in Windeseile wieder im Zimmer. »Kommst du mit?« Ihr Make-up sieht frischer aus. Sie schlüpft aus ihrer lockeren Hose und dem Pullover und stellt sich vor ihren Schrank. »Du gehst nur arbeiten und kommst nach Hause. Das ist kein Leben. Komm mit. Ich bezahle.«

Ihr stolzes Lächeln nach diesen Worten bricht mir das Herz, sodass ich nicke. Sie hat doch keinen verdammten Schimmer, was unsere Eltern angerichtet haben.

»Super!« Azra zieht mich in eine feste Umarmung und zeichnet danach mit einer schnellen Bewegung ein Herz unter mein Schlüsselbein.

»Dann steh auf und mach dich fertig. Wir müssen bald los!«

Ich verlasse ungern das Haus und die gemütliche Kleidung, in der ich gerade stecke. Lieber würde ich faulenzen und in meinem Büchlein zeichnen oder einen Film schauen. Sozialisieren, wenn man sich nicht unterhalten kann, ist meist bizarr. Ungemütliche Stille, die lauter ist als das Lachen am gegenüberliegenden Tisch. Das möchte ich mir und niemand anderem antun. Zu oft habe ich mich danach schuldig gefühlt. Das gezwungene Lächeln auf den Gesichtern mit Ausdrücken, die mir sagen, wie verdammt nervig sie mich finden oder wie viel Mitleid sie mit mir haben. Ich weiß nicht, was ich schlimmer finde. Und ehrlich gesagt habe ich es aufgegeben, herauszufinden, was mich mehr stört, denn es bringt nichts. Auch wenn ich es weiß, ich werde nichts daran ändern können. Oder wollen.

»Zieh das an.« Azra reicht mir ihr schwarzes Wollkleid, das ich ohne Widerworte entgegennehme. Sie macht mir die Sache leichter, wofür ich unendlich dankbar bin.

Die Straßenbahnfahrt zum Prenzlauer Berg fühlt sich wie eine Ewigkeit verkleidet in wenige Sekunden an. Azra erzählt, dass ihre Klausuren gut gelaufen sind und wer heute alles dabei sein wird, aber es rauscht an mir vorbei, obwohl ich ihr wie eine gute Schwester zuhören möchte. Egal wie sehr ich versuche, ihren Worten zu lauschen, sie entfliehen mir. Ich kann das Wollknäuel in mir drin nicht entwirren, also nicke ich nur und hebe an den richtigen Stellen die Mundwinkel.

Gott, der Abend wird eine Katastrophe, ich weiß es jetzt schon.

ZEHN | ON

Evren

Das gestrige Essen war am Ende gar nicht so schlimm. Azras Freunde haben, wie sie versprochen hat, nicht nachgefragt oder komisch auf mich reagiert. Sie waren viel zu sehr damit beschäftigt, über ihre Kurse zu reden und die Dozierenden durch den Dreck zu ziehen. Dabeizusitzen und zu essen, war eigentlich ganz schön. Ein Stückchen Normalität neben den chronisch tristen Tagen.

»Los, mach jetzt!«, sagt Melli tadelnd.

Seit zehn Minuten habe ich eigentlich Schluss, spiele aber mit meinem Handy, statt in das oberste Stockwerk zu gehen, mich an meinen gewohnten Platz zu setzen und zu lernen.

Ich kann gerade noch nach meiner Wasserflasche greifen, die auf dem alten Tisch des Pausenraums steht, bevor Melli mich aus dem Raum schiebt. Meine Umhängetasche schlägt gegen die Kante der Einbauküche, die älter als ich sein muss, so matt, wie die Hochglanzveredelung mittlerweile ist.

»Das Lernen wartet auf dich!« Melli wirft mir einen bitterbösen Blick zu, weshalb ich kapitulierend die Hände hebe. Sie weiß, dass ich nicht lernen, dass ich mich nicht an diese abstrus bunten Bücher setzen möchte. Nichtsdestotrotz führt kein Weg daran vorbei. Ich habe das Geld investiert, also muss ich den Sprung auch wagen.

Dass ich meine Tasche an meinen Lieblingsplatz mitnehmen darf, verdanke ich dem Angestelltenbonus, den mir Melli netterweise zuspricht. Der Gedanke, dass ich die Übungsbücher entblößt in das oberste Stockwerk tragen müsste, löst einen Kälteschauer aus. Die Studierenden um mich würden sie sehen. Die verzweifelten Versuche, einem verronnenen Traum hinterherzurennen.

Die Riemen stechen in meine Schultern, und das Gewicht der Bücher lastet schwerer auf mir als heute Morgen. Als versuchten sie, mich zu Boden zu ziehen. *Öffne mich nicht, du wirst enttäuscht sein, weil es dir am Ende sowieso nichts nützt. Das Leben ist nicht fair, das müsstest du langsam verstehen, oder nicht?*

Diesmal nehme ich die Treppen, das verlängert den Weg zum hintersten Tisch auf der obersten Etage. Das Treppenhaus riecht nach billigem Parfüm und abgestandenem Gras. Jemand hat sich Geduld fürs Lernen angeraucht – verübeln kann ich es demjenigen nicht.

Die schwere Glastür wehrt sich regelrecht gegen meine Versuche, sie aufzustoßen. Noch ein Zeichen, das ich ignoriere. Mit zitternden Fingern und einem üblen Gefühl im Magen passiere ich die deckenhohen Regale und setze mich an meinen Lieblingsplatz. Jemand hat vergessen, das Licht drei Plätze entfernt von mir auszuschalten. Widerwillig erledige ich das und setze mich erneut hin. Der Stuhl ist kalt, und unter meiner Handfläche spüre ich Krümel auf dem Tisch.

Ich sollte kurz zeichnen, bevor ich anfange zu lernen. Vielleicht nimmt mir das die Nervosität.

Heute sind die Reihen der Lernplätze in völlige Stille gehüllt. *Talhah fehlt.* Er ist sonst auch immer hier oben und nervt mich bis zum Überdruss.

Die Tatsache, dass er eben nicht da ist, schlägt unbekannte Wellen in meinem Bauch. Sanfte, unangenehme. Sie brechen, verlieren sich in ihrer Gischt, ohne ihr Geheimnis auszuspucken.

Evren, reiß dich zusammen.

Ruckartig öffne ich den Reißverschluss meines Rucksacks und nehme mir mein Notizbuch voller kleiner Zeichnungen heraus. Ich bin auf den letzten Seiten und brauche dringend ein neues – wären die mit dem qualitativen Papier zum Zeichnen nur nicht so verdammt teuer.

Ich blättere zur vorletzten Seite und zeichne drauflos, versuche, mich von meinen Gedanken und Gefühlen zu lösen, um einen freien Kopf zu kriegen.

Wenn mein Kohlestift über das dünne Papier gleitet, sind jegliche

Angst, Trauer, Sorge und Wut, die in mir hausen, meine Farben. Für alle anderen sind sie pechschwarz, verewigen sich in strengen, unkoordinierten Linien, die weder Anfang noch Ende haben. Mit jedem weiteren Strich übermannt mich eine Ruhe, die ich selten erlebe. Sie beruhigt die Wellen in meinem Inneren, das Karussell der Gedanken in meinem Kopf. Ich kann endlich vom Holzpferd abspringen.

Von Sekunde zu Sekunde wird das Bild klarer, während meine Finger viel zu schnell sind für mein Gehirn. Es kann nicht erfassen, was ich zeichne, bis ich den Stift weglege. Mein Zeigefinger und Daumen sind in Schwärze getaucht, die ich an meiner dunklen Hose abwische.

Vor mir sind große Augen, umrandet von Kajal, die in meine schauen. Dichte Wimpern verdecken die genaue Sicht auf die Farbe, die das Oberlid umrahmt, aber auf der Wasserlinie ist sie deutlich erkennbar. Talhah. Verdammt.

Ist das wirklich, ehrlich, ohne Witz dein verdammter Ernst, Evren?

Was für eine Genugtuung er erleben würde, wüsste er, dass ich seine Augen gezeichnet habe. Das würde sein Ego streicheln.

Ich schlage das Buch zu und stecke es wieder in meine Tasche. Als könnte ich vor meiner eigenen Zeichnung fliehen. Egal wie nervig Talhah ist, eins kann er: Versprechen halten. Seit unserem Deal habe ich ihn nicht mehr in der Bibliothek gesehen. Er hält sich von mir fern und lässt mich in Ruhe.

Will ich das? Meiner Zeichnung nach nicht. Er hat irgendetwas mit mir angestellt – unterbewusst denke ich an ihn. Was für eine Hexerei ist das?

Ich atme kurz durch, versuche, mich zu sammeln, und schaue hoch zur Decke. *Egal was es ist, es nützt nichts. Du hast nicht einmal Zeit für dich. Konzentrier dich auf die wichtigen Dinge des Lebens. Überleben. Komm durch dieses verdammte Jahr.*

Ich habe zwei Bücher mitgenommen – Matheaufgaben und die Schlauchfiguren, die im TMS das räumliche Vorstellungsvermögen testen.

Ich muss mich dransetzen und einfach machen, nicht darüber nachdenken. Es ist wie Bungee-Jumping – das erste Mal auf dem Rand der Klippe fühlt sich wie ein Sprung in den eigenen Tod an, aber nach dem Fall will man erneut springen. Ein einziges Mal loslassen, sich fallen lassen, dann wird es schon klappen.

Bevor mein Hirn streiken kann, greife ich nach dem ersten Buch und öffne willkürlich eine Seite. Schlauchfiguren. *Diesen Schlauch sehen Sie von vorne. Aus welcher Sicht wird der andere gezeigt?* Ich wünschte, der Test würde medizinisches Wissen abfragen, das wäre leichter als logisches und mathematisches Denken, was am wichtigsten für eine gute Punktzahl ist.

Ich scanne die kleinen Bilder in solch einer Geschwindigkeit, dass mein Herz stolpert. Bis es sich beruhigt hat, habe ich die Doppelseite schon überflogen.

Die Aufgaben sind nicht schrecklich. Ich kann das. Mein Kohlestift ist jedoch nicht fürs Ausfüllen geeignet. Er wird schmieren, trotzdem greife ich danach. Die Spitze, die vor wenigen Momenten noch Talhahs Augen gemalt hat, soll kleiner werden, bis nichts mehr von ihr übrig bleibt. Bis sie nicht mehr in der Lage ist, solch ein Bild zu malen.

Bis *ich* nicht mehr in der Lage bin, solch ein Bild zu malen.

ELF | ON BİR

Evren

»Evren!« Die Stimme meiner Mutter lässt mich durch das Telefon aufhorchen. Ich packe meinen Stift ein und schlage das Übungsbuch zu. »Du musst schnell kommen. O Gott, ich glaube, ich habe mir den Fuß gebrochen.«

Wie von der Tarantel gestochen, stehe ich auf. Den Stuhl schiebe ich quietschend nach hinten, mein Stift landet mit der Spitze auf einer der geöffneten Seiten des anderen Übungsbuchs.

In solchen Momenten verabscheue ich mich. So viele Menschen leiden an einer PTBS. Die Traumata holen sie in der Nacht ein, oder sie meiden Orte und Menschen, die sie an die Gefahr, die Angst und Hilflosigkeit erinnern. Und was mache ich? Ich verliere meine Stimme. In wichtigen Situationen kann ich nicht einmal fragen: *Was ist passiert?*

»Ich bin … ich bin bei den Webers zu Hause. Ich bin ausgerutscht und total komisch auf meinem Fuß aufgekommen. Kannst du mich abholen?«

Meine Familie hat längst gelernt, auf mein Schweigen mit Antworten zu reagieren. Sie wissen es, trotzdem werden die Wellen in mir stürmisch und halten mich unter Wasser.

Das Handy ist schwer in meiner Hand, als ich es von meinem Ohr nehme und ihr eine SMS schreibe mit einem einfachen: *Okay, ich bin gleich da.*

Heute hat mir mein Vater das Auto überlassen, da ich früher zu Hause sein werde und ihn aus dem Imbiss abholen kann. Er ist immer darauf bedacht, mir meine Arbeit zu erleichtern, wofür ich ihm unglaublich dankbar bin.

Das prunkvolle Haus der Webers habe ich schon mehrmals besucht. Charlottenburg ist nicht weit mit dem Auto, wenn der Verkehr es zulässt. Die Villa im Grünen ist umgeben von Schutzmauern und Security, die nicht jede Person durchlässt. Als ich das letzte Mal dort auf der Matte stand, habe ich zusammen mit meiner Mutter die Fenster geputzt, weil es kein Einmannjob ist. Dafür sind sie viel zu groß.

Ich schmeiße meine Bücher in den Rucksack. Ohne ihn zu schließen, eile ich die Treppen zum Ausgang hinunter. Die Studierenden, die mir entgegenkommen, grüßen mich mit einem Handheben und Lächeln, doch ich ignoriere es.

Menschen reihen sich aneinander und wollen die Aufzüge nach oben nehmen oder unterhalten sich im Foyer, um dem stundenlangen Lernen auszuweichen. Das laute »Tschüss« von Melli bekomme ich nur am Rande mit.

Die Winterluft ist beißend, und mir wird für einen Wimpernschlag übel. Ich richte meinen dicken Schal, um meinen Hals zu schützen.

Der zwölf Jahre alte Ford Fiesta steht schlecht in eine Lücke geparkt im Parkhaus. So schlecht, dass Leute es nicht einmal versucht haben, neben mir ihr Auto abzustellen. Der Beton um die Reifen ist aufgebrochen, und die weißen Spuren, die die Parkplätze voneinander trennen sollen, sind längst verblasst. Bloß die sauberen hellgrauen Streifen erinnern an sie.

Ich muss stark an der Fahrertür ziehen, bevor sie sich öffnen lässt. Damals hat mein Vater den Preis des Wagens herunterhandeln können wegen genau diesem Fakt – und weil sich das Fenster auf der Beifahrerseite nur bis zur Hälfte herunterfahren lässt. Bis jetzt haben wir es nicht reparieren lassen, wodurch dem Beifahrer jeden Sommer ein Hitzschlag droht.

Der Motor ist laut und der Rückwärtsgang schwer zu schalten, obwohl ich die Kupplung durchdrücke. Als ich es endlich aus dem Parkhaus schaffe, ist die restliche Fahrt ein fließendes Bild von Autos, Ampeln und Bäumen.

Die Menschen in Berlin verschwimmen zu einer unkenntlichen Masse, bis ich in einem Stadtteil ankomme, der keinen Hauch von der verdreckten Seite hat, die ich kenne. Hier scheint der Müll aufgeräumt, die Menschen weniger und die Luft frischer.

Riesige Häuser erstrecken sich über wenige Straßen. Ich bin mir sicher, dass sogar der Tropfen Eis an einem heißen Tag vom Boden aufgeleckt wird. Alles scheint makellos. Von den zur Perfektion geformten Büschen, die die Haustüren vor fremdem Blicken abschirmen, bis zu den teuren Autos vor den Eingängen, die das Vermögen der Anwohnenden nur erahnen lassen.

Herr Weber ist ein Professor der Rechtswissenschaften und seine Frau eine plastische Chirurgin – Berlin ist nichts als ein Spielplatz für sie. Sie können sich die beste Schaukel aussuchen. Verdammt, sie können das ganze Gerüst besetzen und niemanden drauflassen.

Das pompöse Haus am Ende der Straße wird von einem verschlossenen Tor geschützt, das sich öffnet, als es mein Kennzeichen erkennt.

Auf dem Beifahrersitz liegen eine alte Wasserflasche und McDonald's-Verpackung. Mit fahrigen Bewegungen schiebe ich den Abfall nach unten. Wenigstens das sollte Frau Weber nicht sehen.

Der Kieselweg ist laut, jeder Stein knirscht unter den Reifen. Das Geräusch hallt noch in meinen Ohren wider, nachdem ich abrupt geparkt habe und aus dem Wagen gestiegen bin, um die wenigen Treppen zum Eingang zu laufen.

Die Tür steht längst offen, und meine Mutter lehnt im Rahmen. Hinter ihr Frau Weber, die ihren besorgten Blick nicht von *anne* abwenden kann. Ihr blondes Haar ist nach oben gesteckt, und die Perlenohrringe sind teurer als die Winterreifen unseres Wagens.

»Evren, Schatz, dich habe ich schon lange nicht mehr gesehen.« Ihre rot bemalten Lippen verziehen sich zu einem professionellen Lächeln – nicht zu breit, aber breit genug, um Sympathie zu erwecken. »Deine Mama ist ganz unglücklich umgeknickt. Eigentlich wollte ich einen Krankenwagen rufen, aber sie hat verneint. Entschuldige, dass du den ganzen Weg hierherfahren musstest.«

Ich schüttle meinen Kopf und schenke ihr ein schwaches Lächeln. Meins muss eher verzweifelt als professionell wirken.

Frau Weber fährt langsam über den Rücken meiner Mutter und bückt sich etwas zu ihr. In ihren hohen Schuhen überragt sie sie um einen halben Kopf.

»Wenn du im Krankenhaus bist, bitte sag, dass ich dich geschickt habe, okay?«

Meine Mutter winkt ab und stützt sich mit einem Arm auf meine Schultern, sodass sie ihren verletzten Fuß nicht belasten muss. »Das muss nicht sein, wirklich nicht. Ich denke, es ist nichts Ernstes. Ich bin in null Komma nichts wieder draußen.«

»Hatice … für mich scheint es ernst zu sein. Du kannst ja nicht einmal auftreten!« Frau Weber schüttelt entrüstet den Kopf, und ich will einfach nur verschwinden. »Ich rufe selbst an, wenn du es nicht sagst!«

Meine Mutter nickt schnell, bietet ihr eine beschwichtigende Antwort an, und ich winke, bevor wir endlich in unser Auto steigen können. Frau Weber ist viel zu nett für ihre Steuerklasse.

Mit zittrigen Händen öffne ich die Autotür, helfe meiner Mutter beim Einsteigen und tippe schnell eine Frage auf meinem Handy, die ich ihr schicke.

Evren: Wie ist das passiert?

Das Telefon meiner Mutter pingt, und sie liest die Nachricht. Ich starte schon den Wagen, um das teure Anwesen hinter mir zu lassen. Augenblicklich wird die Atemluft dreckiger.

»Ich bin total unglücklich ausgerutscht. Zum Glück war Selina da, um mir aufzuhelfen. Sie wollte unbedingt einen Krankenwagen rufen, aber ich habe ihr gesagt, dass ich einfach ins Virchow gehe, da kennen mich wenigstens die Ärzte.«

Das Virchow-Klinikum liegt unweit von unserer Wohnung und dient Medizinstudierenden als Universitätsklinik. Seitdem ich mich erinnern kann, putzt meine Mutter dort. Das war einer ihrer ersten Jobs in Deutschland. Sie hat davon erzählt, wie schwer es gewesen ist, Deutsch zu lernen, und dass ihre Kolleginnen ihr empfohlen haben, Kinderserien zu schauen. Sie hatte medizinische Begriffe drauf, bevor sie eine Konversation aufrechterhalten konnte.

Meine Mutter hält sich gequält den Fuß, der zwar nicht blau, aber definitiv am Sprunggelenk angeschwollen ist.

Eigentlich hasse ich es, Auto zu fahren. Vor allem in Berlin, wo alles so überfüllt und durcheinander ist, aber in diesem Moment ist es mir völlig egal. Jeder Gang rastet geschmeidig ein, und die panische Angst, in einen Unfall verwickelt zu werden, tanzt nur am Rande meines Bewusstseins und nimmt nicht so viel Platz ein wie sonst.

»Dr. Koslow ist heute für die Notaufnahme zuständig. Er hat bestimmt wieder Medizinstudierende am Hals.« Meine Mutter verzieht das Gesicht und meines versteinert. Studierende fangen zu dieser Zeit das zweite Tertial ihres Praktischen Jahres an. »Die haben sogar Angst, dich zu fragen, wie es dir geht. Immer so eine Arbeit mit denen.«

Tief durchatmen.

Für einen kurzen Moment durchflutet Eifersucht meinen Körper. Ich hätte eine dieser ängstlichen Medizinerinnen sein können, wäre das Leben nicht so unvorhersehbar. Diese kindliche Wut, die nie verschwindet und immer unter der Oberfläche brodelt, müsste ich längst unter Kontrolle bekommen haben. Immerhin hätte ich damit abschließen sollen. Ich weiß, seitdem ich sechzehn bin, dass dieser Traum geplatzt ist. Trotzdem fackelt sie in mir, züngelt nach jedem Fetzen Liebe, den ich noch in mir trage, um ihn in lauwarme Asche zu verwandeln.

»Evren, du musst jetzt abbiegen!« Die laute Stimme meiner Mutter reißt mich aus meinen Gedanken. Ich bremse so stark, dass es hinter mir wie wild hupt.

Der verwirrte Blick meiner Mutter lässt mich nicht los, bis ich wieder anfahre und rechts abbiege. Meine Wangen werden heiß, und am liebsten würde ich das Auto abstellen und abhauen. Fliehen, so wie immer, wenn mir etwas zu viel wird. Denn wenn ich nicht fliehe, wenn ich versuche, alles zu ertragen, dann verliere ich etwas von mir. Erst ist es meine beste Freundin im Kindergarten gewesen, die von einem betrunkenen Autofahrer am helllichten Tag erfasst worden ist, dann mein Bruder, meine Stimme, meine Träume. Wenn ich darauf warte, dass es besser wird, zerbricht alles zu Schutt, den ich nicht aufheben und wieder zusammensetzen kann.

»Was ist heute los mit dir? Dir wäre hinten fast jemand raufgefahren.« Ich kann beim besten Willen nicht einschätzen, ob sie ängstlich oder besorgt klingt. »Ist alles okay?«

Nein, nichts ist okay. Und das schon lange. Warum tun wir so, als wäre alles am rechten Platz?

Ich nicke schnell und steige aus dem Auto, um ihr zu helfen. Im Krankenhaus brennt mir der Desinfektionsgeruch in der Nase. Am Eingang bietet uns eine Schwester einen Rollstuhl für meine Mama an, die ablehnt. Zusammen gehen wir in die Notaufnahme, die heute überfüllt ist. Ein Mann hält sich ein blutiges Handtuch an die Hand, ein kleines Kind weint lautstark, und eine schmale Frau drückt sich einen Kühlakku auf das Auge.

»Du kannst dich schon einmal setzen, *kuzum*. Ich melde mich an.«

Ich will ihr unter die Arme greifen, aber sie macht eine wegwerfende Handbewegung und stützt sich an der Wand ab, um zur Rezeption unweit der letzten zwei freien Plastikstühle zu humpeln. Eine weitere Schwester sitzt hinter dem Glasfenster und nimmt die Krankenkassenkarte meiner Mutter an.

Die Notaufnahme ist kahl, die Sitze sind hart, und braune Flecken mustern die Wände. Die Luft ist geschwängert von Ungewissheit und dem metallischen Geruch von Blut.

»Ein Medizinstudierender wird sich um mich kümmern«, sagt meine Mutter und setzt sich mit einem Ächzen zu mir. »Mein Fuß ist wohl eine gute Möglichkeit zum Üben. Ist anscheinend nichts Gravierendes.«

Ich hebe meine Augenbrauen, aber sie lacht zur Antwort. »Dafür kommen wir schneller dran! Vielleicht sehen wir Koslow ja doch noch.«

Als ich jünger war, hat mich meine Mutter oft mitgenommen. Ich durfte im Schlafzimmer der Ärzte sitzen oder auch im Stationszimmer der Pflegenden sein. Sie alle haben mir Süßigkeiten und Ausmalbücher gebracht. Dr. Koslow war einer der Ärzte, der sich in seinen Pausen zu mir gesellt und sich mit mir über meine Zeichnungen unterhalten hat, die ich dort den ganzen Tag angefertigt habe. Als ich ihm erzählte, dass ich auch Ärztin werden möchte wie er, konnte er nur lachen. Am nächsten Tag lag ein Nahtlernkit auf dem Tisch.

»Frau Yıldırım?« Die Schwester von eben steht mit einem freundlichen Lächeln vor uns. »Sie können in Raum drei gehen.«

Ich helfe meiner Mutter auf, damit wir der Frau folgen können, die uns hinter eine große Tür und in einen leeren Raum führt.

»Herr Aziz wird gleich bei Ihnen sein. Falls Sie davor etwas brauchen sollten, finden Sie mich im Büro mit der offenen Tür.«

»Danke schön.«

Als sich meine Mutter auf die Liege setzt, reißt das dünne Papier unter ihr. Ich lasse mich auf den Lederstuhl vor dem Fenster nieder, dem Drehstuhl des Arztes gegenüber. Der Schreibtisch ist aufgeräumt, nur der alte Computer macht asthmatische Geräusche.

Es klopft kurz, bevor jemand eintritt. »Entschuldigen Sie die Wartezeit, aber heute –« Er stockt. Mein Atem bleibt mir im Rachen stecken, als ich erkenne, wer *Herr Aziz* ist.

Talhah steht vor mir, diesmal ohne Kajal um die Augen und ohne seinen Nasenring. Die Latexhandschuhe in seinen Händen fallen zu Boden, und sein reinweißer Kittel streift das Linoleum, während er sie aufhebt, um sie in den Müll zu schmeißen.

Er schüttelt den Kopf, desinfiziert seine Hände und greift nach neuen Handschuhen.

»Entschuldigen Sie die Wartezeit, Frau Yıldırım.« Er wendet sich an meine Mutter.

Talhah, ein Medizinstudierender. Ich spule jegliche Erinnerungen an ihn vor meinem geistigen Auge ab, versuche, irgendwelche Hinweise darauf zu finden, dass er Medizin studiert. Warum habe ich die Möglichkeit verdammt noch mal nicht in Betracht gezogen? Er saß in der medizinischen Fachbibliothek!

»Sie sind wegen Ihres Fußes hier?«

»Ja, genau.« Während meine Mutter über ihre Verletzung spricht, schenkt ihr Talhah ein Lächeln, das ich allzu gut kenne. Es schmilzt auf der Zunge wie Zuckerwatte.

Deshalb ist er nicht in der Bibliothek aufgetaucht. Nicht weil er sich an den Deal halten wollte – die praktische Phase hat wieder seine Zeit eingenommen. Alles ergibt jetzt Sinn.

»Er ist verstaucht oder gebrochen, glaube ich«, endet meine Mutter.

»Dafür bin ich ja da. Können Sie Ihren Fuß frei machen? Dann kann ich mir ein besseres Bild machen.«

Er setzt sich auf seinen Stuhl und rollt zu meiner Mutter, aber nicht, bevor er mir einen undefinierbaren Blick zuwirft. Mit vorsichtigen Fingern hebt er den Fuß an und drückt auf diesem herum, bis sie zischt. Entschuldigend sieht er sie an. Warum ist genau er derjenige, der meine Mutter behandelt? Ist das kosmisches Karma, das mich einholt, weil mein Leben nicht schon scheiße genug ist?

»Das Sprunggelenk tut Ihnen weh. Ich denke, eine Röntgenaufnahme kann nicht schaden. Wie wäre es, wenn Ihre Tochter« – kurz liegt seine Aufmerksamkeit auf mir, woraufhin sich mein Körper versteift – »Sie zu den Röntgenzimmern bringt? Wir würden uns dann wieder hier treffen und die Aufnahmen besprechen. Hört sich das gut an?«

»Ja, das ist in Ordnung.« Meine Mutter lächelt ihn an. »Du bist der erste Medizinstudierende, der nicht völlig aufgeschmissen wirkt. Ich hätte fast geglaubt, du wärst schon ein Arzt.«

Talhah senkt den Kopf, und ich meine, einen pinken Ton in seinem Gesicht zu erkennen, bevor er sich wieder aufrichtet. »Danke. Das bedeutet mir viel.«

Sein Blick streift erneut meinen, bevor er aus dem Zimmer verschwindet. Ich bin wie auf dem Sitz festgenagelt. Talhah stand mir gegenüber. Im Kittel.

»Evren, wollen wir los?«

Als ich mich aus meinen Gedanken lösen kann, steht meine Mutter wieder angezogen auf dem Boden, und ich erhebe mich langsam. Wir treten aus dem Raum, verlassen die Notaufnahme und durchqueren zwei Flure, um den Röntgenbereich zu finden. Talhah laufe ich dabei nicht über den Weg. Ich weiß nicht, ob mich das freut oder enttäuscht. Und ich will es auch nicht herausfinden.

Heute ist das eine Mal verwirrend genug gewesen. Der Gedanke, dass ich ihn gleich noch mal sehen muss, löst Übelkeit in mir aus. Am liebsten würde ich in meinen kleinen Ford steigen und wegfahren. Hatten wir nicht einen verdammten Deal?

»Ich melde mich schnell zum Röntgen an, ja?«

Ich nicke und lasse mich auf einen der Sessel fallen, die hier gemütlicher sind als in der Notaufnahme. An den Wänden hängen wenige Gemälde, die nicht von den tragischen Nachrichten ablenken können, die auf einem hoch aufgehängten Flachbildschirm laufen.

»Ich komme wohl direkt dran, Evren! Wir sehen uns gleich.« Meine Mutter winkt mir zu und wird in einen der vielen Räume geführt.

Ich brauche dringend etwas zu trinken. Irgendetwas, um mich abzulenken. Der Tag heute ist zu viel für mich. Viel zu viel.

Ohne weiter darüber nachzudenken, stehe ich auf, verlasse den Aufenthaltsraum und gehe auf Autopilot zu der kleinen Snackecke auf dieser Etage. In einer Nische neben den Aufzügen stehen drei Kaffee- und ein Süßigkeitenautomat, der schon längst hätte aufgefüllt werden müssen. Zwischen den meisten Metallringen herrscht gähnende Leere, nur zwei Packungen Kekse sind ganz unten noch verfügbar. Eine davon kaufe ich, um sie mit meinem schwarzen Kaffee zu paaren. Als dieser aus der veralteten Plastikspitze tropft, steigt mir ein verbrannter Geruch in die Nase. Ein Geruch, der auch in der Notaufnahme prominent war. Wie viele Familienmitglieder dort wohl verzweifelt auf Antworten von Ärztinnen und Ärzten warten? Stundenlang im Ungewissen, und das Einzige, was sie wach hält, ist eine Mischung aus Hoffnung und dieser Brühe, die unter normalen Umständen niemandem schmecken würde.

Warum musste ich Talhah begegnen? Warum studiert er genau das, wovon ich schon immer geträumt habe? Es sollte kein Grund sein, ihn nicht zu mögen, aber genau dazu verdreht es mein Gehirn. Der giftige Neid ist nicht aufzuhalten und schmeckt beinahe so schlecht wie der Kaffee.

Ich beiße in einen staubtrockenen Keks und spüle ihn mit dem letzten Tropfen des Heißgetränks hinunter, bevor ich mich wieder auf den Weg zurück zu meiner Mutter mache.

Die Zeit vergeht in Lichtgeschwindigkeit. Als ich wieder bei den Röntgenzimmern bin, schaue ich auf meine Armbanduhr und merke erst dann, dass ich zehn Minuten gebraucht habe. Die Klinik ist wie ein Labyrinth, und bis man von einem Punkt zum anderen gekommen ist, dauert es Jahre.

An der Rezeption tippt eine Schwester furios auf der Tastatur. Ich will sie fragen, wo meine Mutter ist und ob sie schon fertig ist, aber wie gewohnt verlässt kein Laut meinen Mund.

Mittlerweile möchte ich nur noch nach Hause gehen, mich in mein Bett legen und abschalten. Jetzt noch mit einer auf meinem Handy getippten Notiz nach meiner Mutter zu fragen, wäre der Tropfen, der das Fass zum Überlaufen brächte. Dann müsste nicht nur sie wegen eines gebrochenen Fußes in die Notaufnahme, sondern auch ich wegen eines Nervenzusammenbruchs.

Als die Schwester mich bemerkt, spricht sie mit monotoner Stimme. »Ihre Mutter ist schon wieder zurück zu ihrem Arzt. Die Aufnahmen gingen schnell.«

Ich schicke ein schnelles Dankgebet gen Himmel, weil ich nichts tippen musste, und gehe in Richtung Notaufnahme. *Dort wirst du Talhah begegnen.* Gott, ich weiß nicht, ob das besser ist als das Tippen. In diesem Moment weiß ich gar nichts mehr. Eine Möglichkeit ist peinlicher als die andere.

Ich durchquere den weniger gefüllten Warteraum der Notaufnahme, um zu den Behandlungszimmern zu gelangen. Bevor ich in das meiner Mutter eintrete, höre ich zwei Stimmen, die sich angeregt unterhalten.

»Genau, in der Bibliothek, in der sie arbeitet.« Die tiefe Stimme gehört definitiv Talhah.

»Und sie zeigt dir die kalte Schulter? Wundert mich nicht. So ist sie zu allen.«

Sie unterhalten sich über *mich.* Über mich! Als gäbe es nichts Wichtigeres – ihren Fuß zum Beispiel! Das ist so unprofessionell.

»Ja, das habe ich auch gemerkt. Ich dachte, sie hat ein Problem mit mir, aber anscheinend hat sie eine Abneigung gegen alle Menschen.«

»Du solltest es definitiv weiter versuchen. Sie ist immer so abweisend, bis sie es eben nicht mehr ist. Ihre harte Schale hält sie nicht lange aufrecht.«

Kurze Stille tritt ein, die die Wut in mir völlig übertönt.

»Natürlich mache ich das, gar kein Problem.«

Irgendetwas hat Talhah gesagt, das ich nicht mitbekommen habe. Was fällt den zweien ein, hinter meinem Rücken über mich zu reden?!

Mit voller Kraft öffne ich die Tür, und beide Augenpaare bewegen sich schockiert in meine Richtung. Meine Mutter steckt sich eilig etwas ins Portemonnaie, während Talhah sich vor das weiße Licht stellt, das die dunklen Röntgenbilder durchleuchtet.

»Äh …«

Er kommt jedoch nicht weit. Ich lasse mich laut auf den Stuhl fallen und kreuze genervt die Arme vor der Brust. Meine Augenbrauen sind gefährlich zusammengezogen, und ich könnte schwören, dass ich vom Lippenbeißen Blut auf der Zunge schmecke.

Talhah räuspert sich und zeigt auf die linke Aufnahme. »Nach Absprache mit Herrn Dr. Koslow habe ich tolle Neuigkeiten, Frau Yıldırım. Ihr Fuß ist nicht gebrochen, nur verstaucht.«

»Oh, das hört sich doch gut an.«

Talhah nickt freundlich. »Ja, schon, aber Sie müssen ihn trotzdem schonen. Ich werde ihn verbinden, sodass Ihr Sprunggelenk gestützt wird, damit Sie es, wenn es nicht anders geht, belasten können.«

Eine Schwester kommt in den Raum und hilft ihm bei dem Verband. Ich schaue aus dem Fenster, um der Situation zu entkommen. Es ist auf einen Hinterhof gerichtet, auf dem Lkws stehen, von denen Paletten voller Zutaten für die Küche abgeladen werden. Das Personal schiebt sie durch ein großes Doppeltor, und die Stimmen in diesem Raum verschwimmen zu Statik.

Ich will einfach nur noch aus dem Krankenhaus.

ZWÖLF | إثنا عشر

Talhah

»Talhah!« Koslows Stimme hallt durch den schmalen Flur, und ich klemme die Papiere, die mir die Schwester gereicht hat, unter den Arm.

Die Tür zum Büro ist geöffnet, und Alexander Koslow sitzt auf seinem Platz. Die wenigen Kakteen, die er dort verteilt hat, sollen den Raum einladend wirken lassen. Viel hilft es nicht. Die überfüllten Regale, die Steinzeitcomputer und der Kaffeegeruch, der sich nicht aus dem alten Teppich waschen lässt, tragen nicht zu einem heimeligen Gefühl bei.

»Kümmerst du dich um die Anamnesen der kommenden Patienten?« Er nimmt einen großen Schluck von seiner Tasse, dabei wendet er sich nicht vom Bildschirm ab. »Danach kannst du den Schwestern beim Verbinden helfen oder so. Mal schauen.«

»Wird gemacht.«

Ich überreiche ihm die ausgefüllten Anamnesebögen vorheriger Patienten, und er stöhnt auf. Der Bereitschaftsdienst geht an niemandem spurlos vorbei, und ich kann es ihm heute erst recht nicht verübeln. Er musste die Geburtstagsparty seiner Enkelin verlassen, um bei einer Not-OP auszuhelfen.

»Ich kann mich auch ums Übertragen kümmern.«

»Das wäre eine große Erleichterung.« Er seufzt und fährt sich über das Gesicht. »Wenn ich mit meinem Bericht fertig bin, dann gehe ich auch. Manuel sollte eh gleich kommen. Wende dich bei Fragen an ihn. Er gibt dir bestimmt Aufgaben.«

Manuel Schneider ist einer der Ärzte, mit dem weder die Assistenzärzte noch die Medizinstudierenden im Praktischen Jahr zu tun haben wollen. Er ist großkotzig und hat immer etwas zu bemängeln. Nie macht man es richtig, und lehren möchte er auch nichts.

Koslow ist neben ihm ein regelrechter Engel. In den wenigen Wochen, seit denen ich in der Unfallchirurgie und somit halb in der Orthopädie und halb in der Notaufnahme hänge, hat er mir mehr beibringen können, als Schneider es in dem ganzen Tertial in der Chirurgie konnte.

»Danke, dass du dich um Hatice gekümmert hast. Sie ist echt schon lange hier. Ohne sie würde der Laden nicht laufen.«

»Immer wieder gern.«

Im Kittel wird mir warm, und ich spiele mit dem Gummizug meines Stethoskops um meinen Hals. Evrens Mutter war so anders als sie. So freundlich, warm und … gesprächig. Unter Evrens Blicken hat sich die Wärme jedoch in eisige Kälte verwandelt. Sprechen braucht sie nicht, mit ihren Blicken macht sie sehr deutlich, was sie von einem hält. Aber die kalte Schulter und der verlorene Blick, der ihre feinen Züge beschwert, wenn sie durch die Bibliothek eilt und glaubt, niemand schaut zu … ich kann ihn nicht ignorieren.

»Hast du schon Pause gemacht?« Koslow schaltet seinen Computer aus und greift nach seiner Jacke.

»Nein, noch nicht.«

Meine Worte lassen ihn in der Bewegung innehalten. »Na, dann los. Worauf wartest du? Eine ungesunde Arbeitsmoral solltest du erst während der Assistenzzeit entwickeln.«

Das lasse ich mir nicht zweimal sagen und greife nach meiner Dose, in der der Nudelsalat von gestern drin ist, und der Wasserflasche, um ins dritte Stockwerk zu fahren, wo sich der Pausenraum der Medizinstudierenden befindet.

»Schönen Feierabend!«, rufe ich ihm hinterher, bevor er nach links zum Hinterausgang abbiegt.

Zwei Schwestern warten vor den vielen Aufzügen, und ich trete nach ihnen in den Innenraum des ersten, der sich öffnet. Am Ende der Kinderstation gegenüber den Toiletten befindet sich der Raum mit drei Sofas, die sich um einen Couchtisch verteilen. Zwei meiner Mitstudierenden, mit denen ich etliche Vorlesungen hatte, unterhalten sich und schaufeln währenddessen ihr Mittagessen in sich hinein. Viel Zeit bleibt uns meistens nicht, also muss schnell gegessen werden.

»Hey«, begrüße ich sie und mache es mir in einem Sessel gemütlich.

»Na?« Mia beißt in ihr Sandwich. »Wie läuft es unten?«

Ich zucke mit den Schultern. »Ich würde das große R-Wort benutzen, aber ich möchte mir und dem Kollegium nichts versauen.«

Es gibt nichts Schlimmeres in der Medizin, als an einem Freitagabend zu sagen, dass die Notaufnahme *ruhig* verläuft. Dann kommen alle Notfälle, angefangen bei drei Herzinfarkten bis über fünf Autounfälle und Alkoholvergiftungen im späten Stadium auf einmal.

»Nicht dass dir Schneider an die Gurgel geht.« Tarek lacht, aber ich muss das Gesicht verziehen. Die restliche Schicht mit Schneider zu verbringen, ist, wie den eigenen Lebenswillen an den Teufel zu verkaufen. Jeder Medizinstudierende wird vor seinem PJ vor ihm gewarnt, und trotzdem ist man nie vorbereitet genug auf seine Schikanen.

»Ich habe Pause«, sage ich und zeige auf meine Dose. »Bitte lasst uns über alles reden außer ihn.«

Nach ein paar stillen Bissen merke ich, wie hungrig ich bin. Hätte ich noch eine halbe Stunde unten verbracht, hätte sich mein Magen selbst zersetzt. Als Mediziner predigen wir immer, wie wichtig ein gesundes Leben ist, aber ich habe seit dem Anfang meines Studiums keine acht Stunden am Stück geschlafen, und zum Sport komme ich auch nur dann, wenn mich Atlas dazu zwingt. Außerdem tun mir die fünfundzwanzig Euro im Monat leid, die ich im Fitnessstudio lasse.

»Wie läuft die Frauenheilkunde?«

Mia zuckt mit den Schultern, und Tarek seufzt. Beide haben sich für ihr Wunschtertial Gynäkologie ausgesucht und ehrlich, ich wäre auch lieber in den Pausen bei Neugeborenen als im stickigen Büro in der Notaufnahme. Die würden einem wenigstens den Serotoninschub geben, den man braucht, um das Krankenhaus zu überleben.

»Anstrengend. Wir hatten heute zwei Kaiserschnitte, die waren in Ordnung. Eine natürliche Geburt, aber die Patientin hatte eine Hämorrhagie und ist jetzt in der Not-OP.« Sie streicht sich ihr blondes Haar aus dem Gesicht und schaut aus dem Fenster über mir. Auf dieser Seite der Klinik haben die Ausblicke nicht viel zu bieten. Betonklötze über grauem Asphalt und im Winter auch einen grauen Himmel, der die Sonne mit allen Mitteln versteckt.

»Das war einfach zu viel für uns, deswegen haben wir unsere Pause gemacht. Die Not-OP hätte ich mir auch nicht mehr antun können, ehrlich gesagt.« Tarek schüttelt den Kopf, und ich kann es verstehen. Eine frischgebackene Mutter in eine lebenserhaltende Operation zu begleiten und nur zuschauen zu können ... Es gibt definitiv bessere Arten, die letzten Stunden des Arbeitstages zu gestalten.

»Ich verstehe gar nicht, wie es mein Vater hinbekommt. Konstant irgendwelche Not-OPs ...«, murmelt Mia, und der Nudelsalat in meinem Mund verliert jeglichen Geschmack. Ich kann mich erinnern, dass sie während eines Chemiepraktikums erzählt hat, dass ihr Vater in einem Berliner Krankenhaus Chefarzt in der Chirurgie sei.

»Ich lasse das hier kurz stehen.« Meine Glasdose macht ein helles Geräusch, als sie auf dem Couchtisch aufkommt, und die Gabel scheppert zu Boden. Ich bekomme es nicht wirklich mit, denn ich bin bereits aufgesprungen. Der Teppich im Pausenraum verwandelt sich zum Linoleum im ganzen Krankenhaus, bis Fliesen sich unter meinen weißen Schuhen erstrecken.

Das Gebäude riecht zu jeder Stunde nach Latex und Desinfektionsmittel. Aber die Bäder toppen das alles um einiges. Es sticht in meiner Nase, und meine Augen tränen.

Als ich die Tür hinter mir schließe und versuche, den Lichtschalter ausfindig zu machen, hallt das Klicken des Schlosses in meinen Ohren nach.

Neben mir steht eine Toilette, und gegenüber, nur eine Armeslänge von mir entfernt, blickt mir mein Spiegelbild über dem Waschbecken entgegen. Das Bad muss älter als ich sein und braucht dringend eine Generalüberholung, aber das hält den Spiegel nicht davon ab, mir die bittere Wahrheit entgegenzuspucken.

Meine Augenringe sind dunkel und werden normalerweise von dem *kohl* auf meiner Wasserlinie und dem Lid übertüncht. Heute verlangen sie Aufmerksamkeit wie ein schreiendes Kind.

Mit elf hat mein Vater mir mein erstes *kohl* gekauft. Es war in dem kleinen silbernen Gefäß, das wie eine Miniaturvase aussah. Das Metallstäbchen war mit rußähnlichem schwarzem Staub bedeckt, und er hat mir gezeigt, wie man es aufträgt.

Du drehst das Stäbchen, Talhah. Und dann setzt du an deiner Wasserlinie an und bewegst es hin und her, okay? Das ist einfach, das schaffst du. Ich habe es in meiner Jugend getragen, und wenn man deiner Oma Glauben schenken mag, dann ist es auch gut für deine Augen. Du brauchst später keine Brille.

Ich habe ihm das damals nicht geglaubt und bin mir nicht sicher, ob ich es jetzt immer noch nicht tue. Nach einem fünfjährigen Medizinstudium habe ich schließlich nie davon gehört, aber ich habe auch nie eine Brille gebraucht. Also vielleicht ist an seinen Worten etwas dran gewesen. Er hatte schließlich immer recht. Er konnte mich beruhigen, obwohl ich meine erste Arbeit verhauen habe. *Das ist nicht schlimm, in ein paar Jahren wird das überhaupt keine Bedeutung mehr haben.* Auch da hat er recht behalten. Er hatte immer ein offenes Ohr für mich und meine banalen Probleme. Immer Lösungsvorschläge, wenn ich nicht weiterwusste.

Was würde ich nur dafür geben, um deine Weisheiten zu hören, baba.

Ich fahre mir über das Gesicht und versuche vergeblich, die aufkommenden Tränen aufzuhalten. Es ist mehr als zehn Jahre her, ich sollte darüber hinweg sein. Damit abschließen. Aber in den Momenten, in denen Familie eine Rolle spielt, in denen jemandem das Wort *Vater* federleicht von der Zunge rollt … werden die Wunden aufgerissen, die seit Jahren abheilen wollen. Das Blut in meinen

Adern stockt, meine Lungen ziehen sich zusammen, und mein Herz setzt aus, auf den Einschlag wartend.

Nichts geschieht. Meine Mutter, die ihre alte syrische SIM-Karte immer noch nicht aufgegeben hat und sie in der Hoffnung auflädt, dass mein Vater anruft, sagt mir nicht, dass er es getan hat. Dass er sie kontaktiert und ihr versprochen hat, dass er endlich kommt.

Früher, als die Hoffnung das Atmen erleichtert und meine Mutter jeden Freitagmorgen frische *manakish* und *hummus* gemacht hat, weil es sein Lieblingsessen war, habe ich daran geglaubt, dass er irgendwann wiederkommt. Ich habe den lauwarmen Fladen mit *zaatar* in den Dip getunkt und darauf gewartet, dass der ergraute Haarschopf meines Vaters durch unsere Wohnungstür lugt. Jedes Freitagsgebet habe ich Gott darum gebeten, ihn zu uns zu bringen. Jeden Freitag, und es hat nichts gebracht.

Samstags bin ich voller Aufregung aufgestanden und an den Frühstückstisch gegangen. Jedes Mal war er nur für drei zerstörte Menschen gedeckt. Und dann habe ich auf den kommenden Freitag gewartet. Und auf den darauffolgenden. Und auf den nächsten.

Bis ich nur noch gebetet habe, dass er lebt. *Allah, bitte mach, dass er nicht tot ist. Bitte mach, dass es ihm gut geht. Bitte.*

Bis heute weiß ich nicht, ob ich wütend oder stolz darauf sein soll, dass er zurückgeblieben ist, um Menschen zu helfen.

Meine Mutter hat uns in den ersten Nächten in der Flüchtlingsunterkunft syrische Schlaflieder gesungen. Hat uns gesagt, dass es bald vorbei sei. Dass wir ganz schnell wieder zu *baba* finden würden und dass sich die Situation beruhigen werde. Nur ein weiterer Konflikt, der sich lösen wird.

Dabei sitzt er bis heute wie ein Knoten im Herzen des Orients und fordert jeden Tag unschuldiges Leben. Leben, das sich die Flucht in eine sichere Welt nicht leisten konnte. Leben, das nicht in den Flieger steigen kann, sondern auf dem Mittelmeer ertrinkt. Wir sind scheinbar zu viel, zu laut, zu anders. Dabei wollen wir wie jeder Mensch ohne neben uns einschlagende Bomben einschlafen.

Egal wie viele Therapiestunden ich hinter mir habe: Die Bilder von leeren Patronenhülsen auf dem Spielplatz unweit von uns, von den Soldaten, die meinem Vater eine Waffe an die Brust gehalten haben, weil er zwei Brote statt eines gekauft hat, und von der Nachricht, dass mein Lieblingseismann auf der Flucht nach Jordanien erschossen wurde, gehen mir nicht aus dem Kopf.

Niemals.

»Reiß dich zusammen.« Ich fahre mir übers Gesicht und drehe den Wasserhahn auf, um meine Hände zu waschen. Alles, um mich zu beruhigen. Alles, um nicht mehr an den Mann zu denken, der alles gegeben hat, um mich und meinen Bruder großzuziehen. Wegen dem ich angefangen habe, Medizin zu studieren.

Die erste Woche, in der wir darauf gewartet haben, dass unser Asylantrag durchgewinkt wird, waren wir in einer Sammelunterkunft. Zwischen Dutzenden Frauen und Kindern und Männern, die nachts wegen ihrer Albträume nicht schlafen konnten. Ich habe mir ein Bett mit meiner Mutter und meinem Bruder geteilt, und es hat gestunken. Nach Schweiß, nach Urin und nach Angst. Nach so viel Angst. In dem Moment habe ich entschieden, dass ich wie mein Vater werden muss. Denn er hat sich nie gefürchtet. Er ist in Syrien geblieben und hat voller Mut Menschen geholfen.

Also habe ich mich in dem Moment, in dem ich in der Schule war, darauf fokussiert, alles zu lernen. Meine Eltern haben mir von klein auf Englisch beigebracht, aber darauf wollte ich nicht vertrauen. Meine Deutschlehrerin wurde meine beste Freundin. Nach jedem Förderkurs habe ich weiter im Klassenraum gesessen, Aufgaben gelöst und versucht, mich mit ihr zu unterhalten. Ich habe meine Mutter in ihre Deutsch- und Integrationskurse begleitet. Die Schulbibliothek wurde mein zweites Zuhause, und Malik und ich haben nur noch auf Deutsch geschrieben und gebärdet.

Sein Arabisch ist heute gebrochen, und in Augenblicken, in denen ich händeringend nach Vokabeln suche, um eine Unterhaltung mit meiner Mutter aufrechtzuerhalten, überkommt mich die

Schuld. Aber mein zwölfjähriges Ich wollte einfach nur dazugehören, mitlachen und später Medizin studieren können.

Ich wollte doch nur wie mein Vater werden. Denn er hatte vor nichts Angst, und ich vor allem.

DREIZEHN | ON ÜÇ

Evren

Die Fahrt zu unserer Wohnung fühlt sich trotz der kurzen Strecke unglaublich lang an. Als ich endlich die letzten Stufen hochsteige, überkommt mich eine Welle der Erleichterung. Mein Bett zieht mich förmlich an, doch meine Mutter hält mich auf, nachdem ich meine Schuhe in eine Ecke gepfeffert und meine Jacke aufgehängt habe.

»Ich habe noch etwas für dich.«

Mit einem fragenden Blick drehe ich mich zu ihr um, während sie ihr Portemonnaie aus der Tasche fischt. Sie reicht mir ein kleines Blatt, das ich zögerlich annehme.

»Es ist von Talhah. Er hat mir erzählt, ihr kennt euch.« Ihre Lippen verziehen sich zu einem Lächeln, und ich entfalte das Papier. Eine Reihe von unleserlichen Ziffern mit einem Smiley am Ende blickt mir in blauer Tinte entgegen.

Ist das ihr Ernst?

»Kein Grund, mich mit deinen Blicken zu erdolchen, Evren! Er ist supernett. Du scheinst ihn immer wieder abzuschießen. Gib ihm doch eine Chance.«

Ich zerknittere das Blatt in meiner Hand und dränge mich an ihr vorbei. Keine Sekunde länger halte ich es mit ihr aus. Sie versucht immer, sich in mein Leben einzumischen. *Mach das, hilf da, das wird dir guttun, das ist schädlich.* Manchmal frage ich mich, ob ich in ihren Augen erwachsen bin oder doch nur ein kleines Kind, das nichts für sich entscheiden kann.

Mit einem Knall schließe ich die Tür hinter mir und ignoriere Azras schockierten Blick. Ohne mich umzuziehen, schmeiße ich mich in mein Bett und ziehe die Decke über den Kopf, bis kein Zentimeter Licht durchdringt und ich allein in der Dunkelheit sein kann.

»Alles in Ordnung bei dir?«

Azra kann am wenigsten für meine schlechte Laune, trotzdem ignoriere ich ihre Frage. Sie kennt mich gut genug, um zu wissen, dass ein weiterer Versuch zwecklos ist, also hüllt sie sich in Schweigen.

Ich wünschte, jeder würde es so schnell wie sie begreifen. Aber nein, alle anderen möchten es auf die Spitze treiben. Als wäre ich ein Experiment, dessen Geduld es auszutesten gilt, nur weil ich nicht um mich schreie, wenn ich an meine Grenzen stoße. Ich schweige und hoffe, dass Menschen verstehen, dass ich in meinen eigenen Gefühlen ertrinke.

»Kann ich dir irgendetwas bringen?« Azra ist leise, als würde sie versuchen, mich nicht noch wütender zu machen, aber ich sage nichts – sie ist die Letzte, die einen Ausbruch verdient. Ich will schlafen und den heutigen Tag hinter mir lassen.

Das kleine Blatt sticht in meiner Handfläche, und ich stecke es in die Hosentasche. Was fällt ihm ein, meiner Mutter seine Nummer zu geben? Soll sie etwa Amor spielen? Wir sind nicht im neunzehnten Jahrhundert.

Das Quietschen der Tür verheißt nichts Gutes. Zur Antwort ziehe ich die Decke noch enger an mich.

»Evren, *kuzum*.« Ich kenne diesen Tonfall, den meine Mutter anschlägt. Es ist ihr Es-tut-mir-leid-aber-ich-meine-es-nur-gut-Tonfall. Mein Magen stülpt sich vor Wut um, woraufhin ich mir hart auf die Zunge beiße, um mich zu beruhigen.

»Entschuldige, falls ich die Nummer nicht hätte annehmen sollen.« Das Bett senkt sich in der Nähe meines Rückens, aber ich bewege mich nicht.

»Warte, was für eine Nummer?«, fragt Azra.

»Ein junger Mann scheint an deiner Schwester interessiert. Sie haben sich wohl in ihrer Bibliothek kennengelernt. Er ist Medizin–«

Ich schrecke hoch, sodass meine Mutter in ihrer Erklärung innehält. Das grelle Licht nimmt mir für eine Sekunde die Sicht, doch hält mich nicht davon ab, sie mit giftigem Ausdruck anzugucken.

Warum plappert sie alles aus? Warum kann sie nie etwas für sich behalten?

Kapitulierend hebt sie die Hände. »Okay, gut, ich habe nichts gesagt.«

»Erzähl mir alles!«, kreischt Azra und hüpft aus ihrem Bett, um sich zwischen unsere Mutter und mich zu quetschen. »Du hast also jemanden gefunden, hm?« Ein schelmisches Grinsen legt sich auf ihre kirschrot gefärbten Lippen, und sie stupst mir spielerisch gegen die Schulter. Doch ich bin nicht für Spaß zu haben. Nicht jetzt.

»Ich glaube eher, er hat sie gefunden. Wie du deine Schwester kennst, ist sie natürlich nicht interessiert. Der Sturkopf und dieselbe Kälte, die auch dein Vater immer an den Tag legt.«

Azra nickt zustimmend. Mein giftiger Blick bringt anscheinend nichts. »Und er ist Mediziner? Was willst du mehr?«

Selbst Medizin studieren vielleicht.

Sie stockt für einen Moment, und der fröhliche Unterton verschwindet. »Aber er ist ein Mann.«

»Was hast du immer gegen Männer?«, fragt meine Mutter.

»Einiges.«

»Dein Vater ist ein Mann.«

»Okay … und?«

Frustriert greife ich in meine Hosentasche, hole mein Handy heraus und schreibe in unseren Dreier-Chat.

Evren: Lasst mich in Ruhe, ich bin müde und kaputt. Ich will schlafen.

Beide ihrer Telefone piepen zeitgleich, und ich ziehe die Bettdecke zu mir, um mich hinzulegen. Meine Mutter verlässt als Erste das Bett und beugt sich zu mir herunter, um mir einen Kuss auf die Stirn zu drücken. Ich rücke verärgert von ihr weg. Körperkontakt ist das Letzte, was ich gerade möchte. Vor allem nicht mit ihr.

»So schlimm?« Ihre Stimme gleicht Bitterschokolade und zergeht auf ihrer vorlauten Zunge. Ich lasse mich nicht auf ihre Beschwichtigung ein und ziehe die Decke weiter über meinen Kopf, bis meine Schwester gezwungen ist aufzustehen.

In solchen Momenten wünsche ich mir Einsamkeit und ein eigenes Zimmer, das niemand betreten kann. Mit meiner Schwester zusammenzuleben, hat schöne Seiten. Sie kann mir von ihrem Leben erzählen, von ihren Freunden, die nur Stress mit ihren Eltern haben, von dem einen Jungen, der mit ihr im Linguistikkurs sitzt und den sie attraktiv findet – etwas, das sie vor sonst niemandem zugeben würde. Ich bleibe nicht allein mit meinen Gedanken, die kein Ende nehmen. Die keinen Boden haben, auf dem man aufkommt, wenn man in sie taucht. Sie sind ein endloses Meer.

»Mann, ich will wissen, wie er aussieht! Nur damit ich weiß, ob es sich überhaupt lohnt.«

»Ich finde ihn schon ganz nett –«

Ich schlage laut gegen meine Matratze, was sie leiser werden lässt. Meine Mutter kennt keine Grenzen.

»*Tamam, tamam* … ich bin dann weg.«

Mit dem Schließen der Tür kann ich endlich aufatmen. Azra ist mit ein paar wehleidigen Blicken und Kopfschütteln zu vertrösten, jedoch ist meiner Mutter kein Einhalt zu gebieten. Wenn sie etwas wissen will, dann versucht sie so lange, an die Information zu kommen, bis die Person vor ihr zu einem Trümmerhaufen zerbricht.

Sie hat sich am schwersten getan, nachdem ich aufgehört habe zu reden.

»Ach, komm, *abla.*«

Ich atme tief aus und schließe meine Augen. Vielleicht kann ich für wenige Minuten die Objektpermanenz verlernen, damit Azra mir nichtexistent erscheint.

»Bitte sag mir, wie er heißt! Nur den Namen«, stochert sie weiter, und ich ziehe die Decke noch fester um mich. »Nur den Namen, dann lasse ich dich auch in Ruhe.«

Unbarmherzig ruckelt sie an meiner Decke. Ich bin kurz davor, die Fassung zu verlieren, weil sie den schweren Stoff von mir herunterbekommt und mich deswegen triumphierend anlächelt.

Um nicht loszuschreien, beiße ich mir auf die Lippe. Ich habe versucht, vor Talhah abzuhauen, und jetzt verfolgt er mich bis in mein eigenes Haus! Einen Ort, an dem ich mich wohlfühlen sollte. An dem mich keine grünen, mit Kajal umrandeten Augen auf die Palme bringen dürften.

»Nur den Namen«, flüstert sie und schiebt die Unterlippe vor – ganz so wie das Unschuldslamm, das sie vorgibt zu sein.

Ich seufze, lege den Kopf in den Nacken und wäge meine Möglichkeiten ab. Wenn ich ihr den Namen nicht nenne, wird sie mich weiter nerven. Uns trennen nur wenige Meter. Ich kann ihr somit nicht aus dem Weg gehen, auch wenn ich wollte. Wenn ich ihn ihr nenne, wird sie mir wahrscheinlich auch in den Ohren liegen – aber vielleicht nicht so lang?

Mit hängenden Schultern und einer gerümpften Nase greife ich nach meinem Handy und tippe eine Nachricht an sie.

Evren: Talhah, und jetzt lass mich in Ruhe.

Azra quietscht auf wie ein Meerschweinchen, springt von einem Bein auf das andere, bevor sie sich mit Wucht auf ihr altes Bettgestell wirft. Dass es nicht bricht, wundert mich.

»Und er studiert Medizin?«

Ich sage nichts, was ihrem Redefluss jedoch keinen Abbruch tut.

»Also ist er an der Charité. Wenn er im Krankenhaus arbeitet, dann macht er bestimmt ein Praktikum oder sein Praktisches Jahr.« Während sie vor sich hin philosophiert, schaut sie nicht einmal auf. Sie klebt an ihrem Handy, dessen Bildschirmhelligkeit mir jegliche Sehfähigkeit rauben würde.

Ich lege mich wieder hin und schicke ein Stoßgebet gen Himmel. *Bitte lass sie so lange beschäftigt sein, bis ich einschlafe, damit sie mich in Ruhe lässt.*

* * *

Gott muss meine Gebete erhört haben. Als ich aufwache, scheint nur das Mondlicht durch unser kleines Fenster. Eine völlige Ruhe umgibt mich, und ich drehe mich nach links. Azras Bett ist leer und wie immer unordentlich. Ein langes Kabel hat sich in ihrem Kissen verheddert, und die Klamotten, die sie heute Morgen noch angehabt haben muss, liegen zur Hälfte auf der Matratze. Der Rest verteilt sich auf unserem Teppich, der ein Überbleibsel aus meinen Kindheitstagen ist.

Ich reibe mir den restlichen Schlaf aus den Augen und verlasse das Zimmer. Die Wohnung ist sofort heimeliger, als ich Stimmen aus dem Wohnzimmer vernehme.

Es ist nicht sonderlich groß, aber ich kenne es auch nicht anders. Nur eine durchgesessene Dreiercouch und der hölzerne Fernsehschrank passen rein. Letzterer ist an den unteren Ecken zerkratzt, da Azra es sich als Baby zur Aufgabe gemacht hat, alles anzuknabbern, was ihr zwischen die Finger kam.

»Schlafmütze ist auch wieder wach?« Mein Vater sitzt auf der rechten Seite und schaut sich wieder einmal einen türkischen Klassiker an: *Şaban*. Eine immer wiederkehrende Rolle Kemal Sunals, die es ihm erlaubt hat, ein Stück Heimat nach Deutschland mitzubringen. Ich kann mich erinnern, dass wir die Filme auf DVD hatten und am Wochenende einen ausgesucht haben, den wir meistens zusammen geschaut haben. Wenn wir ganz viel Glück hatten, durften wir ihn schon während des Frühstücks schauen. Ich bin sicher, dass ich auch Jahre später alle Texte auswendig kann, ähnlich wie mein Vater.

Er wirkt ausgeglichen, egal was auf der Arbeit oder in unserem Leben los ist. Das konnte er immer gut – seine Kinder und alles andere trennen. Als ich jünger war, hat er uns in alle Parks des Stadtteils gebracht, um dabei zuzuschauen, wie wir von einer Schaukel zur nächsten Rutsche hüpften. Er hat versucht, uns das beste Leben zu schenken, das er sich mit dem Kleingeld in seiner Hosentasche leisten konnte. Mit ihm ist es nie so anstrengend wie mit meiner Mutter.

Deswegen hat es ihm auch so wehgetan, als mein Bruder von einem Tag auf den nächsten verschwunden ist. Auch wenn er es sich am wenigsten hat anmerken lassen.

Ich sehe die Last und die Trauer in den Falten und Kerben seines Gesichts, die erst viel später im Leben so prominent sein sollten. In dem erbleichten Haar, das ich voll und schwarz in Erinnerung habe. In der Haltung, die gebrochen ist.

»Wie war die Arbeit?«, fragt er.

Ich setze mich neben ihm auf die Couch, und er legt seinen Arm um meine Schultern. In diesen Momenten ist das Gefühl, zu Hause zu sein, intensiv wie Neonfarben. Sie liegen mir so knallig und spritzig auf der Zunge, dass ich den Drang habe, die Nase zu kräuseln.

Ich hole mein Handy aus meiner Hosentasche und tippe eine Antwort in meine Notizen mit dem Titel *Baba*.

Ganz gut. Anne musste ins Krankenhaus.
Das Warten hat mich echt kaputtgemacht.

Mit zusammengekniffenen Augen versucht er, die wenigen Worte zu entziffern, und ich tippe schnell einen weiteren Satz, den ich vergrößere.

Wo ist deine Lesebrille?

Er gibt mir einen Kuss auf den Scheitel. »Ich glaube, auf der Vitrine. Neben dem Fernseher.«

Ich löse mich aus seiner Umarmung, die einer Wärmedecke im Winter gleicht, und bringe ihm die Brille.

»Danke, dass du deine Mama ins Krankenhaus gefahren hast, *kuzum*. Ich hätte es nicht so schnell geschafft.« Er zieht mich wieder an sich. Aus Gewohnheit lehne ich meinen Kopf gegen seine Schulter. Vielleicht endet der Tag auf eine positive Weise. »Wie geht es dir? Konntest du dich erholen? Ich wollte Hallo sagen, aber als Azra meinte, dass du schläfst, konnte ich dich nicht stören.«

Ich nicke mit einem müden Lächeln. Allein, dass er fragt, hebt meine Laune um einiges.

Er gibt mir wieder einen Kuss auf den Scheitel und dreht sich zum Fernseher. »Wenn du einen guten Tag hast, ist meiner direkt besser.«

Şaban hat sich in eine prekär-lustige Situation gebracht, und die Szenen sind wie eine Zeitmaschine zurück in meine Kindheit. Manchmal hat meine Mutter unser Frühstück auf dem Boden vorbereitet und uns erlaubt, den Film weiterzuschauen. Die weiche Tischdecke lag über unseren Knien, während wir von dem niedrigen Holztisch gegessen haben und das Lachen nicht unterdrücken konnten.

Die angenehme Stille wird durch meine Schwester unterbrochen, die ins Wohnzimmer stolziert. In ihrer rechten Hand hat sie ihr Handy und in der linken eine dampfende Tasse *çay*, türkischen Schwarztee.

»Wir zwei müssen noch reden.« Bei ihren unheilvollen Worten möchte ich mich zurück ins Bett legen. In Wedding gibt es auch genug Seitengassen, in denen es sich schlafen lässt. Vielleicht sollte ich nach einer gemütlichen Ausschau halten, denn Azra wird nicht mehr zu stoppen sein. So viel steht fest.

»Was ist bei euch zwei wieder los?«, fragt mein Vater.

Ich zucke mit den Schultern. Azra hingegen grinst wie ein Honigkuchenpferd und erntet einen Mittelfinger von mir, den mein Vater nicht sieht und sie komplett ignoriert.

»Tu nicht so. Du weißt ganz genau, was los ist.« Sie wackelt mit den Augenbrauen und pflanzt sich im Schneidersitz auf die Couch.

Unschuldig schüttle ich den Kopf, woraufhin sie nur mit den Augen rollt. Mein Vater ist noch verwirrter als zuvor, findet jedoch in keinem unserer Gesichter eine Antwort.

»Ich frage nicht weiter nach. Aus euch bekommt man nie was raus. Ist *anne* in der Küche?«

»Sie trinkt dort ihren Tee.«

»Okay, dann geselle ich mich zu ihr.« Mit einem Ächzen steht er auf und fährt sich über den dünnen Pullover. »Seid brav und hört auf, euch in die Haare zu kriegen. Ihr seid erwachsen.« Mit erhobenem Zeigefinger wendet er sich an Azra. »Und lass deine Schwester in Ruhe, *tamam mı*?«

Als er aus der Tür tritt, schreit sie ihm provozierend hinterher: »Ich verspreche nichts, was ich nicht halten kann.«

Gott, das Privileg, das jüngste Kind zu sein, scheint wertvoller als Gold. Was sie sich alles erlauben kann und womit sie davonkommt …

»Also …« Ihr Ton ist verhängnisvoll. Es gibt kein Entrinnen.

Azra lehnt sich gegen das Sofa und umschließt ihre Tasse mit beiden Händen. Das diabolische Grinsen verheißt nichts Gutes. Ich versuche, mental bis fünf zu zählen, um mich auf das Gespräch vorzubereiten.

Eins, zwei, drei –

»Ich habe seinen Instagram-Account gefunden!«, platzt es ungeduldig aus ihr heraus. Meine Gedanken kommen zu so einem abrupten Stopp, dass mir für einen Moment schwindelig wird. Ich bin mir sicher, sie kann alles in meinem Gesicht ablesen, was sie mir mit einem Auflachen bestätigt. Sie schlürft so langsam von ihrem *çay*, als hätte sie nicht vor wenigen Sekunden eine Bombe fallen lassen. Mit zittrigen Händen tippe ich eine Nachricht an sie, woraufhin sie nach dem Handy in ihrem Schoß greift.

Evren: Warum hast du danach gesucht,
und wie hast du ihn überhaupt gefunden?

Das Lächeln auf ihren Lippen wird größer, bis es hinter ihrer Tasse verschwindet. Sie lässt sich Zeit und nippt ohrenbetäubend laut an ihrem Tee. Wissend, wie sehr sie mich damit nervt.

Woher sie wohl ihre theatralische Ader hat? Garantiert nicht von mir.

»Ach, bist du jetzt doch interessiert an ihm?« Ihre kokette Stimme und das Augenbrauenheben sind der letzte Tropfen, der das Fass zum Überlaufen bringt.

Ich mache eine wegwerfende Handbewegung und stehe mit einem Schnauben auf. Sie und Talhah können mir gestohlen bleiben. Ich habe weder die Geduld dafür noch Lust, mich mit diesem Kindergarten auseinanderzusetzen.

»*Abla!*«

Ich höre Azra gar nicht mehr zu. Ihre Worte verschwimmen zu einem Rauschen, von dem ich mich Schritt für Schritt entferne. Soll sie doch vor sich hin schreien, ich muss es mir nicht anhören. Nicht heute.

Nicht einmal zwei Sekunden bleibt die Tür zu meinem Zimmer verschlossen, bevor meine Schwester sie taktlos aufreißt.

»Okay, okay. Entschuldigung.« Sie stellt ihre Teetasse auf dem Schreibtisch vor dem Fenster ab und setzt ihren besten Hundeblick auf. Den Hundeblick, den sie nutzt, damit ich ihr das teure Shampoo kaufe und um bis spät in die Nacht mit Freunden zu telefonieren, ungeachtet dessen, dass ich versuche zu schlafen. Den Blick, der immer anschlägt. Dem ich nie lange böse sein kann.

»Bitte, ich platze, wenn ich dir nicht erzähle, was ich gefunden habe!«

Ich lasse meine Schultern hängen und atme tief ein, um mich auf das, was kommt, vorzubereiten. Das sieht sie als Zeichen, mich an meinem Arm auf ihr Bett zu ziehen.

»Er wird bald vierundzwanzig, ist in seinem Praktischen Jahr und hat mindestens einen jüngeren Bruder, der siebzehn ist. Schau, er hat seinen Geburtstagskuchen gepostet.«

Alles in mir sträubt sich dagegen, auf den Bildschirm zu gucken, den mir Azra vor die Nase hält, aber ich tue es trotzdem. Die Neugier ist bekanntlich der Katze Tod.

Eine Fotoserie strahlt mir entgegen. Auf einem Bild ist Talhah im Kittel zu sehen. Auf dem anderen mit einem Jungen, der sein Bruder sein muss. Sie sehen sich bis auf die Nase ähnlich.

Talhah mit einer Katze auf dem Schoß und einem breiten Grinsen. Dem Grinsen, das er mir sonst so großzügig entgegenbringt. Eine ältere Frau mit Kopftuch und kleiner Statur – seine Mutter.

»Ich finde den eigentlich auch ganz hübsch. Also wenn du ihn nicht willst …« Azra beendet den Satz nicht, nachdem ich vom Bildschirm aufschaue. »Er gehört dir, keine Sorge, Schwesterherz. Du weißt, Männer müssen viel tun, um mich zu überzeugen.«

Ich will nicht, dass er mir gehört. Niemand gehört *irgendjemandem!*

Mit einem leichten Hieb gegen ihre Schulter stehe ich auf und lege mich in mein eigenes Bett. Sie soll ihn so lange stalken, wie sie will. Ich will ihn nicht. Ich will Talhah nicht.

»Gib ihm doch eine Chance. Und wenn es dir nicht passt, dann kannst du ihn überall blockieren.« Das Zimmer wird dunkel, weil sie ihr Handy ausschaltet.

»Du kannst nicht vor allem abhauen, was du nicht einschätzen kannst oder worauf du keinen Einfluss hast. Dadurch kommst du nirgendwo an und bist immer auf der Flucht.« Am liebsten möchte ich mir die Ohren zustöpseln. »Das ist selbstdestruktiv – es schadet nur dir.«

Fliehen konnte ich schon immer gut. In der Schule vor den Hänseleien, später vor der Verantwortung und jetzt vor meinen Wünschen. Die Übungsbücher unter meinem Bett brennen heiß auf meinem Rücken.

Verdammt.

Ich greife nach meinem Handy und krame aus meiner Hosentasche das zusammengeknüllte Blatt heraus. Ich muss die Nummer zweimal neu eingeben, bis sie stimmt.

Bevor ich mich umentscheide, öffne ich einen neuen Chat und tippe die wenigen Worte ein, die mir auf der Seele brennen.

Evren: Ich dachte, wir hätten einen Deal.

VIERZEHN | ON DÖRT

Erren

> Talhah: Theoretisch habe ich dich in Ruhe gelassen. Ich habe nur mit deiner Mutter geredet. Aber als Entschuldigung lade ich dich gern auf einen Kaffee ein … ich werde auch still sein und nicht reden. Versprochen.

Die Nachricht habe ich mir mindestens ein Dutzend Mal angeschaut, und es sollte mir peinlich sein. Eigentlich. Aber durch meinen Körper rast keine gleißende Hitze, sondern nur Leere. Ich weiß immer noch nicht, was ich ihm antworten soll.

Ja, ein Kaffee hört sich gut an.

Nein, ich will nichts mit dir zu tun haben. Lass mich in Frieden.

Beide Möglichkeiten sind auf ähnliche Weise verlockend, weshalb ich nichts mache und mich wie immer ablenke. Mein handgroßes Zeichenbuch liegt schwer auf meinem Schoß. Unweit vom Park, in dem ich mich befinde, gab es genug freie Parkplätze für das Auto, sodass ich hier ein wenig zeichnen kann, bis ich meine Mutter aus dem Krankenhaus abholen muss. Wegen ihres Fußes kann sie die kurze Strecke zur Arbeit nicht mehr laufen, also spiele ich die Chauffeurin, wenn ich Zeit habe.

Ich wollte den Kopf frei kriegen. Nicht über Talhah nachdenken. An dem einen Tag, an dem ich nicht arbeiten muss. Als würde er nicht schon genug Platz einnehmen für jemanden, der erst vor Kurzem in mein Leben getreten ist. Und das ungewollt, wohlgemerkt.

Ich öffne die letzte freie Seite und setze meinen Bleistift an. Diesmal habe ich die Kohle zu Hause gelassen, um meine Finger sauber zu halten. Ich brauche kein Durcheinander wie das letzte Mal …

Die Bank drückt unangenehm gegen meine Beine, und würde die Wintersonne nicht gerade untergehen, dann hätte ich mir ein Plätzchen in einem Café gesucht. Sie hat heute Morgen betrügerisch klar gestrahlt, und ich habe erwartet, dass es draußen nicht allzu kalt sein wird. Die Blumen mit gefrorenem Tau an den Blütenspitzen und das Fehlen jeglichen Zirpens haben mich eines Besseren belehrt.

Meine Hand ist eisig und knallrot, trotzdem schwebt der Stift schwerelos über das Blatt. Ich denke nicht über das Motiv nach, lasse mich von meinen Fingern leiten. Manchmal lösen sie die besten Zeichnungen aus. Zu viel Nachdenken stört die Kreativität und kann ein Bild zunichtemachen.

»Evren?« Das erste Geräusch, das der Park von sich gibt, lässt mich hochschrecken. Sogar die Joggenden waren leise, aber die junge Frau vor mir ist es nicht.

Ich verstehe auch, warum, als ich ihr Gesicht registriere. Ein Gesicht, das ich früher fast jeden Tag gesehen habe. Das ich im Schlaf beschreiben könnte. Die leicht schiefe Nase, wegen der sie mehrmals geweint hat. Das Gesicht, das ich früher geliebt habe und jetzt fast nicht mehr kenne.

Defne.

Ich lächle ihr mit zusammengepressten Lippen zu und rücke etwas zur Seite, damit sie Platz auf der Bank findet.

»Störe ich dich?« Ihre Stimme zittert wie die dünnen Zweige der Büsche, die die Straßen säumen. Berlin soll damit naturnaher sein, wirkt aber stattdessen völlig befremdlich.

Ich schüttle den Kopf, woraufhin die Ex-Freundin meines Bruders mir ein gezwungenes Lächeln schenkt. Sie ist doch seine Ex-Freundin, oder? Sie haben sich nie offiziell getrennt, aber dadurch, dass er nicht da ist, und das seit fünf Jahren, verjährt doch ihre Beziehung? Sein Verschwinden hat unsere Freundschaft definitiv versteinert.

»Wie geht es dir?«

Als ich nicht antworte und nur mit den Schultern zucke, schüttelt sie den Kopf und starrt auf ihre Hände, die gefaltet in ihrem Schoß liegen. »Ach ja, ich habe das … ich habe das mit dem Nichtreden total vergessen. Entschuldige.«

Ich mache eine wegwerfende Handbewegung, weswegen sie aufschaut. Ihre Wangen und Nase sind rot, die Mütze verdeckt ihr Haar. Wir haben es während unserer rebellischen Teenagerphase blau gefärbt. Von der Farbe ist nichts mehr übrig. Defne hat sich die sonst hüftlangen Haare auf Schulterlänge gekürzt. Sie ist fremder, als ich es mir vorgestellt habe.

»Mir geht es gut.« Sie lacht humorlos auf und hebt ihre rechte Hand. Ein schwerer Stein glitzert an ihrem Ringfinger. »Ich bin verlobt.«

Wüsste ich es nicht besser, würde ich behaupten, dass der Winterwind ihre Worte mit sich zerrt, sie in den dunklen Himmel weht. Aber es ist ihre Unsicherheit, die die Silben unter sich begräbt.

»Ich … ähm …« Sie schaut über ihre Schulter, durch den Park und dann zu mir. »Ich habe dich hier lange nicht mehr gesehen.«

Seit vier Jahren.

Dieser Park ist behaftet mit Altbekanntem, das ich mir wegwünsche. Früher sind wir mit Freunden und meinem Bruder hierhergekommen und haben den Sommer genossen. Heute bin ich nur noch abends hier. Wenn man weniger sieht, dann erinnert man sich seltener … Hätte ich gewusst, dass ein großer Teil meiner Vergangenheit heute vor mir stehen würde, hätte ich es mir anders überlegt.

Defne streicht Haarsträhnen hinter ihre Ohren und atmet mehrmals ein und aus, bevor sie weiterredet. Jedes Wort rüttelt an der Kiste voller Erinnerungen in meinem Herzen. Rüttelt daran, um sie zu öffnen und in meinem Schmerz zu wühlen.

»Ihr habt nichts mehr von ihm gehört, oder?«, flüstert sie. »Also von Onur. Onur hat sich nicht mehr gemeldet?«

Die Wahrheit sitzt hoch auf den Bäumen über uns und stürzt auf sie herein, nachdem ich meinen Kopf schüttle. Ihr Blick wird leer, das gezwungene Lächeln verschwindet, und die Unterlippe zittert tapfer. Ich muss meine Lider schließen und mich für einen Moment wegdrehen, um selbst nicht zu weinen. Das habe ich oft genug.

»Ich … das hätte mir klar sein müssen.« Sie schnieft, was mich beinahe dazu zwingt, sie in den Arm zu nehmen. Ihr in so einem eisigen Moment Wärme zu schenken. Aber die Entfernung zwischen uns lässt es nicht zu.

Als ich tief verletzt war und meine Stimme leiser wurde, ist sie verschwunden. Mit schmerzverzerrten Lippen und dem Lieblingsshirt meines Bruders. Sie hat es genommen und ist geflohen.

»O Gott, entschuldige.« Die Tränen treten aus ihren Augen, von denen mein Bruder nie aufgehört hat zu schwärmen.

Das Meer, Evren, das Meer liegt in ihnen, verdammt!

Die letzte Seite meines Zeichenbuchs ist leer, also schreibe ich hinein.

Das ist okay, ich weine auch noch manchmal.
Herzlichen Glückwunsch zur Verlobung.

Jeder Strich ist ein Kratzer auf meiner Haut, aber ich überwinde mich, ihr die Seite zu zeigen. Ich kann sie in ihrer Trauer nicht völlig alleinlassen. Ich bin nicht sie.

»Danke.« Der Kummer versickert in ihrem Gesicht, über das sie mit ihrem Handrücken streicht. Als ihre Augen sich wieder auf mich richten, sind sie geädert. »Wir haben uns vor drei Jahren kennengelernt. Er hat mir geholfen, mit … mit Onurs Verschwinden klarzukommen.«

Alles in mir wehrt sich gegen ihre Worte. Ich möchte das nicht wissen. Ich möchte nicht wissen, wie sie über den Schmerz hinweggekommen ist, der noch tief in mir sitzt.

Mein Gebet wird erhört, denn zu meinem Glück klingelt mein Handy. Ohne lange zu fackeln, nehme ich es aus meiner Tasche und verstaue meine Utensilien darin.

»Evren, Schatz. Ich bin fertig mit der Arbeit. Könntest du mich abholen?«

Meine Mutter war schneller als gedacht.

»Ich warte dann draußen auf dich, ja?« Mit diesen Worten legt sie auf, und ich schicke ihr ein knappes: *Ich bin in zehn Minuten da.*

»War das deine Mama?«

Ich möchte mich nicht zu Defne drehen, sie nicht sehen und nicht mit ihr sprechen. Alles an ihr erinnert mich an meinen Bruder und dass sie es geschafft hat, ihr Leben weiterzuleben, während meines zertrümmert vor mir liegt. Die Scherben bohren sich in meine Haut und spalten sie.

Trotzdem nicke ich – das Lächeln rutscht aus seinen Fugen, es passt nicht mehr zwischen meine Lippen.

»Oh … okay. Dein Handy war sehr laut, ich habe ihre Stimme erkannt«, sagt sie lachend. »Du musst sie abholen, oder? Dann halte ich dich nicht länger auf.«

Ich nicke wieder und öffne meine Arme nicht, obwohl sie näher rutscht, um mir eine Umarmung zu schenken. Sie versteht es und zieht sich zurück. Ich könnte schwören, dass einige Tränen ihr Gesicht nässen, aber es ist dunkel und windig.

Mit einem Räuspern steht sie auf und schaut auf den Boden, bevor sie mich für wenige Sekunden anblickt. »Man sieht sich bestimmt noch mal.«

Wieder nicke ich und kann endlich ausatmen, als sie verschwindet.

Wie passiert so etwas? Wie können Menschen, die man einst in- und auswendig kannte, zu Fremden werden, die man nicht wiedererkennt, egal wie nahe sie einem stehen?

Mit tauben Fingern öffne ich die Autotür und drehe die Heizung auf. Die Straßen quellen über, die Ampeln sind ständig rot und die Neonreklamen besonders grell.

Ich warte darauf, dass sich ein schlechtes Gewissen einschleicht, dass mich der Gedanke an Defnes Tränen traurig stimmt, aber nichts regt sich in mir. Alles ist an seinem alten, zerstörten Platz. Früher hätte sie mir leidgetan, aber heute empfinde ich nichts. Sie hat sich dafür entschieden, ihr Leben weiterzuleben. Jemand Neuen kennenzulernen. Es liegt nicht in meiner Verantwortung, sie zu trösten oder ihr zu versichern, dass alles in Ordnung ist. Keiner hat das für mich getan.

Als das Krankenhaus sich weit vor mir erstreckt, erahne ich, wie voll der Hauptparkplatz ist. Umso mehr freue ich mich, dass ich daran vorbeifahren kann. Hinter dem Gebäude befinden sich ein separater für Angestellte und ein kleiner Pausenbereich, dadurch müssen sie sich nicht vor dem Eingang des Krankenhauses versammeln. Zu meinem Glück ist er leer genug, um einen Platz für meinen Ford zu finden.

Der Hintereingang, dessen Sitzplätze um die Wände herum mit Medizinern und Medizinerinnen gefüllt sind, wird durch ein gedimmtes Licht über der Tür beleuchtet. Ein paar wenige Kitteltragende stehen auf dem Raucherplatz, der mit gelben Spuren von den anderen getrennt ist, und unterhalten sich rege. Als könnten die Uhrzeit und die Umstände ihnen nichts anhaben.

Ich ziehe meine Jacke enger um mich und gehe auf sie zu. Meine Mutter müsste hier irgendwo sein, aber ich sehe sie nicht, also stelle ich mich unter die Überdachung und lächle den wenigen zu, die aufblicken.

»Du lebst noch?«

Ich erstarre, nachdem ich die Stimme erkenne. Ich kann meinen Kopf nicht heben und nach links schauen.

»Evren?«, fragt Talhah verwirrt, also bleibt mir nichts anderes übrig – ich schaue zu ihm auf.

Er hat seinen Kopf schief gelegt und hält eine Zigarette zwischen die Finger geklemmt. Der Tag muss auch für ihn lang gewesen sein, denn Augenringe graben sich in seine sonst makellose Haut. Wenige Bartstoppeln verteilen sich auf seinem Gesicht, als hätte er keine Zeit gehabt, sich gescheit zu rasieren.

»Wusste ich doch, dass du es bist.« Er führt die Zigarette an seine Lippen und zieht dran. »Was machst du hier? Wolltest du mein Angebot persönlich annehmen? Eine Nachricht wäre völlig ausreichend gewesen.«

Seine Worte ergießen sich wie ein Eimer eiskaltes Wasser über mich. Ich habe total vergessen, auf seine Nachricht zu reagieren.

Hektisch greife ich nach meinem Handy und tippe eine Antwort.

Evren: Bist du nicht Mediziner? Du müsstest wissen, dass Rauchen schädlich ist.

Alles, um nicht über das eigentliche Thema zu sprechen – mit ihm Kaffee trinken gehen.

Als sein Handy piepst, holt er es mit fragendem Ausdruck heraus.

»Du bist gut darin, abzulenken, hm?« Er zieht wieder an seiner Zigarette und zuckt dann mit den Schultern. »Ich rauche nur gelegentlich, wenn ich gestresst bin. Die Zigarette«, er hebt seine linke Hand an, klopft kurz gegen den Filter, und die Asche wird mit dem Wind davongeweht, »ist nicht einmal meine. Eine Kollegin hat sie mir angeboten. Ich trage keine Schachtel mit mir herum.«

Ich rolle die Augen. Wie oft habe ich diese Ausrede schon gehört?

»Außerdem bin ich Vegetarier … das gleicht sich aus.« Wie aus Trotz zieht er erneut an der Zigarette. Diesmal steigt der Geruch in meine Nase, die ich daraufhin rümpfe. Auf Partys habe ich wenige Male an einer gezogen, um den Hype darum zu verstehen. Ich habe es schon damals nicht begriffen und werde es heute auch nicht versuchen.

Evren: Vegetarier also? Warum?

Ohne genervt zu sein, wie so viele andere, kramt er sein piepsendes Handy heraus.

»Ich habe gesehen, wie ein Schaf für *Eid ul-Ahda* geschächtet wurde. Da war ich noch ein Kind.« Er schüttelt sich und kräuselt die Nase, was ich nachvollziehen kann. Der Gedanke, einem Tier beim Sterben zuzusehen, würde auch mich zur Vegetarierin machen.

Evren: Meine Eltern wollten uns das auch mal zeigen, als wir zusammen in der Türkei waren. Das war vor dreizehn Jahren, glaube ich. Mein Bruder hat sich auf den Boden geworfen und geweint aus Protest. Wir sind dann zu Hause geblieben.

Als Talhah meine Nachricht liest, schüttelt er belustigt den Kopf und hält sein Handy weiter in der Hand. »Bei uns in der Familie in Syrien war es Tradition, es den Kindern zu zeigen, damit sie lernen.«

Ich werde sofort hellhörig – daher ist sein leichter Akzent. Das rollende *R* und das *Ch*, das sich eher wie ein *Sch* anhört, wenn er über seine Worte stolpert.

»So überraschend?« Er lacht auf, wodurch sich meine Haut erwärmt. Wie extrem muss ich gestarrt haben, dass er wusste, was ich denke?

»Ich bin mit meiner Familie wegen des Bürgerkriegs geflüchtet.« Seine Worte sind leiser, verstecken sich hinter dem Lächeln auf seinen Lippen, das erst mühselig flackert und dann erlischt.

Das Telefon in meiner Hand wird schwer, weil meine Finger keine Worte finden, die sie tippen mögen. Was sagt man dazu? *Es tut mir leid? Schön, dass du hier bist?*

»Oh, hallo.« Meine Mutter tritt aus der Tür und steuert auf uns zu. Noch nie war ich so froh, sie zu sehen. »Was macht ihr zwei denn hier?«

»Nichts weiter«, ergreift Talhah das Wort und räuspert sich. »Wie geht es Ihrem Fuß, Frau Yıldırım?«

Meine Mutter macht eine wegwerfende Handbewegung und zieht ihre Jacke enger um ihren schlanken Körper. »Kein Grund, mich zu siezen. Ganz gut eigentlich. Er schmerzt noch etwas beim Auftreten, aber Zeit ist Geld, also bin ich hier.«

Die Worte stechen mehr, als sie sollten. Dass sie sich nach so einer Verletzung nicht für wenige Tage ausruhen kann, ist seelenzertrümmernd. Sie hat etwas Besseres verdient. Egal wie enttäuscht ich wegen ihrer früheren Taten bin, sie ist noch immer meine Mutter, die mich liebt. Ich hatte große Angst vorm Dunkeln, weswegen sie mich im Winter jeden Tag an der Grundschule abgesetzt und mich wieder abgeholt hat. In ihrer Arbeitskleidung, die ihre besten Tage hinter sich hatte und die sie anbehalten hat, um direkt danach wieder ins Krankenhaus oder zu ihren Kunden und Kundinnen zu fahren. Ich war ihr nie egal – irgendwo ist einfach der Zugang zwischen uns durchgerissen, nachdem mein Bruder verschwunden ist. Sie hat genauso getrauert wie ich und einfach das Beste daraus gemacht. Was nicht heißt, dass ich jede Verletzung schweigsam über mich ergehen lassen muss. Es macht es mir nur schwer, für immer wütend auf sie zu sein.

»Also … worüber habt ihr geredet?« Wissend schaut sie zwischen uns hin und her, was einen amüsierten Ausdruck auf Talhahs Gesicht hervorruft. Mir wird bewusst, dass ich keine Chance habe, ihn aufzuhalten.

»Ich habe Evren auf einen Kaffee eingeladen, und wir wollten uns gerade ein schönes Café aussuchen.«

O Gott. Das hätte mir klar sein sollen. Und als sich die Miene meiner Mutter aufhellt, weiß ich: Es gibt kein Entkommen.

»Oh! Wie schön. Da gehst du doch mit, nicht, Evren?« Ihr Ton ist hoffnungsvoll, bevor sie sich Talhah zuwendet und dabei mein verzweifeltes Kopfschütteln ignoriert. »Sie freut sich bestimmt total darüber.«

Er zuckt mit den Schultern. »Ich glaube auch.« Sein Blick lässt mich nicht los, auch als ich nicht antworte.

Ich beiße mir auf die Lippe und tippe in Lichtgeschwindigkeit eine Nachricht an ihn.

Evren: Du hast das extra gemacht, oder? Du weißt, dass meine Mama ein Auge auf dich geworfen hat!

Sein Ausdruck ist stoisch, lässt keine Emotionen durch, somit kann ich nicht einschätzen, was er denkt.

»Also, wo willst du hin?«, fragt er schmunzelnd.

Er ignoriert mich!

»Evren, du magst doch dieses eine … das mit den Büchern.« Meine Mutter nimmt den Missmut auf meinen Zügen nicht wahr, und ich gebe auf.

Geschlagen tippe ich die nächste Nachricht.

Evren: Sei kreativ und überzeuge mich, sonst wird es das letzte Mal sein, dass du einen Kaffee schlürfen kannst.

Talhah nickt lächelnd und drückt seine Zigarette auf dem Boden aus. »Ich hole dich dann morgen von der Arbeit ab. Schreib mir, wann du Schluss hast.«

FÜNFZEHN | ON BEŞ

Emre

Der Tag läuft von vorne bis hinten nicht, wie er soll. Am liebsten möchte ich diesen Umstand Talhah in die Schuhe schieben, der mir nicht aus dem Kopf geht. *Ich hole dich dann morgen ab.* Die Worte lösen einen Wirbelwind der Gefühle aus, der alles um sich zerstört und mich mit Verwirrung zurücklässt.

Und das erleichtert mir das Arbeiten nicht. Ich habe schon das dritte Buch an die falsche Stelle gestellt und bei einem Belletristikverlag nach Fachbüchern gesucht.

»Ich glaube, das Buch ist jetzt wie neu«, reißt Melli mich aus meiner Trance.

Erschrocken fahre ich hoch und starre sie an, bis ich registriere, was sie meint. In meiner Hand ruht seit fünf Minuten das gleiche Lehrbuch. Kein Staubkorn ist mehr auf dem Rücken zu finden.

»Du bist so weit weg. Alles okay bei dir?«

Ich nicke und lege das Buch und das Mikrofasertuch ab. Lustlos lehne ich mich gegen den Wagen, der noch immer nicht eingetauscht wurde. Ich hätte einfach zu Hause bleiben sollen. Es bringt ja nichts. Ich bin Melli heute mehr ein Klotz am Bein als eine Hilfe.

Sie legt eine Hand auf meine Schulter. »Ist irgendetwas passiert?« Die Sorge ummantelt jedes ihrer Worte, was meine Laune nicht bessert. Im Gegenteil, die Schuld zernagt mein Inneres.

Ich möchte mich bei ihr bedanken und ihr sagen, dass alles in Ordnung ist, dass es nichts mit ihr zu tun hat. Aber das Einzige, was ich mache, ist nicken. Die Scham raubt mir den Mut und die Kraft, mich zu entschuldigen.

»Sicher?«, fragt sie mit gehobener Augenbraue.

Zur Antwort nicke ich erneut.

Jeder normale Mensch würde sich über ein mögliches Date freuen, während ich mir eine Ausrede überlege, um nicht aufkreuzen zu müssen. Es ist doch ein Date, oder?

Das Buch in meinen Händen war schön, ich hatte etwas zu tun. Jetzt sind sie leer, und ich weiß nicht, wonach ich greifen soll, also hole ich mein Handy aus der Hosentasche, was Melli als Zeichen sieht zu verschwinden. Aber nicht, ohne meinen Arm sachte zu drücken.

Eine Benachrichtigung ploppt auf. Normalerweise ist mein Mobiltelefon so interessant wie das Innere einer Kloschüssel. Wenn man keinen Kontakt mehr zu anderen hat, dann ist ein Handy fast überflüssig. Aber nicht heute.

Talhah: Stimmt das mit den Büchern? Das, was deine Mutter gestern gesagt hat?

Evren: Warum …?

Talhah: Siehst du dann, wenn ich dich heute abhole. Bis fünf!

Was hat er vor, und warum lächle ich, wenn ich seine Nachrichten sehe? Ich schüttle den Kopf, versuche, mich zu beruhigen und nicht an ihn zu denken. Er ist nur ein weiterer Mensch, der gehen wird, wenn er merkt, dass ich nicht interessant genug für eine Unterhaltung bin. Dass mein Leben völlig öde ist und ich ihm nichts biete, was er nicht bei jemand anderem finden kann.

»Willst du nicht in deine Pause? Wir haben schon vier.« Melli taucht wieder auf. Sie stapelt abgegebene Wälzer auf den Wagen und macht eine Kopfbewegung in Richtung des Pausenraums. »Du hast doch ein paar Übungsbücher dabei. Du kannst lernen.«

Augenblicklich dreht sich mir der Magen um, und die Übelkeit droht mich zu übermannen. Die Übungsbücher für den TMS sind in meiner Tasche schwer wie Blei. Das ausgegebene Geld drängt mich wie ein ständiges Piepen im Ohr zum Üben, aber trotzdem kann ich nichts gegen das schlechte Gewissen tun. Jedes Mal, wenn ich eine Seite öffne und mich konzentriere, steigen die Schuldgefühle an wie ein Tsunami und überrollen jeglichen Willen, mich für den TMS vorzubereiten.

»Evren?«

Ich wecke nur Sorge in Melli. Natürlich. Auf Bücher starren und eine existenzielle Krise haben sieht nicht beruhigend aus.

Ich nicke ihr zu und verschwinde im Pausenraum. Er ist karg, nur die Mikrowelle läuft. Eine der weiteren Mitarbeiterinnen steht davor und wartet darauf, ihr Mittagessen rauszunehmen. Auf dem Gemeinschaftstisch liegt Schokolade, nach der ich greife. Ich brauche emotionale Unterstützung. Von allein kann ich nicht lernen.

Eine Praline folgt der anderen in meinen Mund, bevor ich mich endgültig entscheide, am Tisch Platz zu nehmen. Ich greife in meine Tasche, die an einem Stuhlbein lehnt, um das Material hervorzuholen. Das erste Buch, das mir in die Finger kommt, ist das fürs Textverständnis. Ich öffne die erste Seite, ohne zu überlegen. Wenn ich zögere, dann werde ich es nie aufschlagen.

Die Worte verschwimmen für wenige Sekunden zu einem grauen Nichts, bis ich tief einatme und den obersten Satz lese. *Die bipolare Störung wird im sprachlichen Gebrauch oft als manische Depression bezeichnet.*

Mein Hirn klinkt sich nach wenigen Worten aus, und ich lese den Satz mehrmals, um ihn zu verstehen. Gott, warum fällt mir das so schwer?

Die nächste Mitarbeiterin kommt rein und macht sich ihr Essen warm, als ich endlich weiterarbeiten kann. Die Fragen zu den Texten sind nicht schwer, also kreuze ich die Antworten zügig an. Wenn ich mich darauf einlasse, ist es halb so schlimm. Ich darf nur keinen Gedanken an das verschwenden, was ich nicht beeinflussen kann.

Die Uhr tickt, und das nächste Mal, als ich Melda sehe, habe ich mich durch mehrere Seiten gearbeitet.

»Vorne sucht jemand nach dir.« Sie zieht ihre Jacke an, bereit, nach Hause zu gehen. Die gegenüberliegende Wanduhr verrät mir, dass wir nach fünf haben. Scheiße. Warum hat sie mir nichts gesagt? Normalerweise habe ich nur eine halbe Stunde Pause. Die überzogene halbe Stunde muss ich morgen definitiv nachholen.

Ich klaube meine Sachen zusammen und schmeiße sie in meine Tasche. Die Frontkamera meines Handys verrät mir, dass meine Wimperntusche verwischt und der rote Pickel von heute Morgen noch wütender ist.

»Hast du ein Date?« Der schelmische Unterton in Mellis Stimme ist unüberhörbar. Sie setzt sich neben mich, obwohl sie dabei war, Feierabend zu machen. »Ich habe ihn hier schon einmal gesehen. Seid ihr länger zusammen? Studiert er hier? Woher –«

Ich unterbreche sie mit einem tödlichen Blick, und sie zieht den Kopf ein.

»Okay, entschuldige«, flüstert sie.

Ich fahre mir ein letztes Mal durch die Haare und richte meinen Pony, bevor ich aus dem Raum gehe. Nicht darüber nachdenken, sonst verstecke ich mich noch hinter der ranzigen Couch und lasse Talhah stehen. Ein dumpfes »Viel Spaß« kommt bei mir an, nachdem ich hinter der Rezeption hervortrete.

Talhah lungert vor dem Eingang und spielt an seinem Handy, bis ich mit pochendem Herzen und schwitzigen Händen neben ihm stehe. Den Kittel hat er im Krankenhaus abgelegt; die Jeans und Jacke stehen im Kontrast dazu. Der Nasenring blitzt an seinem rechtmäßigen Ort, und seine Wasserlinien schwimmen in dunkler Farbe.

»Hey.« Sein Lächeln ist beruhigend und erstickt meine Angst. »Wollen wir los?«

Ich nicke, und er reicht mir seine Hand. »Ich kann deine Tasche nehmen, wenn du möchtest.«

Ich muss für wenige Sekunden blinzeln, bis ich verstehe, was er meint und dass er nicht meine Hand halten möchte. O Gott, war das mein Wunsch? Meine Gedanken sind durcheinander, kleben aneinander. Ich habe keinen Überblick mehr. Hinter meinem Schädel schlägt es Alarm.

Zögerlich reiche ich ihm meine Tasche, deren Gewicht ihn anscheinend überrascht, da sein Arm nach unten gezogen wird.

Mit gehobener Augenbraue und großen Augen öffnet er die Tür. »Was ist da drin?«

Draußen begrüßt uns ein kalter Wind und weht mir meine Haare ins Gesicht. Studierende suchen mit schnellen Schritten die Wärme der Bibliothek auf, was ich ihnen nicht verübeln kann. Der Winter ist launisch dieses Jahr.

»Ich rate, und du nickst, wenn ich das Richtige nenne?« Er ist nicht genervt, nein, er grinst, bis ich einwillige. »Okay … Steine sind es nicht. Bücher?«

Ich nicke.

»Überrascht mich nicht.« Er lacht auf. »Nur welche Bücher … Linke Theorie?« Meine Verwirrung zwingt ihn zur weiteren Erklärung: »Als ich dich zum ersten Mal gesehen habe, hast du Angela Davis gelesen.«

Für wenige Sekunden fährt mein Hirn herunter, und ich weiß nicht, was ich denken soll. Er hat darauf geachtet? Ich bin an dem Abend so schnell verschwunden.

Mit langsamen Bewegungen schüttle ich den Kopf, sodass Talhah scharf die Luft einzieht und die Tasche anhebt. »Hmmm … Lehrbücher? Was studierst du?«

Statt mich sanft zu berühren, zerrt die Frage unangenehm an meiner Haut.

Er mustert mich und schultert die Tasche. »Magst du dein Studium nicht sonderlich?«

Ich schüttle den Kopf, wodurch der Kloß in meinem Hals größer wird.

»Okay …« Er wird leise. Vielleicht sucht er die Antwort in meinem verzweifelten Blick und meinen zusammengepressten Lippen. Eine Antwort, die ich ihm nicht geben kann, ohne dass die Unsicherheit mich überwältigt.

»Du studierst nicht?« Seine Stimme ist gleichmäßig und fast monoton.

Ich schüttle wieder den Kopf und schaue auf den Asphaltboden vor meinen Füßen. Ich will schreien, dass es nicht mein Wille gewesen ist, dass ich eigentlich studieren wollte, aber die Welt unfair ist. Die Proteste bleiben in meinem Rachen stecken und ballen sich in meiner Brust zusammen. Zerquetschen mein Herz, das es längst gewohnt ist.

»Okay, also bist du Vollzeitbibliothekarin und machst den Job nicht neben dem Studium. Wolltest du das schon immer werden?« Sein Grübchen kommt zum Vorschein. »Du siehst aus wie jemand, der gerne und viel liest.«

Was soll das denn bedeuten?

»Das ist nichts Negatives!« Talhah kramt in seiner Hosentasche und holt einen Autoschlüssel hervor. Der Parkplatz neben uns quillt über, und wir gehen an Dutzenden von Autos vorbei, manche zerkratzt und zerbeult, als wären sie Übungsautos für die Studierenden, andere glänzend und neu, gesponsert von den Eltern.

»Du hast eine sehr ruhige Aura. Es passt zu dir.« Er bleibt vor einem alten Twingo stehen, der seine besten Tage im letzten Jahrhundert gesehen hat. Talhah muss dreimal an der Beifahrertür ziehen, bis sie sich öffnet und ich mich setzen kann. Meine Tasche reicht er mir, bevor er die Tür mit einem Knallen schließt. Das Innere ist sauber und riecht nach dem Pfirsich-Lufterfrischer, der neben einem kleinen *Nazar*-Amulett am Rückspiegel hängt. Unser Auto ist im Gegensatz hierzu ein völliges Chaos.

»Also, was ist in deiner Tasche, Evren?« Das rollende *R*, das er mühelos ausspricht, löst eine wohltuende Wärme in mir aus. Die meisten betonen meinen Namen falsch, und korrigieren kann ich sie nicht. Dass er es auf Anhieb konnte, lässt mein Herz einen Schlag aussetzen.

Talhah schiebt sein Handy in die Halterung, die in der Lüftung steckt, und gibt die Zieladresse ein. Es führt kein Weg daran vorbei, er hat tausendmal gefragt, ich muss die Frage beantworten.

Widerwillig hole ich mein eigenes Telefon heraus und schreibe ihm eine Nachricht.

Evren: Es sind Übungsbücher.

Talhah legt eine Hand auf meine Kopflehne und dreht sich mit dem Oberkörper nach hinten. Der Rückwärtsgang braucht zwei Anläufe, bis er einrastet und er ausparken kann. Die Schimpfwörter kommen nur gepresst zwischen seinen Lippen hervor, aber ich muss trotzdem ein leises Lachen zurückhalten.

Kurz bleibt er auf dem Parkplatz stehen, bis er meine Nachricht gelesen hat.

Ich muss sagen, ein Kaffee hört sich gerade sehr gut an. Ich brauche den Koffeinkick, um durch den restlichen Tag zu kommen. Viel zu aufgeregt war ich über den Tag hinweg wegen des Dates. Jetzt, da mein Körper nicht mehr von Nervosität und Angst verseucht ist, beschwert die Müdigkeit meine Knochen.

»Übungsbücher? Wofür?« Sein ehrliches Interesse ist unüberhörbar, und ich weiß nicht, ob das Sichzusammenziehen meiner Brust bedeutet, dass es mir schmeichelt oder ich nicht darüber reden möchte.

Evren: Lange Geschichte ...

Wie soll ich ihm erklären, dass ich den TMS ablegen möchte, trotz der geringen Wahrscheinlichkeit, Medizin studieren zu können? Wie soll ich einem Medizinstudierenden erklären, dass er meinen Traum lebt und ich lediglich alberne Hoffnung in mir trage?

Talhahs Blick schnellt flüchtig zu seinem vibrierenden Handy. »Du willst also ein Geheimnis daraus machen? Okay, kein Problem. Vielleicht erzählst du es mir ein anderes Mal.«

Warum ist er so nett? Versucht er immer noch, mich von sich zu überzeugen? Damit ich nicht bei der nächstbesten Gelegenheit aus dem Auto springe?

Meine Mutter vergöttert jetzt schon den Boden, auf dem er läuft, dementsprechend werde ich ihn in naher Zukunft sowieso nicht los. Als ich heute Morgen zur Arbeit fahren wollte, hat sie mich aufgehalten und mir eingetrichtert, dass ich nett zu ihm sein und mit ihm reden solle.

Wenn das so einfach wäre.

»Das Café ist hier in der Nähe und meist relativ leer, aber ich denke, es wird dir gefallen. Man kann sich dort in Ruhe einem Buch widmen, und als jemand, der gern liest, passt es zu dir.«

Die Vorstellung, dass er sich Mühe gemacht hat, um ein Café zu finden, das zu mir passt, beflügelt mich auf eine beängstigende Weise. Eine Weise, die mir die Atemwege zuschnürt. Warum tut er das für jemanden, den er nicht kennt und der nicht spricht?

Evren: Ich bin gespannt. Verkaufen sie dort auch Iced Coffee?

»Kalter Kaffee im Winter?«

Ich zucke mit den Schultern, auch wenn er auf den Verkehr vor uns konzentriert ist.

»Ich habe dort zwar noch keinen bestellt, aber ich glaube, sie bieten den an. Es ist ein hipper Shop. Spielt der Gentrifizierung Berlins in die Karten.«

Ich verziehe das Gesicht. Reiche Studierende und Start-up-Gründer kommen hierher, und Orte, die für viele bezahlbar und lange ein Zuhause waren, werden für Wucherpreise vermietet, die man sich als Berliner nicht mehr leisten kann. Kreuzberg ist nicht mehr ›asozial‹, sondern hat einen ›Altbau- und Kiez-Charme‹. Ähnliches ist der Freundin meiner Mama passiert. Ihr Vater ist damals mit vielen anderen Gastarbeitenden hergekommen und die Wohnung über den Generationswechsel hinweg in der Familie geblieben. Heute sind daraus Studierenden-WGs entstanden.

»Ja, so geht es mir auch, aber das Café ist sehr … cool auf seine Weise. Du wirst es gleich sehen.«

Talhah wird langsamer, schaltet in den zweiten Gang, und ich kann nicht aufhören, auf seine Hände zu starren. Sie sehen weich aus, und bei jeder Bewegung treten die Sehnen hervor.

Gott, Evren … er hat echt nicht lange gebraucht, um deine Meinung über ihn zu ändern.

Die Straße ist ruhiger als die vorherigen und gesäumt von kleinen Lädchen, auf denen Wohnungen thronen. Die Schatten spendenden Bäume und Restaurants mit Küchen aus unterschiedlichen Kulturen ziehen bei schönem Wetter bestimmt viele Leute an. Weiter hinten befindet sich ein kleines Café mit großen Schaufenstern, die das gemütliche Innere zur Schau stellen. *Decaf Coffee.* Die weißen Buchstaben werden von dem kleinen *c* im ersten Wort unterbrochen, das rot leuchtet.

»Der Name verrät schon mal etwas.« Talhah findet ohne Probleme einen Parkplatz, in den er den Twingo quetscht. »Möchtest du raten?«

Ich beiße mir auf die Lippe, bevor ich nach meinem Handy greife.

Evren: Es gibt nur entkoffeinierten Kaffee?
Ich brauche dringend einen Kick …

Talhah nimmt sein Handy und zieht die Schlüssel aus dem Zündschloss. »Keine Sorge, du wirst noch wach. Die haben normalen Kaffee dort. Lass uns rein, dann merkst du sofort, was ich meine.«

Noch bevor ich am Griff ziehen kann, ist Talhah ausgestiegen und umrundet das Auto, um mir die Tür zu öffnen. Ich schmelze unter der Wärme seiner Geste dahin, während mein Hirn die Alarmglocken läuten lässt. Solche Aufmerksamkeit ist ungewohnt. Als er seine Hand über meinem unteren Rücken schweben lässt und mich durch die Tür ins Innere des Cafés führt, weiß ich nicht mehr, wohin mit mir. Einen Wimpernschlag lang kann ich nicht einmal entscheiden, wo ich bin. Noch in Berlin? Träume ich? Niemand ist so freundlich und macht sich so viel Mühe, wenn man im Gegenzug nichts – nicht einmal Worte – zu bieten hat.

Gelbes Licht durchflutet das Innere, und große Sitzsäcke sind vor den Fenstern aufgestellt. Die Tische und Stühle in der Raummitte sind bunt zusammengewürfelt und keinem Stil zuzuordnen. Die

Kaffeebar befindet sich hinter einem halbhohen Holztresen, damit man den Angestellten beim Zubereiten zusehen kann. Deckenhohe Regale voller Bücher, die man in einem gemütlichen Sessel davor lesen kann, säumen die gegenüberliegende Wand.

Wir setzen uns an einen Tisch aus hellem Holz, das vor mir mit einem Stern gebrandmarkt ist. Auf der Wand neben uns hängen Polaroidbilder von den unterschiedlichsten Gästen, die das Café besucht haben.

Ich lege meine Tasche auf den Stuhl neben mir, dabei schaut mich Talhah erwartungsvoll an. »Na, ist dir schon etwas aufgefallen?«

Was meint er? Das Café wirkt wie ein ganz typisches, das für Studierende designt ist. Ich ziehe meine Jacke aus und spitze die Ohren. Aber ich höre *nichts*.

Sie spielen keine Musik?, tippe ich unsicher in unseren Chat.

»Ja, genau.« Er strahlt. »Und was bedeutet das?«

Worauf will er hinaus?

Meine Frage wird beantwortet, als eine junge Kellnerin auf uns zukommt. Sie lächelt und winkt kurz, bevor sie auf Talhah zeigt und den Daumen hebt. Er nickt. Ohne zu zögern, zeigt er auf sich, reibt seine Fäuste zusammen und flüstert: »Für mich einen Kaffee.« Die Frau notiert es auf dem Notizblock, den sie aus ihrer Schürze zückt.

Decaf Coffee mit einem roten *c. Deaf Coffee* … Beide unterhalten sich auf Gebärdensprache. Ein Café speziell für Menschen, die Gebärdensprache benutzen?

Talhah dreht sich zu mir. »Was möchtest du? Einen Iced Coffee?«

Ich nicke perplex, immer noch von seiner Geste überwältigt.

Er dreht sich wieder zur Kellnerin und zeigt auf mich, bevor er beide Hände nach vorne ausstreckt, seine Finger anzieht und die Fäuste wie vorher aneinanderreibt. Sie schenkt mir nach der Bestellung ein strahlendes Lächeln, das ich schwer erwidern kann.

»Ich komme gern hierher … hier wird keine dröhnende Musik gespielt, und man kann die Ruhe genießen. Gefällt es dir?«

Talhah hat sich zu mir gebeugt, sodass ihm dunkle Strähnen seiner Haare auf der Stirn tanzen.

Ich nicke, obwohl mir übel ist. Ich weiß nicht einmal warum. Weil ich es nett finde? Weil mir seit dem Verschwinden meines Bruders niemand mehr so entgegengekommen ist?

»Ich dachte, ich bringe dich hierher. Kannst du Gebärdensprache? Also … weil du nicht sprichst –«

Ich unterbreche ihn mit einem Kopfschütteln.

> Evren: Ich habe vor fünf Jahren angefangen, nur noch mit wenigen Menschen zu sprechen, bis ich ganz aufgehört habe. Ich habe nie versucht, Gebärdensprache zu lernen. Woher kannst du sie?

»Oh, okay, das kann ich verstehen.«

Die Kellnerin kommt mit unserer Bestellung und stellt den Iced Coffee vor mich. Zwischen uns setzt sie eine kleine Karaffe mit Milch. Talhah tippt sich gegen das Kinn, und ich ahme die Bewegung nach. Dass das Danke bedeutet, habe ich in der Grundschule gelernt, denn unsere Schulköchin war gehörlos.

Er rührt zwei Würfel Zucker in seine Tasse Kaffee und nimmt einen Schluck. »Mein Bruder hat mit sechs sein Gehör verloren, deswegen habe ich mit ihm zusammen die deutsche Gebärdensprache gelernt.«

Die erste Frage, die ich tippen will, ist: *Was ist passiert?* Aber ich halte mich zurück, denn hätte er gewollt, hätte er es mir erzählt. Meine letzte Absicht wäre es, ihn zu zwingen, mir seine Lebensgeschichte aufzutischen.

> Evren: Das tut mir leid … das kann nicht leicht gewesen sein.

Ich selbst hasse es, wenn sich Menschen für meinen Ist-Zustand entschuldigen. Ich brauche diese Entschuldigung nicht, denn es ist nichts falsch daran, nicht sprechen zu können oder gehörlos zu sein. Aber ich kann den Schmerz in Talhahs Augen erahnen. Er schwimmt an die Oberfläche und erinnert mich an meinen, den kein Wort, keine Nachricht und keine Berührung wiedergutmachen.

»Das ist keine Situation, die einem leidtun muss.« Er nimmt einen Schluck und räuspert sich. »Klar, am Anfang war es nicht einfach für ihn, aber jetzt hat er eine Freundin und macht sein Abitur. Also ist er in dem Alter cooler als ich.«

Evren: Hast du noch andere Geschwister?

»Nein, nur meinen Bruder.« Er dreht sich zu seiner Jacke um. Nach wenigen Sekunden holt er ein dünnes Buch hervor und öffnet die erste Seite. Es ist jenes, das ich gelesen habe. »Jetzt bin ich still, wie ich es dir versprochen habe. Du kannst deinen Kaffee genießen, ohne dass ich nerve, und ganz in Ruhe lesen.« Die Belustigung in seiner Stimme nimmt seinen Worten die Schärfe, trotzdem schießt ein kurzer Stich durch meine Brust.

Talhah widmet sich dem Buch, und ich nippe an meinem Kaffee, dessen Kälte an den Schneidezähnen schmerzt. Unsicher greife ich nach meinem Handy und will ihm etwas schreiben. Nur was? *Ich will mit dir reden, auch wenn ich es nicht kann? Leg die Lektüre weg?*

Evren: Gefällt dir das Buch?

Sein Handy vibriert laut auf dem Holztisch. »Ich habe noch nicht viel gelesen, aber ich finde ihre Ansätze sehr interessant. Alles Dinge, die heutzutage ihre Wichtigkeit haben.«

Evren: Was liest du normalerweise sonst?

Ich möchte nicht tippen, sondern meine Worte benutzen. Eine glatte Unterhaltung führen, keine, die holprig ist und ein Telefon braucht, um zu laufen. Ich will Talhah in die Augen schauen und davon erzählen, wie bahnbrechend Davis ist. Wie sehr ich ihretwegen meine Weiblichkeit lieben gelernt habe. Wie sehr sie meine politische Meinung geprägt hat.

Aber jedes Mal, wenn ich die Lippen teile, kommt nichts als warme Luft heraus. Meine Lungen, meine Zunge und mein Rachen streiken gegen mein Hirn. *Wir machen das schon viel zu lange, Veränderung ist nicht möglich.*

Er atmet laut aus und schaut kurz zur Decke. »Gute Frage.« Da ist wieder das Grübchen, das mich für einen Moment an meinen Bruder erinnert. »Seit dem Studium lese ich ausschließlich Medizinlehrbücher, aber davor habe ich gerne Fantasy gelesen.«

Ich weiß nicht, welche außerirdische Kraft von mir Besitz ergreift und meine Finger tippen lässt, ohne dass ich kontrollieren kann, was ich abschicke. Aber es passiert in Sekundenschnelle, und Reue setzt in dem Moment ein, als Talhah die Nachricht sieht.

Evren: Ich möchte auch gern Medizin studieren.
Meine Tasche ist voller TMS-Übungsbücher,
deswegen ist sie so schwer.

Er legt das Buch weg. Begeisterung macht sich in seinem Gesicht breit. »Wirklich? Ich habe den TMS auch geschrieben, bevor ich studiert habe. Wenn du möchtest, kann ich dir beim Lernen helfen.«

Ich schenke ihm ein Lächeln, das mittendrin einfriert, denn die Realisation, dass seine Mühe für die Katz sein wird, legt sich eisig über mich.

»Wir können uns gerne morgen vor meiner Schicht treffen, heute kann ich nicht mehr lang. Ich muss noch meine Mitbewohnerin von der Arbeit abholen. Du kannst aber gern zu mir in die WG, falls du magst. Oder auch nicht. Wir könnten morgen hierherkommen. Schmeckt dir der Kaffee? Ich kann dich heute gern nach Hause fahren. Wie du möchtest.«

Alles in mir wehrt sich dagegen, seine Hilfe anzunehmen. Es

bringt nichts. Es bringt verdammt noch mal nichts, sich zu treffen und zu lernen, wenn das Ergebnis am Ende die Situation unverändert hinterlässt.

Ich nicke trotzdem, denn mit Talhah Zeit zu verbringen, kommt der Normalität seit Langem am nächsten.

SECHZEHN | ستة عشر

Talhah

Das tut mir leid … das kann nicht leicht gewesen sein. Sie hat nach Worten gerungen, ihre Hände haben keine Ruhe gefunden, und sie hat ihren Griff um das Telefon nicht gelockert. Als könnte sie den Kummer in meinen Augen erkennen, dabei soll das *kohl* ihn überdecken. All den Schmerz, die Trauer, die Angst. Und das Herzrasen, das sie in mir auslöst. Ich fühle mich wie ein Vierzehnjähriger, der seiner heimlichen Schwärmerei endlich ein Ende gesetzt und die Person angesprochen hat, die er mag.

Was stellst du nur mit mir an, Evren Yıldırım?

Wüsste das Malik, würde er mich auslachen. Er hat sich schon in der Grundschule eine Freundin geangelt und eigentlich keinen Tag allein verbracht. Ihn hat sein Hörverlust nie wie meine Eltern und mich getroffen. Er kann sich schließlich nicht gänzlich daran erinnern, was passiert ist. Aber unsere Mutter und unser Vater haben das als Grund gesehen, Syrien zu verlassen.

Die Detonationswellen einer Bombe haben sein Hörvermögen erst verschlechtert, bis es komplett in sich zerfallen ist. Meine Mutter gibt sich heute noch die Schuld. *Ich hätte ihm nicht erlauben sollen, draußen zu spielen. Ich wusste, wie die Lage ist. Wie konnte ich das tun?*

Dabei war es einer der guten Tage. Einer der wenigen guten Tage. Der Himmel war nach langer Zeit wieder blau und nicht gezeichnet von dunklen Drohnen. Das Gras unter unseren Füßen hat die braune Farbe von Heu angenommen – niemand hat mehr seine Tomatenpflanzen auf den Balkonen gegossen, das Wasser, wenn es denn lief, wurde fürs Kochen und Baden genutzt. Den Spielplatz fünf Minuten Fußweg von uns entfernt konnte man sogar aus unserem Küchenfenster sehen, und Malik hat gequengelt. Mit sechs erwartet man nichts anderes. Er wollte unbedingt auf die Rutsche, die dem Krieg noch nicht zum Opfer gefallen war.

Meine Mutter hat es abgewogen. Soldaten haben nur die Grenze von Damaskus besetzt, und schließlich hatte sich nach zwei Monaten die Lage beruhigt. Die Luft trug nicht mehr den Geruch von Schießpulver, sondern Hoffnung zu uns. Wir hatten gebetet, dass alles wieder zum Alten würde. Dass wir noch mal in die Schule würden gehen können. Dass wir uns nicht im Keller würden verstecken müssen.

Also hat *mama* Malik erlaubt, auf den Spielplatz zu gehen. Ihm, seinem Freund und dem großen Bruder des Freundes. *Mama* hat dem Bruder eingebläut aufzupassen. Wenn er Soldaten sehen sollte, musste er sagen, dass er lediglich auf die Kinder aufpasse und die Mütter unweit seien. Ein Handzeichen und meine Mutter hätte das Geschirr in ihren Händen fallen lassen, um zu den Schaukeln zu rennen. Seit der Zuspitzung des Kriegs konnte sie nicht mehr als Scheidungsanwältin arbeiten – sie wollte es nicht mehr. Jede Nacht ist sie aufgewacht und hat nach uns geschaut. Nachgeguckt, ob wir noch da sind und atmen. Ich habe ihre Schritte auf dem Fliesenboden gehört, denn ich konnte nicht schlafen. Wie denn auch? Meine Freunde waren weg, entweder auf der Flucht oder so verängstigt, dass sie das Haus nicht verlassen wollten.

Hätten wir gewusst, wie schlimm es in Damaskus werden würde, hätte meine Mutter beim ersten Aufstand die Koffer gepackt und meinen Vater dazu gezwungen mitzukommen.

Von einem Tag auf den anderen saß ich nicht mehr auf der dritten Sitzbank neben der Klassenzimmertür, sondern löste Matheaufgaben am Esstisch, der mehrmals die Woche zitterte. Wenn das passierte, mussten wir in den Keller eilen und warten. Eigentlich auf das Ende des Beschusses des syrischen Militärs auf die aufständischen Milizen. Aber im Herzen auf das Ende des Kriegs.

Ich habe samstags immer die Moschee neben unserer Schule besucht, um Gebete zu lernen und heilige Schriften zu lesen. Zumindest war das der Grund, warum meine Mutter mich geschickt hat. Aber ich bin nur gegangen, um mit meinen Freunden mit den Gebetsteppichen über den glatten Boden zu schlittern und im familiengeführten Laden Süßigkeiten zu kaufen. Am liebsten eine kleine Colaflasche aus Glas und Gummibärchen.

Ich habe mehr Gebete in den Nächten gelernt, die wir im Keller verbracht haben. Meine Mutter hat zig Suren aus dem Koran wie ein Mantra vor sich hergesagt, und mit zwölf habe ich mich gefragt, ob Gott uns nicht hört. Denn ich konnte mir nicht erklären, warum wir so viel Angst haben mussten. Warum die Hände meiner Mutter eisig wurden, jedes Mal, wenn Soldaten Durchsagen machten, um auf der Suche nach Aufständischen Razzien in Häusern durchzuführen. Warum die Augen meines Vaters nicht mehr so grün wie meine waren, sondern sich jeden Abend, nachdem er von der Arbeit gekommen war, in ein schwarzes Meer verwandelten. Warum mein Lieblingsteller auf dem Küchenboden zersplitterte, als die Bombe einen Kilometer entfernt hochging und Malik nichts als die eingerostete Schaukel schützte.

Die Beifahrertür wird aufgerissen und Zelals kleine Gestalt beugt sich mit einem riesigen Lächeln in das Auto. »Na?« Das lang gezogene *a* und die Augenbrauen, die hochschießen, sind keine guten Indizien.

»Hey.«

Ich starte das Auto wieder und möchte ausparken, doch sie packt mich am Arm.

»Wie war dein Date? Wie war sie?« Ihr Jutebeutel hängt von ihrer Schulter und rutscht in ihre Armbeuge. Sie hat sich nicht einmal die Mühe gemacht, sich anzuschnallen. Der dick aufgetragene Eyeliner und heruntergebissene schwarze Lippenstift sehen in Kombination mit ihrer Rewe-Arbeitskleidung fast schon witzig aus, aber ich lache nicht. Zelal würde mir den Kopf abreißen.

»Weißt du?« Ich seufze. »Ich bereue es, dir davon erzählt zu haben.«

Streng genommen habe ich es ihr nicht aus freien Stücken erzählt. Sie war in meinem Zimmer, als Evrens erste Nachricht auf meinem Handy auftauchte, und ich konnte mich nicht davon abhalten, ein »Shit, sie hat mir geschrieben« auszustoßen. Natürlich hat Zelal daraufhin ihr Stück Blechkuchen auf mein Keyboard gestellt und mich so lange genervt, bis ich ihr erzählt habe, was los ist.

»Ach, komm.« Sie schlägt mir gegen die Schulter und rollt die Augen. »Ohne mich wärst du erstarrt und hättest ihr gar nicht geantwortet, Romeo.«

Das stimmt nicht. Ich hätte wahrscheinlich ein paar Werktage gebraucht, um mir eine akzeptable Antwort aus dem Ärmel zu schütteln, aber ich hätte ihr geantwortet. Wie auch nicht? Ich habe nicht damit gerechnet, dass sie mir überhaupt schreibt. Als ihre Mutter mich dazu gedrängt hat, ihr meine Nummer zu geben, habe ich mich wie das größte Arschloch gefühlt. Als würde ich mich Evren aufdrängen, und das ist das Letzte, was ich wollte.

Als ich mich an jenem Tag in der Bibliothek neben sie gesetzt habe, war das Zufall. Ich mag es, ganz oben auf der letzten Etage zu sein, damit ich meine Ruhe und einen guten Überblick habe. Dass ich dort jemanden vorfinde, hatte ich nicht erwartet. Vor allem nicht jemanden mit so zarten Zügen. Sie hat mich, trotz gleichgültiger Ausstrahlung, wie ein vorsichtiges Reh beobachtet. Als hätte ich ihr Habitat ungefragt betreten und würde mich an ihrem Fressen vergreifen. Im Endeffekt ist sie wie ein Rehkitz abgehauen, dem Menschen zu nahe kommen.

Sie hat da mein Interesse geweckt, und ich würde lügen, wenn ich sage, dass es zu Beginn nicht an ihrem Aussehen lag. Hohe Wangenknochen wie Wolkenkratzer, von denen man sich dankend hinunterstürzen möchte. Dunkle Augen, in denen ich meine Geheimnisse ertränken könnte und die mich trotzdem mit einem aufmerksamen Desinteresse betrachten würden. Und diese Ruhe zwischen uns, die nicht komisch ist mit ihr, nein, sondern wie ein Wiegenlied, das man nicht mehr zuordnen kann, aber das den eigenen Atem verlangsamt und die Lider zufallen lässt.

»Es war gut«, murmle ich und parke endlich aus.

Das Lenkrad ist das Einzige, was mich in dieser Realität hält, obwohl Zelal Ideen für nächste Dates herausposaunt und nicht aufhört, über Evren zu reden. Sie hat sich mehr als ich gefreut, dass ich endlich etwas anderes tue, als zu studieren. Und mir geht es nicht anders – ich bin heilfroh, Evren angesprochen zu haben.

Ihre überlegende Art hat etwas Einladendes, das ich nicht ignorieren konnte und das mir gefällt. Die Schlagfertigkeit, die sich dahinter versteckt, finde ich fast noch besser. Dass sie dasselbe Interesse hat wie ich – die Medizin –, war das Sahnehäubchen.

»Ich habe dich noch nie so verschossen erlebt, Aziz.«

Ich presse die Lippen zusammen und trommle mit meinem Daumen gegen das alte Leder des Lenkers. »Du kennst mich erst seit einem Jahr, und das war ein einziges Treffen.«

»Und ich habe dich noch nie verknallt gesehen. Das ändert nichts an diesem Fakt.« Sie klappt die Sonnenblende auf und fährt sich um die Lippen und durch die Haare, um sie zu richten. »Atlas hat in der Zeit drei Neue angeschleppt.«

»Weißt du, Evren würde in sein Schema passen.« Bei dem Gedanken kann ich mich nicht entscheiden, ob ich lachen, weil ich es mir nicht vorstellen kann, oder weinen soll, da es den kleinsten Funken Eifersucht in mir entfacht. »Ich habe wegen ihr Angela Davis gelesen.«

»O nein«, jammert sie. »Er wird dir damit in den Ohren liegen. Er versucht seit Jahren, dir irgendwelche Bücher anzudrehen. Jetzt, da du eins gelesen hast, wegen Interesse an einer Frau … morgen werden etliche Bücher vor deiner Zimmertür liegen. Mit einem passiv-aggressiven Notizzettel!«

»Solange er mich nicht zwingt, mit in seinen Lesekreis zu kommen.« Politisch trennt uns nichts, aber ich bin nicht privilegiert genug aufgewachsen, um linke Theorie zu lesen und darüber mit anderen zu diskutieren, die ihre Miete und das Studium von ihren Eltern bezahlt bekommen. Und heute fehlt mir schlicht und ergreifend die Zeit.

»Ich bin da einmal hingegangen, um die Männer abzuchecken. Nur um zu schauen, was der Markt zu bieten hat. Es war ein Haufen Beanies, durchgelaufene Vans und selbst gedrehte Zigaretten. Da hat mich einer in der Pause tatsächlich auf ein Nuttenfrühstück eingeladen.«

Für einen flüchtigen Moment starre ich Zelal mit offenem Mund an. »Erklärung. Jetzt.«

»Kaffee und Zigarette. Das wars«, sagt sie lachend und schüttelt den Kopf. »Er war so nett, den Kaffee zu bezahlen, aber ich habe abgelehnt.«

»Wie romantisch.« Das Schmunzeln kann ich nicht unterdrücken.

Wenn man sich Atlas anschaut, dann passen die Menschen nicht zu seinem Auftreten und seiner Art, die eher an einen gestandenen Rentner erinnert. Aber jeder ist voller Überraschungen, also haben wir uns mit Predigten über Erbschaftssteuer und Umverteilung während des Abendessens abgefunden und nehmen seine Kritik am Kapitalismus hin, damit er unsere Miete überweist.

Zu meinem Glück ist mein Lieblingsparkplatz direkt neben unserer Wohnung frei, sodass wir nicht weit laufen müssen. Manchmal ist der Parkplatz hier so überfüllt, dass ich ein paar Straßen weiter weg mein Auto abstellen muss. Das nach einem anstrengenden Tag im Krankenhaus kann in manchen Momenten das Fass zum Überlaufen bringen.

Zelal seufzt und schnallt sich ab. »Tja, nicht jeder kann so aufmerksam sein und ein Café herauspicken, in dem man in Ruhe in Büchern stöbern kann, weil das Mädchen, auf das man steht, gerne liest.«

Ich steige aus dem Auto, in der Hoffnung, dass sie die Hitze in meinen Wangen nicht sieht. »Ich habe es wegen Malik rausgesucht. Und er hat mich ausgelacht.«

Zelal wartet nicht einmal darauf, dass ich meinen Rucksack aus dem Kofferraum hole, sondern geht schnurstracks auf die Eingangstür zu. »Fand er es peinlich?«, trällert sie dabei.

»Dreimal darfst du raten«, antworte ich trocken, was ihr ein Kichern entlockt.

Mein Bruder hat Berlin schon öfter einen Besuch abgestattet. Das letzte Mal, als meine Mutter kommen wollte, stand er statt Mitte der Woche am Wochenende vor meiner Tür. Ohne *mama*. Die musste wie immer arbeiten, aber wir haben uns trotzdem ein paar schöne Tage gemacht.

»Ich glaube, er will wie jeder andere Teenager behandelt werden.«

Ich drücke die Eingangstür ins Schloss, die nach der durchzechten Nacht einer anderen WG nicht mehr von selbst zufällt. Zelal eilt zum Aufzug und bleibt im Rahmen stehen, damit ich mich dazustellen kann. Innerlich stimme ich ihr zu: Malik hat mir das schon mehrmals gesagt, aber ich kann mich trotzdem nicht zurückhalten. Nicht weil ich denke, dass er es braucht, sondern weil er mein kleiner Bruder ist, den ich vor allem Schlechten auf dieser Welt schützen möchte. Vor Menschen, die sein Nichtsprechen nicht kapieren, die seine Stille negativ kommentieren würden, bis sie verstünden warum. Das, was darauf folgt, ist unerträglich. Die mitleidigen Blicke, die Entschuldigungen, als wäre Gehörlosigkeit die schlimmste Strafe, die einem auferlegt werden kann.

Und ich weiß, dass es ihn stört, deswegen habe ich das Café bei seinem letzten Besuch gewählt. Damit er sich keine Sorgen um die Reaktionen anderer machen muss. Dort ist jedem bewusst, was los ist, und niemand fragt nach dem Grund. Denn egal wie wenig er sich an das Ereignis erinnern kann, ist es nicht einfach zu sagen: ›Mit sechs habe ich wie jedes andere Kind auf einem Spielplatz gespielt, und das syrische Militär hat sich entschieden, irgendwo um die Ecke eine Bombe hochgehen zu lassen, die nicht schlimm genug war, um uns zu verletzen. Aber die Detonationswelle … die hatte es in sich.‹

Er sagt immer, dass die Menschen ihn als einen *guten* Geflüchteten ansehen. Einen, der es verdient, in Deutschland zu leben. Und das ist schlimmer als das Mitleid.

»Dann soll er sich auch wie ein Teenager benehmen und dich nicht heimlich anmachen, wenn ich nicht da bin«, sage ich. Bei der Erinnerung an seine Flirtversuche mit Zelal, die verdammte fünf

Jahre älter ist als er, verzieht sich mein Gesicht. Er hat ein zu großes Selbstbewusstsein für jemanden, der noch immer die Schulbank drückt und sich über Rückenakne aufregt.

»Hey!« Sie zieht ihre Augenbrauen zusammen und schließt die Wohnungstür auf. »Ich fand es ganz niedlich. Außerdem wollte er nur ein Bild mit mir, das er nutzen kann, um seine Freundin eifersüchtig zu machen. Da kriselt es wohl momentan.«

Ich seufze, dabei weiß ich nicht, ob es daran liegt, dass ich nach zwölf Stunden auf den Beinen meine Schuhe ausziehen kann, oder weil ich genervt von Malik bin. »Wann kriselt es denn bei ihm nicht? Er liegt mir mit diesem On-off-Ding ständig in den Ohren.«

Als hätte ich den Teufel höchstpersönlich heraufbeschworen, klingelt mein Handy, und ich lasse meinen Rucksack auf den Boden gleiten. Maliks Name steht oben auf dem Bildschirm, während meine Vorderkamera mir mein übermüdetes Gesicht entgegenwirft.

»Hey«, nuschle ich, nachdem Malik meinen Bildschirm eingenommen hat. Das Telefon steht wie immer etwas von ihm entfernt, damit er gebärden kann – die Höflichkeitsfloskeln ignorierend. Nicht einmal, wie es mir geht, werde ich gefragt. Die Vorteile dessen, der ältere Bruder zu sein, der immer zuhört und zeitgleich übersehen wird.

»Hala und ich haben uns getrennt.« Seine Lippen sind aufeinandergepresst, und er hat die Kapuze seines Hoodies ins Gesicht gezogen. Die dunklen Locken schiebt er sich mit fahrigen Bewegungen aus dem Gesicht und gebärdet so schnell und durch die Internetverbindung abgehackt, dass ich nichts verstehe, bis er sich wiederholt. »Hallo? Hörst du mir überhaupt zu? Sie hat mich einfach verlassen, weil sie fürs Studium nach Köln zieht und keine Fernbeziehung haben will.«

Ich schließe meine Zimmertür hinter mir, setze mich an den Schreibtisch und lehne das Handy gegen die Wand. »Das regelt sich bestimmt wieder. Ihr streitet euch immer«, antworte ich leise. Es fällt mir als Hörender schwer, die gebärdeten Wörter nicht mit gesprochenen zu begleiten. Es hilft mir dabei, mich besser zu konzentrieren, da die Grammatik in der Gebärdensprache zwar einfacher ist, aber dennoch anders.

Malik schnauft und kreuzt die Arme vor der Brust. Das universelle Zeichen dafür, dass er mir nichts mehr zu sagen hat. Er hat nicht die Antwort erhalten, die er erwartet hat, also ist er angepisst. Der jetzige Werdegang der Beziehung beweist jedoch, dass er zum Dramatisieren neigt. Sie haben sich etliche Male getrennt und sind trotzdem seit zwei Jahren zusammen. Bis jetzt hat Malik *mama* nichts davon erzählt, weil sie genauso wie er dramatisch ist. Sie würde Hala kennenlernen wollen und eine Hochzeit planen, die in den Sternen steht. Und dann wegen der möglichen Kosten weinen. Hochzeiten bei uns in der Verwandtschaft sind groß und teuer und werden meist von der Familie des Bräutigams bezahlt. Das hat sich über die Generationen hinweg so etabliert, und einen Bruch von alldem traut sie sich nicht zu. Egal wie verändert unser Leben jetzt ist. Egal wie weit wir von allem entfernt sind. Weil es bedeuten würde, die letzte Verbindung zur Heimat zu kappen.

»Was ist denn genau passiert?«, frage ich und muss ein Augenrollen unterdrücken. Als ich in seinem Alter war, habe ich mich auch immer für groß und erwachsen gehalten. Heute mit dreiundzwanzig kann ich sagen, dass ich mit siebzehn weit davon entfernt war.

»Wir haben uns im Park getroffen, sie hat geskatet und ich habe gemalt. Wie immer. Und dann war sie plötzlich wütend. Ich habe ihr nur erzählt, dass ich bei dir in Berlin war und ihr kein Geschenk mitgebracht habe.«

Ich lege den Kopf schief, kann aber das Mundwinkelzucken nicht unterdrücken. »Und Zelal war kein Thema?«

Er gestikuliert ausladender, und diesmal sind die Bewegungen nicht wegen der Internetverbindung abgehackt. »Das ist jetzt so lang her! Sie war wegen des Bildes wütend. Ich habe mich entschuldigt, alles war gut. Warum kramt sie das jetzt wieder aus der Schublade?«

Ich rutsche in meinem Stuhl nach unten und lege meinen Kopf in den Nacken. Für jemanden, der nie allein ist, kann er seine Partnerinnen verdammt schlecht einschätzen. »Anscheinend hast du sie wirklich verletzt. Vielleicht sucht sie einen Grund, sich von dir zu trennen? Damit es euch nach dem Abitur nicht so schwerfällt?«

Malik lässt die Schultern hängen und schiebt sich sowohl die Kapuze als auch die Haare aus dem Gesicht. Wie oft unsere Mutter ihn darum gebeten hat, sie zu schneiden, will ich gar nicht wissen.

»Egal.« Er pausiert und beißt sich auf die Lippe. »Ich werde nach Berlin kommen, und dann ist es eh besser, wenn ich neu starte.«

Sein Traum ist es, an der Universität der Künste Visuelle Kommunikation zu studieren. Seitdem ich mich erinnern kann, zeichnet er. Neben dem Radio nahm *mama* Buntstifte und Blätter mit in den Keller, wenn es auf Damaskus Schutt und Asche regnete. Nachdem wir in Deutschland angekommen waren, ist er im Zeichnen aufgegangen.

Er muss bald sein Portfolio abgeben, weshalb ich jeden Tag Bilder von neuen Postern und Magazinaufmachungen geschickt bekomme, die er designt hat. Er hat sogar die Flyer für Demonstrationen von *Fridays for Future* in Hannover erstellt. Malik ist extrem talentiert. Ich frage mich immer, wie er sich Sorgen machen kann, dass er nicht genommen werden könnte.

Ihm fehlt etwas, das viele haben. Er braucht jemanden, der für ihn dolmetscht, und er hasst es, abhängig zu sein. Allein, dass er sich auf einen Nachteilsausgleich bewerben muss, ist ihm unangenehm, obwohl es nicht so sein sollte. Niemals. Der Ausgleich soll ihm den Alltag erleichtern und ist kein einfacherer Weg, an der Uni zugelassen zu werden. Ganz im Gegenteil: Er sorgt dafür, dass er die gleichen Chancen wie seine Mitstudierenden hat. Aber das ist ihm schon immer schwergefallen – Unterstützung anzunehmen.

»Berlin wird toll. Ich freue mich, wenn du kommst. Dann kann ich dich nerven.«

Das entlockt ihm ein Lachen. »Bitte nicht.« Er verzieht das Gesicht. »Ich will, dass Leute denken, ich sei cool.«

Ich lehne mich zurück und ziehe die Augenbrauen hoch. »Was soll das denn bedeuten?«

Er zuckt mit den Schultern. »Ich habe nichts gesagt. Ich muss jetzt sowieso los. Ich ruf dich die Tage an.« Er winkt und legt auf, bevor ich mich verabschieden kann.

Berlin wird eine Nummer für sich, wenn er hierherzieht.

SIEBZEHN | ON YEDİ

Evren

»*Abla?*«, ruft meine Schwester, was mich aufspringen lässt. Der Stift in meiner Hand landet vor Schreck auf dem Boden und rollt unter mein Bett. Die halb fertige Zeichnung eines Engels schaut mir entgegen, und ich muss mir auf die Zunge beißen, um nicht genervt aufzuatmen.

Ich stehe auf und gehe stampfend in den Flur. Ich habe ihr gesagt, dass sie leise die Wohnung betreten soll. Die Ruhe brauche ich zum Zeichnen, anders weiß ich nicht, wie ich die vergangenen Tage verarbeiten soll. Seitdem die Klingel nur funktioniert, wann sie will, und die Eingangstür zum Haus nicht mehr einrastet, bekommt man sowieso keine Vorwarnung, wenn jemand in die Wohnung spaziert.

Azra steht mit gesenktem Kopf vor der offenen Wohnungstür. Ihre Lederjacke und die Stiefel hat sie immer noch an, als sie mir den dünnen Brief reicht.

»Ich wollte dich nicht stören, aber ich dachte, das hier würde dich interessieren.« Ihr entschuldigendes Lächeln lässt meine Wut von vor wenigen Sekunden abklingen. Wenn es nichts Wichtiges ist, dann muss sie meinen Stift aus den Tiefen unter meinem Bett hervorholen.

Sie reicht mir einen Brief, der weder adressiert noch gestempelt ist. Nur *Evren Yıldırım* steht in Blau darauf. Mit hastigen Bewegungen öffne ich ihn, und eine weiße Hochzeitseinladung fällt heraus. Die Seitenenden treffen sich in der Mitte und bilden ein Herz, das ich aufschlage.

Defne Kocak und Kuzey Bayram laden Sie herzlich zu ihrer Hochzeit ein.

»O mein Gott.« Azra drückt sich an meine Seite und starrt die

Einladung und dann mich an. »Defne *abla* heiratet? Ihr habt doch seit Jahren nicht mehr gesprochen. Warum lädt sie dich ein?«

Die gleiche Frage stelle ich mir auch; warum will sie mich dabeihaben? Wir haben uns zufällig in einem Park gesehen. Ich habe nicht einmal mit ihr geredet. Also warum zum Teufel möchte sie mich auf ihrer Hochzeit sehen?

Azra nimmt mir die Einladung aus der Hand, wogegen ich keinen Widerstand leiste. »Wenn das *anne* erfährt …«

… wird sie einen verdammten Herzinfarkt erleiden. Unsere Mutter hat Defne über alles geliebt, sie hatte sogar die Hochzeit der beiden geplant, bevor mein Bruder verschwunden ist. Als Defne immer mehr aus unserem Leben verblasst ist, war meine Mutter am Boden zerstört.

Ich werfe Azra einen strengen Blick zu, dem sie mit einem Augenverdrehen begegnet. »Okay, verstanden. Ich werde ihr nichts sagen, aber«, ihre Stimme wird leiser, »wirst du gehen?«

Die Frage aller Fragen. Jene, die ich selbst nicht beantworten kann.

Ich nehme Azra die Einladung aus der Hand und mache auf dem Absatz kehrt. Jetzt darüber nachzudenken, würde mich unter tiefen Wassermassen begraben, denen ich nicht entkommen kann. Ich war dabei zu zeichnen, mich für den heutigen Tag an Land zu kämpfen, nicht, zu ertrinken.

Ich verstaue die Einladung samt Briefumschlag in der untersten Schublade des Schreibtischs und setze mich wieder an meine Zeichnung. Die Flügel des Engels sind unfertig, und die Augen werden weder von einer Nase noch von Lippen begleitet. Morgen muss ich mir definitiv ein neues Zeichenheftchen zulegen.

»Apropos heiraten.«

Ich setze alles daran, nicht meine Zeichensachen zu packen und im Wohnzimmer zu verschwinden, als Azra die Zimmertür öffnet.

»Wann hast du vor zu heiraten? Ich will endlich ein eigenes Zimmer«, redet sie unbekümmert und mit einem verschmitzten Gesichtsausdruck weiter. Sie lässt ihre Tasche auf den Boden gleiten, entledigt sich ihrer Kleidung und schlüpft in ihren Pyjama. Sie meint es nicht böse, trotzdem nervt mich die Frage. »*Anne* hat von deinem Date erzählt.« Sie könnte der Grinsekatze den Namen streitig machen. Aber wir sind nicht in *Alice im Wunderland*, und ich kann mich nicht unsichtbar machen, um der Fragerei meiner Schwester zu entkommen. »Wie war es?«

Nachdem Talhah sein Buch ausgepackt hat, um sein Versprechen zu halten, habe ich es ihm gleichgetan, indem ich mir eins aus dem Bücherregal geholt habe. Wir beide haben zusammen gelesen, Kaffee getrunken, uns über unsere Lieblingspassagen unterhalten. Am Abend hat er mich nach Hause gefahren.

Ich zucke mit den Schultern und schreibe Azra eine kurze Antwort.

Evren: Es war okay.

Augenblicklich zieht sie die Augenbrauen zusammen und schaut mich an, als wäre ich eine Kuh auf einem Einrad. »Was heißt hier *okay*? Ich brauche Details! *Anne* meinte, er sehe in echt nicht so … exzentrisch aus.«

Fragend hebe ich eine Augenbraue.

»Na, du weißt schon … die Sache mit dem Kajal und Nasenring, so wie auf Instagram eben.«

Evren: Er sieht in seinem normalen Leben auch so aus. Nur nicht, wenn er im Krankenhaus arbeitet.

Azra strahlt und klatscht in die Hände. »Wusste ich es doch, dass du keinen Langweiler wählen würdest. Sogar der Typ, den du mit fünfzehn gedatet hast, hat Schmetterlinge gefangen und eingerahmt.«

Damals habe ich in meiner jugendlichen Hoffnung gedacht, dass er der Eine wäre. Der Typ, mit dem ich mein Leben verbringen würde. Eher jugendliche Naivität. Nachdem mein Bruder verschwand, war er auch nicht mehr aufzufinden. Ich habe netterweise eine Nachricht bekommen, in der er mit mir Schluss gemacht hat.

Evren: Das heißt Entomologie, du Schlaumeier.

Auch wenn ich genervt von der Unterhaltung bin, weiß ich, dass sie mich nur quält, um unsere Beziehung aufrechtzuerhalten. Manchmal vergesse ich, dass wir bloß uns haben. Mein Bruder und ich haben sie quasi großgezogen. Talhah ist zum ersten Mal seit Langem ein Thema, das ich mit ihr teilen kann, ohne in Trauer zu versinken.

»Wie auch immer.« Sie schnaubt und rückt zu mir, und ich lege einen Arm um sie, was sie überrascht aufblicken lässt. »Woher kommt das denn jetzt?«

Ich zucke mit den Schultern und schenke ihr ein Lächeln. Das Zeichnen läuft mir nicht weg. Wenn ein paar Minuten mit ihr sie glücklich machen, ist das okay. Sie hat mich schließlich auch mit zu ihren Freunden geschleppt, obwohl sie es nicht musste, sondern einfach wollte.

»Schleimst du etwa, damit ich dich nicht mit deinem Kerl nerve?« Sie atmet entrüstet auf. Das Lachen kann ich mir nicht verkneifen – diesen Hang zum Dramatischen muss sie von den türkischen Serien haben, alles andere kann ich mir nicht erklären. Niemand in unserer Familie ist so.

»Tut mir leid, aber das zieht nicht genug, um dir mit Talhah nicht auf den Senkel zu gehen, *abla*.«

Ich rolle mit den Augen, was sie gekonnt ignoriert. Sie fährt über meinen Arm und zeichnet ein kleines Herz, was jegliche Genervtheit in mir verpuffen lässt.

Evren: Schieß los.

»Erst mal zu meinen Fragen.« Sie wird ernst. »Dein Neuer ist interessant. Ist er ein Feminist? Seine Aufmachung ist doch eine Kampfansage an die toxische Maskulinität. Schneidet er schon Menschen auf? Findet er das spannend?« Die Fragen kommen wie aus der Pistole geschossen. Hat sie sich die in der Zeit, während ich geschlafen habe, akribisch zurechtgelegt?

Evren: So weit ist unsere Unterhaltung nicht gegangen. Aber das nächste Mal frage ich ihn, nur für dich. Damit du mir nicht mehr auf die Nerven gehst.

»Danke, das ist sehr aufmerksam von dir.« Das zufriedene Lächeln auf ihren Lippen täuscht. Sie wird mir ihre Totschlagfrage stellen. »Was hältst du von ihm? Schon verknallt?«

O Gott. Ich hätte wissen müssen, dass das kommen würde. Darauf habe ich keine Antwort, weil wir uns buchstäblich einmal getroffen haben. Er ist okay als Mensch? Nett zu mir und nicht komisch, was mein Schweigen angeht. Das mag ich.

Evren: Frag mich in ein paar Wochen noch mal. Ich habe außerdem meinen Stift fallen lassen wegen dir. Er ist unter meinem Bett. Hol ihn bitte raus.

»Jetzt muss ich deine Arbeit machen und kriege dafür eine schwammige Antwort?«

Ich reagiere nicht, und Azra löst sich aus der Umarmung, um sich mit einem Schnauben vor mein Bett zu knien. Sie braucht keine Minute, bis sie mir den Bleistift reicht.

»Ich erwarte detaillierte Date-Beschreibungen ab heute.« Sie richtet sich das verrutschte Oberteil. »Wenigstens ist bei einer von uns gerade etwas los, also lass mich daran teilhaben. Danke.«

Nachdem ich selbst herausgefunden habe, was ich von Talhah halte, werde ich es ihr erzählen. Denn gerade bin ich genauso unwissend wie sie.

ACHTZEHN | ON SEKİZ

Emre

Heute liegen die TMS-Bücher nicht schwer wie Blei in meiner Tasche. Sie lastet zwar unangenehm auf meinem Schoß, aber ist nicht erdrückend. Der Gedanke an das Lernen löst keinen Angstschweiß in meinen Handflächen aus. Der Gedanke, Talhah gleich zu begegnen, jedoch schon.

Mein Herz schlägt gegen meinen Brustkorb. Flattert ähnlich wie der Vogel, den mein Bruder und ich vor fünfzehn Jahren in der Türkei auf der Straße gefunden haben. In Mamas Heimatdorf war es in dem Jahr so heiß, dass das Vogelbaby aus dem Nest gestürzt und durstig war. Wir haben es aufgepäppelt und an den gefundenen Ort zurückgebracht. Es hat sich kräftig geschüttelt und die ersten Versuche, die Flügel zu schlagen und wegzufliegen, sind ihm misslungen – das Entkommen hat nicht geklappt. Mein Bruder feuerte es an, bis der Nestling es endlich geschafft hatte.

Ich werde nie zulassen, dass du oder Azra aus dem Nest fallt. Seine Umarmung war warm, brannte nicht wie der Asphalt unter meinen nackten Kinderfüßen. *Ich bin euer großer Bruder, ich beschütze euch.*

Am Ende fiel er aus dem Nest – ob mit Absicht oder nicht.

Eine monotone Stimme durchbricht meine Gedanken und sagt die Station an, an der ich aussteigen muss. Talhah hat vorgeschlagen, mich abzuholen, aber Benzin ist teuer und die Straßen Berlins immer voll; am Ende bin ich mit der Straßenbahn schneller da als mit dem Auto.

Eine zierliche Frau und ein Mann im Anzug stehen beide mit mir auf und verlassen die Bahn. Wie stickig es darin ist, wird mir erst klar, als ich die eisig frische Luft des Winters in meine Lungen ziehe. Es ist zwar erst Vormittag, aber die Sonne tut sich schwer, gegen die hinterbliebene Kälte der Nacht anzukämpfen.

Zu meinem Glück ist das Café in der Nähe der Station, sodass ich nicht durch etliche Gassen eilen muss. Diesmal sind die Restaurants, die sich in der Straße aneinanderreihen, dunkel und haben geschlossen. Alleinig das Café und die Fenster der Wohnungen über mir erleuchten den Weg. Die Wärme und der Geruch nach frisch gebrühtem Kaffee empfangen mich mit offenen Armen, in die ich mich gerne fallen lasse.

»Hey.« Talhah sitzt an dem Platz, an dem wir gestern saßen. Der gleiche Stern auf dem Holz begrüßt mich wie ein alter Freund, und eine dampfende Tasse steht für mich bereit.

»Ich habe dir einfach einen heißen Kaffee bestellt. Draußen ist es so kalt, da dachte ich, du bräuchtest die Aufwärmung. Falls du lieber einen kalten möchtest, kann ich auch den holen.« Er spricht so schnell, dass sich einzelne Silben ineinander verheddern und seine weichen *Chs* zu *Schs* verschwimmen, was mir ein Lächeln auf die Lippen zaubert.

Zur Antwort schüttle ich meinen Kopf und entledige mich meiner Jacke, bevor ich mich ihm gegenübersetze. Diesmal trägt Talhah weder Kajal noch das Piercing. Seine Haare sind ordentlich nach hinten gekämmt, und der Pullover bedeckt keusch seinen Hals.

»Wir haben so« – er prüft seine Armbanduhr – »gute zwei Stunden, bis ich im Krankenhaus aufkreuzen muss. Meinst du, das reicht für heute?«

Sofort nicke ich und nippe am warmen Kaffee.

»Okay, super.« Sein Lächeln wird breiter und freundlicher, falls das möglich ist. »Ich habe mein Übungszeug auch mitgebracht. Überall sind Notizen drin, und ich habe meinen Wochenplan ausgedruckt, mit dem ich mich bis Mai vorbereitet habe, und –« Er bückt sich unter den Tisch und holt seine Tasche hervor. Die Bücher stapeln sich in wenigen Sekunden zwischen uns. Blätter fliegen auf den Boden. Reflexartig greife ich nach Heften, die an den Ecken geknickt sind und beinahe hinuntergefallen wären.

Seine Züge sind schüchtern, während er die Stapel und Unordnung vor uns begutachtet. »Es ist etwas viel, aber ich habe es damit ins neunundneunzigste Perzentil geschafft, also hat es sich gelohnt.«

Meine Augen müssen groß wie der Vollmond sein, und meine Kinnlade berührt vermutlich den Boden. Er war im obersten Prozent. So ein Ergebnis zu erzielen, ist selten.

»Es ist wirklich nicht so schwer, wie du es dir vorstellst, Evren. Das schaffst du locker.« Talhah macht eine wegwerfende Handbewegung und schiebt die Unterlagen zu mir. »Ich habe für die Bücher auch eine Tüte mitgebracht. Falls du möchtest, kann ich dich später nach Hause fahren, dann musst du das alles nicht tragen.«

Ich greife nach dem ersten Blatt auf dem Haufen. Es ist ein Wochenplan, der jede abgefragte Kategorie einem Wochentag zuteilt. Die Felder für die Wochenenden sind leer und mit einer kleinen Notiz in unordentlicher Handschrift versehen, die sich von dem Gedruckten abhebt.

AM WOCHENENDE HAST DU FREI, NUR UM DICH MIT MIR ZU TREFFEN.

Ich kann das warme Gefühl in meiner Brust nicht aufhalten und versuche, es mit einem Schluck Kaffee zu unterdrücken, der mir die Zunge verbrennt.

Talhah hat nicht viel über seine Vergangenheit erzählt, aber zu wissen, dass er hierher geflüchtet ist, dass er sich eine neue Sprache aneignen musste und Gebärdensprache für seinen Bruder gelernt hat, zeugt von einer gewaltigen Intelligenz und großem Willen. Er hat sein Abitur gemacht und studiert das kompetitivste Fach in einem Land, das ihm vor elf Jahren noch fremd war.

Evren: Was kannst du noch alles, wovon ich nichts weiß?

Ein begeisterter Ausdruck schleicht sich auf sein Gesicht, als er meine Nachricht liest. Augenblicklich werden seine Gesichtszüge stoischer, bevor er mit den Schultern zuckt. Versucht er, bescheiden zu wirken? Ich muss bei diesem Gedanken ein Augenrollen unterdrücken.

»Eigentlich sind das ja Themen für Date fünf, damit ich mir vorher schon einen Eindruck davon verschaffen kann, ob ich es der Person verraten möchte, aber weil ich dich besonders mag, sag ich es dir jetzt schon. Sei gewarnt: Wenn du es erfährst, wirst du mich nicht mehr loslassen können.«

Der Vogel ist nicht vergleichbar mit meinem Herzen. Es schlägt so schnell, dass es flimmert.

»Ich bin ein Serienkiller und verarbeite meine Dates zu erfrischenden Cocktails.« Er legt lachend den Kopf schief, weil ich entweder verängstigt oder genervt aussehe. Ich kann es beim besten Willen nicht einschätzen.

»Spaß beiseite.« Er lacht noch einmal auf. »Ich spiele Klavier und fotografiere.«

Was kann dieser Typ bitte nicht?

Evren: Wow ... Medizinstudierender, superintelligent,
supernett, Fotograf und Klavierspieler?
Die Frauen müssen dir zu Füßen liegen.

Talhah seufzt und presst die Lippen zusammen. »Weißt du, was? Du hast recht. Ich bin ein richtiger Womanizer.« Er fasst sich theatralisch an die Brust und legt beide Füße neben mir auf dem Stuhl ab. Der Drang, ihm ein Buch ins selbstgefällige Gesicht zu werfen, schießt wie ein Blitz durch mich hindurch. Das Grinsen kann ich trotzdem nicht aufhalten.

»Was soll ich sagen? Die Frauen beten mich tatsächlich an. Ich muss mich regelrecht aus jeder Vorlesung kämpfen, um in Ruhe zu Mittag essen zu können.«

Evren: Was machst du dann hier?
Such dir die nächste Meredith Grey.

Dass ich ihn necke, scheint ihm keinen Spaß zu bereiten, denn seine Augenbrauen ziehen sich gefährlich zusammen. Als er realisiert, dass ich die Nachricht nicht wirklich ernst meine, hellen sich seine Gesichtszüge auf.

»Ich habe schon genug mit Medizin zu tun.« Er beugt sich über den Tisch zu mir, sodass uns nur eine Handbreit trennt. Seine grünen Augen sind stechend, sein Blick wandert langsam über meine Konturen und bleibt an meinen langweilig braunen Iriden hängen. »Mir gefällt die stille Bibliothekarin, der ich wie wild hinterherrennen muss, besser.«

Die Hitze in meinem Brustkorb wandert meinen Hals hoch und hinterlässt wahrscheinlich rote Flecken.

Amüsiert lehnt er sich in seinen Sitz zurück. »Anscheinend mag es die stille Bibliothekarin, dass ihr ein Narr hinterherrennt.«

Meine Finger sind schneller als meine Vernunft und tippen ein: *Ja, sogar sehr.* Bevor ich es abschicken kann, schlägt mein Hirn Alarm, und ich halte inne.

Evren: Ein bisschen.

»Nur ein bisschen?«, schmollt Talhah. »Vielleicht hilft es, dass der Narr einen Kater hat, um das Gefallen der Bibliothekarin zu steigern?« Er dreht sein Handy zu mir um. Eine schwarze Mieze mit weißen Pfötchen blickt mir entgegen. Ihre Pupillen sind riesig, und ihr Fell ist lang und flauschig. Dass ich sie schon auf seinem Instagram-Feed gesehen habe, könnte ich ihm niemals verraten.

Evren: Eindeutig, die Katze hat
seine Chancen erhöht. Wie heißt sie?

Am liebsten würde ich fragen, ob ich sie nicht persönlich sehen kann, aber das geht zu weit. Viel zu weit. Das würde ihn abschrecken.

»Wusste ich es doch.« Er schnalzt mit der Zunge. »Sein Name

ist Socke … wegen seiner Pfoten. Du kannst ihn ja gerne besuchen. Vielleicht erhöht das auch meine Chancen?« Seine Stimme wird mit jedem Wort unsicherer und leiser, bis er sich abwendet und in seine halb leere Kaffeetasse schaut, als könnte er die Antworten auf jahrzehntealte Fragen in der dunklen Brühe finden.

Meine Daumen verweilen eine Ewigkeit über der Tastatur. Ich möchte seine Katze kennenlernen, sein Zimmer sehen, in dem er lebt. Die Bücher betrachten, die er aufgestellt hat, und ein Klavierstück von ihm hören. Sein Leben außerhalb des Medizinstudiums erkunden. An dem Ort stehen, wo er geweint und gelacht hat. Wo er den Sarkasmus ablegen und verletzlich sein kann. So wie ich, wenn ich Ruhe in meinen vier Wänden finde. Denn jemand, der eine Flucht erlebt hat und Menschen in einer gefährlichen Situation zurücklassen musste, versteckt hinter der hellen Fassade einen verdunkelten Geist.

Evren: Das ist eine Sache für Date sieben.

»Fair. Dann muss sich Socke eben gedulden.«

Ich werde das Gefühl nicht los, dass er jemand anderen als Socke meint, aber ich versuche, diesen Gedanken zu ignorieren. Wenn ich mich einmal in so etwas hineinsteigere, wird der Fall zurück in die Realität härter sein, dabei ist meine Wirklichkeit schmerzhaft genug.

Der dampfende Kaffee vor mir wird kühler, was mich nicht stört, da Talhah mir von Socke und seiner Mutter erzählt, die eine Katze in Syrien hatte. Sie mussten sie bei der Flucht bei seiner Oma zurücklassen, der es zum Glück gut geht. Er berichtet von seinem Herzensbrecher-Bruder, der kein bisschen an der Medizin, sondern an der Kunst interessiert ist. Ich muss mir auf die Zunge beißen, um ihm nicht von meinen künstlerischen Versuchen zu erzählen. Wenn er es erfährt, wird er nach Bildern fragen, und niemand außer Azra hat sie bis jetzt gesehen.

Er schaut auf seine Armbanduhr und presst die Lippen zusammen. »O Gott, jetzt habe ich wirklich eineinhalb Stunden verquatscht. Ich muss mich wie ein selbstverliebtes Arschloch anhören. Ich habe die ganze Zeit von mir geredet.« Er verzieht das Gesicht zu einer entschuldigenden Grimasse, woraufhin ich eine wegwerfende Handbewegung mache. Seine Erzählungen waren wie heißer Pfefferminztee, wenn es schneit. Beruhigend und erwärmend. »Als Wiedergutmachung muss ich dich nach Hause fahren. Ich kann dich nicht mit den schweren Büchern die Straßenbahn fahren lassen.«

Evren: Das ist kein Problem, wirklich.
Ich muss sowieso noch zu Galeria.

Als Talhah meine Nachricht sieht, fängt er an, die Bücher, die er mitgebracht hat, zu packen und Geld auf den Tisch zu legen. »Das ist nur zehn Minuten von hier. Ich fahr dich und lade heute Abend einfach die Bücher bei dir ab, ja? Dann musst du sie nicht nach Hause tragen.«

Ich schüttle meinen Kopf, will sagen: *Das brauchst du nicht.* Aber meine Lippen blocken jegliche Worte ab. Als wären sie unschuldig Gefangene in mir.

»Ich dulde keine Widerworte«, sagt er und steckt sein Handy in die Hosentasche. »Schau: Ich kann deine Widerrede sowieso nicht sehen.«

Er wirft sowohl seinen Jutebeutel als auch den Beutel voller Bücher über seine Schulter und zwinkert mir zu. Ich zeige ihm den Mittelfinger, was seinem Grinsen keinen Abbruch tut.

»Komm schon. Willst du bei dem Wetter *wirklich* durch halb Berlin laufen?«

Mit zusammengekniffenen Lippen gebe ich auf und packe meine Sachen zusammen. Er hat recht – der nächste Galeria Kaufhof ist nah genug, dass man ihn zu Fuß erreicht, doch in der Kälte ist es angenehmer, in einem kuschelig warmen Auto zu sitzen.

Ich lege Geld zu seinem hinzu, das er mir jedoch wieder in die Hand drückt.

»Ich habe dich eingeladen, also bezahle ich.«

Unwohl ziehe ich die Augenbrauen zusammen. Es reicht, dass er gestern schon bezahlt hat.

»Das nächste Mal geht auf dich. Versprochen.« Sein bestimmter Ton weicht einem sanften. »Wollen wir los?«

Ich nicke und bin ihm dankbar, dass er mich zu Galeria Kaufhof fährt, als wir das Café verlassen. Draußen hat die Kälte die Oberhand gewonnen, und die ersten Schneeflocken fallen vom grauen Himmel.

»Ich habe heute Schicht bis kurz vor sieben. Ich komme danach mit den Büchern vorbei.«

Er schließt das Auto auf und verfrachtet sein Gepäck im Kofferraum. Ich möchte ihm nicht mehr Arbeit machen. Er hat mit seinem Studium und jetzt dem Job im Krankenhaus eh schon alle Hände voll zu tun. Aber er wird sich nicht überreden lassen. Wenn ich eins verstanden habe, dann dass er ein verdammter Sturkopf ist.

Und ehrlich gesagt … die Unterlagen nach dem Einkaufen noch in die überfüllte Straßenbahn und bis nach Hause zu schleppen, ist nicht mein größter Wunsch.

»Was hast du im Einkaufszentrum vor?«

Die warme Klimaluft schlägt uns entgegen, nachdem Talhah das Auto anlässt und die Heizung aufdreht. Seine geröteten Wangen verlieren an Farbe und die ordentlich nach hinten gekämmten Haare im Gebläse ihre Form. Sie stehen ihm so.

Evren: Mein Zeichenheft ist voll.
Ich brauche ein neues.

Es rutscht mir wie eine unaufhaltsame Flut heraus, obwohl ich mich zuvor nicht getraut habe, ihm davon zu erzählen. Weil er so aufrichtig war, mir genug von sich anzuvertrauen. Weil ich weiß, dass mein kleines Geheimnis bei ihm sicher ist und er mich zu nichts drängen wird, was ich nicht will. Auch nicht zum Zeigen von Bildern.

Er fährt sich durchs Haar, lehnt sich zurück und verbindet sein Handy mit dem Auto. Dadurch werden ihm meine Nachrichten laut vorgelesen.

Er parkt aus und verlässt die enge Seitenstraße. »Du zeichnest?«

Ich nicke, was er mit einem Seitenblick sieht.

»Bibliothekarin am Tag, Cassatt zu Nacht?«

Meine Lippen teilen sich bei der Erwähnung von Mary Cassatt. Jemand, der nicht viel mit Kunst zu tun hat, kennt selten weibliche Größen der Szene aus dem letzten Jahrhundert. *Vielleicht ist er ja doch ein Feminist.* Bei dem Gedanken möchte ich mir gegen die Stirn klatschen. Ich höre mich schon wie Azra an.

Evren: Woher kennst du Cassatt?

Er zuckt mit den Schultern. »Mein Bruder redet häufig über Kunstschaffende. Manches bleibt sogar bei mir hängen.«

Evren: Eher Tracey Emin, obwohl ich mich nicht mit ihrem Talent vergleichen möchte. Ich habe erst mit sechzehn angefangen zu zeichnen.

»Emin kenne ich tatsächlich nicht. Ich muss mir mal ihre Werke anschauen.« Talhah hält für wenige Sekunden inne und lässt sich tiefer in seinen Sitz sinken. »Vielleicht auch deine, wenn das für dich in Ordnung wäre.«

Azra ist die Einzige, mit der ich meine Kunst teile, weil wir uns auch fünfzehn Quadratmeter teilen. Sie muss es wohl oder übel mitbekommen. Aber alle anderen wissen es nicht. Nicht weil ich ein riesiges Geheimnis daraus gemacht habe oder weil ich beschämt und nicht zufrieden mit meiner Kunst bin. Es hat bis jetzt niemanden wirklich interessiert.

Evren: Das ist eher eine Sache für das trillionste Date.

Manche Zeichnungen stehen nicht allein, ich schreibe etwas dazu. Schließlich bin ich aus der Musik – aus dem Songschreiben – zur Kunst übergegangen, als meine Stimme verschwand. Das Geschriebene ist nicht immer poetisch oder interessant, sondern schlicht deprimierend. Das muss er nicht sehen, nicht zu Anfang. Das würde ihn nur abschrecken.

»So persönlich also?« Er schmunzelt. »Gut, dann muss ich mich wohl bis zum *trillionsten* Date gedulden.«

Auch wenn meine Worte nicht ernst gemeint sind und ich ihm bestimmt irgendwann die Zeichnungen zeigen werde … ist seine Antwort beruhigend. Dass jemand meine Grenzen respektiert, erlebe ich selten. Meine Existenz beruht auf denen meiner Eltern, meiner Schwester und gewissermaßen auch auf der meines Bruders. Bei jedem Schritt, den ich mache, muss ich sie alle mit einbeziehen. Egal, ob es zu belastend für mich ist oder nicht.

Als mein Bruder für über zwei Wochen nicht auffindbar war, ist auch unsere Hoffnung verloren gegangen wie eine Münze in einer tiefen Sofaritze. Und plötzlich saßen auf der Couch, die wir verzweifelt abtasteten, Menschen, die nach Trost suchten. An einem Ort, an dem die Trauer alles überschwemmt hatte. Ich musste für andere da sein, ihnen meine Schulter anbieten, wenn sie weinten, und ein Lächeln aufsetzen, das längst versiegt war. Das mein Bruder mit sich gerissen hatte. Ich hatte nie Zeit, das Geschehene zu verarbeiten. Diese Grenze habe ich nie ziehen dürfen. Denn schließlich habe ich nur einen Bruder verloren, während meine Eltern die Stimme ihres Erstgeborenen vergaßen.

Evren: Vielleicht geht es auch ein wenig früher …
Ich möchte deine Erwartungen nicht ins Unermessliche steigern. So gut bin ich darin nicht.

»Ich bin mir sicher, dass du sehr talentiert bist, Evren. Aber ich gedulde mich und schraube meine Erwartungen so weit herunter, dass ich mich über alles freue, was kein Strichmännchen ist.«

Ich möchte auf seine Antwort mit einem Lachen reagieren, mit einem kleinen Danke, aber mein Hirn schlägt allein beim Gedanken daran Alarm. Der Versuch wäre zwecklos. Die Mauern würden hochfahren und nichts als geöffnete Lippen und zitternde Finger durchlassen.

Evren: Strichmännchen sind die richtige Einstellung. Alles darüber hinaus würde dir dann so gut gefallen, dass vielleicht sogar ein Egoboost für mich rausspringt.

»Deine Zeichnungen könnten potthässlich sein, ich würde sie trotzdem bewundern.« Er blinkt rechts und hält am Straßenrand vorm Galeria an, auf dessen Banner mir verschiedene Menschen zulächeln in der Hoffnung, dass ich eine Menge Geld dalasse, das ich nicht besitze. »Erstens, weil ich nicht einmal Strichmännchen zeichnen kann. Und zweitens, weil ich mir das hier nicht versauen möchte.«

Seine Worte drücken mir mit einem Hieb die Luft aus den Lungen, und mein Hirn gefriert. Keine Reaktion scheint adäquat genug, weshalb mein Handybildschirm dunkel bleibt. Dafür, dass ich ihn bei seinen ersten Versuchen konsequent ignoriert habe, ist er zu nett, um sich *das hier* zu versauen.

»Ich würde dich gerne weiter anstarren, aber leider kann ich hier nicht lange halten, ohne dass mir jemand den Seitenspiegel abfährt.«

Der entschuldigende Gesichtsausdruck gepaart mit dem Lächeln trifft mich mitten ins Herz. Er weiß genau, was er tut. Welche Reaktion er aus mir rauskitzelt. Ihm gefällt meine – metaphorische – Sprachlosigkeit.

»Wir sehen uns heute Abend.« Er grinst so echt und breit, dass sich Falten in seine Augenwinkel graben.

Ich schnalle mich ab und winke ihm schnell, als ich aus dem Auto steige. Solch direkte Kommunikation erlebe ich selten. Menschen bedauern mich, schenken mir einen grauen Ausdruck und ein Mundwinkelheben. Vielleicht klamme Hände auf meinen Schultern. Keine Provokation oder direktes Flirten. Talhah schafft es, mich wie einen durchschnittlichen Menschen, nein, wie eine durchschnittliche Frau zu behandeln.

Ein Hupen ertönt hinter mir. Bevor ich meinen Mut zusammengefasst habe, um mich umzudrehen, rast das Auto mit quietschenden Reifen davon.

Ich will ein drittes Date mit ihm.

NEUNZEHN | ON DOKUZ

Evren

Zu Hause ist es still, sodass ich meine Bücher unter meinem Bett verstauen kann, ohne dass ich Fragen gestellt bekomme.

Das neue DIN-A5-Zeichenbuch ist schwarz eingebunden und hat Rasterpunkte auf den Seiten, um bessere Proportionen beim Zeichnen zu ermöglichen. Vielleicht sollte ich mich am Realismus probieren. Da mein Gehalt gestern eingetroffen ist, habe ich mir sogar einen der teuren Druckbleistifte gekauft.

Ich wärme das restliche Gratin von gestern Abend in der Mikrowelle auf. Während das Essen erhitzt, ziehe ich mir etwas Gemütliches an.

Ein neues Zeichenbuch anzufangen, ist schwierig. Die erste reine Seite blickt mir entgegen, als hätte sie Erwartungen an mich, die Künstlerin, die nicht weiß, was sie gestalten möchte. Normalerweise leiten mich Emotionen, die mich beschäftigen. Heute jedoch bin ich auf eine gute Weise leer – nichts bedrückt mich.

Ich hole mein Abendessen aus der Küche, das ich nebenläufig in mich schaufle, um meine Aufmerksamkeit dem Zeichnen zu widmen. Der neue Bleistift liegt schwer in meiner Hand, trotzdem setze ich an, um die ersten Striche zu zeichnen. Ich bin keine zwei Minuten dabei, da reißt mein Handy mich aus meiner Konzentration.

»Hallo? Evren? Ich habe heute noch einen Bandwechsel im Krankenhaus und danach Schluss. Kannst du mich abholen?«, fragt meine Mutter außer Atem. Der Stress muss sie eingeholt haben. Dass sie trotz ihres Fußes putzen muss, ist wie ein Schlag ins Gesicht. Sich von der Arbeit abzumelden oder krankzumelden, kam nie infrage, da sie eine irrationale Angst hat, dadurch ihren Job zu verlieren. Sie abzuholen, ist das Mindeste, was ich tun kann. In solchen Momenten fällt es mir schwer, wütend auf sie zu sein.

»Wenn du nichts sagst, interpretiere ich das als ein Ja.« Sie lacht, was mir auch ein Grinsen auf die Lippen zaubert.

Schnell tippe ich eine Antwort an sie. Meine Mutter konnte sich nicht abgewöhnen, mich anzurufen, obwohl das Antworten schwierig ist. Ich hebe trotzdem ab, um ihr wenigstens ein Stückchen Normalität zu lassen.

Der Wagen ist eisig und wärmt sich erst auf, als ich vor dem überfüllten Angestelltenparkplatz des Krankenhauses stehe. Unter den Eingangslichtern lungern Ärzte und Pflegepersonal, die sich rege unterhalten.

Ich lasse die Scheinwerfer an und den Motor laufen, damit meine Mutter mich schnell findet. Ich möchte nicht aus dem Auto in die Kälte steigen, wenn meine Finger erst jetzt auftauen.

Bei dem Gedanken, dass ich morgen früh zur Arbeit muss, möchte ich schreien. Wäre da nicht das Geld, dann wäre ich längst über alle Berge.

Ein Klopfen gegen meine Fensterscheibe lässt mich zusammenzucken. Talhah grinst, und sein Namensschildchen kommt dumpf auf dem Glas auf.

Ich kurble es hinunter und klammere mich an das Lenkrad. Ein Arm ruht auf dem Dach, während er sich ins Innere bückt. Die Zigarette in seiner Hand lässt er auf den Boden fallen.

»Ich fand es heute auch schön, aber ich hätte nicht gedacht, dass du mich jetzt schon vermisst.« Der Sarkasmus tropft regelrecht von seinen Lippen, zeitgleich fallen ihm die Haare in die Stirn. Die Notaufnahme muss gut besucht sein, denn der Stress zeigt sich in den Falten auf seiner Stirn und den tief liegenden Augenringen.

Ich presse meine Lippen zu einem Strich zusammen und zucke mit den Schultern. Ich möchte sein Ego nicht unnötig befeuern, auch wenn es stimmt. Ich habe ihn und die Normalität, die er heraufbeschwören kann, vermisst – ein kleines bisschen.

»Soll ich dir die Bücher bringen?« Er zeigt hinter sich. »Die sind noch im Auto. Ich wollte gleich bei dir vorbeischauen, aber wenn du magst, kann ich sie dir gerne jetzt geben.«

Mein Blick schnellt zum Eingang, an dem jeden Moment meine Mutter stehen muss. Wegen des gedimmten Lichts und der Ärzte kann ich es nicht genau erkennen. Sie weiß nicht, dass ich für den TMS lerne, sondern glaubt wahrscheinlich, dass ich das Medizinstudium aufgegeben habe.

Schnell tippe ich eine Nachricht an Talhah, der, ohne zu zögern, das Handy aus seiner Kitteltasche fischt. Mit diesem kommt ein Pager zum Vorschein, den er wieder einsteckt.

»Sorry … falsches Gerät.« Er blinzelt im hellen Bildschirmlicht, das seine markanten Züge beleuchtet.

Evren: Können wir das aufs nächste Mal verschieben? Ich möchte nicht, dass meine Mama die Bücher sieht.

»Warum? Will sie nicht, dass du den TMS schreibst?«

Ich möchte gerade nur noch das Fenster schließen und wegfahren. Fliehen. Wie soll ich ihm erklären, dass es für sie nichts als ein Im-Stich-Lassen ist? Ein Gehalt weniger, das uns vor der Existenzkrise bewahrt.

Evren: Das ist ein Thema … da muss man schon über die Dates hinweg sein.

Er verdient die Wahrheit, er war ehrlich zu mir, hat nicht zurückgehalten, dass er geflüchtet oder dass sein Bruder gehörlos ist. Er hat seinen Schmerz mit einem bitteren Lächeln auf den Lippen geteilt. Zu lügen, wäre fatal.

»Evren Yıldırım, ist das ein Wink mit dem Zaunpfahl in die Richtung einer Beziehung? Ich bin geschmeichelt.« Talhah legt sich seine freie Hand auf die Brust. »Jetzt ist es noch zu früh. Vielleicht kann ich es mir beim dritten Date durch den Kopf gehen lassen. Was hältst du davon?«

Ich greife nach meinem Handy, um zu antworten, doch meine Mutter taucht neben ihm auf.

»Oh, das ist aber eine schöne Überraschung.« Sie lächelt uns breit an.

»Frau Yıldırım«, begrüßt Talhah sie. »Ich hoffe, Sie können in den nächsten Tagen besser auftreten. Die neue Salbe sollte helfen.«

Sie legt ihre Hand liebevoll auf seine Schulter. »Da bin ich mir sicher. Kind, ich habe dir doch gesagt, dass du mich duzen kannst.« Ihr Blick gleitet für einen flüchtigen Moment zu mir. »Ich sehe, die Eisprinzessin taut auf.«

Eisprinzessin? Hat sie mich gerade ernsthaft *Eisprinzessin* genannt? Aus welchem Ärmel hat sie diesen verdammten Kosenamen geschüttelt? Und das neben Talhah. Meine Wangen glühen auf wie die eines Schulmädchens, das zur coolen Clique gehören möchte, aber von ihrer Mutter in einem quietschgelben Auto und mit lautem Hupen abgeholt wird. Sie muss es absichtlich machen, um mir die Tour zu vermasseln. Alles andere kann nicht sein.

»Eisprinzessin?«, fragt er amüsiert.

O nein. Das wird nicht gut enden. Nicht für mich zumindest.

Meine Mutter nickt voller Stolz. »Kann sie das nicht manchmal sein? Mit ihrer kühlen Art und dem vehementen Nichtsprechen?«

Talhah lacht, was in mir den Wunsch auslöst, im Boden zu versinken.

»Ich würde –« Er stoppt mitten im Satz, weil ein Piepsen ihn unterbricht. Sofort holt er seinen Pager heraus, und seine Züge werden ernst. »Verdammt …« Er lächelt mir entschuldigend zu. »Notfall, Kind mit möglichem Bruch. Ich muss da rein. Wir reden morgen, Eisprinzessin.«

Ich nicke mit zusammengezogenen Augenbrauen, trotzdem stört mich das Wort ungemein. Er klopft einmal gegen das Dach, bevor er sich von meiner Mutter verabschiedet und ins Krankenhaus eilt.

Das Erste, was meine Mutter von mir bekommt, ist ein Todesblick, der Medusa hätte versteinern können. Ich lasse sie durch die Windschutzscheibe keine Sekunde lang los, bis sie die Tür zum Beifahrersitz öffnet.

»Ich fühle mich nicht angesprochen«, sagt sie. »Ich versuche nur, dir endlich einen Mann zu finden. Es ist eben schwer mit einer Tochter, die nicht spricht. Sei doch froh, dass er Interesse an dir hat.«

Die Worte fallen in wenigen Sekunden, stechen jedoch die ganze Fahrt nach Hause. Sieht meine Mutter in mir nur das? Eine Frau, die wegen ihres Schweigens keine Chance in der Liebe hat? Das macht mich doch nicht weniger liebenswert … oder?

Ich bin ein Mensch wie jeder andere. Ich liebe wie jeder andere. Warum also sollte mich niemand mögen?

Weil es schwer ist, wenn man nicht einmal ›Ich liebe dich‹ sagen kann.

ZWANZIG | YİRMİ

Emren

Manchmal ist Familie ein großes Netz der Gefühle, des Vertrauens und der Liebe. Man wird als die Person angenommen, die man ist. Familie ist der einzige Ort, an dem man sein wahres Ich ausleben kann – sie sind die einzigen Menschen, die dich für dich lieben … bedingungslos.

Manchmal jedoch ist sie nichts als der Kleber, der Menschen aneinanderkettet, die alles verloren haben außer sich. Die in einem anderen Universum längst getrennte Wege gegangen wären.

»Ich will endlich ein eigenes Zimmer!«, kreischt Azra und rauft sich die Haare. Seit einer halben Stunde ist der Esstisch ein Schlachtfeld, mit dem weder ich noch mein Vater umzugehen wissen. Er löffelt leise das Tiramisu, das meine Mutter an ihrem freien Tag auf die Schnelle zubereitet hat, und ich schlürfe meinen Schwarztee.

»Azra«, sagt meine Mutter ruhig. »Wir haben da schon einmal drüber geredet. Wir können das Zimmer von On… von deinem Bruder nicht einfach ausräumen. Du weißt –«

Meine Schwester unterbricht sie mit einem Fausthieb gegen die Tischplatte, und ich zucke zusammen. Das Essen hat bereits mit einer eisigen Stille begonnen, und als Azra angefangen hat zu erzählen, dass sie mehr Platz und einen eigenen Schreibtisch braucht, war es komplett gelaufen.

»*Hayır, anne.* Ich weiß es nicht! Ich habe keinen verdammten Schimmer, warum du das machst.« Sie steht auf, sodass der Stuhl hinter ihr quietscht und dann umfällt. »*Abi* ist weg! Er ist verdammt noch mal weg. Hätte er es gewollt, wäre er hier schon längst aufgekreuzt. Entweder will er nicht oder er ist tot!«

Ihr letzter Satz legt sich um meinen Hals und drückt erbarmungslos zu. Ich hatte diesen Gedanken schon im ersten Jahr seines

Verschwindens. Die ersten zweiundsiebzig Stunden sind die wichtigsten. Danach jemanden zu finden, gleicht einem Wunder. Über das Wasser zu laufen, wäre leichter, als ihn unversehrt nach Hause zu bringen.

Die Ruhe am Esstisch ist einnehmend, zwingt mich dazu, das Glas in meiner Hand abzusetzen und auf einen halb vollen Teller zu schauen. Dieser Gedanke ist niemandem in der Familie neu, alle haben sich die Möglichkeit seines Todes ausgemalt. Wie denn auch nicht? Man geht immer vom Schlimmsten aus. Aber niemand hat es laut ausgesprochen. Bis jetzt.

Azra hat die Glaswand zwischen uns und unserem Angstmonster zertrümmert.

»Schatz, setz dich hin, lass uns drüber reden«, versucht mein Vater hilflos, die Wogen zu glätten. Dafür ist es jedoch zu spät. Das ist kein Streit, der plötzlich ausbricht – diese Gefühle haben sich in meiner Schwester über die Jahre angestaut. Sie ist erwachsen, natürlich braucht sie Privatsphäre. Ich hätte auch nichts gegen meine eigenen vier Wände.

»Ab in dein Zimmer«, sagt meine Mutter emotionslos. Jegliche Farbe ist aus ihrem Gesicht gewichen, allein die rote Nasenspitze deutet auf ihre kochende Wut hin. Eine Wut, die unbegründet ist, die sich gegen die falsche Person richtet.

Sie sollte meinen Bruder treffen. Denjenigen, der weg ist. Verschwunden. Aber sie trifft meine Schwester, die nur ein Stück Normalität will. Die für einen kurzen Moment der Teenager sein möchte, der ich nie sein durfte.

»Hatice …« Mein Vater legt eine Hand auf die meiner Mutter, doch sie schüttelt sie erbarmungslos ab.

»Was ist daran so schlimm?« Azras Stimme ist schrill. Sie schlägt wiederholt mit ihren Fäusten auf den Tisch, dessen Beine unter ihrer Kraft wackeln. Die Gläser klirren beinahe so laut wie das Herz meiner Mutter, das in diesem Moment zerbrechen muss. Anders kann ich mir ihre traurigen Augen und das Zittern ihrer Unterlippe nicht erklären.

»Ich sagte: Ab in dein verdammtes Zimmer, Azra!«

Mein Vater schenkt mir einen fragenden Blick, als würde er erwarten, dass ich wie Azra aufspringe. Dabei kann ich mich nur an die Tischkante klammern, während ich auf den Tsunami warte, der in jedem Moment über uns hereinbrechen wird.

»Ich hoffe, du weißt, dass dein Verhalten nichts an der Situation ändert. Rein gar nichts. Er wird nicht plötzlich auftauchen, weil du seine Pokémon-Bettdecke aufgehoben hast!« Mit einer schnellen Bewegung zeigt sie auf mich, was meinen Atem stocken lässt. »Kümmere dich um deine Kinder, die noch da sind. *Abla* redet verdammt noch mal nicht. Sei ihr doch eine Stütze, bevor du versuchst, deinen Sohn zu finden. Ich habe keinen Moment der Ruhe, weder in der Uni noch hier. Uns kannst du noch helfen!«

Bevor meine Mutter etwas erwidern kann, stürmt Azra aus der Tür, ohne Jacke und ohne Tasche, im tiefsten Winter Berlins. Warum muss sie mich in ihre Tiraden mit hineinziehen? Ich habe ihr nichts getan. Sie stellt mich hin, als wäre ich ein Problem. Eine Bürde, die nicht nur mir, sondern allen anderen schwer auf der Brust liegt. *Sei ihr doch eine Stütze.* Muss ich wirklich gestützt werden? Ist meine Situation in ihren Augen so bemitleidenswert, dass ich mit ihr nicht klarkomme? Meine Brust verkrampft sich schmerzlich.

»Ich geh ihr nach«, sagt mein Vater.

Meine Mutter vergräbt den Kopf zwischen ihren Händen. Meine umklammern noch immer die Tischkante, als könnte sie mich vor den aufkommenden Emotionen, Problemen und dem Geschreie abschirmen. Als wäre sie der letzte Rettungsring, der mich vor dem Ertrinken schützt.

»Was habe ich getan, um so etwas zu verdienen?«, flüstert *anne* zwischen ihrer gebrochenen Hoffnung und der unaufhaltsamen Wahrheit, die uns seit Jahren versucht einzuholen. Unterdrücken und uns einreden, dass nichts passiert sei, genügt bis zu einem gewissen Grad. Pflaster heilen eben keine eiternden Wunden. Sie verstecken sie nur. Der Schmerz bleibt.

Meine Finger krampfen, aber ich kann mich nicht vom Tisch loslösen. *Anne* mit ihren Tränen allein zu lassen, sticht. Nicht einmal ein ›Es tut mir leid‹ rollt mir über die Zunge. Die Worte bleiben stecken und verschwinden in dem schwarzen Loch tief in mir. Ich kann nichts für sie tun, das hilfreich wäre.

Es tut mir leid, dass dein Sohn weg ist. Es tut mir leid, dass du dich und deinen Körper kaputtarbeiten musst. Es tut mir leid, dass ich so bin, wie ich bin. Dass ich nicht reden kann und euch die Arbeit erleichtere. Die Trauer verringere. Es tut mir leid.

»Warum? Warum sprichst du nicht mehr mit mir, *kuzum*? Wenigstens mit mir«, sagt meine Mutter zittrig.

Meine Finger lösen sich von der Platte, als hätte ich sie mir verbrannt, dabei schneiden ihre Worte mir die Luft ab. Es ist ein Rennen gegen die Zeit – ich versuche, nicht zu ersticken, und sie versucht, mich zu verstehen. Auch wenn die Worte fehlen, um ihr zu erklären, warum das zwar mit ihren Fehlern angefangen hat, aber nicht mit ihr endet. Es endet mit meinem Kopf, der entschieden hat, dass es sich nicht lohnt zu sprechen. Dass die Kommunikation nichts als ein Hindernis ist.

Das Vibrieren meines Handys ignoriert meine Mutter, und ich nehme es erleichtert vom Tisch. Eine Ablenkung.

Talhah: Hey, ich weiß, dass du gesagt hast, dass wir über Dates hinweg sein müssen, um über die TMS-Sache und deine Mutter zu reden. Können wir das als Freunde tun? Ohne Bedingungen, ohne Dates. Ich mache mir Sorgen, und irgendwie geht mir das nicht aus dem Kopf.

Die Worte sind objektiv nett, man könnte sagen, fürsorglich. Aber sie stechen. *Als Freunde.* Sind wir nur Freunde? Sieht er mich als eine Freundin, mit der er sich trifft, und nichts weiter? Warum spricht er dann von Dates? Vom fünften Date und dem Klavierspielen?

Talhah: Du warst so blass und standest echt neben dir, als ich das gefragt habe. Ist alles okay?

Talhah: Evren, ich komme zu dir. Da, wo ich dich das letzte Mal rausgelassen habe. Dann können wir darüber reden. Bis gleich.

Ich schreibe ihm mehrmals panisch ein *Nein*, aber es kommt gar nicht mehr an. Der einsame Haken rechts unter der Nachricht verhöhnt mich. O Gott, er kann jetzt nicht aufkreuzen. Nicht wenn meine Mutter aufgelöst ist, nicht wenn meine Schwester weg ist und mein Vater ihr hinterherläuft.

Nicht wenn alles, was ich noch habe, in die Brüche geht.

Aber er reagiert nicht und lässt mich allein in der Küche stehen.

Meine Mutter schnieft und erhebt sich von ihrem Stuhl. Ihr Anblick durchtränkt mich mit einer Schuld, die ich seit dem einen Mal, als ich die Lieblingstasse meines Bruders habe fallen lassen, nicht mehr gespürt habe. Sie ist in ihre Einzelteile zersprungen.

»Ich vermisse deine wunderschöne Stimme« – jedes Wort gräbt sich wie ein glühend heißes Messer in meine Brust –, »mit der du uns Lieder vorgesungen hast. Du hast immer so schöne Songs geschrieben. Als –«

Weiter lasse ich sie nicht kommen. Ihre Versuche münden im Gegenteil ihrer Absicht: Ich fliehe wie Azra. Vielleicht sind wir uns ähnlicher, als ich dachte.

Ich vermisse das Schreiben und Singen von Liedern. Ich vermisse den Traum davon, Medizin zu studieren. Ich habe in einem smogverpesteten Berlin, das nichts als ein tiefschwarzes Firmament zu bieten hat, versucht, nach Sternen zu greifen. Das Einzige, was ich zwischen die Finger bekommen habe, sind Verlust und unendliche Stille.

Die Kälte empfängt mich wie ein alter Freund. Sie ist bekannt und freundlicher als meine Familie. Ich weiß ganz genau, was ich zu erwarten habe. Sie braucht nichts schönzureden.

Der Parkplatz auf der gegenüberliegenden Straßenseite ist voll und der veraltete Spielplatz vor unserer Haustür leer gefegt. Kinder dürfen hier nicht mehr raus, wenn die Sonne sich verabschiedet.

Vor fünf Jahren wurden benutzte Nadeln im Sandkasten gefunden, und die zweite Schaukel ist unter einem Dreijährigen zusammengestürzt. Er hat vier Nähte an der Augenbraue und sieben am Hinterkopf gebraucht. Seitdem habe ich ihn nicht mehr hier gesehen. Vielleicht haben seine Eltern es geschafft, weit wegzuziehen. Wedding verliert jeglichen Charme, wenn man eine Familie gründen will. Beschützen will.

Scheinwerfer erhellen den Parkplatz, auf den ich über das durch den Frost geplättete Gras zueile. Hoffentlich ist das Talhah. Ich will gerade überall sein außer bei meiner Familie. Die Brüche und Splitter sind nicht heilbar und schneiden nur. Wenn etwas rettungslos ist, nützt die beste Intention nichts. Der Wunsch, dass alles besser wird, ist nichts als eine Illusion.

Talhahs Twingo steht mitten auf dem Weg und versperrt weiteren Autos die Einfahrt. Der Motor läuft, das Licht im Inneren ist noch an, und ich steige ein. Die Kälte verabschiedet sich mit einem Mal, woraufhin die Wärme, die mir heute gefehlt hat, sich um meine nackten Arme legt. Ich habe nicht einmal meine Jacke mitgenommen. Azra und ich *sind* uns ähnlich.

»Scheiße.« Talhah entdeckt die Hausschlappen an meinen Füßen und die fehlende Jacke um meine Schultern. »Standest du lange draußen?«

Ohne auf meine Antwort zu warten, dreht er sich zum Rücksitz und holt seinen Kittel hervor. »Ich habe gerade nur das. Meine Jacke ist im Kofferraum. Zieh ihn dir über.«

Ich schüttle den Kopf, doch er drückt ihn mir vehement entgegen. »Ich sollte den eigentlich im Krankenhaus lassen, aber …« Er wird leise und kratzt sich im Nacken. »Nicht so wichtig. Erzähle ich dir beim … vierten Date.«

Seine Worte erwärmen endlich auch mein Inneres, das erfroren ist, seitdem er mir geschrieben hat, dass wir uns als Freunde treffen können.

Seine Miene wird ernst. »Aber heute ist das *kein* Date. Heute sind wir Freunde. Und Freunde reden miteinander über Dinge, die ihnen Sorgen bereiten. Also, was ist los bei dir? Warum bist du in diesem Aufzug? Was ist mit dem TMS?«

Ich habe seine Fragen erwartet, aber sie überrumpeln mich dennoch auf eine Weise, die mich in eine Krise stürzen könnte. Warum ist mein Leben so kompliziert? Warum kann es nicht einfach sein?

Wie soll ich ihm erklären, was falsch ist, wenn ich selbst nicht weiß, wie ich mit dieser Situation umzugehen habe, in der ich lebe, seit ich denken kann? Sie überfordert mich. Wie soll sie ihn nicht durcheinanderbringen?

Ich schüttle erneut den Kopf und schnalle mich an. Ich muss es selbst verstehen, bevor ich ihm etwas sagen kann. Talhah legt behutsam seinen Kittel über meine Beine und wendet. Zu unserem Glück wartet kein Auto darauf, dass er endlich Platz macht.

»Evren, ich kann mir einfach nicht vorstellen, warum deine Mutter nicht wollen würde, dass du Medizin studierst. Das ist doch der Traum jeder Migrantenmama.« Sein Gesicht strahlt, aber der Ausdruck fällt in sich zusammen, weil ich nichts als ein Mundwinkelheben hervorbringe.

»Du musst es mir nicht erzählen, wenn du nicht möchtest. Ich bin nicht hier, um dich zu zwingen. Aber willst du mir vielleicht verraten, warum du in dieser Kälte so aussiehst? Als wärst du aus dem Haus gestürzt.«

Dass jedes seiner Worte ins Schwarze trifft, möchte ich nicht zugeben. Ein Nein brennt mir auf der Zunge, ich möchte es schreien und ihm sagen, dass es nicht so ist. Dass mein Familienleben idyllisch ist. Aber das würde nur Trockenholz ins Feuer meiner Schuldgefühle werfen.

Evren: Lange Geschichte. Können wir nicht einfach irgendetwas anderes machen?

Talhah setzt den Blinker nach links und verlässt unser Viertel. »Ich höre gerne zu.«

Ich lasse meinen Kopf gegen die Lehne fallen.

»Außerdem bin ich auch unvoreingenommen als Ausländer und Geflüchteter. Mir kannst du alles erzählen, und ich werde es nachvollziehen können, da bin ich mir sicher.« Er lacht zwar kurz auf, trotzdem kann ich nichts Witziges an seiner Aussage finden. Seine dunklen Augenbrauen, die dichten schwarzen Haare und der ebenmäßige Teint – er wird immer als Fremder, als nicht dazugehörig gelesen. Vorurteile müssen ihm häufig entgegengeschleudert werden. Ich erlebe es auch, aber wahrscheinlich nicht im selben Ausmaß.

Evren: Es ist nichts, wofür es eine Lösung gibt.
Meine Schwester wollte das Zimmer meines Bruders haben, weil wir uns eins teilen. Seit fünf Jahren benutzt niemand seins. Sie will Privatsphäre, was ich nachvollziehen kann. Und allein dieser Wunsch hat einen riesigen Streit ausgelöst.

Berlin ist nie dunkel. Die Nacht erreicht uns nur in unseren eigenen vier Wänden, wenn die Rollladen heruntergefahren werden und wir allein mit unseren Gedanken bleiben. Die Reklametafeln, Beleuchtungen verschiedener Geschäfte und Straßenlichter werfen ein schummriges Licht auf uns, das von Baumschatten unterbrochen wird. Talhah fährt langsam durch die Straßen, die vom Berufsverkehr verstopft sind. Das Hupen und Fluchen übertönt beinahe sein Seufzen.

»Verlust ist nie einfach ... Bist du wegen des Streits so aus dem Haus?«

Er biegt wieder links ab, derweil überlege ich, wie ich ihm antworten soll. Talhah war immer ehrlich zu mir. Er hat mir sein zerbrochenes Innerstes anvertraut.

Meine Finger fliegen über die Tastatur. Ich tippe schneller, als ich denken kann. Wenn ich einmal meinen Kopf einschalte, dann ist es vorbei. Ich werde einfrieren und seinen Fragen ausweichen.

Evren: Ja und nein. Der Streit war der Auslöser für meine Mutter, wütend auf mich zu sein, weil ich nicht spreche. Als würde ich all das absichtlich tun. Als hätte ich Spaß daran.

Wir verlassen die dicht befahrene Straße und lassen den Berufsverkehr hinter uns. Obwohl leise Musik im Auto läuft, wird es stiller um uns. Die Schatten häufen sich und tanzen auf Talhahs Nase, die einen leichten Höcker hat. Er hält abrupt am Bürgersteig, lässt aber den Motor laufen.

»Du weißt schon, dass es nicht so ist? Dass du für deine Traumareaktion rein gar nichts kannst?« Er löst seinen Gurt und dreht sich zu mir, bevor er die Finger auf meine Knie legt, die noch von seinem Kittel bedeckt sind. »Und Nichtsprechen ist kein Hindernis. Für gar nichts. Ich kann mich super mit dir unterhalten. Ich mag dich so, wie du bist.«

Ich mag dich so, wie du bist. Meine Atmung reagiert als Erstes auf seine Worte, indem sie schneller wird. Als Kind habe ich mich so lange um die eigene Achse gedreht, bis ich vor Lachen und Schwindel an Übelkeit litt. Dasselbe Gefühl holt mich in dieser Sekunde ein, die zwischen völliger Verwirrung und Ekstase schwebt.

»Wenn du zufrieden bist und dich magst, dann müssen es die Menschen um dich auch. Das ist *dein* Leben.«

Ich nicke, auch wenn die Zustimmung eher eine oberflächliche ist. Es ist zwar mein Leben, aber es ist zeitgleich auch ein Leben, das in Symbiose mit anderen Menschen existiert. Das allein nicht funktioniert, so wie es soll.

Bin ich zufrieden? Mag ich mich, wie ich bin? Mein dunkles Haar und die Wellen, die entstehen, wenn ich sie lufttrocknen lasse, mag ich. Meinen Willen und mein Durchhaltevermögen mag ich. Dass ich anderen Menschen behilflich sein kann, mag ich.

Mich? Mein Kopf bleibt leer – ein unbeschriebenes Blatt, mit dem ich nichts anzufangen weiß.

Talhahs Lippen schmückt ein kurzes Lächeln, bevor er nickt. »Ich mag dich sehr, und vielleicht ist das heute ein Date. Vielleicht sind wir nicht dazu bestimmt, Freunde zu sein.«

Es ist nichts weiter als eine Wiederholung seiner Worte, trotzdem bewirken sie genau das Gleiche wie beim ersten Mal. Mein Herz dreht sich so lange im Kreis bis zum Schwindel und der Übelkeit. Aber heute beschwere ich mich nicht darüber.

EINUNDZWANZIG | YİRMİ BİR

Evren

An den meisten Tagen stört mich die Monotonie der Arbeit nicht. Sie erleichtert sie sogar. Ich mache keine Fehler, kann von einer Aufgabe zur nächsten tänzeln, ohne überlegen zu müssen, ob alles richtig ist.

Heute ist die Monotonie in Langweile übergegangen. Die Sekunden fühlen sich an wie Stunden, die sich zäh über den Regalen erstrecken – ich komme mit dem Staubwedel nicht hinterher.

»Erzähl jetzt.« Mellis zarte Stimme ertönt unweit von mir. Sie lehnt am Regal für Neuere deutsche Literatur und hat die Arme gekreuzt. »Wer ist das? Der, der dich abgeholt hat und seit einiger Zeit in der Bibliothek herumlungert.«

Ich hätte ahnen müssen, dass diese Frage kommen würde. Dass Melli sich irgendwann nicht mehr würde zurückhalten können. Sie ist viel zu neugierig für ihr eigenes Wohl.

»Er ist sogar hier irgendwo.«

Meine Augen weiten sich, zeitgleich kommt der Staubwedel mit einem dumpfen Schlag auf dem ausgelatschten Teppich auf.

Ihre Krähenfüße werden tiefer, und sie zeigt wissend mit einem Zeigefinger auf mich. »Ich wusste es! Du bist in meine Falle getappt! Was ist zwischen euch los? Erzähl es mir sofort. *Hemen.*« *Jetzt.*

Ertappt greife ich nach dem Wischer und fahre mir durch das Haar. Warum kann sie es nicht einfach sein lassen? Als ob *ich* wüsste, was da zwischen uns läuft. Sind wir Freunde oder mehr? Er mag mich. Aber wie? Wir können keine Freunde sein, hat er gesagt. Hat er es so gemeint? Er kennt mich nicht. Was, wenn ich ihm nicht mehr gefalle, je mehr er von mir und meinem Leben erfährt?

Wenn ich mir die Fragen beantworten kann, werde ich dir die Antworten auch verraten, Melli.

»Dreh dich nicht weg von mir.« Dass sie hartnäckig ist, war mir schon immer bewusst. So, wie sie Studierenden hinterhertelefoniert, die die Abgabefrist um einen Tag überschritten haben, sollte ich auch nichts anderes erwarten. Aber wenn es mich trifft, ist es nervig.

»Ist er dein Freund?«

Bei diesen Worten erstarre ich in meiner Bewegung und drehe mich zu ihr. Ihr wissender Gesichtsausdruck bringt mich beinahe zum Schreien. Warum fragt mich das jeder? Oder will, dass es so ist? Verdammt noch mal, ich weiß es selbst nicht.

Blitzartig schüttle ich meinen Kopf, Melli schmollt und lässt enttäuscht die Schultern hängen. Natürlich hat sie Interessanteres erwartet. Irgendeine große Liebesgeschichte, die der Wahrheit nicht nahekommt. Wir leben schließlich im einundzwanzigsten Jahrhundert, nicht in einer Traumwelt, die sie sich bunt zusammengestellt hat.

»Was ist er dann? *Ein* Freund?« Melli spielt mit einer losen Locke. »Du spannst mich wirklich auf die Folter, oder?« Als noch immer keine Antwort von mir kommt, hebt sie kapitulierend beide Hände. »Ich werde es noch früh genug erfahren, also bereite dich auf diesen Moment vor.«

Ist das eine Drohung oder eine Vorwarnung? Bei ihr kann man sich nicht sicher sein. Der süßliche Ton in ihrer Stimme ist falsch und kann schnell giftig werden. Aber sie meint es nie böse.

Mit einem warnenden Blick dreht sie sich um und lässt mich mit dem Staubwedel und den Germanistikbüchern in meinem Rücken allein.

Als ich gestern aufgelöst und Talhah völlig verwirrt war, fuhr er mit mir durch die Stadt, bis ich mich beruhigt hatte. Ich konnte ihm nur ein *Danke* schreiben, obwohl ich lieber einen ganzen Roman verfasst hätte.

Heute, nachdem ich einen Tag drüber geschlafen habe, ist mir mein Verhalten peinlich. Ich habe ihn in eine Angelegenheit mit reingezogen, die ihn nicht betrifft. Auf seinen normalerweise schon stressigen Alltag habe ich eine Schippe draufgelegt. Nachdem ich die Wohnungstür hinter mir geschlossen habe, kam keine Nachricht mehr von ihm.

Ich hätte mich melden sollen. Wäre das bloß so einfach … Was soll ich ihm denn sagen? Wie soll ich ihm erklären, dass seine Worte mir die Welt bedeuten, während ich sie selbst nicht aussprechen kann?

Ich stöhne auf und umklammere den Stiel mit meinen Händen. Warum kann das Leben nicht ein einziges Mal einfach sein? Ohne ein Problem? Aber so ist es für mich nie gewesen, und zu erwarten, dass sich etwas daran ändert, ist, wie an den Weihnachtsmann zu glauben.

Ich lasse die halb entstaubten Bücher stehen. Es bringt heute sowieso nichts mehr. Ich kann sie auch morgen sauber machen, ohne dass die Welt untergeht. Für heute habe ich genug von der Arbeit und Menschen, die mich in eine Ecke treiben, die ich nicht einschätzen kann. In der ich mich beengt und unwohl fühle.

Der Staubwedel kracht ungehalten auf die Rezeption und die Tür hinter mir ins Schloss. Die arme Studierende, die unweit von mir an einem Lernplatz sitzt, schaut verwirrt zu mir auf, aber ich versuche nicht einmal, mich mit meinen Blicken zu erklären.

Meine Tasche und die dicke Winterjacke lasten schwer auf meinem Rücken, doch halten mich nicht davon ab, die Bibliothek zu verlassen, ohne mich zu verabschieden.

Ich weiß nicht, wohin mit mir. Die Wohnung fühlt sich längst nicht mehr wie ein Zuhause an. Das hat sie seit dem Verschwinden meines Bruders nicht getan. Vor allem, als wir gestern Abend alle wieder auf der Matte standen und meine Mutter uns nur mit verheultem Gesicht angeschaut hat. Ihre Worte waren leise und gebrochen. Azra konnte ihren Tränen nichts Besänftigendes entgegenbringen. Meine Schwester hat danach im Flur geschlafen anstatt in ihrem Bett, und *ich* war diejenige, die heute Morgen über sie gestolpert ist. Als könnte ich etwas für die missliche Situation, die uns alle mitnimmt. Jeden auf seine eigene Weise.

Nach Hause möchte ich nicht, denn das Kochen werde ich wieder an der Backe haben, wenn ich die Wohnungstür aufschließe. Ich will keinen Finger mehr krümmen. Nicht mit meiner Familie zu sein, ist in diesem Moment erleichternd. Vielleicht kann ich mich in ein Café setzen und für den TMS lernen. Das wäre zumindest produktiv.

Der beißende Winter zwingt mich in Richtung der U-Bahn-Station, wo ich mich in die erste ankommende Bahn setze. Ohne auf die Linie zu achten, warte ich auf die monotone Stimme, die die nächste Station ansagt. Das Innere ist wie immer voll. Die Leute kleben an den Haltestangen, und ihr warmer Atem beschlägt die Fenster. Die Hitze ummantelt mich, weshalb ich augenblicklich in meiner Winterjacke schwitze.

Meine Cousine ist auf dem Land groß geworden. Sie lebt sechs Stunden von uns entfernt und hat ihren eigenen Garten, Hühner und einen Pool. Mit ihrem Auto ist sie zur Schule oder jetzt zur Arbeit gefahren. Manchmal frage ich mich, ob das Leben dort nicht angenehmer ist als in der Stadt. Man hat weniger Verkehr, weniger Menschen, die sich in die Öffis quetschen und einem in den Nacken atmen. Frische Luft, die man in seinem eigenen Garten genießen kann, und keinen Balkon, auf den gerade mal ein Hocker passt.

Wie wäre mein Leben, wenn ich nicht in Berlin geboren worden wäre? Wäre mein Bruder noch da?

Die Ansage kündigt eine mir bekannte Haltestelle an, an der ich aussteige. Mit einem erleichterten Lächeln atme ich die Luft ein, die weniger abgestanden ist als im Inneren des Waggons.

Die Station ist verhältnismäßig ruhig, was daran liegen könnte, dass die Abgeranztheit sich in Grenzen hält. Müll quillt nicht aus den Eimern, fast alle Metallbänke sind noch intakt, und kein Kaugummi bleibt unter meinen Schuhsohlen kleben, als ich den anderen die Treppen hoch zur Straße folge.

Die Straßenlaternen erwachen zum Leben, und der Wind zerrt unbarmherziger an meiner Jacke. Die meisten Menschen trennen sich am Ausgang der U-Bahn wie ein Schwarm Bienen. Ich bin zwar in die Bahn eingestiegen, ohne mir Gedanken über mein Ziel zu machen, aber die Straße kommt mir trotzdem bekannt vor. Ich muss nur weiter hinunterlaufen und die erste links nehmen.

Ich bleibe vor dem bekannten Café stehen, und eine Frau, die mit mir zusammen ausgestiegen ist, geht an mir vorbei. Das Geräusch ihrer hohen Schuhe hallt in meinen Ohren nach, bevor ich Talhah hinter der Fensterscheibe entdecke. Er sitzt mit einer Gruppe in den pastellfarbenen Sitzsäcken und hält mit beiden Händen seine Kamera, die er zum Bilderschießen nutzt. Die Kamera, deren Preis er anscheinend runterhandeln konnte.

Er lacht schallend über etwas, von dem die Dunkelhaarige wild gestikulierend erzählt. Ihre giftgrünen Strähnchen, der schwarze Lippenstift und das Septumpiercing sind auffällig schön. Sie erinnert mich an Großstädte, in denen ein Gebäude das andere überragt, in denen schillernde Menschen an einem vorbeirauschen und man sie nur bewundern kann. Sie pulsieren vor Leben, sodass man für immer bleiben möchte. Man will nicht wegschauen, sondern alles in sich aufsaugen. Sie ist genauso. Verdammt hübsch.

Die zwei weiteren Männer schlürfen unbeeindruckt ihre Getränke. Sie haben wahrscheinlich keine Geduld für ihre Erzählungen, Talhah jedoch scheint riesigen Spaß zu haben.

Die Eifersucht schlägt nicht ein wie erwartet. Sie ist nicht gleißend, sie zieht sich nicht wie ein Lauffeuer durch mein Inneres. Zumindest nicht die Eifersucht, die ich befürchtet habe. Es ist die Eifersucht, die es sich in den Adern gemütlich macht, weil man nicht glauben kann, dass der Mann, an dem man Interesse hat, sich mit einer anderen Frau besser versteht als mit einem selbst. Sie richtet sich nicht direkt auf ihn oder sein Gegenüber.

Nein, sie ist eine Wut, die alleinig mir gilt. Sie ist leise und infiltriert jeden zweiten Herzschlag. Bricht den Brustkorb bei jedem Zusammentreffen ein bisschen weiter auf. Man kann wegen der Schmerzen nicht mehr richtig einatmen.

Sie kann ihn unterhalten, ihn zum Lachen bringen und mit ihm *reden*. Ich bin nichts als eine Hülle, die vollgesogen ist mit purer

Enttäuschung. Die nichts als Splitter in sich trägt und jeden bluten lassen würde, sollte sie den Mund öffnen. Jede Bewegung tut weh, ganz tief, und ich kann diesen Schmerz nicht zum Ausdruck bringen. Es ist ironisch, dass ich Ärztin werden möchte.

Die Übungsbücher in meiner Tasche ziehen mich zu Boden. Gott, warum bin ich nur hierhergekommen?

Augenblicklich mache ich auf dem leeren Bürgersteig kehrt. Eine weitere Fahrt mit der U-Bahn nach Wedding ist eine Option. Nicht nach Hause, aber in ein kleines Café, in dem es keinen überteuerten Eiskaffee gibt, sondern einen türkischen Mokka und vielleicht sogar *baklava* mit Pistazien.

Die Klingel des Geschäfts läutet und sorgt dafür, dass ich in meiner Bewegung innehalte.

»Evren?« Talhahs Stimme umhüllt mich wie teure Seide.

Er lässt die Tür hinter sich zufallen, und ich drehe mich zu ihm. Sein übergroßer Hoodie und der dünne Rollkragenpullover darunter können ihn kaum vor der Kälte schützen. Warum hat er mich gesehen, verdammt? Ich stand viel zu lang vor dem Eingang und habe mich in meinen Problemen gesuhlt.

»Hey.« Seine Lippen umrahmen ein vorsichtiges Lächeln, und seine Worte verlieren sich in Form von lauwarmen Dampfwolken in der Luft. »Wolltest du nicht rein? Hätte ich dich früher gesehen, dann –«

Ich schüttle meinen Kopf.

Er zeigt auf das Café. »Wenn du magst, kannst du dich zu uns setzen. Das sind meine Mitbewohnenden.«

Ihre Blicke sind auf uns gerichtet. Das Mädchen lehnt sich nach vorne, berührt mit seinen Ellbogen die Knie und unterhält sich mit dem Jungen neben sich. Er ist so groß, dass der Sitzsack unter ihm verschwindend klein aussieht.

»Sie sind netter, als sie aussehen.« Talhah lacht kurz auf. »Vor allem Zelal. Sie ist ein Engel.«

Natürlich ist sie das. Ich habe nichts anderes erwartet. Jemand, der sich selbst verwirklicht und dabei alle um sich in seinen

Bann zieht, kann nichts anderes sein. Manche haben einfach viel Glück.

»Ich gebe dir auch einen Kaffee aus.« Seine Stimme verliert sich in dem Rasen des Autos neben uns.

Zelal bringt ihn zum Lachen, ich verunsichere ihn. Meine zusammengepressten Lippen und die Stille hinterlassen Ungewissheit. Sein Lachen kann neben anderen laut sein, unterdessen sind seine Worte sachte, wenn er mit mir spricht – sie werden vom Wind weggetragen. Neben mir kann er nicht loslassen. Warum versucht er es überhaupt?

»Es ist echt kalt draußen.« Er reibt sich die Arme. »Komm rein. Du musst dich ihnen nicht vorstellen, wenn du nicht möchtest. Mach das, wofür du eigentlich hergekommen bist.«

Ich wollte für den TMS lernen. Jetzt stehe ich dem Mann gegenüber, in dessen Auto ich gestern noch mit einem T-Shirt und Hausschuhen gesessen habe. Völlig aufgelöst und verwirrt. Der Mann, der mich trotzdem nicht mit anderen Augen anschaut, obwohl ich normalerweise schon über alle Berge wäre. Weil mir Nähe und Verletzlichkeit Angst machen. Verdammt viel Angst.

Demonstrativ öffnet er die Tür und bedeutet mir, ins Innere zu gehen.

Dass er mir noch immer die gleiche Freundlichkeit entgegenbringt, brennt auf meinen Wangen und in meinen Fingerspitzen, nachdem ich endlich ins Warme eintrete. Eine andere Wahl bleibt mir nicht – ich kann nicht mehr ungesehen verschwinden. Das Licht über uns ist gedimmt, und die wenigen Gäste, die im Laden verstreut sitzen, unterhalten sich im Flüsterton. Die größte Gruppe bilden Talhah und seine WG-Mitglieder. Sonst sind es einzelne Personen oder Paare, die den Abend mit einem Kaffee ausklingen lassen möchten.

Talhah legt seine Hand auf meinen unteren Rücken, woraufhin mein Körper augenblicklich mit einer verräterischen Gänsehaut reagiert, die zum Glück von meinem Pullover verdeckt wird.

Er beugt sich zu mir herunter und flüstert mir ins Ohr: »Ich würde mich freuen, wenn ich dich meinen Mitbewohnenden vorstellen könnte, aber das müssen wir nicht. Willst du?«

Mein Instinkt setzt ein, und ich schüttle den Kopf.

Talhahs Miene verändert sich nicht, er nickt nur und fährt kurz über meinen Rücken. »Das ist völlig okay. Wäre es in Ordnung, wenn ich später dazustoße?«

Die erste Reaktion ist ein Nicken – ich möchte, dass er Zeit mit mir verbringt. Vor allem nach dem letzten Treffen, ich habe ihn vermisst. Aber die realistische Seite an mir möchte ihn nicht von seinen Freunden wegreißen. Sie sind anscheinend hier, um zusammen etwas zu unternehmen, und ich grätsche ungefragt dazwischen.

»Ich sehe die anderen sowieso tagein, tagaus. Du würdest mir einen Gefallen tun, indem du zustimmst.«

Ich muss nichts sagen, und ihm ist bewusst, welche Sintflut in mir tobt. Ich möchte ihn bei mir wissen, aber nicht so. Nicht wenn andere ihm mehr bieten, als ich je könnte.

Ich nicke trotzdem, denn ich bin nicht so stark wie mein Wunsch nach seiner Nähe. Nach seiner Anwesenheit, die die Sturmflut in mir in ein sanftes Plätschern verwandeln kann.

Seine Miene hellt sich auf. »Wir sehen uns gleich.«

Mit diesen Worten geht er an die Theke, hinter der eine junge Frau arbeitet. Sie gebärden, bevor er sich auf seinen Platz neben seinen Freunden fallen lässt, die sich sofort zu ihm lehnen. O Gott, werden sie über mich reden? Bei der Vorstellung wird mir unangenehm heiß und das Gefühl, im Erdboden versinken zu wollen, intensiver.

Der Tisch unter einem abstrakten Gemälde ist frei. Ich lege meine Tasche auf den Stuhl neben mir und setze mich an die Wand. Mit dem Rücken zu Talhah. Wenn ich die Gruppe betrachten könnte, dann würde ich nicht mehr wegblicken. Das Letzte, was ich hinterlassen möchte, ist ein schlechter Eindruck.

»Hier ist dein Iced Coffee mit einem Schuss Milch.« Ich schaue von dem Untersetzer, auf den ein großes Glas Kaffee mit klirrenden Eiswürfeln gestellt wird, zu der Frau, die eben noch hinter der Theke stand. Ich weiß nicht, was verwirrender ist – dass sie mit mir spricht und nicht gebärdet oder dass ein Kaffee vor mir steht, den ich nicht bestellt habe.

Sie zeigt mit einer kurzen Bewegung in Talhahs Richtung, der in eine Geschichte vertieft ist, die Zelal erzählt.

»Der junge Mann im grauen Hoodie hat ihn bestellt und mir gesagt, dass ich mit dir nicht zu gebärden brauche.« Ihr Lächeln ist freundlich und ehrlich. »Nicht jeder, der hier ist, kann Gebärdensprache.«

Ich bin perplex, aber erwidere das Lächeln.

Verdammt. Talhah macht es mir nicht einfach. Nicht wenn er mir einen Kaffee ausgibt, ohne zu fragen, weil er weiß, welchen ich mag. Nicht wenn er mich seinen Mitbewohnenden vorstellen will, als wäre ich ein wichtiger Teil seines Lebens. Nicht wenn er meine Entscheidungen geduldig akzeptiert und noch immer die gleiche Zuneigung zeigt, obwohl ich nicht einfach bin.

Ich nippe am Kaffee und schaue mir die verschiedenen Kunstwerke an den bunten Wänden an. Eigentlich sollte ich lernen, aber der Gedanke, die Bücher zu öffnen, bereitet mir Bauchschmerzen. Talhah weiß noch immer nicht, warum meine Mutter gegen den TMS ist. Sein könnte. Er wird mich das fragen, wenn er sieht, dass ich für ihn lerne. Gott, warum ist alles so kompliziert?

Es sollte egal sein, was meine Eltern wollen. Ich sollte an mich denken. Ich möchte Medizin studieren. Ich habe einen sehr guten Schnitt in der Abendschule nachgeholt. Den TMS kriege ich auch hin. Ich schaffe das, also warum sollte ich meine Träume über den Haufen werfen?

Bevor ich meine Meinung ändern kann, greife ich in meine Tasche, hole das erstbeste Buch heraus und schlage die Seite auf, bei der ich stehen geblieben bin.

* * *

»Hey.«

Das Flüstern reißt mich aus meiner Konzentration. Mittlerweile liegen drei weitere Übungsbücher neben mir, in denen ich mehrere Seiten durchgearbeitet und kontrolliert habe. Den zweiten Kaffee habe ich mir auch bestellt. Er ist heiß an den Tisch gebracht worden, mittlerweile jedoch eiskalt.

Talhah beugt sich zu mir und stützt dabei eine Hand am Tisch ab. »Das Café schließt gleich. Wollen wir nicht langsam los?«

Mit hochgezogenen Augenbrauen schaue ich auf. Die Plätze, die vor Kurzem noch besetzt waren, sind leer. Nur Talhah ist noch hier – sogar seine Freunde sind weg. Wie lange lerne ich schon?

Mein Handy verrät mir, dass wir bereits acht haben. Wie konnte ich das nicht bemerken? Azra und meine Mutter haben versucht, mich zu erreichen. Mehrmals.

»Ich kann dich fahren«, redet Talhah weiter und hält meine Tasche auf, in die ich die Bücher reinstopfe. »Nach Hause?«

Sofort schüttle ich den Kopf. Ich weiß nicht, ob mein Gesichtsausdruck oder die Schnelligkeit meiner Antwort ihn erschrecken, aber die Zuneigung auf seinen Zügen zerfällt zu einer ernsten Miene. Alles, nur nicht nach Hause.

»Wo möchtest du dann hin?« Er schließt meine Tasche und lässt mich dabei nicht aus den Augen. »Ist alles okay? Muss ich mir Sorgen machen?«

Genauso eilig schüttle ich erneut meinen Kopf. Er hat genug zu tun – meine Familienprobleme sollten das Letzte sein, was ihm Kopfschmerzen bereitet. Ich habe damit gestern schon zu viel seiner Zeit beansprucht.

»Dieses ganze Schweigen … das ist ein unfairer Vorteil.« Talhah tadelt mich spielerisch mit seinem Zeigefinger und schultert meine Tasche. »Wegen dir lerne ich noch, Gesichter zu lesen, Evren Yıldırım.«

Ganz vielleicht kann man damit Probleme ignorieren …

Ich krame einen Fünfer aus meinem Portemonnaie, doch Talhah hält mich auf.

»Ich habe für die Kaffees schon bezahlt.« Die Pfeile, die ich ihm mit meinen Blicken zuschieße, ignoriert er. »Du kommst mit zu mir, bis ich dich fahren kann, wo du hinwillst.«

ZWEIUNDZWANZIG | YİRMİ İKİ

Evren

»Ich weiß, wir hatten gesagt, dass du erst zum siebten Date zu mir willst, um Socke kennenzulernen. Dass es früher stattfindet, ist doch okay, oder?«

Das hatte ich fast schon vergessen. Sein Kater würde meine jetzige Laune definitiv steigern. Und wenn er schnurrt, denke ich, werde ich von jeglicher Trauer geheilt sein.

> Evren: Ich glaube, ihn kennenzulernen, wird mein Wochenhighlight.

Talhahs Gesicht hellt sich auf, und er lässt sich tiefer in seinen Sitz gleiten. »Er wird sich freuen. Mein Zimmer ist relativ klein, deswegen kann es sein, dass er in Atlas' lungert. Dann müssen wir ihn stehlen.« Seine Stimme steht im Kontrast zur Stadt. Sie pulsiert nicht, sondern ist ausgeglichen – malt mit gedeckten Farben, während Berlin knallt. »Ich hoffe, das ist kein Problem.«

Die Abzweigungen kommen mir für wenige Minuten bekannt vor, bis ich realisiere, dass wir in Wedding sind. Nicht der Ort, in dem ich wohne, aber ich erkenne diesen Stadtteil sofort. Jede Ecke ist irgendwo in meinem Gehirn eingeätzt – ob gewollt oder nicht.

> Evren: Alles ist okay, solange eine Katze dabei ist, auch kleine Räume.

Ein Zimmer mit der Schwester zu teilen und immer wieder über ihre Schuhe und Kleidung zu stolpern, lehrt einen viel Geduld. Ich stelle mir seins gemütlich vor. Ob es dieselbe ruhige Aura hat, die er ausstrahlt? Die Fröhlichkeit, die sich als Grübchen in sein Gesicht gräbt?

»Wir sind gleich da.«

Neben uns ragen Betonblöcke in die Höhe, und ich bilde mir ein, Gras zu riechen. Leise Musik dröhnt durch die Wohnungsfenster, die in verschiedenfarbigen Lichtern erstrahlen. Am meisten häuft sich das Blau … die Prüfungsphase geht nie leicht an Studierenden vorbei.

Die meisten Parkplätze werden von alten und kleinen Autos besetzt, trotzdem findet Talhah schnell einen freien. Weil ein paar wenige Leute über die Grünfläche in der Mitte der vier Gebäude streunen, ist die Musik draußen laut. Eine Wodkaflasche wird hin und her gereicht und kommt häufig bei dem Mädchen an, das sich Tränen wegwischt. Es brennt in meinem Rachen, weil sie, ohne mit der Wimper zu zucken, mehrere Schlucke aus der Flasche nimmt.

»Ich wohne im fünften Stockwerk, direkt gegenüber.«

Talhah schultert wieder meine Tasche, was ich einfach hinnehme. Bei ihm bringt Protestieren erfahrungsgemäß nicht viel. Seine Hand liegt warm auf meinem unteren Rücken, und er scheint die Mädchen, an denen wir vorbeigehen, nicht einmal zu bemerken. Als hätte er sich längst an sie gewöhnt.

»Wir haben einen Aufzug. Totaler Luxus, ich weiß«, sagt er ganz stolz und kann sich ein Schmunzeln nicht verkneifen. Unter seinen Augen jedoch zeichnen sich deutliche Ringe ab. Das Krankenhaus muss an seinen Nerven zehren, denn das Praktische Jahr kann nicht einfach sein.

Das Glas der Eingangstür ist in der unteren rechten Ecke gesprungen. Sie öffnet sich mit einem Quietschen. Talhah packt seinen Schlüssel erst in dem engen Aufzug aus, der nach Urin und Bier stinkt. Ich muss sofort die Nase rümpfen, was er bemerkt.

»Man gewöhnt sich dran und findet den Geruch fast schon toll, wenn man die Miete hört.«

Berlin ist teuer. Verdammt teuer. Umso besser, wenn er in dieser Lage – in der Nähe seines Krankenhauses und der Charité – eine bezahlbare Unterkunft findet, auch wenn er sie mit anderen teilen muss. Er scheint sich gut mit ihnen zu verstehen, also ist es sogar ein

Vorteil. Ich finde es manchmal schwer genug, mir ein Zimmer mit meiner Schwester zu teilen.

Als die Türen sich öffnen, zähle ich fünf weitere Eingangstüren, bevor er mich durch die erste links schiebt.

Der Flur ist dunkel und schmal. Sechs Türen säumen die Wände, Schuhe häufen sich im Eingang, und der Geruch nach Lufterfrischern begrüßt uns.

»Mein Zimmer ist ganz hinten rechts.«

Talhah schlüpft aus seinen Schuhen und hängt seine Jacke neben zig andere. Wenn man sich den Flur anschaut, sieht es nicht so aus, als würden hier vier Studierende leben, sondern zehn.

Er geht voraus und greift nach meiner Hand, um mich hinter sich herzuziehen. Seine warme Haut auf meiner löst ein Prickeln aus, das sich schlagartig in eine lebensgefährliche Explosion verwandelt. Bevor ich in die Luft gehen kann, öffnet er die Tür zu seinem Zimmer und lässt meine Hand wieder los.

Mein Herz rutscht mir in den Magen, und meine Finger werden klamm. Ich beiße mir auf die Unterlippe, um mich von dem Kribbeln abzulenken, das unaufhörlich meinen Arm hochwandert. Ich hatte nichts gegen seine Hand auf meiner.

»Es ist nicht groß, aber völlig ausreichend.«

Meine Meinung ist von meiner Erfahrung gefärbt – sein Zimmer ist gemütlich, ja, aber nicht allzu winzig. Über seinem Bett hängt ein enges Regal, das mit Medizinbüchern vollgestopft ist. Vor ihnen ist ein Tontopf mit einem Miniaturolivenbusch platziert. Der Schreibtisch steht unter dem schmalen Fenster, von dem ich sicher bin, dass es selbst im Sommer nicht genug Licht spendet. Auf dem Fensterbrett sammeln sich vertrocknete Kakteen. Der Rahmen seines Keyboards ist zerkratzt, und die weißen Tasten sind an manchen Stellen gelb verfärbt.

»Ein Klavier hätte hier nie reingepasst, und es wäre … zu teuer.«

Talhah kratzt sich am Hinterkopf und lässt seinen Blick durch das Zimmer wandern. Ich kann nur die Augenbrauen zusammenziehen. Ein echtes Klavier in seiner Studierendenwohnung hätte ich sowieso nicht erwartet. Allein Übungsstunden kosten um die fünfzig Euro – Azra hatte früher Interesse daran. Wir konnten es uns nicht leisten.

»Aber Klavier- oder Keyboardspielen ist ja fürs fünfte Date, also brauche ich mir keine Sorgen zu machen.« Sein Lachen wärmt mich und lässt die Vögel zwitschern, die sonst aus meiner Brust entkommen möchten. Sie bauen in Ruhe ihre Nester. Als wäre der Ausblick, für immer mein Herz zu schützen, nicht mehr zerstörend, wenn Talhah in der Nähe ist. Wenn er derjenige ist, der es einzunehmen scheint.

Er räuspert sich und schaut mich wieder an. »Ich habe auch ein kleines Geschenk für dich. Es ist nichts Großes … und eigentlich wollte ich es dir irgendwann später geben. Aber dass du hier bist, ergibt sich ganz gut.«

Ich hätte ihm ein Geschenk machen müssen, nicht er mir! Wenn mir eine Sache derart penetrant eingetrichtert wurde, dann das. *Man besucht niemanden, ohne etwas mitzubringen. Sie öffnen dir ihre Tür, du kannst an ein kleines Dankeschön denken.* Aber alles läuft momentan sowieso drunter und drüber … ich hätte gestern nicht einmal im Traum daran gedacht, heute bei ihm in der Wohnung zu stehen. Ich darf es für das nächste Mal nicht vergessen, sonst enterbt mich meine Mutter noch.

Talhah öffnet eine Schublade seines Schreibtisches und holt ein Zeichenbuch heraus. Es ist in schwarzes Leder gefasst, nur ganz unten in der linken Ecke ist eine Schneeflocke eingestanzt. Auf der rechten Seite steht mein Name.

»Das ist für dich.« Der Einband ist weich unter meinen Fingern. »Eisprinzessin.«

Als das Wort seine Lippen verlässt und er schmunzelt, kann ich nur spöttisch schnauben. Auch wenn es nicht das widerspiegelt, was in meinem Inneren vonstattengeht. Das letzte Mal, dass ich *so* ein Geschenk erhalten habe, muss Jahre her sein. Der Arztkoffer als Kind hat mich dermaßen beglückt, dass ich für drei Jahre nichts anderes wollte. Ich glaube, meine Eltern waren mir dankbar, da das

Geld knapp war. Zu meinem Sechzehnten hat mein Bruder mir das Lesezeichen geschenkt. Seitdem habe ich mir nichts mehr gewünscht. Nichts konnte das übertreffen. Talhahs Geschenk nimmt den zweiten Platz ein.

Auf der ersten Seite des Buchs sind in einer krakeligen Schrift ein paar Worte niedergeschrieben.

ICH HOFFE, WENN DU DIESES BUCH GEFÜLLT HAST, KANNST DU DEINE KUNST MIT MIR TEILEN. BIS DAHIN FIEBERE ICH AUF DIE STRICHMÄNNCHEN HIN, EISPRINZESSIN.

Das Sprechen habe ich nicht plötzlich verlernt. Ich habe nicht auf einmal aufgehört, und niemand hat verstanden, warum. Es ist langsam passiert. Von einer Person zur nächsten. Wenn die Worte niemals ankommen, ist die beste Antwort nicht, einfach still zu werden? Ich war nie gut darin, Menschen mit Worten zu verletzen. Stille jedoch fiel mir kinderleicht. So kinderleicht, dass sie zu beenden schwierig geworden ist.

»Danke.« Meine Stimme ist eingerostet wie das Kinderfahrrad, das man im Keller stehen lässt, als man fürs Studium umzieht. Man studiert, heiratet und bekommt eigene Kinder. Irgendwann fällt einem ein, dass das orangefarbene Fahrrad bei den Eltern auf einen wartet. Das Vorderrad quietscht, das Licht funktioniert nicht mehr, und der Lenker ist von Rost befleckt. Aber die Erinnerungen an die Zeiten, in denen man mit dem Vater über Feldwege gefahren ist, Freunde besucht und im Wind die Freiheit auf der Zunge geschmeckt hat, kommen hoch. Und plötzlich ist das Fahrrad es wert, gerettet zu werden.

Mein Hals kratzt, weil mein Hirn nicht mit den Stimmbändern mitkommt. Alles ist rot erleuchtet. Jede Hirnregion schlägt Alarm. Ich verlerne das Luftholen und muss mich auf einen Punkt an der gegenüberliegenden Wand konzentrieren, um nicht umzukippen.

Einer der etlichen Psychologen hat gesagt, dass ich irgendwann irgendwie sprechen würde. Vielleicht. Es kommt darauf an, ob ich eine Therapie mache und mich in für mich ungemütliche Situationen bringe, die mich zwingen zu reden. Ich habe beides nie gemacht. Therapie war immer einseitig und, seitdem ich Vollzeit arbeite, nicht möglich. Sich freizunehmen oder später anzufangen zu arbeiten, bedeutete weniger Geld. Mein Vater hat mich angebettelt, zur Therapie zu gehen, aber ich wollte nicht jede Woche über das Verschwinden meines Bruders reden. Denn es hätte nichts an der Situation geändert. Er wäre nicht aufgetaucht und hätte mich auf magische Weise geheilt.

Deswegen habe ich nie erwartet, dass ich wieder sprechen würde. Dass mir Wörter von den Lippen rollen, als wäre es natürlich. Natürlich für *mich.* Als wäre die Blockade zwischen Hirn und Rachen aufgehoben. Ich habe mich mit dem Schweigen abgefunden und war okay damit.

Das Flattern in meinem Brustkorb schwebt zwischen schöner Aufregung und Panik. Ich habe geredet. Ich habe verdammt noch mal geredet. Und es war in keiner unangenehmen Situation, nein. Talhah hat mich in sein Zuhause eingeladen, und ich habe mich seit Langem nicht so wohlgefühlt.

Er zieht die Augenbrauen zusammen und kommt einen Schritt auf mich zu. »Wie bitte?«, fragt er ungläubig. Seine Augen suchen mein Gesicht ab, als könnten die einzelnen Buchstaben meines Dankes an meiner Wange kleben. Als könnte er sie abkratzen und zu dem Wort zusammenlegen.

»Hast du …?« Er beendet den Satz nicht, und ich starre verlegen auf den Boden.

Für den Bruchteil einer Sekunde frage ich mich, ob ich wirklich Danke gesagt habe oder wir es uns beide einbilden. Meine Lippen sind trocken. Ich werde den Drang zu husten nicht los. Als wäre etwas Fremdes meinen Rachen hochgeklettert. Nein, ich habe geredet. Ich. Habe. Geredet.

»Evren.« Talhahs Hände wandern über meine Arme und liegen

für einen Moment auf meinen Schultern, bevor sie meinen Kiefer streifen. »Du hast geredet.«

Der Satz ist wacklig, der Grund porös. Er ist sich genauso unsicher wie ich. Habe ich geredet? Hat das Wort wirklich meine Lippen verlassen?

Ja, das hat es. Die Realisation lässt sich mit einem Krachen in meinem Magen nieder. Entweder ankert mich diese Schwere oder zieht mich zu Boden – ich weiß es nicht. Was aber glasklar ist: Ich habe geredet. Ich habe nach langer Zeit geredet.

Frau Yıldırım, Ihre Tochter leidet an Mutismus. Sie kann sprechen, aber nur in spezifischen Situationen oder bei Menschen, bei denen sie sich wohlfühlt.

Ich kann mich noch genau an die Worte des Arztes erinnern, zu dem meine Mutter mich gebracht hat, nachdem ich aufgehört habe, mit *ihr* zu reden. Bei meiner Schwester, meinem Vater und meinen Freundinnen hat sie es noch auf das Verschwinden meines Bruders geschoben. Ich würde irgendwann wieder sprechen, wenn ich mich erholt hätte. Das ist nie eingetreten.

Er schnaubt ungläubig. »Ich habe mir deine Stimme irgendwie rauer vorgestellt.«

Mir geht es ähnlich. Ich möchte ein ›Ich auch‹ flüstern, doch meinen Lippen entweicht nichts als heiße Luft. Mein Rachen hat sich verschlossen, dabei versucht mein Hirn mit jedem Mittel, die Worte aus mir herauszubekommen. Es sind doch nur zwei Worte. Zwei kleine Worte.

»Socke hat das Highlight des heutigen Abends verpasst.« Talhahs Augen strahlen, obwohl seine Worte enttäuscht klingen. Sein Blick bleibt an meinen Lippen hängen, die davon kribbeln. Seine sehen weich aus. Wie sie sich wohl auf meinen anfühlen würden? Mein letzter Kuss ist Jahre her. Durch die rasenden Hormone waren die spärlichen Küsse damals unangenehm. Feucht, schnell, unsicher.

Bei jeder meiner Entscheidungen denke ich an meine Familie. Egal was ich tue, ich muss dabei an sie denken. Sogar beim wöchentlichen Einkauf und den Ausgaben dabei. Aber hier … hier ist die Entscheidung meine. Alleinig mich und Talhah betrifft der Schritt, den ich nach vorne mache. Der uns einander näher bringt, sodass sein Atem meine Wange streift. Er zieht die Augenbrauen zusammen, und seine Lippen öffnen sich einen Spaltbreit.

Ich habe es vermisst, meinen Kopf zu verlieren. Ihn auszuschalten und Entscheidungen zu treffen, ohne nachdenken zu müssen. Heute ist er genauso leer wie vor sechs Jahren, als ich mit Freunden nach Prag gefahren bin, ohne meinen Eltern Bescheid zu sagen. Ich habe die Schule geschwänzt, um in einem zwielichtigen Motel zu übernachten. Die besten Entscheidungen trifft man, wenn man sich vom eigenen Herzen tragen lässt, nicht vom Kopf.

Ich lege meine Hände um sein Gesicht; der Bart ist kratzig unter meinen Fingerkuppen. Sein Kajal ist längst verschmiert; das Nasenpiercing glänzt im schummrigen Licht, trotzdem beuge ich mich nach vorn. Dieser Moment ist einer der wenigen in meinem Leben, der keiner Worte bedarf.

Bevor meine Lippen auf seine treffen, unterbricht uns der Ruf nach seinem Namen durch die Zimmertür hindurch. Talhah löst sich abrupt von mir.

In wenigen Schritten durchquert er sein Zimmer. »Ja?« Er öffnet die Tür und geht in den Flur.

»Wo ist Socke? Er ist schon die ganze Zeit am Kreischen. Ich wollte euch nicht …« Zelals Stimme wird leiser mit den Schritten, die sich vom Zimmer entfernen, bis ich beide nicht mehr hören kann.

Was habe ich mir nur dabei gedacht? Wollte er nicht, dass ich ihn küsse? Habe ich es falsch verstanden? O Gott, ich hätte ihn fast zu einem Kuss gezwungen. Er hat nichts gesagt. Hätte er es einfach über sich ergehen lassen, hätte seine Mitbewohnerin ihn nicht gerufen? Das Letzte, was ich will, ist, mich ihm aufzudrängen.

»Hey …«

Talhah ist schnell wieder zurück. Mit einer Katze in seinen Armen kommt er auf mich zu, und ich presse die Lippen zusammen. Die dunklen Katzenaugen und das leise Miauen helfen nicht dabei, das Pink in seinen Wangen zu ignorieren. Die Scham durchflutet mich wie eine Welle, die ich nicht aufhalten kann, sondern nur ertragen darf.

»Willst du ihn halten?« Ich strecke meine Hände aus, und er legt den Kater mit Vorsicht in meine Arme. »Er ist echt gut mit Menschen.«

Socke wiegt nichts und schnuppert erst an meinen Haaren, dann an meiner Nase, bevor er sich gegen mich lehnt und schnurrt. Meine Hände vergrabe ich in seinem weichen Fell, auf der Suche nach Halt.

»Wegen eben ...«

Ich unterbreche ihn mit einem Kopfschütteln. Ich möchte meinen peinlichsten Moment seit langer Zeit nicht noch einmal durchleben.

»Evren, ich ... ich wollte ...« Seufzend fährt er sich durchs Haar und streichelt Socke, bevor er ihn mir abnimmt, um ihn auf das Bett zu setzen. Meine freien Hände umfasst er mit seinen. Er wirkt verlegen, aber nichts könnte die Unsicherheit, die ich empfinde, mehr beruhigen als seine Berührung. »Ich wollte dich küssen. Ich wollte, dass *du* mich küsst. Nur ...« Talhah atmet laut aus, wahrscheinlich im Versuch, seinen Mut zusammenzukratzen. Mir geht es ähnlich. »Das ist mein erster Kuss.«

Ich warte darauf, dass er seinen Satz beendet. *Seit Langem? Seit meiner letzten Freundin? Seit der letzten Party, auf der ich war?*

Doch nichts kommt. Die Schüchternheit färbt seine Wangen dunkler, während er von einem Bein aufs andere tritt. Erst dann fällt der Groschen bei mir. Er meint überhaupt. Sein erster Kuss *überhaupt.*

Ich muss mehrmals blinzeln, bis ich die Information verarbeitet habe.

»Ich weiß ... ich weiß, dass es komisch ist«, flüstert er und ignoriert mein Kopfschütteln. Es gibt definitiv komischere Dinge. Schmetterlinge fangen und einrahmen zum Beispiel, und dafür bin ich schon einmal jemandem verfallen.

»Aber nach der Flucht … ich habe mich eigentlich nur auf die Schule konzentriert. Auf das Deutschlernen. Geldverdienen. Ich hatte *solche* Angst, dass wir nicht bleiben dürfen.«

Der Schmerz sickert mit jeder Silbe zwischen seinen Lippen hervor. Würde sein Mund meinen berühren, könnte ich das Leid herb schmecken. Ich nehme ihn in die Arme. Er muss auf die Umarmung genauso sehr gewartet haben wie ich, so fest, wie er mich gegen sich drückt.

»Solche Angst, dass ich manchmal nachts nicht einschlafen konnte. Ich habe alles getan, um gut in der Schule zu sein, damit mir niemand sagen kann, dass ich hier nicht hingehöre. Und dann kam das Medizinstudium.« Er schnaubt. »Ich habe nur gelernt, damit ich nicht durchfalle, damit ich es zu Ende bringe, damit ich mein Stipendium behalte. Für eine Freundin hatte ich keine Zeit. Ich habe mich nie angenommen gefühlt.«

Er löst sich ein Stück und schaut mich an. Seine grünen Augen brennen auf meiner Haut – die Trauer darin ist giftig. Seine Finger fahren über meinen Kiefer und streichen Strähnen zurück, die sich dorthin verirrt haben müssen.

»Das Medizinstudium ist so … weiß. So allein. Man merkt, wie privilegiert manche Menschen sind. Wie viel sie kriegen und wie wenig man selbst bekommt. Ich habe mich nie verstanden gefühlt. Wenn Menschen erfahren haben, dass ich geflüchtet bin, kam ein Lippenaufeinanderpressen und ein schief gelegter Kopf.« Er schüttelt den Kopf, und ich will ihm tausend Dinge sagen. Ihn wissen lassen, dass er mehr wert ist als eine überforderte Reaktion. Eine Reaktion, die davon herrührt, dass man plötzlich Probleme, die einem weit entfernt vorkamen, nah bei sich spürt. Dass die Flucht nicht mehr das große böse Wort ist, sondern die bittere Realität für eine Person. Aus dem Nichts steht sie vor einem, und man weiß nichts mehr mit sich anzufangen.

»Ich hatte nie die Möglichkeit zu lieben«, haucht er.

Ich muss mir auf die Lippe beißen, um nicht zu weinen. Sein Schmerz ist jener, den ich selbst zu Hause gespürt habe, als ich auf dem Laminatboden meines Zimmers saß. Als mein Bruder verschwand, als mein Freund sich von mir trennte, als meine Familie mich als eine weitere Stütze sah anstatt als das Kind, das ich noch war. Als die Welt mehr von mir erwartet hat, als ich tragen konnte.

Alles scheint zusammenzubrechen, und man erstickt unter den Trümmern, die man nicht zusammenzusetzen weiß. Man ist allein, und niemand schenkt einem die aufbauenden Worte, die man braucht. Niemand.

»Du bist es wert, geliebt zu werden«, flüstere ich.

* * *

»Du darfst nicht lachen, okay?« Dabei kann Talhah sich selbst schlecht zurückhalten. Dafür graben sich die Falten zu verräterisch in seine Augenwinkel. Er muss sich die Hand vor den Mund halten, um nicht laut loszulachen.

Ich nicke als Zeichen, dass er fortfahren soll.

Auch ich kann mich nicht zurückhalten und muss schmunzeln, obwohl Talhah noch nicht einmal erzählt, was so lustig ist. Mit ihm auf seinem Teppichboden zu sitzen und einen syrischen Tee zu trinken, ist so kinderleicht, dass ich nichts anderes machen möchte. Mir für einen Tag Spaß erlauben, bevor die Realität nach mir ruft. Der Tee wird ähnlich wie in der türkischen Küche zubereitet. Lose Teeblätter in einer feuerfesten Kanne mit Wasser auffüllen und dann aufkochen. Seine Familie jedoch verfeinert ihren mit einem Stück Ceylon-Zimt, das in meinem dünnhalsigen Glas schwimmt.

»Ich hatte doch meinen Kittel dabei, die Nacht, in der ich dich abgeholt habe?« Er nimmt einen Schluck. »Kannst du dich erinnern? Ich habe ihn dir über die Beine gelegt.«

»Mhm, ja.« Ich fahre über Sockes Fell, der seelenruhig neben uns liegt und sich zu einer Kugel eingerollt hat. Er strahlt eine Ruhe aus, die ich auch tief in meiner Brust spüre, trotz meiner Worte, die mir vor wenigen Stunden noch fremd waren. Trotz dem Versuch meines Hirns, der drastischen Veränderung hinterherzustolpern.

»Meine Mutter wollte unbedingt Fotos von mir im Kittel, die sie unserer Verwandtschaft senden kann.«

Auf mein Lachen antwortet er mit einem Schmollen. »Hey! Ich fand es auch nervig, aber sie hat mich echt nicht in Frieden gelassen und mich jeden Abend angerufen. Zum Glück wohnt sie in Hannover, sonst wäre sie ins Krankenhaus gefahren und hätte mich gezwungen.«

»Gab es einen Grund, warum du fürs Studium nach Berlin gekommen bist?« Die erste Hürde ist überwunden, aber meine Stimmbänder fühlen sich nach wenigen Worten schon abgenutzt an. Ich muss mich ans Sprechen gewöhnen – sie an den Gebrauch gewöhnen. Es fällt mir jedoch leichter als angenommen. Ich habe zum richtigen Moment nur den richtigen Anstoß gebraucht. Einen Raum, in dem mir der Wunsch nach meiner Stimme nicht aufgezwungen wird, sondern als willkommene Veränderung gesehen wird.

Talhah zuckt mit den Schultern und streichelt Socke so lange, bis seine Finger meine streifen. Das Kribbeln ist kaum zu ignorieren. »Ich habe ein Stipendium von der Charité bekommen. Es reicht für eine WG in Berlin.« Er macht eine allumfassende Bewegung mit seiner Hand, und meine bleibt einsam in Sockes Fell zurück. »Ich wollte aus Hannover raus. Aus der Wohnung, in der wir gelebt haben, seitdem wir in Deutschland angekommen sind. Es war schwer … Ich habe mir einen Neuanfang gewünscht. Wo geht das besser als in Berlin?«

»Nirgendwo.«

Die Stadt hat ihren eigenen Charme, einen Bann, der sich auf alle Zugezogenen und hier Geborenen legt und sie nie loslässt. Sie hat ihre Macken, aber ich kann mir das Leben woanders nicht ausmalen. Ich möchte es nicht einmal.

Talhah grinst und streicht wieder über Sockes Fell, bis seine Hand auf meiner liegt. »Darf ich dir etwas verraten?«

Ich nicke eilig.

»Ich habe meine Entscheidung nie bereut. Vor allem jetzt nicht.«

DREIUNDZWANZIG | ثلاثة و عشرون

Talhah

Ihre Stimme. Sie ist elektrisierend wie der Aufruf zum Gebet in Syrien. Fünfmal am Tag ertönt das leise *adhan* und lädt in eine nahe gelegene Moschee ein. Egal wo man ist, es dringt zu einem, und man stockt für einen Moment. Die Musik in den Märkten, in denen man nach Gewürzen sucht, wird heruntergedreht. Ältere Männer überlassen ihren Mitarbeitenden den Laden oder schließen ihn, bevor sie sich auf den Weg zum Gebet machen.

Evrens Stimme hat alles andere um mich zum Schweigen gebracht. Sogar mein Herzschlag hat ausgesetzt, um mir die Möglichkeit zu geben, den Moment zu verarbeiten. Ihre Worte waren wie ein kleines Gebet – ein *duaa* –, von dem ich nur möchte, dass es in Erfüllung geht.

»Ich bin ein Holzkopf.«

Socke schaut mich nicht einmal an, sondern streckt sich auf dem Bett aus. Die schmalen Teegläser sind abgekühlt, nur noch das Stück Ceylon-Zimt liegt neben den dunkeln Teeblättern am Boden und erinnert daran, dass Evren vor fünfzehn Minuten hier war. Und ihr Lippenstift, der liebkosend einen Abdruck am Rand hinterlassen hat. Einen Abschiedskuss, den ich ihr nicht geben konnte.

Du bist so peinlich. Sogar mein sechs Jahre jüngerer Bruder bekommt es hin, eine Freundin zu haben. Er hatte vor mir seinen ersten verdammten Kuss. Evren denkt sich bestimmt ihren Teil, trotz meiner Erklärung.

»Wie war es, Romeo?« Zelal ist in der Küche und nippt an ihrem Kaffee. Das übergroße Shirt mit dem Aufdruck des Charité-Logos hat sie definitiv von mir gestohlen.

»Warum hast du mein Oberteil an?« Ich kippe den Inhalt der Becher in den Biomüll und stelle beide Gläser in der Spüle ab.

»Es lag in der dreckigen Wäsche, deswegen habe ich es aus reiner Herzensgüte mitgewaschen. Kein Grund, dich zu bedanken, habe ich gern gemacht.« Sie schenkt mir ein breites Grinsen und zieht ihre Schultern hoch. »Es ist sehr gemütlich.«

Ich kann nur mit den Augen rollen und greife nach dem Schwamm, um die Tassen auszuwaschen. Wenn ich meinen Beitrag nicht leiste, wird die Küche morgen wie ein Schlachtfeld aussehen.

»Es war ganz gut«, antworte ich mit belegter Stimme, während das heiße Wasser meine Finger wärmt.

Zelal lehnt sich gegen die Theke; ihr Blick verlässt mich dabei nicht. »Details, Aziz.«

»Was willst du wissen?« Mein Ton ist scharf, aber ich will wirklich nicht darüber reden. Wenn ich an den Abend zurückdenke, an die Art, wie ihre Finger ihren eigenen Weg auf meiner Haut markiert haben, weiß ich nicht, ob ich glücklich sein oder mich schämen soll. *Ich konnte sie nicht küssen.*

»Alles«, sagt sie mit solch einer Selbstverständlichkeit, dass ich zusammenzucke. »Alle dreckigen Details. Was habt ihr gemacht? Hast du ihr was auf dem Keyboard vorgespielt? War Socke der Siegesschuss? Habt ihr euch geküsst?«

Ich atme aus, stelle die Gläser in das Abtropfgestell und drehe mich zu ihr. »Wir haben uns über unsere Familien unterhalten. Nein, habe ich nicht. Ich glaube schon, sie hat ihn sehr gemocht. Nein, haben wir nicht, dank dir.«

Zelals Augen werden groß, und sie stellt abrupt ihre Tasse ab. »Wegen mir?«, fragt sie spitz.

Eigentlich stimmt es nicht. Ich bin schuld gewesen, aber in dem Moment, als Evren mich küssen wollte, musste Zelal nach mir rufen. Sie zu ärgern, ist mein Lieblingszeitvertreib. Es ist verdammt einfach. Sie lässt sich wie ein Kleinkind provozieren, dessen Lieblingsschaufel geklaut wurde. Außerdem weiß ich nicht, wie ich ihr erklären soll, warum wir uns danach nicht geküsst haben. Ich kann ihr schlecht sagen, dass ich mit Mitte zwanzig so unerfahren bin.

»Ja, wegen dir. Du hast kurz vor dem Kuss nach mir gerufen.« Ich lege mir eine Hand auf die Brust und presse enttäuscht die Lippen zusammen. »Du eifersüchtiges Liebesmonster.«

Sie atmet laut ein und macht einen Schritt zurück. »Niemals! Ich *liebe* Liebe! Ich glaube es nicht. Hast du es denn noch mal versucht?«

»Das bleibt ein Geheimnis, weil du die Nase zu oft in meine Angelegenheiten steckst.« Ich trockne meine Hände am Küchentuch ab und schenke ihr ein Lächeln. »Aber es war gut.«

Zelal kreuzt die Arme vor der Brust. »Du bist ein Spielverderber, das weißt du hoffentlich.«

»Stets zu Ihren Diensten, Frau Korkmaz.« Meinem Grinsen tun ihre Worte keinen Abbruch, ich behalte es bei, bis ich in mein Zimmer gehe. Bis ich wieder allein bin und kein Gespräch, keine Person, kein Gedanke mich davon abhalten kann, mir meine Beschämung selbst vor Augen zu führen. Ich habe sie angesprochen. Ich habe sie um ein Date gebeten. Ich habe sie zu mir eingeladen. Warum kann ich sie nicht küssen, wenn das alles ist, woran ich die letzten Tage denken konnte? Fühlt sie sich dadurch zurückgewiesen? Ich würde es tun. Trotz meiner Erklärung, die mir die Hitze in die Wangen treibt.

Der Krieg hat meiner Kindheit viel genommen, und er hört nicht damit auf. Nicht mit dreiundzwanzig und auch nicht in zehn Jahren, wenn ich darüber nachdenke, ob ich Kinder möchte oder nicht. Wer will schon Babys in eine Welt setzen, die unsicher ist? Niemand in Syrien hat damals daran gedacht, dass dort Krieg ausbrechen würde. Ja, überall anders, aber doch nicht hier bei uns, wo der Frieden schon immer ein gemütliches Bett zum Nächtigen gefunden hat. Nicht bei uns.

Dann sind die ersten Schüsse, Bomben, Menschen gefallen. Plötzlich war das Essen knapp und der Strom wie ein Luxusgut nur sporadisch vorhanden. Das Internet war eine Rarität, und Nachrichten haben wir nur noch aus Nachbarsmund und über unser Kellerradio mitbekommen. Irgendwann wollte man nichts mehr hören und nur noch davor die Ohren verschließen. Jedes Mal, wenn jemand den Mund öffnete, kletterten zwischen dessen Zähnen nur schlechte Nachrichten hervor. Schlimm wurde es vor allem, als die ersten Menschen flohen. Sie haben Tausende Gerüchte zurückgelassen. Mal von einem besseren Leben, mal vom Ertrinken auf dem Mittelmeer.

Zwischen alldem habe ich vergessen, was es bedeutet, Menschen an sich ranzulassen, ohne die Angst, sie zu verlieren. Ohne die Angst, Evren zu verlieren.

Die, die es sich leisten konnten, die qualifiziert und früh genug dran waren, haben einen einfacheren Weg aus Syrien gehabt. Wir hatten das Glück. Nach wenigen Wochen Krieg haben meine Eltern überlegt, ob sie fliehen sollen. Als Malik mit blutenden Ohren und blutender Nase, Schürfwunden und Tränen in den Augen auf dem Boden lag, war es sicher. Meine Mutter wollte nicht mehr bleiben, und sie haben das Ausstellen der nötigen Papiere in die Wege geleitet.

Fliegen konnten wir längst nicht mehr, wir sind mit Bussen an die Grenze zur Türkei gelangt, um von schwer bewaffneten Soldaten empfangen zu werden, die mein zwölfjähriges Ich nicht von denen in Syrien unterscheiden konnte. Der Bus war voll, und die syrische Sonne hat sich ein letztes Mal brennend auf meinen Wangen verewigt. Meine Eltern wollten einen sicheren Weg nach Europa – einem Ort, an dem kein Krieg herrschen würde, einem Ort, auf den unser Krieg nicht überschwappen konnte wie in die Nachbarländer. Wir wollten Sicherheit.

Tage in Bussen, an Grenzen, abschätzige Blicke von Soldaten, Helfenden, Menschen. An viel kann ich mich nicht erinnern. Meine Therapeutin pflegte zu sagen, dass es eine Traumareaktion sei – mein Kopf versuche, mich zu schützen. Wir haben es nie herausgefordert, die Erinnerungen an die Oberfläche zurückzuholen. Und ich bin froh darum. Alleinig an den Moment, in dem ich mich in der Geflüchtetenunterkunft in Deutschland ins Bett fallen lassen konnte, kann ich mich genaustens erinnern. Die Matratze war durchgelegen und alt. Wir haben uns den großen Raum mit Dutzenden anderen geteilt, aber ich hatte keinen harten Plastikstuhl oder die Beine meiner Mutter mehr unter mir. Habe kein Tuckern eines Busses gehört.

Ich musste nicht mehr laufen. So viel laufen. Meine Füße haben vor Schmerz geschrien. Am nächsten Tag stach meine Mutter die Blasen mit einer vom Feuerzeug heißen Nadel auf, damit sie schneller abheilten. Es dauerte zwei Tage, bis sie ausgetrocknet waren und sich eine Kruste gebildet hatte.

Die Wunden, die man nicht aufstechen kann, um die Flüssigkeit herauslaufen zu lassen, trage ich noch immer in mir. Sie trocknen nicht aus, sondern bluten weiter, egal wie viele Mullbinden man hineinstopft und Nähte herumgewoben werden. Dreihundert Stunden Therapie geben mir weder Syrien noch meinen Vater zurück.

Und schon gar nicht die Zeit zwischen der Flucht und dem Augenblick, als ich mich endlich angekommen gefühlt habe. Das ist nicht mit der Geflüchtetenunterkunft oder unserer Wohnung oder der Schule oder dem ersten Kinobesuch passiert.

Ich war in Sicherheit und nicht allein, aber einsam. Die Schule hat sich das erste Jahr wie ein Gefängnis angefühlt. Jeden Morgen bin ich dorthin gegangen und habe versucht zu lernen. Aber die Münder der Lehrenden haben sich anders bewegt als meiner. Wörter standen zwar auf den Arbeitsblättern, haben jedoch keinen Sinn ergeben. Mitschüler haben gelacht, und ich wusste nie, ob ich mitlachen soll oder ob sie über mich lachen. Über meine welligen dunklen Haare, die sich von den glatten blonden Schöpfen unterschieden. Oder meine Haut, deren Farbe noch immer die syrische Sonne in sich trug, aber allmählich verblasste. Vielleicht doch über meine kläglichen Versuche, mit ihnen auf Englisch zu kommunizieren, denn Deutsch war neu, schwer, anders.

Die Wunde wurde jeden Morgen mit dem schrillen Läuten der Klingel erneut aufgerissen, aber das hielt mich nicht davon ab, alles zu geben. Die Bibliothekarin an der kleinen Gesamtschule im äußeren Stadtteil Hannovers wurde meine beste Freundin. Sie hat mir Bücher empfohlen, hat mir vorgelesen und mich vorlesen lassen, um die Aussprache zu üben. Sie hat nie gelacht wie die Kinder, wenn ich einen Artikelfehler gemacht oder Präpositionen vergessen habe.

Zu Hause lief andauernd KiKA, nicht weil jemand an den Sendungen interessiert war, sondern weil meine *mama* und ich versuchten zu lernen. Trotz der schlaflosen Nächte und der Albträume und der Arztbesuche für Malik, die in Begleitung von ehrenamtlichen Helfenden vonstattengingen. Trotz der Angst und der Behördengänge. Denn die Angst, nicht bleiben zu dürfen, war größer als die Angst vor den Monstern, die unser Unterbewusstsein im Schlaf fabrizierte. Größer als die abschätzigen Beamten in der Ausländerbehörde, größer als alles Schlechte, das uns widerfuhr und das wir wie Nägel herunterschlucken mussten, weil wir doch dankbar sein sollten. Dankbar, dass uns Deutschland aufgenommen hatte, dankbar, dass wir nicht aus unserer Nachbarschaft gejagt wurden, dankbar, dass ich eine deutsche Schulausbildung bekam. Dankbar, dass wir reine europäische Luft einatmen durften, da die nahöstliche geschwängert von Ungewissheit, Furcht und Bombenruß war.

Sich nicht beschweren, nicht den Mund öffnen und den Kopf gesenkt halten. Das war die Devise. Eine, an die ich mich bis heute halte. Wie denn auch nicht? Ich habe dadurch mein Abitur machen und studieren können. All das Hänseln, weil ich Noten bekam, die im Gegensatz zum Klassenschnitt schlechter waren – unverdienterweise. Jedes Mal, wenn uns fehlende Integration vorgeworfen wurde, weil wir uns nicht sicher waren, was von uns erwartet wurde. Denn niemand brachte uns das bei. Die Integrationskurse waren nie mehr als das Heruntermachen anderer Kulturen, sodass meine Mutter am Ende bis auf ein Zertifikat, das uns der unbefristeten Niederlassung näher brachte, mit leeren Händen dastand.

Also haben wir die Köpfe gesenkt gehalten, denn nicht aufzufallen, war besser, als für sich einzustehen. So war es, wenn unser Asylrecht infrage gestellt wurde, wenn meine Mutter wieder ohne Job aus einem Vorstellungsgespräch ging und wenn wir keine neue Wohnung bekamen, da die Nachbarschaft vor Ort ihre Ruhe haben wollte. Wir waren ein Schandfleck zwischen ihren Treppenhäusern und Schrebergärten.

Die ersten Wochen in der Schule habe ich *kohl* getragen, denn mein Vater hatte es mir geschenkt. Das hörte auf, nachdem Mitschüler über mich lachten und ich mich deswegen noch winziger fühlte. Niemand hat den Schmerz nachvollziehen können. Niemand verstand, wie es war zu fliehen. *Wirklich* zu fliehen. Vor Krieg, vor Patronenregen und dem Tod.

Bis heute frage ich mich, *warum*. Warum ist es so schwer, dem Verständnis entgegenzubringen? Einem verwundeten Kind, das unendlich viel verloren hat, Liebe und Achtsamkeit zu schenken?

Nach fünf Jahren Medizinstudium kann ich immer noch nicht sagen, ob mein Erfolg, der auf die Enttäuschung folgte, meinem Ehrgeiz oder dem Wunsch, es den anderen zu beweisen, zuzuschreiben ist. Nachdem mich ein Klassenkamerad in den Toiletten geschubst, mich als ›Drecksaraber‹ bezeichnet und mir gewünscht hat, dass ich zurück in mein Land gehen solle, habe ich mich entschieden. Mit Wuttränen in den Augen und Schürfwunden auf meinen Handballen habe ich mich auf dem kalten Boden neben den Waschbecken entschieden, besser als er zu sein. Besser als alle in meiner dreißigköpfigen Klasse. So viel besser, dass mir niemand mein Bleiben würde absprechen können. Denn *mein* Land bestand aus Ruinen – hatte nichts als Schutt und lauwarme Asche zu bieten.

Eine ehrenamtliche Helferin in Hannover hat uns auf gebrochenem Arabisch zugeflüstert, als wir endlich festen Boden unter den Füßen hatten: *Hier seid ihr sicher.* Ihre blonden Haare waren gebleicht von der Sonne, die ihre Kraft in Deutschland gänzlich verloren hatte. Auf dem grünen Shirt, das sie trug, war über der Brust der Name der Hilfsorganisation gedruckt. Ihre Umarmung war warm und ihr Lächeln traurig. Als könnte sie den Schmerz nachvollziehen. Sie war eine der wenigen, die das konnten, und ich habe ihren Worten voller Naivität geglaubt.

Ich habe mich nach ihrer Umarmung eine lange Zeit nicht sicher gefühlt.

Ich habe mich so lange nicht sicher gefühlt, dass ich irgendwann zwischen der fünften Artikelkorrektur meiner Deutschlehrerin und der gerümpften Nase meiner Sitznachbarin wegen des *fattoush* und

Fladenbrots, das ich auspackte, entschieden habe, mich zu beugen. Der Kohlstift ist in meiner Schublade verschwunden, und ich habe zwar normale Butterbrote gewollt, jedoch schmolz der süßliche Toast unnatürlich in meinem Mund. Ich habe aufgehört, Arabisch zu sprechen. Zum Unmut meiner Mutter, die aus allen Wolken gefallen ist. Ich schleuderte ihr entgegen, dass ich ihre langweiligen Schallplatten mit arabischer Musik aus den Neunzigern hasste. Und völlig überfragt war sie, nachdem ich ihre Kollektion von Hanna-Mina-Büchern auf dem Wohnzimmerboden verteilt hatte und darauf herumgetreten war. Syrische Musik, Literatur, Essen, Sprache … all das machte mich zum Alien, obwohl ich akzeptiert werden wollte.

Ich wollte nur Freunde. Mehr nicht. So, wie ich es von zu Hause kannte. Dort, wo jeder mit jedem sprach und Herkunft oder Religion scheinbar keine Rolle spielten.

Dabei verlor ich, bis ich siebzehn war, ein großes Stück meines Ichs. Dinge, die mich ausmachten. Dinge, die ich sonst nie verabscheute. Ich hasste meine dicken Haare, die man nicht bändigen konnte, hasste meine Nase, die nicht gerade war wie die der anderen, hasste meine Haut, die seit Jahren keine Sonne gesehen hatte, aber immer noch nicht blass genug war.

So war es immer. Man muss Opfer bringen, um es ans Ende zu schaffen. Also habe ich mich meiner Kultur entledigt und hatte lange Zeit danach trotzdem keine Freunde, denn egal wie wenig *kohl* ich trug, wie langweilig meine Brotdose war und wie selten ich noch Fehler machte – ich war trotzdem anders. Trotzdem fremd.

Wenn ich eine schlechte Note bekam, hieß es, dass ich eben nicht mit Deutsch aufgewachsen sei und sie verdiene. Wenn ich eine bessere Note als ein Mitschüler bekam, wurde mir gesagt, dass es Mitleidspunkte seien. *Flüchtlingsbonus.* Die Nächte, in denen ich nicht schlief und mit einem Leselicht paukte, bis meine Augen zufielen, beachtete niemand außer mir. Ich hatte mit dreizehn immerzu Kopfschmerzen und eine Leere in der Brust, die nicht einmal die warme Linsensuppe meiner Mutter füllen konnte. Irgendwann kam die erste Panikattacke dazu, aber das war mir egal, denn ich musste besser als all die anderen sein, um die gleichen Chancen zu haben. Ich musste mich mehr anstrengen. Ich musste hundertzwanzig Prozent geben, um siebzig zurückzubekommen. Das tat ich auch. Tagein, tagaus. Bis ich es ins Abitur schaffte, unter den Besten landete und ein Stipendium durch die Charité bekam. Sogar dann wurde mir gesagt, dass ich es nur bekommen habe, weil ich geflüchtet war. *Das sieht gut aus für die, deswegen.*

Das waren die Worte des Jungen, der mich damals in den Toiletten auf den Boden geschubst, der mich Drecksaraber genannt und mir bei jedem Vorbeigehen in die Rippen gestoßen hat. Auf der Abiturfeier, die verspätet im September stattfand, war er wenige Zentimeter kleiner als ich und hielt kein Geschenk für ein überragendes Abitur in den Händen. Seine Augen verengten sich, und wie sonst immer legte sich ein Gewinnerlächeln auf die dünnen Lippen. Ein Gewinn, den ich ihm überließ, denn ich hatte gelernt, meinen Kopf gesenkt zu halten. Nicht aufzufallen, während andere feiern gingen oder Freundinnen hatten. Ich durfte nicht auffallen und musste mich auf die Schule konzentrieren, wenn ich hierbleiben wollte.

In dem Moment habe ich mich entschieden, falsch zu lächeln und zu nicken. »Ja, du hast recht.« Die nächsten Worte konnte ich mir nach Jahren der Schikane trotzdem nicht verkneifen. »Ich drücke dir die Daumen, dass du es nächstes Jahr auch schaffst. Vielleicht kann ich dich dann auf dem Campus herumführen.«

VIERUNDZWANZIG | YİRMİ DÖRT

Evren

»Wo warst du?« Meine Mutter öffnet wutentbrannt die Tür und reibt sich den Schlaf aus den Augen. »Wo verdammt noch mal warst du? Ich habe dich tausendmal angerufen! Wir haben nach eins und …« Ihre Stimme bricht.

Die Angst, mich wie meinen Bruder zu verlieren, wiegt schwerer als jegliche Rationalität. Für heute ist mir das egal. Trotzdem ist mein erster Impuls, Rücksicht zu nehmen und ihrer Furcht Raum zu geben, was absurd ist. Mit mir wird nie geduldig umgegangen, also laufe ich an ihr vorbei in mein Zimmer.

»Evren!«, ruft sie mir hinterher, doch ich verschließe mich hinter meiner Tür vor ihren Worten. Es ist spät, und ich hatte einen schönen – revolutionären – Abend. Talhah und ich haben uns weiter unterhalten. Er hat mir vom Medizinstudium erzählt, von den ersten Deutschkursen und wie er Nomen und ihre Artikel überall in seinem Zimmer aufgehängt hat, um sie sich besser einprägen zu können.

»Lass das arme Mädchen in Ruhe. Sie ist doch jetzt da«, beschwichtigt mein Vater meine Mutter, woraufhin Stille herrscht. Endlich.

Ich habe Talhah schweigend zugehört und meine Finger immer mal wieder zu seinen wandern lassen, was sein selbstbewusstes Auftreten ins Wanken gebracht hat. Die Augen, die meine für wenige Sekunden gemieden haben, und das kurze Verhaspeln haben ihn verraten. Ich habe es genossen.

»Wir reden morgen darüber!« Meine Mutter rauscht an der Tür vorbei.

Warum kann sie nicht einfach akzeptieren, dass ich alt genug bin? Dass ich Entscheidungen für mich treffen und auf mich selbst aufpassen kann?

»Wo warst du?«, fragt Azra gähnend, nachdem ich das Licht eingeschaltet habe.

Ich zucke mit den Schultern und ziehe mich um. Wenn sie wüsste, was heute vorgefallen ist, würde sie die Fassung verlieren und könnte nicht mehr einschlafen.

»Morgen gibt es keinen Weg drum herum. Du musst es mir erzählen.«

* * *

Als Azra zur Uni gefahren ist, um mit ihrer Freundesgruppe zu lernen, habe ich so getan, als wäre ich noch am Schlafen, damit sie mich nicht ausfragt. Sie ist in der Hinsicht nicht besser als meine Mutter, die zum Glück auch auf der Arbeit ist.

Also habe ich einen Tag Zeit, die Ruhe vor dem Sturm der Fragen heute Abend zu genießen. Fragen, die ich selbst nicht beantworten kann. Was soll ich ihnen sagen? Ich habe gestern geredet, weil ich mich nach Jahren bei jemandem wohlgefühlt habe?

Der stechende Schmerz schleicht sich unaufhaltsam in meinen Körper und erschwert mir das Atmen. Schuld. Ich fühle mich schuldig. Ich habe mit jemandem gesprochen, den ich nicht lange kenne. Zeitgleich wartet meine Familie darauf, dass ich ihnen sage, dass ich sie liebe.

Tief durchatmen.

Es bringt nichts, darüber nachzudenken. Es ändert nichts an der Situation. Sie müssen es nicht wissen. Ich muss ihnen vorerst nichts erzählen.

Mit einem Seufzen krame ich nach meinen Zeichenbüchern und Stiften in der untersten Schublade. Das Buch, das Talhah mir geschenkt hat, möchte ich für besondere Anlässe aufheben. Er hat gestern noch mal nach den Zeichnungen gefragt, und ich habe ihn abgewimmelt. Eigentlich würde ich sie ihm gern zeigen. Damit er weiß, dass ich nicht völlig langweilig bin. Vielleicht gefällt ihm eine.

Unter einem der Bücher liegt die Einladung, die ich vergebens versucht habe zu vergessen. Defnes Hochzeit. Die Feier findet in ein paar Tagen statt. Mich einzuladen, muss eine Kurzschlussentscheidung gewesen sein, sonst wäre die Karte nie so spät eingeschmissen worden. Will ich gehen?

Früher hätte ich sie um nichts in der Welt verpasst. Wir haben sogar miteinander geraten, wann mein Bruder ihr einen Heiratsantrag machen würde. Welcher Ring es sein könnte. Welches Kleid sie zur Verlobung tragen würde. Ich würde der erste Name unter ihren Hochzeitsschuhen sein – eine unserer Lieblingstraditionen. Am Ende des Abends schaut man immer, welcher Schriftzug verwischt ist. Diese Person ist angeblich die nächste, die heiraten soll.

All das erscheint mir heute weit weg, dass ich den Zeitpunkt nicht einmal auf dem Horizont ausmachen kann. Ein Lebensabschnitt, der zu mir gehört, den ich aber nicht wiedererkenne.

Was würde mein Bruder davon halten, wenn er eines Tages wieder aufkreuzen würde? Würde er erwarten, dass alles geblieben ist, wie er es hinterlassen hat? Menschen ändern sich, die Welt dreht sich weiter, und das ist vielleicht das Schlimmste am Verlust. Man sitzt fest in dieser längst vergangenen Zeit, erlebt sie immer und immer wieder, unterdessen geht das Leben unbeirrt weiter. Hat für niemanden Mitleid. Die Rechnungen trudeln noch immer ein, der Arbeitgeber fängt nach wenigen Tagen der Abwesenheit an zu fragen, wann man wiederkommt, und andere heiraten. Alles geht weiter, und ich … ich bleibe hängen. Stolpere hinterher, versuche aufzuholen, aber ist das noch möglich?

Für andere anscheinend schon. Defne hat es geschafft. Sie ist weiter in ihrem Leben. Baut sich ein neues, schöneres mit jemandem auf, der sie liebt. Genug liebt, um in ihrer schlimmsten Zeit bei ihr zu bleiben. Etwas, das ich nicht von mir behaupten kann.

Vielleicht sollte ich hingehen und ihr den Gefallen tun. Sie hat mich schließlich nicht ohne Grund eingeladen. Falls es doch zu viel sein sollte, kann ich immer noch nach Hause gehen.

Ich lege die Einladung neben meine Stifte. Das Weiß hebt sich vom Schreibtisch ab, und die schwarzen Buchstaben tanzen vor meinem inneren Auge. Defne und Kuzey.

Wie er wohl zu ihr ist? Früher sind wir zu unseren ersten Dates nie allein gegangen. Hatte sie eines in einem Restaurant, war ich auch dort. Versteckt natürlich. Danach hat es eine große Diskussion gegeben, ob das Date ein weiteres verdient habe.

Diesen Typen hat sie ohne meine Hilfe gefunden, ohne meinen Input. Ich weiß nicht einmal, wie er aussieht.

Ich sollte hingehen, nur um sicherzugehen, dass er gut ist. Dass ich ihn mag.

Als trüge meine Meinung noch jegliche Bedeutung, und selbst wenn – sie würde auf ihrer verdammten Hochzeit nichts mehr ändern.

Es werden bestimmt etliche Leute da sein, wie es typisch für eine türkische Hochzeit ist. Vielleicht sogar Leute aus meiner ehemaligen Stufe, Menschen, die ich seit Jahren nicht gesehen habe. Alte Freunde. Niemand würde allein kommen. Eine Hochzeit ist die perfekte Gelegenheit, um zu zeigen, was man alles erreicht hat.

Alte Frauen tragen massenhaft Gold, um jedem zu verdeutlichen, dass sie Geld haben. Junge Frauen, die nicht vergeben sind, tauchen sich in Perfektion, um genau diesen Zustand zu ändern. Vergebene bringen ihre Partner mit, um zu zeigen, dass sie nicht verbittert oder einsam sind. Dass sie gut genug sind, um geliebt zu werden. Obwohl ich mir bei manchen nicht sicher bin, ob das der Wirklichkeit entspricht.

Ich will definitiv nicht allein gehen. Meinen Eltern von der Hochzeit zu erzählen, kommt aber auch nicht infrage. Sie würden einen Herzinfarkt erleiden. Manchmal, wenn meine Mutter ihre Gefühle nicht mehr für sich behalten kann, sagt sie sogar, dass sie Defne noch mal besuchen sollte. Um zu schauen, wie es ihr geht. Sie glaubt noch immer daran, dass sie es so miserabel hat wie wir. Ihr zu sagen, dass Defnes Leben momentan nicht besser sein könnte, würde sie brechen.

Mein Vater spielt uns Stärke vor, aber die Situation würde ihm Tränen in die Augen treiben. Zwar war er nach dem Verschwinden meines Bruders für alle der Fels in der Brandung, aber er ist auch nur ein Vater, dessen Kind nicht mehr bei ihm ist. Das dreizehnjährige Kind, das mit ihm Fußball gespielt hat, das er zum Basketballtraining gefahren und dem er beim Spielen zugeschaut hat. Er hat Defne wie eine dritte Tochter gesehen. Ich kann ihm das nicht antun.

Azra würde versuchen, uns den Abend zur Hölle zu machen, mich zum Tanzen zwingen und über jeden lästern. Allein dort aufzukreuzen, ist schwer genug für mich. Ich brauche niemanden, der die Situation auch noch genießt.

Talhah. Vielleicht sollte ich ihn fragen? Er wäre ruhiger als Azra, und er kennt niemanden dort, also gäbe es auch nichts zu lästern. Aber es ist zu früh, um ihn zu fragen, ob er mich auf eine Hochzeit begleitet. Das wäre etwas für das siebenunddreißigste Date.

Als hätte ich den Teufel höchstpersönlich heraufbeschworen, vibriert mein Handy, und eine Nachricht von ihm erleuchtet meinen Bildschirm.

Talhah: Hey. Wegen gestern Abend … es war echt schön, aber ich möchte meinen ganzen Ich-23-Knutschjungfrau-Scheiß wiedergutmachen. Irgendwelche Wünsche, Eisprinzessin?

Evren: Du musst dich nicht dafür revanchieren, aber hättest du trotzdem Lust, mich auf eine Hochzeit zu begleiten? Ich will nicht allein gehen.

Ich schicke die Nachricht schnell ab, bevor ich es mir anders überlegen kann. Er muss gar nichts wiedergutmachen – alles und jeder zu seiner Zeit. Er könnte mit dreißig noch nie in die Richtung einer Frau geschaut haben. Das würde ihn nicht weniger liebenswert machen.

Lange muss ich nicht auf die Antwort warten.

Talhah: Ich bin dabei. Wann und wo?

Seine direkte Art und das Zögern, das völlig ausbleibt, lassen meinen Atem schneller werden.

Evren: Am Samstag um fünf. Neukölln.
Ich schicke dir gleich die Adresse.

Talhah: Ich hole dich dann ab. Bis dahin.

Mit ihm ist alles noch so frisch. Aber dann muss ich an seine Finger auf meiner Haut denken, an die Art, wie er mir immer einen Kaffee bestellt hat, obwohl ich noch nicht da war, wie er sich den Spitznamen, den meine Mutter mir gegeben hat, gemerkt und für ein Geschenk genutzt hat. Alles an ihm fühlt sich richtig an. Nicht zu früh, nicht zu schnell.

Ich glaube, dass wir nicht auf das zigste Date warten müssen, um uns zu erlauben, einander zu verfallen. Die Klippen habe ich schon längst hinter mir gelassen, während das unbekannte Meer sich vor mir erstreckt.

FÜNFUNDZWANZIG | YİRMİ BEŞ

Evren

Die Arbeit fällt mir heute schwerer als sonst. Die Bücher wiegen mehr, die Staubschicht ist dicker, und die Studierenden drängeln häufiger. Und das für zwölf Euro die Stunde. Es ist zum Haareraufen.

Melli ist ausnahmsweise auch zu spät, wodurch ich allein bin. Die anderen schenken mir zwar ein Hallo, aber ich weiß, mit ihnen werde ich nie ein Wort wechseln können. Der Zug ist längst abgefahren, und es gibt niemand anderen, der die Schuld dafür trägt, außer mir.

»Ich bin da!«, trällert eine mir bekannte Stimme. Die Tür zum Pausenraum wird aufgestoßen, dabei fällt meine Spindtür leise hinter mir zu. »Ich bin da und nicht allzu spät dran! Ich hoffe doch, du hast mich vermisst, *canım*.« Meldas Locken springen auf und ab, als sie mit einem breiten Grinsen auf mich zukommt.

»Hab ich.« Der Keil, der seit jeher in meinem Rachen steckt, gleitet erlösend meinen Hals hinunter. Menschen, die ich in mein Herz geschlossen habe, sind nicht schuld am Verschwinden meines Bruders. Sind nicht schuld daran, dass ich sein Verschwinden, seinen Tod … was auch immer es ist … nicht verarbeiten konnte. Sie sind nicht schuld daran, dass meine Schwester sich nicht wirklich an ihn erinnern kann. Nicht an meiner Eifersucht ihr gegenüber.

»Hast du …?« Melli stockt, und ihre Augen werden riesig. Diesmal ist sie diejenige, die leise ist. Und ich heiße es für einen Moment willkommen. Die gestrige Angst und Aufregung fallen von mir ab wie ein schwerer, vollgesogener Mantel.

»Du hast verdammt noch mal geredet!« Ihr ungläubiges Lachen bringt auch mich zum Lächeln. »Ich wusste doch, dass du meinem überaus überzeugenden Charme nicht für immer widerstehen kannst. Niemand kann das.« Die Umarmung, die sie mir daraufhin schenkt, riecht nach ihrem Vanilleparfüm und kratzt an meiner Wange, weil sich meine Nase automatisch in ihre Haarpracht bohrt. »Es ist schön, dich zu hören.«

Es ist schön zu reden. Zusammen mit ihr umarmt mich nach langer Verbitterung ein Stück meines Ichs. Es ist der Anfang von etwas Wunderbarem. Noch kann ich nicht einschätzen, *was* mich erwartet, aber egal, was kommt, es ist besser als alles davor.

Melli hebt eine Braue und schaut mich erwartungsvoll an. »Heißt das jetzt, dass du dich endlich um Studierende kümmern kannst, die nicht verstehen, dass man auch Strafe zahlen muss, wenn das Buch nur eine Woche zu spät abgegeben wurde?«

Mir müssen die Augen aus dem Kopf fallen, so wie sich ihre Miene erhellt und sie danach den Kopf schüttelt. »Okay, okay, das kann dann noch warten, schätze ich.«

Die Worte sind noch immer wie Honig – klebrig und schwer von meinen Lippen zu lösen. Tropfen um Tropfen fallen sie von mir ab, aber nicht genug, um plötzlich mit jedem in meinem Umfeld zu reden. Wird jemals der Tag kommen, an dem ich genau das wieder kann? Ganz normale Unterhaltungen führen und andere Menschen um mich genießen? Das Sprechen nicht als Gefahr, sondern als Bindung zu anderen zu sehen? Verjährt mein Schweigen wie alles andere auch?

* * *

»Du hast mir noch immer nicht erzählt, wo du gestern Nacht warst!« Azra platzt, ohne zu klopfen, ins Zimmer. Ich erschrecke so heftig, dass mir beinahe mein Bleistift aus der Hand fällt. Die halb fertige Zeichnung eines Hochzeitskleides blickt mir entgegen. *Warum mache ich mir so einen Kopf über Defnes Heirat?*

Ich zucke mit den Schultern und blättere weiter. Auf eine leere Seite. Ich muss etwas anderes zeichnen – Blumen, Katzen, einen Stuhl, egal was.

»Warst du bei Talhah?«

Ich drehe mich überrumpelt zu ihr. Sie hat die Arme vor der Brust verschränkt und die Augenbraue kokett angehoben.

»Ha! Ich habe recht, nicht wahr? Die Röte von gestern Abend erkenne ich doch aus zehn Meter Entfernung. Also … schon verliebt? Oder was ist vorgefallen?«

Warum kann dieses Mädchen keinen Gedanken für sich behalten? Warum muss sie alles wissen? Auch Dinge, die sich nichts angehen?

Sie setzt sich auf ihr Bett, nachdem sie ihre Tasche vor ihren Schrank gestellt hat. »Habt ihr euch geküsst?«, wispert sie unheilvoll.

Für eine Sekunde hört das Kratzen meines Stifts auf dem Blatt auf. Am liebsten hätte ich mich deswegen geohrfeigt.

»Ihr habt euch also geküsst!«, kreischt sie so laut, dass ich Angst habe, dass es jemand in München gehört haben könnte. Zu meinem Glück sind meine Eltern noch immer arbeiten.

Ich wünschte, wir hätten uns geküsst. Daraus ist schließlich nichts geworden, und ich werfe Talhah nichts vor … aber seine Lippen auf meinen wäre schön gewesen. Bei dem Gedanken muss ich mir auf die Zunge beißen – ein kläglicher Versuch, ihn zu vertreiben.

Seine Lippen gehen mir nicht aus dem Kopf, mein Hirn ist gebrandmarkt. Er klebt an mir, und ich weiß nicht, ob ich es mir anders wünschen würde.

Am Anfang wollte ich all das nicht. Liebe ist zu fragil, zu rein, zu schön für mich. Etwas, das ich nicht verdiene. Wie denn auch? Bis jetzt hat mich nichts als Unglück eingeholt. Der letzte Tag, an dem ich zufrieden und glücklich mit mir und meinem Leben war, ist mir fremd. Wenn ich jetzt an einen Moment denke, in dem ich pure Freude verspürt habe, dann kann ich den gestrigen Tag nennen. Talhah und seine Art, mich anzunehmen, wie ich bin. Er ist der Grund, warum ich mich wohl genug gefühlt habe, um wieder zu sprechen. Mit ihm *und* mit Melli.

»Wie war es?« Azra lehnt sich nach vorne und schaut mich erwartungsvoll an.

Auch wenn wir uns geküsst hätten, ihr hätte ich es nicht erzählt. Sie würde sich bei unserer Mutter verplappern, und alles, was endlich schön ist, würde in sich zusammenfallen.

Ich zeige ihr die kalte Schulter und zeichne weiter. Das Thema ist für mich schon beendet gewesen, bevor sie es angesprochen hat.

»Okay, dann nicht«, zischt sie genervt und legt sich endlich auf ihr Bett. »Aber du musst ihn mir irgendwann vorstellen, sonst sterbe ich vor Neugier.«

Sie wird garantiert nicht daran sterben, spätestens wenn sie selbst jemanden hat, in den sie aufrichtig verknallt ist.

SECHSUNDZWANZIG | YİRMİ ALTI

Evren

Das Kleid, das ich aus meinem Schrank hervorhole, ist alt. Um genau zu sein, habe ich es zu meinem Realschulabschluss getragen. Und ich bin längst nicht mehr dieselbe Person. Ich kriege es nicht einmal über meine Oberschenkel. Der schlichte schwarze Stoff bleibt hängen, während der Reißverschluss sich schmerzhaft in mein Fleisch bohrt.

Scheiße.

Ich habe damit gerechnet, dass es passt. Mir fehlen das Geld und die Zeit, mir ein neues Kleid anzuschaffen. Wie denn auch? Die Hochzeit ist in ein paar Stunden. Meine Haare sind ungemacht, mein Gesicht hat noch keinen Tropfen Make-up abbekommen, und mein letztes Geld habe ich heute Morgen bei einem türkischen Juwelier in Kreuzberg gelassen. Als Hochzeitsgeschenk bringe ich Defne eine kleine Goldmünze mit.

Selbst wenn mein Kleid gepasst hätte, in der Wohnung kann ich mich sowieso nicht umziehen, da mich sonst Azra sehen würde. Meine Eltern denken, dass ich heute Abend eine Spätschicht wegen einer Lernnachtveranstaltung habe … was nicht stimmt.

Ich lasse das Kleid auf den Boden gleiten und stopfe es in meinen Schrank. Was soll ich jetzt machen? Verdammt.

Mein erster Gedanke ist, nach meinem Handy zu greifen. Ich möchte Hilfe von einer einzigen Person. Er wird wissen, was zu tun ist. Das tut er immer.

Evren: Ich habe ein kleines Problem …

Talhah: Was ist los? Sag mir nicht, die Hochzeit ist abgeblasen. Ich habe mir schon einen Anzug besorgt.

Evren: Nein, nein, die Hochzeit findet statt ... ich habe nur kein Kleid. Also ich dachte, ich hätte eins. Bei näherer Betrachtung bin ich nicht so dünn wie mein sechzehnjähriges Ich. Was für eine Überraschung.

Lange kommt keine Antwort. Nach ein paar Minuten gehe ich an Azras Schrankseite, in der Hoffnung, etwas Nützliches zu finden. Ihr Kleidungsstil ist hell und fröhlich – etwas, das nicht zu mir passt –, aber wir tragen die gleiche Größe. Vielleicht hat sie ein Kleid, das ich für heute stibitzen kann. Wie immer quellen die Regale von ungebügelten Shirts und zusammengeknäulten Pullovern über, die Hosen sind auf links gedreht und ineinander verheddert. Dass sie hier überhaupt etwas findet, überrascht mich.

Kein Kleid ist in Sicht, außer einem quietschblauen mit Pailletten, welches ich nicht einmal für eine Million Euro anziehen würde. Im Schrank meiner Mutter werde ich nie und nimmer fündig. Sie zieht sich noch deprimierender an als ich, und dass sie auf einer Hochzeit war, ist Jahre her. Sie hat bestimmt nichts Festliches.

Mein Handy ist noch immer totenstill. Lässt mich Talhah hängen? Ich setze mich auf mein Bett und starre den hellen Bildschirm an in der Hoffnung, dass sein Name unter den Benachrichtigungen auftaucht. Aber nichts geschieht. Möchte er nicht mehr mit mir auf die Hochzeit gehen? Ignoriert er mich absichtlich?

Mein Blick wandert zur Uhr. Noch eine Stunde bis zur Feier. Ich werde in Jeans auftauchen müssen. O Gott. Das wäre peinlich. Dann gehe ich lieber nicht. Aber wie soll ich sichergehen, dass Kuzey ein guter Mann ist? Dass Defne in sicheren Händen ist? In sichereren Händen als denen meines Bruders.

Mein Handy vibriert, und noch bevor der Ton endet, antworte ich auf Talhahs Nachricht.

Talhah: Komm runter, ich weiß, wo wir dir auf die Schnelle eins besorgen können.

Ohne zu überlegen, greife ich nach meiner Tasche, in der Defnes Geschenk verstaut ist, und gehe aus der Zimmertür. Wie konnte ich nur denken, dass er mich im Stich lässt? So ein Mensch ist er nicht. Aber das Gleiche habe ich von meinem Bruder gedacht, und siehe da: Von einem Tag auf den anderen ist er verschwunden und hat mich mit all unseren Problemen und Sorgen allein gelassen.

Vielleicht ist ein Urvertrauen in Menschen nichts Gutes. Ich hatte es verloren, bis Talhah in mein Leben hineinspaziert ist. Er darf mir nicht das Herz brechen – das ist das letzte Mal, dass ich es jemandem übergebe. Einen weiteren Sturz, noch einen Bruch würde es nicht aushalten. Dennoch laufe ich ins offene Messer. Ziehe meine Schuhe an, gehe die Treppe hinunter und steige in seinen warmen Twingo. Erlaube es mir, wegen seiner Anwesenheit dahinzuschmelzen.

»Hey.« Das Wort gleitet federleicht über seine Lippen.

»Hi«, flüstere ich zurück. Je weniger ich übers Sprechen nachdenke, desto einfacher fällt es mir.

Talhah schüttelt ungläubig den Kopf. »Jedes Mal, wenn du redest, denke ich mir, dass ich träumen muss. Und dann freue ich mich wie ein kleines Kind, wenn du etwas sagst.«

Seine Hand legt er behutsam auf meine Wange, bevor er ein paar Strähnen hinter mein Ohr streicht, die sich auf meine Stirn verirrt haben. »Lust auf ein semineues Kleid?«

Ich ziehe meine Augenbrauen zusammen, was er als Zeichen sieht weiterzureden. »Du wirst gleich sehen, was ich meine. Anschnallen, Eisprinzessin, die Fahrt geht los.«

Mehr verrät er mir nicht, sondern biegt still auf die dicht befahrene Straße.

»Ich bin in den ersten Semestern öfter dort gewesen, weil das Geld knapp war. Seitdem hole ich meine Kleidung fast nur von dort. Obwohl der Laden klein ist und viel Ramsch hat, findet man immer was«, erzählt er, und meine Neugier steigt ins Unermessliche.

Wohin will er mich bringen?

Er durchquert ein paar Gassen und Seitenstraßen, bis er vor einem Lädchen mit dunklen Fensterläden und einem kleinen Schaufenster stehen bleibt.

»Willkommen im *Wer will, wird fündig*.« Mit einer ausladenden Bewegung zeigt er auf das Gebäude und steigt aus, um mir die Tür zu öffnen. »Hier wird jeder fündig, der genau genug schaut.« Das kleine Zwinkern, bevor er seinen Mantel enger um sich zieht, brennt sich mit einem Kribbeln in meine Bauchgegend ein. Falls ich noch mehr für ihn hätte empfinden können, wäre es jetzt geschehen. Und er weiß es nicht einmal.

Talhah öffnet die Tür, und das Erste, was mir auffällt, ist der muffige Geruch, der uns erbarmungslos entgegenschlägt. Das Innere ist sparsam beleuchtet und ruhig. Keine Musik begleitet das Einkaufen. Sämtliche Kleider sind aufeinandergestapelt oder so nah beieinander aufgehängt, dass man nur noch Massen statt Einzelstücke sieht.

»Das ist mein Lieblingssecondhandgeschäft.«

Talhahs Hand findet meine, und er zieht mich sanft hinter sich her in eine Richtung, die ich nicht ausmachen kann. Die Kleider heben sich nicht voneinander ab, nur vereinzelt glitzern verschiedene Designs und schreien nach Aufmerksamkeit. Ein großer Tisch voller Schmuck steht mitten im Raum. Bevor ich mir die Ketten anschauen kann, hat mich Talhah längst vorbeigeführt. Vor einem Garderobenständer mit langen Kleidern bleibt er stehen.

»Tob dich aus.« Er zieht den Ärmel zurück, um seine Armbanduhr freizulegen. »Für die nächste halbe Stunde, falls wir pünktlich aufkreuzen wollen.«

Ich streiche über die verschiedenen Stoffe. »Wir sehen es eh nicht so eng mit der Zeit.« Je näher man den Klamotten kommt, desto eher erkennt man die Unterschiede in Länge, Muster, Stil und Stoff.

Vieles ist mir zu knallig, ich will nicht auffallen. Anderes wiederum zu kurz oder zu lang. Manchmal ist es schwerer, mit der Masse zu verschwimmen, anstatt herauszustechen.

Talhah nimmt auf einem Stuhl vor der Umkleide Platz, solange ich nach einem passenden Kleid suche. Kein Wort der Ungeduld verlässt seine Lippen. Er lässt mich für keine Sekunde aus den Augen und nickt gelegentlich oder schüttelt den Kopf, wenn ich Kleider hochhebe, die infrage kämen.

Ich bleibe an einem bordeauxroten hängen. Es besteht aus Satin und fließt am Körper der Trägerin hinab. Weder aufgebauscht durch Tüll noch anderweitig auffällig. Es ist bis zur Taille eng anliegend und hat dünne Spaghettiträger.

Ich glaube, das ist es. Nicht aufmerksamkeitserregend, aber auch nicht zu leger. Das passt zu einer Hochzeit – vielleicht nicht zu einer türkischen, auf der mehr immer mehr ist, aber es passt zu *mir*. Mit dem Kleid in der Hand gehe ich auf Talhah zu, um in die Umkleide zu schlüpfen.

»Ich bin in der Kabine neben dir und ziehe meinen Anzug an, okay?«

»Ja, kein Problem.«

Es raschelt kurz, und dann ist es mucksmäuschenstill.

Ich ziehe das Kleid über, das sich kühl auf meinem Körper anfühlt. Der Ton schmeichelt meiner Haut, die die Sonne vermisst. Ich sammle meine Haare in einem eingedrehten Dutt, löse ein paar Strähnen, die meine Schläfen umspielen, und richte meinen Pony. Aus meiner Tasche krame ich einen Eyeliner und Mascara. Für mehr ist keine Zeit.

Das Kleid passt, denke ich, nur hat es ein Loch neben dem seitlichen Reißverschluss. Es fällt auf, wenn ich mich bewege und die Arme hebe. Wir haben lang genug gesucht, wenn ich jetzt wieder den Laden durchkämme, dann kommen wir sogar für türkische Verhältnisse zu spät an.

Ich stecke meinen Kopf durch den Türspalt. Meine Finger werden klamm, und mein Magen überschlägt sich. Talhah hat sich umgezogen und ist auf seinem Platz. Der schwarze Anzug sitzt wie angegossen, und das weiße Hemd leuchtet auf seinem gesunden Teint. Die Haare sind nach hinten gekämmt, doch seinem adretten Auftreten machen das Piercing und Kajal einen Strich durch die Rechnung. Er sieht verdammt gut aus.

»Und? Hast du das Kleid an?«

Ich wiege meinen Kopf hin und her, und er zieht eine Augenbraue hoch.

»Schon …«, murmle ich.

»Was? Ist der Reißverschluss kaputt? O nein. Soll ich –?«

Bevor er den Satz beenden kann, stoppe ich ihn. »Es hat ein kleines Loch, aber ich weiß nicht, ob das überhaupt auffällt. Magst du mal schauen?«

Er räuspert sich. »Ah … ja … mhm … klar.«

Als er in die Kabine tritt, nehmen seine Wangen die Farbe des Kleides an. Ich versuche, durch den bodenlangen Spiegel mit ihm Blickkontakt aufzubauen, aber er scheint konsequent auf den Boden zu schauen.

»Wo ist es?«, fragt er mit belegter Stimme, und ich hebe meinen Arm, um auf die Stelle seitlich meiner oberen Rippen zu zeigen.

»Ist es sehr auffällig?«

Er hockt sich langsam neben mich und untersucht den Riss akribisch. Seine kühlen Finger lösen eine Gänsehaut auf meiner Haut aus, als sie kurz über das kleine Stück freie Haut fahren. »Das ist direkt an der Naht. Die muss sich gelöst haben.«

Er richtet seinen Blick wieder auf mich. So, wie er zu mir hochschaut, möchte ich ihn nur noch küssen. Ich grabe jedoch meine Hände in den Stoff und versuche, das Rotwerden zu unterdrücken.

»O Mann.« Ich drehe mich zum Spiegel und fahre über die Längen des Kleides, um seinen grünen Augen zu entkommen. »Schade, es wäre echt schön gewesen.«

Talhah richtet sich wieder auf und beißt sich auf die Lippe. »Warte hier eine Sekunde … ich bin gleich wieder da.«

»Wo …« Bevor ich die Frage überhaupt beenden kann, ist er aus der Umkleide verschwunden und lässt mich mit einem Pochen auf den Lippen zurück. Ich weiß nicht, was er vorhat und ob ich nach einem neuen Kleid Ausschau halten sollte. Vielleicht holt er ja die Verkäuferin, die ganz zufällig Nadel und Garn dahat. Das kleine Loch kann ich zunähen. Im schlimmsten Fall nehme ich auch ein anderes Kleid. Ich gehe nicht zur Hochzeit, weil ich toll aussehen, sondern weil ich Defne den Gefallen tun möchte.

»Kannst du kurz raus?«, kommt Talhahs Stimme wenige Minuten später gedämpft bei mir an.

»Klar.« Ich öffne die Tür und schlüpfe auf die Ladenfläche, die noch immer leer ist. Wir sind die Einzigen hier.

Er hat eine kleine Tasche in der Hand, die aussieht wie ein Erste-Hilfe-Köfferchen. »Mein Tertial in der Chirurgie ist noch nicht lange her.« Er setzt sich auf den Stuhl und bedeutet mir mit seiner Hand, auf ihn zuzukommen. Ich ziehe fragend die Augenbrauen zusammen, bis er das Täschchen öffnet und eine gebogene Pinzette und ein kleine Plastikverpackung hervorholt, die er mit den Zähnen aufreißt. »Ich habe zwar kein Nähzeug, aber dafür Nadelhalter und steriles Nahtmaterial im Auto gehabt.« Sein stolzer Gesichtsausdruck bringt mich zum Schmelzen. Er hat an mich gedacht und versucht, das Problem zu lösen, statt es zu ignorieren. Die Wärme, die er in mir auslöst, lässt mich in dem dünnen Kleid schwitzen.

»Das wäre echt nicht nötig gewesen«, sage ich sanft, worauf Talhah sich gar nicht einlässt.

»Evren, nichts ist einfacher als das.«

Ich gehe auf ihn zu, und er setzt sich auf, um an die kaputte Stelle zu kommen. Dass ich mich dabei zwischen seine Beine stellen muss und seinen Atem auf meinem Arm spüre, macht das Ganze nicht einfacher.

»Ich will, dass du dich wohlfühlst«, protestiert er mit leiser Stimme. »Das sollte eh nicht allzu lange dauern.« Mit sicheren Fingern klemmt er die Nadel in den gebogenen Nadelhalter und setzt zum ersten Stich an.

»Danke.« Ich fahre über seine Schultern, was ihn für einen Moment innehalten lässt.

»Nicht dafür, Eisprinzessin.«

Wenn ich es vorher hinbekommen habe, meine Gedanken vor ihm zu verstecken, klappt es jetzt nicht mehr. Er muss mir alles vom Gesicht ablesen können. Seine Finger sind ruhig, während er die

Stiche mit höchster Konzentration setzt. Nur mein Körper droht zu kollabieren. Wie kann er in mir all diese brennenden Gefühle auslösen, wenn er lediglich *existiert*? Er muss nicht sonderlich viel tun. Ein Loch flicken reicht, um mich komplett aus dem Gleichgewicht zu bringen.

»Fast fertig«, flüstert Talhah. Er greift in das Kit und holt eine Schere raus, mit der er das Nahtmaterial abschneidet. »Sieht so gut wie neu aus.«

Ich drehe mich von ihm weg, um mir die Stelle anzuschauen. Und um von der Wärme wegzukommen, bevor ich etwas tue, das ich bereue.

Die Naht ist zwar sichtbar und der Knoten, der alles zusammenhält, größer als bei Garn, aber das wird nicht auffallen, außer man achtet darauf.

Ein Lächeln breitet sich auf meinem Gesicht aus, das ihn zufrieden stimmt. Er räumt seine Sachen zusammen und steht auf.

»Danke«, murmle ich und umarme Talhah, der überrascht seine Arme um mich legt. »Wie findest *du* das Kleid?«

Er räuspert sich und schafft Abstand zwischen uns, indem er einen Schritt zurück macht, um mich zu betrachten. Ich drehe mich für ihn sogar einmal um die eigene Achse.

»Es steht dir … es steht dir sehr gut.« Als wäre es eine Sünde, suchen seine Augen den Laden nach einer Fluchtmöglichkeit ab. Ist ihm das zu viel? Ist ihm die Nähe zu viel?

Seine Reaktion löst das Gegenteil in mir aus. Sie weckt das Rebellische, das ich längst vergraben habe unter all der Verantwortung, die ich trage.

Ich bewege mich automatisch auf ihn zu und lege meine Hände auf seine Brust, die sich schnell hebt und senkt.

»Sicher?«, frage ich.

Endlich begegnen seine Augen meinen, und er bleibt für wenige Sekunden leise, bevor sein Blick sich von meinem Gesicht löst und quälend langsam meinen Körper hinunterwandert. Keine Sekunde lang fühle ich mich unwohl dabei. Er ist nicht schmutzig wie bei manch anderem Mann. Ich möchte nicht fort von ihm und mich rein waschen. Nie wieder das Kleid anziehen. Nein. Ich möchte, dass er mich nur noch mit diesem Ausdruck anschaut. Begehrend. Bewundernd. *Liebend.*

»Du siehst wundervoll aus, Evren«, sagt er belegt und schaut zur Seite.

Ich fahre mit meinen Händen über sein Hemd hoch zu seinem Gesicht, um seinen Kopf wieder zu mir zu drehen. »Dann küss mich endlich.«

Für einen Moment blitzt Angst in seinen Augen auf, ähnlich wie in seinem Zimmer. Sie verlieren jegliches Selbstvertrauen und verschwimmen zu einem grünen Nichts, das ich nicht einschätzen kann.

Ich rücke noch näher an ihn heran, sodass ich seinen Atem auf meiner Stirn spüre. Nur ein kleiner, unschuldiger Kuss. Mehr möchte ich nicht.

Endlich beugt er sich zu mir, seine Lider schließen sich, und ich tue es ihm gleich. Mein Herz überschlägt sich beim Versuch, nicht zum Stillstand zu kommen, und meine Hände, die noch immer auf seinem Kiefer ruhen, werden klamm. Wann war ich das letzte Mal so aufgeregt wie in diesem Moment?

»Wir schließen in fünf Minuten!« Die Stimme der Verkäuferin unterbricht uns. Augenblicklich entzieht Talhah sich meiner Berührung.

»Das Kleid steht dir.« Er räuspert sich und kratzt sich am Kinn. »Du kannst es gleich anbehalten. Ich gehe es schon mal bezahlen. Kannst du mir das Preisschildchen geben?«

Ich will protestieren und ihm sagen, dass ich es selbst bezahlen kann. Dass er nicht immer so zuvorkommend sein soll. Aber ich bleibe still und reiße das Schild vom Träger ab, um es ihm zu reichen. Ohne ein weiteres Wort macht er sich auf den Weg zur Kasse, und ich bleibe allein mit meinen Gefühlen.

Ich kann verstehen, dass das alles für ihn Neuland ist. Dass er etwas Zeit braucht. Aber fällt es ihm wirklich so schwer, mich zu küssen? Will er mich nicht küssen? Ist es das? Der Wink mit dem Zaunpfahl müsste doch längst ausreichend sein. Was muss ich noch tun, damit er sich wohl genug fühlt?

Missmutig klaube ich meine Kleidung aus der Umkleide zusammen. Ich sollte geduldig mit ihm sein. So, wie er es auch immer mit mir ist. Er hat sich nie darüber beschwert, dass ich nicht rede. Also warum tue ich das dann, wenn er mich nicht küsst?

Ich bin die erste Person, die das von ihm erwartet. Natürlich fällt es ihm schwer. Ein wenig mehr Verständnis von meiner Seite sollte doch nicht so anstrengend sein.

Ich gehe zur Kasse. Talhah hat längst bezahlt und kratzt sich unbeholfen im Gesicht. Wie eine verunsicherte Katze, die neues Terrain erkundet. Also lächle ich breit und hoffe, dass er sich genauso akzeptiert fühlt, wie ich es bei ihm tue.

»Wollen wir los? Wir sind schon zu spät. Hast du die Adresse?«, fragt er.

Im Auto ist es kalt und meine Jacke plötzlich zu dünn, um mich zu wärmen, aber ich lasse mir nichts anmerken. Mit eingefrorenen Fingern reiche ich ihm die Einladung.

Er liest sie durch und startet den Wagen. »Ist sie deine Freundin?«

Ich schüttle den Kopf. *Sie war mal eine, bis sie zu einer Fremden wurde, deren Mann ich mir anschauen möchte, um sicherzugehen, dass sie in guten Händen ist …*

»Okay … warum gehst du allein zur Hochzeit?« Er hört sich verwirrt an, und ich kann es ihm nicht verübeln. Wie denn auch? Mein Leben ist durcheinander und kompliziert.

»Ich bin nicht allein.« Ich zeige auf ihn, und er lacht, während er die Adresse in sein Handy eintippt, das er daraufhin in die Halterung gleiten lässt.

»Aber du wärst allein gegangen, wenn ich nicht zugestimmt hätte?«

Ich wäre nicht gegangen. Aber das kann ich nicht sagen. Ich weiß nicht einmal, *was* ich sagen soll.

Ich atme auf. »Sie ist eine alte Freundin und hat mich eingeladen. Ich wollte sie nicht enttäuschen.«

Talhah nickt verstehend und fährt sich durch das Haar, das schon wieder unordentlich auf seiner Stirn tanzt. So gefällt es mir besser.

»Ich war noch nie auf einer türkischen Hochzeit. Ich bin gespannt, wie es wird.«

SIEBENUNDZWANZIG | YİRMİ YEDİ

Emre

Türkische Hochzeiten habe ich nie gemocht. Sie sind überlaufen, das Essen ist semigut, und die meisten Menschen, die dabei sind, kennen sich weder untereinander noch das Brautpaar. Aber es gehört zur Kultur. Die laute Musik und die ohrenbetäubenden Small-Talk-Versuche überschwemmen mich auf eine nostalgische Weise. In mir steigen Erinnerungen an eine Zeit auf, in der wir jedes sommerliche Wochenende auf einer Hochzeit waren. Meine Eltern sind immer bis zum Schluss geblieben, weil alles andere unhöflich gewesen wäre. Es hat Proteste seitens meines Bruders und mir gegeben, aber die waren zwecklos. Azra hat sich gefreut, wenn sie lange wach bleiben durfte.

Wir sind durch die Gänge zwischen den Tischen gelaufen, haben Fangen gespielt mit Kindern, die uns fremd waren. Kultlieder aus den Neunzigern haben das Ganze begleitet.

Ich kann die Wehmut süßlich auf meiner Zunge schmecken.

»Bevor wir reingehen …« Talhah hält mich am Arm fest, wodurch ich in meiner Bewegung innehalte. »Ich habe dir doch gesagt, dass du meine Klavier- und Fotografiekünste erst ab dem fünften Date präsentiert bekommst.«

Fragend hebe ich eine Augenbraue.

»Na ja, wenn ich mich nicht völlig verzählt habe, ist das das fünfte Date, und ich habe dieses Schmuckstück dabei.« Er beugt sich zum Handschuhfach, fischt eine Kamera hervor und streift dabei meine Oberschenkel. Ich muss schlucken, aber lasse mir nichts anmerken. Das Gerät kommt mir bekannt vor. Der blaue Linsendeckel sticht mir ins Auge – die Kamera, um die er gefeilscht hat. Das ist lange her … damals habe ich ihn nicht gemocht. Jetzt möchte ich ihn nicht missen.

»Das Auto ist zwar kein perfekter Ort für Bilder, aber ich würde gerne ein paar von dir machen, wenn das in Ordnung ist?«

»Von mir?«, frage ich überrascht, was ihm ein Mundwinkelzucken abgewinnt.

»Ja, von dir. Ich habe gerne Fotos, die mich an schöne Momente erinnern.«

Ich habe nicht realisiert, dass das schon unser fünftes Date ist. Wie schnell die Zeit vergeht, wenn man keinen Druck verspürt.

»Okay … aber du musst sie mir dann zeigen«, sage ich mit gehobenem Zeigefinger, woraufhin er belustigt schnaubt und die Kamera einschaltet.

»Natürlich. Deine Schönheit würde ich dir nicht vorenthalten wollen. Dann siehst du, wie ich dich sehe.«

Die Worte verlassen gelassen seine Lippen, aber ich werde das Gefühl nicht los, mich übergeben zu müssen. Die Nervosität gleicht jener, die sich vor wichtigen Prüfungen in mir breitmacht. Sie ist diesmal jedoch von dem Wissen begleitet, dass mir in seiner Nähe nichts Schlechtes passieren kann. Ich bin sicher bei ihm.

Es blitzt ein paarmal, und ich frage mich, wie ich am besten schauen soll. Im Mittelpunkt zu stehen und zu wissen, dass Talhah mich unentwegt anschaut, ist ein unbekanntes Gefühl. Er wirft immer mal Sätze ein, auf die ich antworte, um mich abzulenken, aber der Blitz holt mich zurück in die Realität.

»Das muss reichen«, sage ich nach ein paar Minuten.

Er nimmt zögerlich die Kamera herunter. »Da ist bestimmtes etwas Brauchbares dabei.«

Ich möchte über die Mittelkonsole hinweg einen Blick auf das Display erhaschen, aber er zieht die Kamera an sich. »Erst wenn ich mir die Bilder angeschaut und sie bearbeitet habe.«

Ich hebe ergeben beide Hände. »Okay, okay. Wollen wir los?«

»Lass mich das kurz wegpacken.«

Sie landet wieder im Handschuhfach, bevor er aussteigt und mir die Tür öffnet. Der Parkplatz ist dunkel, sodass die beleuchtete Halle unsere Aufmerksamkeit magisch auf sich zieht.

Talhah beugt sich zu mir herunter, als wir den Eingangsbereich passieren. »Hier ist es ja ähnlich überfüllt wie bei uns.« Er schaut mich besorgt an. »Wie fühlst du dich?«

Die Musik ist über der empfohlenen Dezibelgrenze, und Menschen sind wie Sardinen in den Saal gepackt. Die Schritte der Tanzenden, die Worte der Redenden und die Musik stürzen über mich ein wie eine Sintflut. Alles schillert und leuchtet, während ich nicht auffallen möchte. Automatisch suchen meine Finger Halt, den sie in Talhahs warmer Hand finden.

»Wäre es okay, wenn ich kurz auf die Toilette gehe?«, flüstere ich. Ich kann mich nicht von seinem Gesicht abwenden, denn er ist der einzige Rückhalt, die einzige Konstante, die mir dieser überrannte Ort bietet.

»Klar, natürlich.« Seine Finger fahren über die Konturen meines Gesichts und stecken einzelne Strähnen hinter mein Ohr. »Alles okay?«

Ich nicke und versuche, ein halbes Grinsen auf meine Lippen zu bekommen, das er genauso schlecht repliziert.

»Falls du lieber nach Hause möchtest, sag Bescheid, einverstanden?«

»Mache ich.«

Die Kälte, die die Gäste von draußen hereinbringen, legt sich über meine Arme, als mich Talhah loslässt und ich links zur Damentoilette abbiege. Ich brauche nur wenige Sekunden Ruhe, bevor ich in die Höhle des Löwen gehe. Nur ein paarmal einatmen, und dann kann ich Defne und ihrem Mann begegnen. Nur –

»O Gott, bist du es, Evren?«

Die weißen Fliesen erstrecken sich steril vor mir, und die Musik wird durch die Wände und die hinter mir zufallende Tür gedämmt. Alleinig die Stimme neben mir ist ohrenbetäubend laut.

»Wir haben uns seit Ewigkeiten nicht mehr gesehen.« Feyza trocknet sich die Hände ab und schmeißt das Papier in den Müll, der jetzt schon überquillt.

In den letzten Jahren hat sich nichts an ihr verändert. Sie ist noch immer groß, schlank, und ihre dunklen Haare reichen ihr bis zur Hüfte.

»Cansu ist auch da. Cansu!«, ruft sie, und ich will abhauen. Ich wollte doch nur Ruhe. Warum wird mir die Vergangenheit erbarmungslos vor den Latz geknallt? Reicht es nicht, dass ich auf der Hochzeit meiner alten besten Freundin bin? Der Hochzeit, die ich hätte mitgestalten müssen und in der ich jetzt nur eine Nebenrolle spiele. Warum muss ich auch noch alten Freundinnen begegnen?

»*Tamam*, ich komme ja schon.«

Eine Kabine wird geöffnet. Hervor tritt die hübsche Blondine mit den großen blauen Augen, auf die ich als Zwölfjährige eifersüchtig war.

Vorher, vor meinem Bruder, meinem Schweigen, meiner Trauer, da waren wir vier unzertrennlich. Von klein auf haben wir zusammen gespielt, die gleiche Grundschule besucht und sogar eine Musikgruppe gegründet, weil wir davon ausgegangen sind, dass wir die nächste Indie-Girlband werden würden.

»Evren?« Cansu legt ihren Kopf schief und kneift die Augen zusammen. Ich muss ein Schnaufen unterdrücken – sie braucht eine Brille, die sie anscheinend bis heute nicht trägt. »Lange nicht mehr gesehen.«

Ihre gleichgültige Stimme hallt von den Fliesen wider, bevor das Gurgeln des Wasserhahns den Raum erfüllt und mein Wunsch abzuhauen immer größer wird. Früher hätte ich mir ein Leben ohne meine Freundinnen nicht vorstellen können. Schließlich waren sie es immer, die mit mir auf Parkkonzerte gegangen sind, die mir gesagt haben, ob mein selbst geschriebenes Lied schön oder grässlich war, die mit mir geweint haben, wenn mein Freund tagelang nicht auf meine Anrufe reagiert hat. Am Ende bin ich einfach erwachsen geworden. Schneller und auf kältere Weise als sie.

»Warum bist du einge–«

Feyza unterbricht sie mit einem Zischen. »Hör auf.«

»Was denn?« Das spöttische Schnauben rammt mir ein Messer in die Lunge. Ich wollte doch nur Ruhe. »Es stimmt doch! Ich verstehe nicht, warum Defne sie eingeladen hat. Sie war für keine der wichtigen Ereignisse da. Hat sich in ihrer Trauer gesuhlt, egal wie oft wir versucht haben, sie aufzumuntern.« Sie dreht sich zu mir und ihre eisigen Augen lassen den Raum weiter abkühlen. »Wir haben alles gegeben, und du bist einfach gegangen. Dass du dich überhaupt traust, hier aufzutauchen.«

Das Klackern ihrer hohen Schuhe hallt im leeren Raum nach. Sie bleibt dicht vor mir stehen und lässt mir keinen Platz zum Atmen. »Du hast den einfachen Weg gewählt und Defne in ihrer Trauer alleingelassen. Onur war ihr Freund.« Sie bohrt ihren Finger in meine Brust, weswegen ich mich nicht vom Fleck bewegen kann. »Kannst du noch immer nicht antworten?« Ihr Schmollen ist hämisch und treibt mir Tränen in die Augen, aber ich schaue nicht weg, sondern lasse mich von ihr einschneien. Die Genugtuung will ich ihr nicht geben.

»Cansu, es reicht jetzt wirklich.« Feyza greift sie am Arm, doch sie schüttelt ihn ab.

»Sie hat es doch verdient!«, zischt sie. »Du hast uns im Stich gelassen. Wir haben es versucht, immer und immer und immer wieder. Danke für nichts. Ich hoffe, du kriegst deinen Mund nie wieder auf.«

»Es reicht!« Feyza zerrt sie endlich von mir weg und schenkt mir ein entschuldigendes Lächeln, bevor sie die Tür öffnet.

»Defne hat dich nur eingeladen, weil sie zu lieb ist!«, ruft Cansu noch.

Ich eile in die erste Kabine, um sie hinter mir zu schließen. Die Tränen, die meine Wangen herunterrollen, brennen, aber ich kann nichts dagegen tun. Ich drücke meinen Rücken gegen das ausgeblichene Holz und ersticke an meinem Schluchzen.

Ich hoffe, du kriegst nie wieder den Mund auf. Sie hat doch recht, verdammt. Ich war für keines der wichtigen Ereignisse da. Habe Defne nicht gesagt, dass sie mehr Salz in den türkischen Mokka für Kuzey schütten soll, als er bei ihrer Familie war, um um ihre Hand anzuhalten. Ich habe kein Stück des roten Bandes bekommen, das die Verlobungsringe beider zusammengebunden hat und an Ledige verteilt wurde als Glücksbringer in der Liebe. Ich war nicht bei ihrem Henna-Abend, an dem sie sich von ihrem Elternhaus verabschiedet und ihren neuen Lebensabschnitt begrüßt hat. Ich habe dort nicht gesungen, wie ich es ihr immer versprochen habe.

Ich war nicht da.

An manchen Tagen ist es schwerer, mit dem Mutismus zu leben, als an anderen. Die Stille ist heute bleiern. Nach fünf Jahren kann ich nicht differenzieren, woran ich schuld bin und woran mein Bruder. Ist unsere Freundschaft in die Brüche gegangen, weil Onur verschwunden ist oder weil ich mich zurückgezogen habe, um meine Wunden zu lecken, da es sonst niemand für mich getan hat? Wenn man meine Mutter fragt, hatte ich es schon immer schwer, Freunde zu finden. Ich, der Angsthase, der sich hinter den Beinen der Erziehenden versteckt hat, statt auf meine Mitschüler und Mitschülerinnen zuzugehen. Ich habe alles zehn- und zwanzigmal durchdacht, bevor ich Entscheidungen getroffen habe.

Dasselbe ist auch passiert, als ich mich entschieden habe, allein zu bleiben. Ich habe den anderen mehr Schmerz zugefügt als geholfen. Während alle wieder in ihr altes Leben gefunden haben, bin ich noch im Reich der Trauer herumgeirrt. Ich wollte anderen kein Klotz am Bein sein. Weder Feyza noch Cansu. Defne wollte ich nicht vom Gehen abhalten. Vielleicht habe ich sie an den Herzschmerz erinnert, was verständlich wäre.

Ohne mich ging es allen ohnehin besser.

»Evren?« Talhahs tiefe Stimme kommt gerade noch bei mir an. »Ist alles okay?«

Ich ziehe meine Nase hoch und fahre über meine Augen. Gott sei Dank habe ich wasserfeste Mascara drauf. Mit zitternden Fingern schließe ich die Kabine auf und werde von Leere empfangen.

»Mir geht es gut, ich komme«, schreie ich, damit er mich hört.

Der Spiegel erzählt eine ganz andere Geschichte. Meine Haut ist fleckig und die Augen sind rot. Ich streiche über meine Gesichtszüge, in der Hoffnung, dass meine Wangen dadurch gesund aussehen und nicht mehr preisgeben, dass ich geweint habe. *Tief ein- und ausatmen. Ich schaffe das.* Während ich meine Hände wasche und trockne, beruhigen sich meine glasigen Augen. Wenn ich die Toiletten verlasse, sollte man mir nichts mehr anmerken können. Wie immer.

»Du hast aber lange gebraucht.« Talhah reicht mir seine Hand, und sein Grübchen blitzt mir entgegen. Für diesen Augenblick vergesse ich alles andere. Mein altes Leben, mein Schweigen und die Trauer. Wenn es jemand wiedergutmacht, dann Talhah. Mit seinen grünen Augen, den langen Wimpern und dem Lächeln, das Tsunamis in ein Plätschern verwandeln kann.

»Ich habe mein Make-up noch mal aufgefrischt«, wispere ich.

Immer mehr Menschen strömen in den Saal und greifen nach Schokolade und Bonbons, die sich am Eingang befinden und einem wortwörtlich den Abend versüßen sollen.

Defne steht mitten im Saal, und die letzten Töne der Ballade, die soeben gespielt wurde, klingen ab. Neben ihr steht *ihr* Mann. Er wirkt wie das Gegenteil meines Bruders. Gerade einmal einen halben Kopf größer als sie, blond und mit einem Grinsen auf den Lippen, das für meinen Bruder ein Fremdwort gewesen ist.

Alles, um ihn zu vergessen, schätze ich.

»Wir haben wohl den ersten Tanz verpasst.« Talhah schmollt, und ich schlage ihm halbherzig gegen den Arm. »Was? Ich hätte dich drum gebeten.«

Ich kräusle meine Nase und möchte ihm zuflüstern, dass er mich im Privaten nicht einmal küssen kann, aber die Leute sind zu viel, zu laut, zu unbekannt. Also schlucke ich die Worte hinunter und hebe sie mir für einen anderen Tag auf.

Ganz hinten, weit entfernt vom Brautpaar, sind noch genug Plätze frei, auf die wir zugehen. Hier können wir es uns zu zweit gemütlich machen.

Talhah setzt sich mir gegenüber und greift nach den Nüssen auf dem Tisch. Snacks über Snacks und Softdrinks stapeln sich, und er schmeißt sich eine Cashew nach der anderen in den Mund, während er zur Tanzfläche blickt.

»Willst du ihr nicht Hallo sagen?«

Ich schüttle den Kopf und greife selbst nach gerösteten Kichererbsen. Nach dem Treffen mit Cansu und Feyza bleibe ich so weit weg wie möglich. Ich gebe mein Geschenk ab und gehe. Das bin ich ihr schuldig, mehr nicht.

Augenblicklich schießt seine Augenbraue in die Höhe. »Warum nicht? Ich dachte, sie wäre eine alte Freundin?«

Es ist alles so kompliziert, ich weiß nicht, wo ich anfangen soll.

Als von mir nichts kommt, beharrt er nicht weiter darauf. »Kannst du *dabke* tanzen?«

»Was meinst du?«

Er zeigt auf die Reihe der Menschen, die sich an den Händen halten und sich als eine Einheit zur Musik bewegen. Nur ganz vorne hält die Person ein rotes Tuch, das überschwänglich geschwungen wird. Ganz in der Mitte sind Kuzey und Defne, deren Kleid so viel Raum einnimmt, dass die Personen neben ihr ihre Arme komplett ausstrecken müssen, um ihre Hand halten zu können.

»Du meinst *halay*?«

Halay ist der türkische Volkstanz, den alle Kinder beigebracht bekommen, denn er ist ein Muss auf jeder Feier. Die Musik ist immer ähnlich, und die leichteste Form setzt sich lediglich aus drei Schritten nach vorne und drei nach hinten zusammen. Das ist auch das Einzige, was ich kann. Alles andere ich zu kompliziert für mich.

»Bei uns nennt man es *dabke.*« Talhah fährt sich durch das Haar. »Mein Onkel hat es mir beigebracht, als ich klein war. Ich bin echt gut darin, wenn ich das so sagen darf.«

Bei der Vorstellung, wie Talhah ganz vorne steht und die Menschen anleitet, dabei ausholende Bewegungen macht und tief in die Knie geht, muss ich lachen.

»Hey. Was ist so witzig daran? Angst, dass ich besser bin als du?«, fragt er amüsiert.

Das Grinsen auf meinen Lippen kann ich nicht stoppen. »Vielleicht ein wenig.«

Talhah steht abrupt auf und glättet sein Jackett. »Na komm.« Er reicht mir seine Hand, und mein Mund klappt auf. »Lass uns tanzen.«

»Niemals«, zische ich und klammere mich an den Tisch. Mich kriegen keine zehn Pferde auf die Tanzfläche. Nicht, wenn bekannte Gesichter unweit sind und meine alten Freunde mir glasklar gesagt haben, was sie von mir halten.

»Komm schon.« Er macht eine ruckartige Bewegung in Richtung der Tanzenden, aber ich schüttle vehement meinen Kopf.

»Ich möchte nur mein Geschenk abgeben und dann unauffällig verschwinden.«

»Spielverderberin.« Er schmollt, aber lässt sich trotzdem wieder auf seinen Stuhl fallen.

ACHTUNDZWANZIG | YİRMİ SEKİZ

Evren

Die Hochzeit zieht sich wie jede aus unserem Kulturkreis. Wir haben elf Uhr abends, und erst jetzt wird die Geschenkzeremonie angekündigt. Sowohl Defne als auch Kuzey stellen sich vorne hin. Der Mann, der bis jetzt Volkslieder gesungen hat, ruft die Menschen dazu auf, die sich in einer Schlange aufstellen, um die Geschenke zu übergeben. Suzan *teyze*, Defnes Mama, steht ganz vorne neben ihrer Tochter und hält ihre Hand.

Wenn meine Mutter wieder den ganzen Tag arbeiten musste, hat sie sich Azras, Onurs und meiner angenommen. Sie hat immer mein Lieblingsessen gebacken – *börek* mit Kartoffelfüllung. Sie wusste nie von Defne und Onur, weil Defne Angst hatte, dass sie dagegen wäre. Warum auch immer. Defne ist allein mit ihrem Schmerz gewesen, und ich habe mich abgeschottet, denn meine Wunden waren so groß, so brennend, so schmerzlich. Ich hatte das Gefühl, ich könnte niemandem helfen, sondern würde alles schlimmer machen.

»Ich sollte dahin«, sage ich, aber mache keine Anstalten aufzustehen.

»Ich warte hier auf dich.« Talhah legt seine Hand sanft um meine, und der leichte Druck, den er ausübt, gibt mir die Kraft, meinen Stuhl zu verlassen. »Das wird gut laufen.«

Ich seufze. »Es wird nicht lange dauern. Danach können wir gehen.«

Ich knalle mehrmals gegen Stühle, die nicht an ihren Platz gerückt worden sind, und bleibe an langen Kleidern hängen, weshalb etliche Frauen mir missbilligende Blicke zuwerfen.

Gott, ich will nur noch nach Hause. Raus aus dem Saal, raus aus der stickigen Luft und vor allem weg von der Konfrontation, die mir in einem reinweißen Kleid gegenübersteht.

Ein Name nach dem anderen und das, was die Person oder Familie schenkt, werden heruntergerattert. Alles wird per Video festgehalten, sodass die Heiratenden und ihre Nächsten wissen, an wen sie selbst später Gold verschenken müssen. Früher musste man sich all das aufschreiben. Ich kann mich erinnern, wie meine Mutter die Aufgabe für meine Tante übernommen hat. Sie saßen Stunden nach der Feier im Saal und gingen alle Einträge durch. Onur und ich waren viel zu müde und haben es uns auf den Tischen gemütlich gemacht, die Winterjacken der anderen als Kissen benutzt und geschlafen.

Ich bin viel zu schnell die Übernächste, die das Brautpaar beschenken soll, und der Mann beugt sich zu mir. Er wartet darauf, dass ich meinen Namen sage. Doch meine Lippen trennen sich nicht voneinander, und meine Finger spielen mit der dünnen Goldmünze, die mir jeden Moment aus den Fingern gleiten könnte.

»Evren Yıldırım«, sagt Suzan *teyze*, was der Mann wiederholt. Mein Name hallt durch den ganzen Saal – ich will mich verstecken. Verschwinden. Denn alle Augenpaare sind auf mich gerichtet, darauf gespannt, was ich schenken werde.

»Evren, *kızım*.« Defnes Mama lässt das kleine Körbchen los, in dem sich Geldscheine oder Umschläge befinden, und nimmt mich in den Arm. »Schön, dass du gekommen bist«, sagt sie auf Türkisch, und ich möchte am liebsten weinen. Ihre warme Stimme und die mütterliche Umarmung, die sie mir schenkt, überschwemmen mich. Es tut mir leid. Es tut mir leid, dass ich Defne im Stich gelassen habe, als es die Welt mit mir getan hat. Es tut mir leid, dass ich gegangen bin, ohne ihr etwas zu sagen, obwohl sie mich wie ihre Tochter behandelt hat.

Sie schiebt mich leicht von sich und bringt mir ein Lächeln entgegen, das auf keinerlei Wut hindeutet. Auf keinerlei Hass, den sie mir gegenüber empfinden muss. Eine Ablehnung, die ich hätte verstehen können. »Du siehst toll aus. *Melek gibi.*«

Wie ein Engel. Ich beiße mir auf die Lippe und stecke Strähnen hinter mein Ohr. Ich hoffe, dass sie nichts weiter sagt, weil ich sonst anfange zu weinen. *Es tut mir leid.*

Ich lächle, woraufhin sie mit vorsichtigen Fingern über meine Wange fährt. »Es ist schön, dass du da bist.« Am liebsten würde ich ihr antworten und sagen, dass ich mich genauso freue, sie zu sehen. Meine Lippen bleiben jedoch versiegelt, aber das macht nichts. Sie schiebt mich liebevoll zu ihrer Tochter und drückt meine Hand ein letztes Mal fest.

»Du bist gekommen«, flüstert Defne und umarmt mich für wenige Sekunden genauso fest wie ihre Mutter.

Das rote Band, das um ihren Hals liegt und an dem die Münzen angesteckt werden, pikst an meiner Wange. Ich sage nichts, sondern stecke auch meine Goldmünze mit zittrigen Fingern an, als sie mich loslässt.

»Du hättest mir doch nichts schenken müssen.«

Ich mache eine wegwerfende Handbewegung.

Zur Antwort legt sie den Kopf schief. »Danke, Evren.«

Die nächste Person stellt sich neben mich, darauf wartend, dass ich endlich verschwinde. Der Blick des Typen liegt mir unangenehm im Nacken.

»Vielleicht können wir uns ja nach meinen Flitterwochen noch mal sehen?«, sagt sie, und ich nicke schnell, um die Menschen hinter mir nicht weiter aufzuhalten.

Ich drücke ebenfalls ihre Hände und schenke ihr ein letztes Lächeln. Vielleicht ist Cansu im Unrecht. Vielleicht hasst mich Defne nicht, auch wenn ich es verdient hätte. Der Gedanke daran, sie in ein paar Wochen zu sehen, fühlt sich nicht mehr wie ein eisiger Wintertag an, sondern wie Osterglocken, die im Frühling blühen. Als gäbe es Hoffnung, die es lohnt zu nähren.

Der Weg zurück an den Tisch ist schneller als der hin zum Brautpaar – diesmal knalle ich nicht gegen etliche Tische. Talhah hat sich wie versprochen nicht vom Fleck gerührt und hebt zur Begrüßung die Hand. Ich brauche eine kurze Verschnaufpause, bevor wir loskönnen.

»Bei uns sehen die Hochzeiten sehr ähnlich aus. So viele Leute, wie in einen Saal passen. Superlaute Musik, die auf jeder Hochzeit gespielt wird, ohne Ausnahmen.« Er löst den Blick von der Menge und lässt ihn umherschweifen. »Hat sich wie ein Stückchen Heimat angefühlt. Danke, dass du mich hergebracht hast, Evren.«

Egal wie beengt es ist, wie unwohl mir in dieser Situation ist, ich bin mit Talhah hier. Mit der einzigen Person, bei der ich mich sicher fühle.

»Willst du mir etwas davon erzählen?« Meine Stimme ist leise, und ich kriege die Worte beinahe nicht heraus.

Seine Miene wird weich, bevor seine Gesichtszüge entgleisen – die Augen werden glasig, die Unterlippe ist zerbissen. Ein ganzes Lied lang ist er leise. Bei den ersten Takten des nächsten Songs atmet er ein.

»Es war nicht immer so zerstört wie jetzt.« Er lacht humorlos auf. »Natürlich war es das nicht. Damaskus, die Stadt, aus der ich komme, war pulsierend. Mit Farben, mit Menschen, mit Kultur, mit lachenden Kindern, mit Familien, die sich das Leben nirgendwo anders vorstellen konnten.«

Der sonst so glückliche Unterton, der der ständige Begleiter seiner Stimme ist, ist vergraben unter der Schwere der Worte. Der erste Drang, der mich durchzuckt, ist, ihn zu umarmen. Aber ich weiß, dass meine Umarmung die kriegszersplitterten Stücke seiner selbst nicht zusammensetzen wird. Die eigene Heimat zu verlieren, das eigene *Zuhause*, muss unbeschreiblich zerstörerisch sein.

»Wir haben im vierten Stockwerk gelebt. Die Einkäufe musste ich immer hochtragen, und ich habe es gehasst.« Das leichte Lächeln legt sich auf seine Lippen und verschwindet innerhalb von Sekunden wieder. »Im Sommer haben wir auf dem Balkon gegrillt, und ich wollte immer wie mein Vater Medizin studieren und mit ihm in der Unfallchirurgie arbeiten.«

Ich reiche ihm über den Tisch meine Hand und umschließe seine. Das Trommeln gegen die Tischplatte stoppt. Er stockt für einen Moment.

»Das Erste habe ich geschafft. Das Zweite nicht wirklich.«

Als ich meinen Kopf fragend schief lege, antwortet er: »Er ist zurückgeblieben. Man hat seine Hilfe dort eher gebraucht. Wir haben seitdem nichts mehr von ihm gehört. Wir wissen nicht, was mit ihm passiert ist.«

Die Geschenk-Ansage des Mannes tritt in den Hintergrund, die Gespräche der Menschen um mich herum verlieren an Bedeutung. Alleinig Talhahs Worte hallen in meinen Ohren wider. *Wir wissen nicht, was mit ihm passiert ist.* Die Welt scheint stehen zu bleiben und mich völlig aus der Bahn zu werfen. Seine Worte sind knapp gewählt, aber bleischwer. Meist stürmt ein Wortwirbel in mir. Jetzt fehlen mir die Worte. Mein Hirn ist leer gefegt, meine Lippen verschlossen. Ich bekomme keinen klaren Gedanken gefasst. Sie rennen vor mir weg. Rennen weg vor der Schwere, die sich plötzlich über uns legt.

Ich fürchte, dass das Unwissen auf meinem Gesicht Talhah von mir trennt. Wieder jemand, der nicht weiß und der nicht versteht. Er soll sich nicht allein fühlen, aber ich weiß nicht, wie ich ihm zeigen kann, dass ich da bin. Denn ich kann Damaskus nicht wieder aufbauen, kann die schillernden Märkte nicht an ihre Plätze bringen oder seinen Vater ausfindig machen. Obwohl das alles mein Wunsch wäre.

Heimat ist Heimat. Egal wie oft oder selten man sie sieht. Ich war das letzte Mal mit dreizehn in der Türkei, und die Abende auf dem Balkon mit meiner Familie und einer dampfenden Tasse Schwarztee, die der uns verlassenden Hitze trotzte, ist die Definition von Ankommen gewesen. Für einen Moment kann ich spüren, wie ich mir jeden Tag aufs Neue die Zungenspitze beim ersten Schlürfen verbrannt habe.

Heimat ist viel mehr als ein Ort. Es sind die Menschen, das Wetter, das Essen und die Chance, sich angenommen zu fühlen.

Ich kann ihm Syrien nicht wiedergeben.

»Hast du geplant, Damaskus mal wieder zu besuchen?« Diesmal sind meine Worte schwach. Ich weiß nicht, wie ich zu reagieren habe – habe Angst davor, Talhah zu enttäuschen.

Er zuckt mit den Schultern. »Ich möchte gern, jetzt, da die Situation besser ist. Meine Mutter ist nur total dagegen, was ich verstehe.« Seine nächsten Worte sind unsicher. »Außerdem habe ich Angst vor dem, was ich sehen könnte. Damaskus wird nicht mehr dasselbe sein. Ich weiß nicht, was noch steht und was nicht. Meine Oma will nichts erzählen und weiß selbst nicht, wie es um meinen Vater steht, weil sie in Aleppo ist.«

Ungewissheit wiegt oft schwerer als die nackte Wahrheit. Ich kann ein Lied davon singen.

»Du wirst es nie erfahren, wenn du es nicht selbst herausfindest.« Meine Stimme zittert noch immer, aber die hoffnungsvolle Miene, die er mir schenkt, beruhigt mich. »Wir können gern abhauen, wenn du willst?«

Ich greife nach seiner Hand, die einzige Möglichkeit, ihm zu zeigen, dass er nicht allein ist. Dass ich für ihn da bin, egal was er zu sagen hat. Er umgreift sie fester.

Dieses Thema ist nichts, was zu einer Hochzeit passt. Die laute Musik, das Lachen – zwei Leben werden zu einem, während wir Verlorenem hinterhertrauern.

Talhahs Blick verlässt mein Gesicht und wandert über meine Schulter hinweg nach oben. »Ich glaube –«

»Ich freue mich so, dass du gekommen bist!«

Die Stimme erkenne ich überall. Defne. Sofort drehe ich mich um, und sie steht tatsächlich dort. Ihr Kleid ist viel zu aufgebauscht, um in den Gang zu passen, aber das scheint sie wenig zu interessieren. Das rote Band muss sie nach der Geschenkübergabe abgelegt haben. Ist sie direkt danach zu mir gekommen?

»Dein Kleid ist so schön!«, kreischt sie über die Musik hinweg. »Ich konnte das eben wegen der Aufregung gar nicht sagen!«

Mit einem Grinsen schaut sie zu Talhah. »Wer ist das denn?«

O Gott. Das habe ich nicht bedacht. Warum habe ich nicht daran gedacht? Ich lasse schroff seine Hand los. Die Kälte, die sich in mir breitmacht, kann der Hitze in meinen Wangen nichts anhaben.

Als Talhah aufsteht, um ihr über den Tisch hinweg die Hand zu reichen, presse ich die Lippen aufeinander.

»Herzlichen Glückwunsch.« Er kann solche Situationen souverän managen. Bei mir hapert es schon an einem einfachen Hallo. »Schön, dich kennenzulernen. Ich bin Talhah.«

»Woher kennt ihr euch?«

»Von der Uni.« Er bleibt locker und reagiert, als würde er sie lang genug kennen. Dabei bin ich diejenige, die von Defnes Phobie vor Wespen und ihrer Erdbeerallergie weiß.

»Wartet hier! Ich stelle euch Kuzey vor.«

Noch bevor ich meinen Kopf schütteln kann, hat sie sich umgedreht und winkt ihren Mann zu uns. Ich will ihn plötzlich doch nicht mehr kennenlernen. Ich will nicht sehen, wer meinen Bruder ersetzt hat.

Doch natürlich lässt er sich das Spektakel nicht entgehen. Natürlich. Kuzey kommt immer näher, bis er neben Defne stehen bleibt und verwirrt zu mir schaut. Er ist viel kleiner, als ich meinen Bruder in Erinnerung habe. Seine Züge haben etwas Kindliches, das früher nie ihr Typ gewesen wäre. Als wir mit fünfzehn unsere Traummänner beschrieben haben, ist der Milchbubi vor mir nicht gemeint gewesen. Kann sich alles an einer Person ändern? In so kurzer Zeit?

»Kuzey, das ist –« Noch bevor Defne ihren Satz beenden kann, tut es ihr Mann für sie.

»Die Schwester deines Ex?«

Als sie gequält nickt, lächelt er mich wissend an.

Defnes Lippen werden zu einem dünnen Strich, und ich kann nur auf den Boden schauen. Der Dreck, der von den Gästen hereingetragen wurde, ist interessanter als das Gespräch.

»Hey.« Kuzey legt eine Hand auf meine Schulter, und die Berührung durchzuckt mich wie ein Kälteblitz. Ich möchte seine Haut nicht auf meiner spüren, ihn nicht sehen. *Die Schwester deines Ex.* Bin ich nichts weiter als das? Nicht ihre alte beste Freundin? Ist mein Bruder nichts weiter als ein verdammter Ex? Hat er komplett an Bedeutung verloren? Die Person, die ihr die Welt zu Füßen gelegt hätte. Die sie genug geliebt hat, um ihr jeden Wunsch von den Lippen abzulesen. Bin *ich* nicht mehr als die Schwester des Ex?

»Hey, das tut mir wirklich leid. Es ist echt nicht leicht, Familie zu verlieren.« Sein Ton soll beruhigen, ich höre das an der Sanftheit und dem Hauchen, das beinahe in der Musik untergeht, aber es kommt nicht in meinem Herzen an. Es pulsiert noch immer viel zu langsam – meine Finger sind längst taub.

Habe ich meinen Bruder verloren? Wir wissen nicht einmal, was passiert ist. Ich weiß nicht, ob er noch lebt. Falls er lebt, ist er dann wirklich verloren oder will er nicht gefunden werden?

Warum formuliert er das so? Warum tut er mir das an?

»Kuzey«, zischt Defne. Aber sie ist viel zu spät. Wie immer ist sie viel zu spät. Wenn wir uns getroffen haben, musste ich ihr jedes Mal eine frühere Uhrzeit nennen, damit sie pünktlich da war. Nur das eine Mal ist sie früh gewesen. Als sich unsere Wege getrennt haben.

Zwei Hände landen sanft auf meinen Schultern.

»Ich wünsche euch zweien das Beste.« Das Lächeln auf Talhahs Lippen, das ich aus dem Augenwinkel sehe, ist erzwungen. »Wir hatten noch etwas vor und müssten los.«

»Es tut mir –«, setzt Defne an, aber ich warte nicht auf die Antwort. Dass sie die Frau des Abends ist und sich freut, mich zu sehen, verliert jegliche Bedeutung. Ich verlasse den Saal.

In meinen Ohren klingelt es so laut, die letzten Worte gemischt mit der fröhlichen Melodie der Musik pochen darin so stark, dass ich sie mir am liebsten abreißen würde.

Das Erste, was mich draußen trifft, ist nicht Wut oder Trauer, sondern Regen. Es schüttet. Meine nackten Arme werden augenblicklich nass, und meine Haare kleben mir strähnig im Gesicht. Ich stolpere in den hohen Schuhen über den Asphalt, um Talhahs Auto zu finden. Sind wir von rechts gekommen? Von links? Ich kann mich nicht erinnern. Alles ist ein verschwommenes schwarzes Loch, seitdem ich mich entschieden habe, diese verdammte Hochzeit zu besuchen.

Ich wollte schauen, ob ihr Mann in Ordnung ist. Ob er sie gut behandelt. Was für eine Scheißidee von mir. Es ist nicht meine Aufgabe, sie zu beschützen.

Der Regen prasselt klatschend auf meine Haut – begleitet meinen Untergang. Meine Wimpern hängen durch, vom Wasser erschwert. Ich kann nichts vor mir erkennen. Verschiedene Lichter verschmelzen zu einem großen Fleck, Autos verschwinden hinter dem nasskalten Schleier, und der Boden scheint sich zu bewegen.

Dass meine Haut eisig ist, merke ich erst, als sich warme Finger um meine Oberarme schließen und mich aufrecht halten, bevor ich nach vorne kippe.

»Dort steht unser Auto nicht, Evren.« Talhahs Stimme ist ruhig und gelassen, als könnte die Situation ihm nichts anhaben, als wäre das Thema unserer vorherigen Unterhaltung längst abgepackt und wieder irgendwo in seinem Hinterkopf versteckt. Warum kann er das so gut und ich zerbreche an einem einfachen *Verlust*?

»Evren.« Er dreht mich langsam zu sich, aber ich kann ihm nicht in die Augen schauen, sondern starre auf seine Brust. Der weiße Stoff seines Hemds wird von Sekunde zu Sekunde durchsichtiger – wie meine Gefühle, die transparenter nicht sein könnten. Er kann durch mich hindurchschauen wie durch Glas.

»Hey«, sagt er sanft und fährt mit seinen Daumen unter meine Augen, um Regen … oder Tränen wegzuwischen. Ich weiß es nicht. Kann den Unterschied längst nicht mehr erkennen.

»Hey, ich weiß, dass dir Kälte nichts anhaben kann, Eisprinzessin, aber wenn du weiter im Regen stehst, dann erkältest du dich, und ich will nicht, dass du deine Stimme verlierst, wenn du sie gerade erst wiedergefunden hast.« Das Lächeln auf seinen Lippen ist sanft, und das verwischte Kajal um seine Augen sieht so witzig aus, dass ich fast lachen muss. Fast.

»Geht das irgendwann weg?«, flüstere ich und grabe meine Finger in seine Kleidung, auf der Suche nach Halt. »Geht das Gefühl des Verlusts irgendwann weg?«

Talhahs hoffnungsvolle Miene erstirbt. Er ist genauso durchnässt und kalt wie ich – die Haare hängen ihm in die Stirn, das Sakko ist nass, und seine Unterlippe zittert.

»Nein«, antwortet er kopfschüttelnd, »aber es wird einfacher. Man gewöhnt sich daran. Und plötzlich kommt die Person nicht mehr in deinen Träumen vor. Man muss nicht mehr an sie denken, wenn man ihr Lieblingsessen isst. Man fühlt sich nicht mehr schuldig beim Spaßhaben. Man denkt nicht mehr jeden Tag an sie. Es wird einfacher. Dein Leben geht weiter, und du lernst, es zu genießen. Trotz des Verlustes. Trotz der Schmerzen.«

Bei seinen Worten bricht etwas. Mein Herz. Meine Rippen. *Ich.* Ich breche, obwohl ich mir sicher war, dass ich es kein weiteres Mal aushalten würde. Zu oft bin ich gefallen und zersplittert.

Talhah fängt mich und zieht mich zu sich, denn meine Beine drohen unter mir zusammenzuklappen. Ich vergrabe meinen Kopf in seinem nassen Hemd – mein Schluchzen durchbricht die kurze Stille zwischen uns.

»Es wird besser, Eisprinzessin«, flüstert er und gibt mir einen Kuss auf den Kopf. »Es wird besser werden.«

Als ich meinen Blick hebe, um ihm ins Gesicht zu schauen, ist seiner längst auf mich gerichtet. Seine Augen sind voller Sorge und Trauer. Ich bin eine weitere Person, um die er sich kümmern muss. Das ist nie meine Absicht gewesen. Ich wollte sein Leben nicht erschweren. Warum bin ich immer eine Last? Ist das der Grund, warum meine Eltern gewollt haben, dass ich arbeite? Damit ich weniger Arbeit bin? Weniger anstrengend?

Talhahs Hände umfassen ein weiteres Mal meine Wangen, und sein Versuch, wieder ein aufmunterndes Lächeln aufzusetzen, endet in einem kurzen Mundwinkelanheben. Der heutige Abend ist für uns beide gelaufen.

»Lass uns ins Auto gehen und uns trocknen«, sagt er vorsichtig. Er könnte mich niemals brechen, wie die Welt es tut. »Wo willst du danach hin? Was würde deine Laune heben?«

Diesmal sage ich es nicht. Jedes Mal, wenn ich es tue, macht er einen Rückzieher. Diesmal möchte ich nichts anderes, als dem Menschen nahe zu sein, der mich die letzten Wochen auf den Beinen gehalten hat.

Talhahs Hände ruhen noch immer auf meinen Wangen. Ich lege meine Hände auf seine und stelle mich auf die Zehenspitzen. Er realisiert nicht, was ich vorhabe, bis ich meine Lippen auf seine lege.

Ich küsse Talhah Aziz.

NEUNUNDZWANZIG | YİRMİ DOKUZ

Evren

Ich küsse Talhah Aziz.

Seine Lippen sind seidig auf meinen. Der Kuss ist federleicht, lässt alles um mich herum stillstehen. Die beißende Kälte ist nicht mehr als ein weit entferntes Pochen. Der Schmerz sitzt noch immer tief, aber ist nicht mehr der Fokus meines Hirns.

Talhahs Daumen ziehen langsame Kreise über meinen Kiefer und wandern hinunter zu meinem Hals. Mein letzter Kuss ist mit sechzehn gewesen – schlampig, feucht und nicht annähernd so berauschend wie dieser.

»Dein Puls.« Er trennt sich atemlos von mir und lehnt seine Stirn gegen meine. Meine Brust hebt und senkt sich rapide. »Er ist verdammt schnell.«

Seine Finger liegen auf meiner Halsschlagader, und ich muss alles daransetzen, nicht die Augen zu verdrehen.

»Ist das –«

»Er scheint aber noch im gesunden Bereich zu sein. Neunzig Schläge pro Minute. Ein wenig schnell, aber völlig normal in solch einer Situation.« Das selbstgefällige Grinsen auf seinen Lippen sollte mich nerven, aber ich möchte ihn noch mal küssen.

»Danke, Herr Doktor.« Das Augenrollen kann ich nicht unterdrücken, was ihn zum Lachen bringt.

»Wer hätte gedacht, dass das Studium auch mal nützlich sein könnte?« Sein Sarkasmus wird von der Atemlosigkeit übertönt, was meinen Körper warm werden lässt. *Unser* Kuss hat ihn atemlos gemacht. Ich habe ihn überrumpelt – auf eine gute Weise.

»Das sollte Koslow nicht hören.« Ich fahre über seine nasse Haut. »Sonst wars das mit dem Praktikum und dem Traum vom Unfallchirurg-Dasein.«

Sofort schießen seine Augenbrauen in die Höhe. »Du bist die einzige Person, die es weiß. Wenn es rausgetragen wird, dann durch dich.«

Talhah trennt sich von mir, dadurch bricht die Kälte erbarmungslos über mich herein. Der Regen, dessen Trommeln ich längst ausgeblendet habe, kommt wieder auf meiner Haut auf. Mit einer schnellen Bewegung zieht Talhah das Sakko von seinen Armen und legt es um meine Schultern.

»Es ist zwar durchnässt, aber ich will nicht, dass du dich erkältest. Lass uns ins Trockene.«

Ich folge ihm still, denn er hat trotz des überfüllten Parkplatzes und der Dunkelheit kein Problem damit, das Auto zu finden. Er öffnet die Beifahrertür, damit ich mich setzen kann, und eilt dann auf die andere Seite. Mein leises »Danke« verliert sich im Regen.

Das Zittern in seinen Händen wird sofort deutlich, als er den Wagen startet, um die Heizung aufzudrehen. Schuldgefühle überschwemmen mich, denn er stand wegen mir minutenlang in der Eiseskälte.

»Das Wetter kann langsam mal wieder besser werden. Wir haben März«, ärgert er sich und reibt seine Hände aneinander. Die Haare hängen ihm noch immer in die Stirn, und sein Kajal läuft dramatisch über seine Wangen. Ich glaube, ich habe ihn noch nie attraktiver gesehen. Sein helles Hemd klebt wie eine zweite Haut an ihm und lässt wenig Raum für die Vorstellungskraft.

»Du hast noch deine Kleidung von heute auf der Rückbank. Zieh dich um.« Er blickt wieder zu mir und erwischt mich dabei, wie ich starre. Mir wird noch wärmer, falls das möglich ist. Der belustigte Unterton ist aus seinen nächsten Worten herauszuhören.

»Ich drehe mich auch weg oder steige aus dem Auto. Ich will nur, dass dir wieder warm wird.«

Dafür, dass er verunsichert war und regelrecht Angst hatte, mich zu küssen, hat er definitiv zu viel Selbstvertrauen. Die Selbstgefälligkeit sollte ich nicht mögen, aber um ein Herzflattern komme ich nicht herum.

Ich hole meine Kleidung zwischen den Sitzen nach vorne. Talhah dreht sich wie versprochen weg, und ich schäle mich aus dem nassen Kleid, das sich nicht von mir lösen möchte. Der Sitz ist zwar längst feucht, aber ich bin froh, dass es endlich im Fußraum landet. Meinen Pullover und die Jeans bekomme ich schwer über meine klammen Beine, aber die Wärme, die sie ausstrahlen, als ich sie anhabe, ruft ein wohliges Seufzen hervor.

»Fertig?«

»Mhm«, summe ich mit geschlossenen Augen und genieße die warme Luft, die in meine Richtung geblasen wird. »Deine Sachen sind doch auf der Rückbank. Zieh du dich um, sonst erkältest du dich auch, und das will *ich* nicht.«

»So, wie die Eisprinzessin es wünscht«, murmelt er, bevor es neben mir rumort und das Geräusch der nassen Kleidung sich in meine Ohren bohrt.

»Weißt du …«

Ich öffne die Augen. Talhah ist angezogen und rubbelt sich die Haare an seinem Shirt trocken, das er vorher unter seinem Hoodie anhatte.

»Ich dachte immer, zusammen auf eine Hochzeit zu gehen, käme viel später als ein Kuss, aber wir haben es uns von Anfang an nicht leicht gemacht.«

Ich hebe fragend eine Augenbraue und kreuze die Arme vor der Brust. »Wir? Wenn es nach mir ginge, wäre der Kuss schon längst geschehen!«

»Okay.« Er hebt abwehrend die Hände hoch. »Okay, okay, du hast recht. *Ich* habe es uns nicht leicht gemacht.«

Zufrieden nicke ich. »Ding, ding, ding, das ist die richtige Diagnose, Herr Doktor Aziz.«

Er reicht mir das Shirt. »Du kannst deine Haare trocknen.«

Das Oberteil ist an manchen Stellen klamm, aber ich wickle meine Haare trotzdem ein. Wenn ich das nicht tue, wache ich morgen mit Verspannungen und Kopfschmerzen auf.

»Darf ich dich noch mal küssen? Das alles verunsichert mich einfach noch ein bisschen.«

Ich beiße mir auf die Unterlippe und lehne mich über die Mittelkonsole zu ihm. Natürlich darf er mich küssen. Ich will, dass er mich küsst. Dass er den ersten Schritt wagt. Ich will viel mehr, als wir zurzeit sind …

Er kommt mir näher, und ich setze mich auf. In dem schwachen Licht sind seine Augen intensiv grün, sodass ich mich augenblicklich in ihren Tiefen verlieren möchte. Hinter jedem Farbsprenkel versteckt sich seine Vergangenheit, die ihn gezeichnet hat.

Er legt seine kühle Hand an meine Wange. Sein vorsichtiger Blick sucht mein Gesicht nach etwas ab, das ich nicht ganz deuten kann. Was auch immer es ist, ich möchte, dass er fündig wird. Dass er in mir das sieht, was ich in ihm sehe.

»Danke, dass du in mein Leben getreten bist«, flüstert er, und ich will das Gleiche sagen. *Danke, dass du in mein Leben getreten bist. Ich habe mit dir an meiner Seite meine Stimme wiedergefunden. Ich spreche. Etwas, das ich längst verloren geglaubt hatte.*

Danke, dass du meine Hand gehalten hast. Danke, dass ich diesen unglaublich großen Schritt mit dir gehen konnte. Danke, dass du verständnisvoll bist. Dass du einen unendlich tiefen Krug voller Geduld hast und großzügig ausschenkst, obwohl ich es bis jetzt niemandem wert gewesen bin. Außer dir.

Bitte verlass mich nicht, Talhah.

DREISSIG | OTUZ

Evren

Es ist längst nach Mitternacht, weshalb ich die Wohnungstür leise hinter mir schließe. Das Licht im Wohnzimmer ist an, was bedeutet, dass meine Eltern zu Hause sind.

»Wie war die Arbeit?« Bevor ich meine Schuhe ausgezogen habe, steht mein Vater schon vor mir und begrüßt mich mit einer kleinen Umarmung. »War es sehr anstrengend?«

Für einen Moment muss ich mich sammeln. Arbeit?

Oh. Scheiße. Er denkt, ich hatte eine Spätschicht in der Bibliothek. Grund Nummer eins, nie wieder zu lügen: Ich kann es mir nicht merken.

Ich nicke nur. Manchmal ist es doch von Vorteil, nicht zu sprechen. Der Teil des Erklärens fällt weg, und man ist schneller aus dem Schneider.

»Leg dich direkt ins Bett und ruh dich aus, okay?«

Ich nicke zwar wieder, aber mein Herz wird schwer, weil ich es hasse, ihn anzulügen. Wenn es jemanden in meinem Leben gibt, der das überhaupt nicht verdient, dann er.

»Ist Evren gekommen?« Meine Mutter eilt aus dem Wohnzimmer und lächelt mich breit an. Es wird immer schwieriger, die Fassade aufrechtzuerhalten.

Mein Vater drückt ein letztes Mal meine Arme, bevor er mir einen Kuss auf die Wange gibt. »Ich leg mich auch schlafen, morgen startet der Tag früh. Solltet ihr beide auch tun.«

»*Evet, tamam*«, sagt *annem* mit einem Augenrollen und einer wegwerfenden Handbewegung, bevor mein Vater kopfschüttelnd ins Wohnzimmer geht.

»Ich habe heute Talhah auf der Arbeit gesehen, weißt du?«, flüstert sie und beugt sich zu mir herüber. Ich kann ihr nicht einmal sagen, dass er derjenige war, der mich vor wenigen Minuten hier abgesetzt hat, nachdem wir bei ihm gewesen sind, um uns zu trocknen. Er hat mir sogar einen Pullover gegeben, den ich unter meiner Jacke anhabe.

»Wir haben uns kurz unterhalten. Er war so lieb, nach meinem Fuß zu fragen.« Sie seufzt und verschränkt die Hände unter dem Kinn. »Ein aufmerksamer junger Mann. Bist du dir sicher, dass du ihn nicht kennenlernen magst?«

Wenn sie nur die Wahrheit wüsste …

Ich schüttle den Kopf und will an ihr vorbeigehen, doch sie hält mich am Arm fest.

»Überleg es dir doch noch mal, er ist so nett und erfolgreich. Versaue dir das eine Gute nicht.«

Ich muss mehrmals blinzeln, bis mein Hirn realisiert, was meine Mutter überhaupt von sich gegeben hat. *Das eine Gute.* Alles andere in meinem Leben ist miserabel – ich spreche nicht, habe nur einen schlecht bezahlten Bibliotheksjob und jegliche Freunde verloren. Talhah, der Medizinstudierende, der sein Leben zu beherrschen weiß, ist das Beste, was mir geschehen konnte.

Voller Kraft reiße ich meinen Arm aus ihrem Griff und stampfe auf mein Zimmer zu, ohne ihr ein weiteres Mal Aufmerksamkeit zu schenken. Sie gibt mir immer mehr Anlass, nie wieder mit ihr zu reden. Sie ist der verdammte Grund dafür, dass ich bin, wie ich bin. Warum bin ich nie genug für sie?

Das Zimmer ist warm und stickig. Auf Azras Handy läuft klassische Musik, während sie am Schreibtisch sitzt und an ihrem Laptop tippt.

»Oh, du bist wieder zurück!«

Ich lasse mich auf mein Bett fallen und atme aus. Ein eigenes Zimmer – oder eine Wohnung – wäre traumhaft. Niemand, der mit mir spricht, Erwartungen an mich stellt. Nur ich.

»Wie war die Hochzeit?«

Mein Kopf schießt wieder in die Höhe, und ich schenke ihr einen verwirrten Blick, woraufhin sie nur mit den Schultern zuckt.

»Du kennst doch Meryem, Defnes jüngere Schwester?«

Ich nicke langsam, noch immer völlig durch den Wind.

»Sie hat auf Instagram Videos und Bilder von der Hochzeit hochgeladen. Ganz hinten in einem Video warst du und hast dich mit Defne und ihrem Mann unterhalten.«

Mein Mund klappt auf, weil mir die Worte fehlen. Auch wenn ich mit Azra reden würde, in diesem Moment wüsste ich nicht, was ich sagen sollte.

Sie verzieht die Lippen zu einem Grinsen, was Angst durch meine Adern pumpen lässt. »Und du hast Talhah mitgenommen.«

Sie beobachtet mich unentwegt, wodurch es mir noch schwerer fällt, jeglichen Schock zu unterdrücken. Sie darf mir nicht anmerken, dass sie mich aus der Bahn wirft. Damit würde sie mich nie wieder in Ruhe lassen.

»Also versteht ihr euch doch gut?«, fragt sie verschmitzt. »Magst du ihn?«

Ja, verdammt.

»Weiß Mama schon Bescheid?«, feuert sie weiter.

Bei diesen Worten schüttle ich sofort den Kopf. Mein erschrockener Ausdruck verrät mich, denn sie lacht laut.

»Okay, okay, ich sag ihr auch nichts. Aber es wird irgendwann herauskommen. Außerdem liebt sie ihn jetzt schon, sie würde sich darüber freuen.«

Das würde sie, aber ich will dieses Glück für mich haben. Nur für mich. Ein bisschen Freude, das ich mit niemandem teilen muss. Das ich endlich allein genießen darf.

»War die Hochzeit schön?«

Die Frage ist unschuldig, aber die zusammengezogenen Augenbrauen, die traurigen Augen und die vorgeschobene Lippe lösen etwas ganz anderes in mir aus. Azra hat Angst vor der Antwort.

Etwas in ihren Worten, ihrem Auftreten, ist anders. Sie wirkt verängstigt und als wollte sie die Antwort nicht hören. Als wäre eine positive Antwort falsch.

Ich zucke mit den Schultern. Ich war nicht lang genug dort, um überhaupt eine Meinung dazu zu haben. Wenn ich jedoch an Defnes Mann zurückdenke, dann wünsche ich mir, gar nicht aufgekreuzt zu sein.

»Endlich jemand, der abschließt und glücklich wird«, flüstert Azra.

Ich will sie fragen, was genau sie damit meint, aber mein Mund bleibt verschlossen, bis sie sich wieder zu ihrem Laptop dreht und leise weitertippt. Vielleicht ist Azra nicht so unbeschwert, wie ich immer vermutet habe.

* * *

»Bleibst du heute länger?«, fragt Melli.

Demonstrativ nehme ich meine Übungsbücher aus meiner Tasche.

»Wie immer oben auf deinem Lieblingsplatz?« Ihr kleines Zwinkern ist warm und freundlich. Wie konnte ich so lange nicht mit ihr reden? Sie ist ein herzensguter Mensch, auch wenn ihr Mund manchmal schneller agiert, als ihr Hirn einen Gedanken zu Ende bringen kann.

Wieder nicke ich, und sie scheucht mich mit dem Lappen aus dem Pausenraum. »*Hadi!* Das ganze Zeug lernt sich ja nicht von allein.«

Sie hat vollkommen recht. Den TMS kann man nicht einfach durchsitzen und überdurchschnittlich gut abschneiden. Ich muss endlich in die Pötte kommen, denn er wird im Mai geschrieben. Mir bleibt nicht mehr viel Zeit.

Ich suche mir wie immer einen Platz auf der letzten Etage, die zu meiner Überraschung ungewöhnlich voll ist. Ganz hinten in der Ecke setze ich mich auf den letzten freien Platz. Auf diesem Stockwerk sind sonst selten Studierende. Die meisten verteilen sich auf die ersten Geschosse und vergessen, wie ruhig es hier oben sein kann.

Ohne darüber nachdenken zu müssen, öffne ich die Übungsbücher und nehme mir sogar das von Talhah aus der Tasche. Ich bin darin schon die ersten zwanzig Seiten durchgegangen und blättere gerade zur nächsten vor, als ein Zettel herausfällt.

DU HAST ES BIS HIERHER GEPACKT! ES KANN
JETZT NUR EINFACHER WERDEN. DU SCHAFFST DAS!
VIELLEICHT KANN ICH DIR DANN IM OKTOBER BEIM
LERNEN FÜR ANATOMIE HELFEN ... WAS DEUTLICH
SCHLIMMER IST. SEI VORGEWARNT.
TALHAH

Seine Sauklaue macht dem, was man sich über die Handschrift von Ärzten sagt, alle Ehre – ich kann das Geschriebene kaum entziffern. Er hat definitiv den richtigen Job für sich gefunden.

Ich lege das Zettelchen neben das Buch und fange an, meine ersten Kreuze zu setzen. Dabei nutze ich viele Seiten, die Talhah ausgelassen hat. Je mehr Aufgaben ich löse, desto besser werde ich abschneiden. Mein Abiturschnitt ist zwar nicht schlecht, aber würde an der Charité nie und nimmer für einen Medizinplatz ausreichen. Berlin zu verlassen, wäre das Letzte, was ich will, deswegen muss ich es hier schaffen. Ich kenne nichts anderes außer diese Stadt. Meine Lieblingsparks, in denen im Sommer Veilchen blühen. Mein altes Lieblingscafé, das einen phänomenalen Iced Coffee zu bieten hat. Orte, an denen Menschen, die ich einst geliebt habe, ihre Spuren hinterlassen haben.

Orte, an denen mein altes Ich Spuren hinterlassen hat.

Vielleicht kann ich eines Tages diese Orte Berlins aufsuchen und mich wiederfinden. Meine glückliche, sprechende, lachende Version.

Eine Version, die auch Talhah verdient.

Ich vermisse ihn, dabei sind erst wenige Tage vergangen, seitdem ich ihn gesehen habe. Wir schreiben genug miteinander, um ganze Romane zu füllen, wenn er nicht arbeiten muss. Aber ihn wirklich zu sehen, ist ein ganz anderes Gefühl. Seine Haut unter meiner zu spüren. Die Wärme, die er ausstrahlt und die mich auftauen lässt. Sein Lachen und seine selbstgefällige Art, die schmilzt, wenn ich versuche, ihn zu küssen.

Ich habe noch nie zuvor das Gefühl gehabt, dass ich eine Person die ganze Zeit neben mir haben möchte.

Ob er sich auch so fühlt? Kann er auch besser atmen, wenn ich in seiner Nähe bin?

Als hätte er mich gehört, vibriert mein Handy, und sein Name ploppt auf. Ich lasse den Stift in meiner Hand fallen und stehe auf, um die vollen Reihen an Arbeitsplätzen hinter mir zu lassen und mich zwischen ein paar Regale zu stellen. Dann drücke ich das Handy gegen mein Ohr.

»Hey«, sagt Talhah mit belegter Stimme. »Wo bist du gerade?«

»In der Bibliothek«, antworte ich. »Warum?«

»Ähm …« Er wird ruhig, und ich male mir die schlimmsten Bilder aus. Wurde er gefeuert? Hat er irgendeine Klausur nicht bestanden? Muss er etwas nachholen? Stimmt etwas mit seiner Doktorarbeit nicht?

»Deine Mutter …« Es knistert, bevor er laut ausatmet. »Verdammt! Evren, bitte sei mir nicht böse.«

»Was ist passiert?« Mein Puls rast immer schneller und Bauchschmerzen kündigen sich an.

Als Talhah aufstöhnt, möchte ich ihn durch das Handy zu mir ziehen und ihn schütteln. Er soll mit der Sprache herausrücken, bevor ich in der Unibibliothek kollabiere.

»Verdammt, okay.« Eine kurze Pause, in der ich das Gefühl habe, das Bewusstsein zu verlieren. »Deine Mutter hat mich im Krankenhaus angesprochen. Wir hatten zeitgleich Pause. Sie … Warum hast du ihr nichts von der Hochzeit deiner Freundin erzählt?«

Perplex blinzle ich. Bis die Information, die er mir gerade offenbart, in meinem Hirn ankommt, dauert es mehrere Sekunden. Mein Körper schlägt Alarm, alle meine Nerven schalten auf Panikmodus um, und mein Herz klettert meinen Rachen hinauf, um in den Tod zu springen.

»Sie meinte, dass sie es traurig findet, dass du kein Interesse an mir hast, und hat mich gefragt, ob sie ein Date für mich klären soll. Und …« Er atmet wieder laut ein und aus. »Und ich war verwirrt, das musst du mir glauben, Evren. Mir ist es einfach rausgerutscht. Ich wusste nicht, dass sie es nicht weiß. Ich habe ihr erzählt, dass wir letztens auf einer Hochzeit waren –«

»Wann hast du Feierabend?«, unterbreche ich ihn. Ich möchte nicht, dass meine Worte abweisend wirken, aber genau so hören sie sich an. Ihr Widerhallen ist eisig, und ich muss mein Handy ein paar Zentimeter von meinem Ohr entfernt halten.

»Ich hole dich ab«, antwortet er kleinlaut wie ein gescholtenes Kind.

Ich möchte etwas erwidern, aber das Telefon piept. Meine Mutter ruft an. Scheiße. Verdammt. Mist.

Wie soll ich ihr das jetzt erklären?

EINUNDDREISSIG | OTUZ BİR

Evren

Die ersten warmen Sonnenstrahlen des Jahres begrüßen mich, als ich die Bibliothek verlasse und mich auf den Weg zum Parkplatz mache. Heute wird ein langer Tag. Und ich weiß nicht, ob ich die Nerven dafür habe. Ich musste meine Mutter wegdrücken und habe mein Handy ausgeschaltet. Wenn ich die verpassten Anrufe und Nachrichten nicht sehe, werde ich vielleicht weniger nervös.

Talhah fährt auf den Parkplatz, und ich reiße die Beifahrertür in dem Moment auf, in dem das Auto zum Stehen kommt. Er hat noch immer seinen Kittel und die abgenutzten weißen Krankenhaus-Docs an, die nicht zugeschnürt sind.

»Keine Lügen mehr, Evren.« Er sieht müde aus. Seine Lider sind nicht mit Kajal umrandet, und er hat sich anscheinend nicht einmal die Zeit genommen, um seinen Nasenring anzustecken.

»Warum wusste deine Mutter nichts davon? Sie wollte, dass ich die Braut beschreibe.« Er schüttelt den Kopf und fährt sich durch das Haar.

»Wer ist sie?« Für einen Moment ist er still und verengt die Augen. »Und was ist mit dem TMS? Warum darf deine Mutter auch davon nichts erfahren? Ich will Antworten. Ehrliche Antworten.«

Ich hätte wissen müssen, dass dieser Tag irgendwann kommen wird. Dass er Fragen stellen wird, die ich nicht beantworten möchte. Dass er nicht für immer ein kleines Geheimnis bleiben kann. Irgendwann hätte meine Mutter es herausgefunden. Aber ich habe nicht gedacht, dass es so früh sein würde. Ich habe gehofft, dass mir wenigstens ein paar Wochen bleiben.

»Ich warte«, sagt Talhah spitz. Die Worte treffen einen wunden Punkt, von dem ich nicht wusste, dass er existiert. Ich will nicht der Grund für seine Trauer oder Wut sein.

Ich schaue auf meinen Schoß statt in sein Gesicht. »Es ist kompliziert.«

»Ich habe nichts gegen *kompliziert*. Sonst hätte ich nicht Medizin studiert.« Seine Stimme ist ruhig, und ich weiß beim besten Willen nicht, ob es daran liegt, dass er versucht, seine Wut nicht die Oberhand gewinnen zu lassen, oder ob er einfach nicht wütend auf mich ist.

Wäre ich an seiner Stelle, hätte ich mir längst die Leviten gelesen. Auch wenn ich nicht gelogen habe – ich war nicht ehrlich und habe nichts gesagt in Momenten, in denen Worte angebracht gewesen wären.

Er verdient die Wahrheit, aber bin ich bereit, sie zu erzählen, wenn ich selbst nicht weiß, wie ich damit umgehen soll?

»Evren …«

»Sie war meine beste Freundin und die Freundin meines Bruders, bevor er verschwunden ist«, stoße ich in einem Atemzug hervor.

Ich weiß nicht, was mich erwartet, wenn ich aufblicke. Was werden mir Talhahs Augen, an denen ich mich normalerweise nicht sattsehen kann, offenbaren? Ich möchte nicht, dass er enttäuscht von mir ist oder mich hasst. Nicht, wenn ich ihn so sehr mag.

»Das Zweite habe ich mir schon gedacht, als ihr Mann das mit dem Ex erwähnt hat. Warum hast du mir nichts gesagt?«, fragt er und hebt mit den Fingern sanft mein Kinn an. Ihm zu begegnen, während uns nur wenige Zentimeter trennen, löst zum ersten Mal eine Schwere in mir aus. Doch in seiner Miene spiegelt sich nichts als Verständnis. Er scheint seine kühle Haltung abgelegt zu haben. Seine Schultern sacken herab, und er lehnt sich zu mir. »Ich hätte es doch nicht schlimm gefunden, sondern hätte deiner Mutter nichts erzählt.«

»Sie wusste nicht, dass sie heiratet. In ihrem Kopf hat Defne noch immer getrauert … wie wir. Dabei ist sie längst über ihn hinweg, was ja gesund ist … oder nicht?« Meine Stimme wird immer leiser und unsicherer.

»Ich weiß es nicht, Evren. Ich kann dir die Frage beim besten

Willen nicht beantworten. Ich vermisse meinen Vater auch jeden Tag. Ich würde alles geben, um ihn noch mal sehen zu können. Ich glaube, das ist einfach ein Teil des Verlierens.« Er fährt mit den Daumen unter meine Augen und steckt einzelne Strähnen hinter meine Ohren. Dabei hinterlässt er eine kribbelnde Spur auf meiner Haut, die ich nicht wegwaschen möchte.

»Dir steht der Dreitagebart«, flüstere ich und lasse meinen Blick zu seinen Lippen wandern, die leicht geöffnet sind.

»Du lenkst ab«, antwortet er in demselben Ton, aber hört nicht auf, mit seinem Daumen kreisende Bewegungen auf meine Wange zu malen. »Aber danke, ich hatte keine Zeit, mich zu rasieren.«

»So schlimm?«

Er schließt die Lider und lässt den Kopf gegen die Lehne fallen.

»Kann ich irgendetwas tun, um deine Last zu minimieren?« Ich lasse meine Hand zu seiner wandern und umschließe sie. Sie ist warm und fühlt sich wie zu Hause an.

»Wenn du morgen in die Notaufnahme gehst und meine 24-Stunden-Schicht übernimmst, wäre das schon ein Anfang.«

Das hört sich wie die Hölle auf Erden an. Ich drücke seine Hand fester, weil ich keinen anderen Weg kenne, um diesen Zustand schönzureden. »Wie bitte?«

»Ich meine, ich kann zwischenzeitlich schlafen, wenn es ruhig verläuft. Außerdem bin ich nicht allein, Koslow ist auch da. Scheiße ist es trotzdem.« Er legt den Kopf schief. »Wir sind noch nicht fertig mit dem Gespräch, Miss Ich-lenke-gerne-ab.«

Ich atme einmal durch, bevor ich anfange zu reden. Es bringt sowieso nichts herumzudrucksen. Irgendwann muss ich es ihm erzählen. Wenn er das zwischen uns genauso ernst meint wie ich, muss er es erfahren. Also warum nicht so früh wie möglich?

»Nachdem mein Bruder verschwunden ist, habe ich nur meinen Realschulabschluss gemacht, um arbeiten zu können. Sein ganzes Gehalt ist weggefallen, weißt du? Ich habe mein Abitur nebenbei in der Abendschule nachgeholt. Meine Mutter war davon kein wirklicher Fan.«

Das brauchst du sowieso nicht. Nimmt das nicht viel Zeit ein? Bitte gib dein ganzes Geld nicht für die Schulbücher aus, du weißt doch, wie sehr wir es benötigen.

»Ich wollte schon von klein auf Medizin studieren, aber weil wir das Geld brauchten, hat das nicht geklappt. Und das hat sich nicht geändert, also könnte ich sowieso nicht studieren.« Ich atme tief ein, dabei wird Talhahs Griff um meine Hand fester. »Ich will mir nicht anhören müssen, warum ich ein Vermögen für die Übungsbücher und die Teilnahme am Test bezahle. Und für die Prüfung muss ich mir auch freinehmen … Sie wird mir damit auf die Nerven gehen.«

»Warum machst du den Test dann?«, fragt er zögerlich.

»Ich weiß es nicht.« Ehrlich zu sein, fällt mir zum ersten Mal seit Langem leicht. »Um mir etwas zu beweisen? Dass ich es kann? Vielleicht ist es auch die Hoffnung, doch studieren zu können, wenn ich ihr die Zulassung zeige.«

»Ich bin mir sicher, dass sich ihre Einstellung ändert, wenn sie deine Zulassung sieht. Lernst du auch fleißig?«

Sein überzeugter Ton schenkt mir längst verlorene Hoffnung.

»Ich versuche es.«

»Das ist mein Mädchen«, wispert er mit heiserer Stimme, und ich muss schlucken, als mich eine Hitzewelle überrollt. Die rauen Worte legen sich auf meine Haut, sodass sich eine wohlige Gänsehaut auf meinen Armen ausbreitet.

Ein Kloß in meinem Rachen erschwert mir das Schlucken, und der Sauerstoff, den ich versuche einzuatmen, erreicht meine Lungen nicht. *Verdammt, was stellst du mit mir an, Talhah?*

»Darf ich dich küssen?«

»Hör auf, mich zu fragen, und mach es einfach.«

Die Worte stolpern ungelenk aus meinem Mund, trotzdem muss ich nicht lange warten, bis seine Lippen auf meine treffen. Der Kaffee, den er getrunken haben muss, um wach zu bleiben, liegt schwach auf seiner Zunge. Sein Bart kratzt, aber gibt mir ein Gefühl von Sicherheit. Ich weiß, dass er vor mir sitzt, dass er mich küsst. Dass ich ihn mir in meiner Verzweiflung nicht eingebildet habe. Das Hirn kann Dinge halluzinieren, um sich nicht vollkommen verlassen zu fühlen. Ich bin dankbar, dass Talhah echt ist. Mir vorzustellen, dass er nicht Teil meines Lebens ist, durchzuckt mich wie ein scharfer Schmerz, den ich nicht zuordnen kann.

Er hat in kürzester Zeit mein gebrochenes Herz erobert. Einen Ort zu seinem erkoren, der schon lange nicht mehr bewohnbar war. Er hat ihm neues Leben eingehaucht.

Ich grabe meine Finger in sein weiches Haar und rücke zu ihm, bis die Kante der Mittelkonsole in meinen Bauch sticht. Egal, wie nah ich ihm bin, es reicht nicht aus. Am liebsten würde ich für immer neben ihm sitzen, seine Wärme auf meiner Haut spüren und ihn für mich beanspruchen. Ob ihn andere Frauen auch attraktiv finden? Der Gedanke durchflutet mich mit einem Gefühl, das ich nicht kenne.

Eifersucht.

Talhah löst sich von mir, was mich nicht davon abhält, mich noch etwas dichter zu ihm zu beugen.

»Whoa, alles okay? Ich laufe nicht weg«, sagt er lachend, und ich ziehe sein Gesicht wieder zu meinem.

»Ich habe dich vermisst«, gebe ich kleinlaut zurück.

»Ich bin geschmeichelt, Frau Yıldırım.« Er schmunzelt. »Und mir geht es genauso, aber ich muss langsam nach Hause und ausschlafen, bevor ich heute Nacht wieder losfahre.«

Ich schmolle zur Antwort und gebe ihm einen zarten Kuss auf die Schläfe.

»Ich bin froh, wenn mein PJ fertig ist, dann kann ich mich auf die Doktorarbeit konzentrieren. Ich kriege echt keinen Scheißschlaf mehr, seit ich in der Notaufnahme bin.« Er fährt sich seufzend über die Augen. »Aber ich glaube, die allgemeine Chirurgie ist noch schlimmer.«

»Unfallchirurgie ist nicht besser, oder?« Beim Gedanken, was man dort alles zu Gesicht bekommt, muss ich die Nase rümpfen.

Er schnaubt humorlos. »Nein, definitiv nicht. Aber sie macht mir mehr Spaß als die Chirurgie allein. Die Innere habe ich mit Absicht ans Ende geschoben.«

Ihm fehlt nur noch dieses halbe Jahr und die Doktorarbeit, dann ist er Arzt. Ein verdammter Arzt. Viele Menschen sind nicht dafür gemacht, anderen zu helfen, studieren aber trotzdem Medizin, denn es hat ein gewisses Prestige. Es erlaubt Überheblichkeit. Aber Talhah mit seiner Gutmütigkeit und der offenen Art, mit der er alles akzeptiert, wie es ist, ist für diesen Beruf gemacht. Selbst nach einem langen Arbeitstag bringt er Geduld auf, und seine Aufmerksamkeit scheint nie zu enden. Er wird ein sehr guter Arzt sein.

»Okay, soll ich dich nach Hause fahren?«

Die Müdigkeit in seinem Ausdruck überzeugt mich, obwohl ich lieber Zeit mit ihm verbringen würde. Nach Hause zu gehen, bedeutet, mich meiner Mutter zu stellen. Ihre Fragen werden wie Messer durch meine Haut stechen. Sie wird nicht aufhören, bis sie die Antworten hat, die sie hören möchte. Sie macht sich Sorgen und wünscht sich das Beste für mich, aber überschreitet häufig die Grenze.

»Wenn das kein Problem für dich ist.«

Er schüttelt augenblicklich den Kopf und lehnt sich zu mir. »Wenn es um dich geht, ist mir kein Weg zu weit. Ich fahre dich lieber nach Hause und weiß, dass du gut angekommen bist.«

Er könnte mich an der nächsten Straßenbahn herauslassen. Oder sogar hier. Er muss mich nicht fahren. Trotz seiner langen Arbeitszeiten möchte er es. Wie konnte ich zu Anfang so abweisend sein?

Talhah ist das Beste, was mir je passiert ist.

Er umfasst meine Hand mit seiner rechten, zieht sie auf den Schaltknüppel und lenkt mit der anderen.

»Hättest du übermorgen Lust auf Date Nummer sechs?« Für einen Moment schaut er zu mir, und die Lichter der Straße tanzen auf seinem Gesicht.

»Total gern. Was hast du vor?«

»Du darfst aussuchen«, sagt er. »Überrasch mich, Eisprinzessin.« Er zwinkert, was mir die Hitze in die Wangen treibt. Wie schafft er es immer, cool zu bleiben, bis ich mich ihm nähere? Bis meine Lippen wenige Zentimeter von seinen entfernt sind?

Ich will nichts anderes, als ihn zu küssen. Für immer.

ZWEIUNDDREISSIG | OTUZ İKİ

Evren

Ich muss meinen Schlüssel nicht ins Schloss schieben, meine Mutter steht bereits vor der Tür und reißt sie auf.

»Komm rein.« Sie presst die Lippen zusammen und macht eine ausladende Handbewegung in Richtung unseres Wohnzimmers. Der Schlüssel in meiner Hand landet mit einem Klappern auf dem Boden, und ich lasse mir Zeit damit, ihn aufzuheben. Das Letzte, was ich will, ist, in diesen Raum zu gehen und über alles zu reden. Es wird sowieso ein einseitiges Gespräch, das meine Mutter führen wird, um ihrem Ärger Luft zu machen. Von mir wird keine Antwort erwartet.

Mit fahrigen Bewegungen schiebe ich Strähnen aus meiner Stirn und streife meine Stiefel von meinen Füßen. Halbherzig stelle ich sie neben die Schuhe meines Vaters. Der kalte Boden unter meinen Socken gräbt sich scharf in meine Sohlen, aber ich kann mir keine Hausschlappen überziehen. Meine Mutter packt mich am Arm und zieht mich ins Wohnzimmer, das nur von einer Stehleuchte neben dem Sofa beleuchtet wird.

»Evren.« Mein Vater kommt mit ausgebreiteten Armen auf mich zu. Seine Statur ist schmal und die Augen eingefallen, dank der langen Schicht, die er gehabt haben muss. Wann habe ich ihn zuletzt ausgeschlafen gesehen?

»Das ist jetzt nicht der Zeitpunkt dafür«, zischt meine Mutter und schenkt ihm einen Todesblick, der ihn innehalten lässt.

»Hatice …«, seufzt er, »sei doch nicht so hart zu ihr.« Das leichte Lächeln auf seinen Lippen fühlt sich wie eine Umarmung an, die ich nicht bekommen werde, bis meine Mutter fertig mit mir ist.

»Ich rede mit ihr«, antwortet sie. »Allein.«

Bei uns zu Hause hat meine Mutter die Hosen an. Das merkt man vor allem an der Weise, wie mein Vater die Schultern hängen lässt, meinen Arm drückt und das Wohnzimmer verlässt. Er gibt auf.

Mit ihm zu reden, ist immer angenehmer als mit meiner Mama. Sie kann nicht loslassen und bohrt so lange in der Wunde, bis sie ihre Antwort bekommt. Meine Privatsphäre endet dort, wo ihre Neugier beginnt, während mein Vater meine Grenzen respektiert.

»Ich habe heute mit Talhah geredet.« Sie kreuzt die Arme vor der Brust, und ihre Tonlage ist messerscharf. Ich muss mich setzen, um mit ihrer Eiseskälte klarzukommen.

»Er hat mir von einer Hochzeit erzählt.« Die theatralische Pause, die folgt, zieht sich. »Willst du mir sagen, wessen Hochzeit?«

Sie tippelt erwartungsvoll mit dem Fuß, obwohl ihr bewusst ist, dass ich nicht sprechen werde. Dass ich ihr nicht sagen kann, wessen Hochzeit es war.

Aber das brauche ich nicht. Sie weiß es schon. Die zusammengepressten Lippen und die in Falten gelegte Stirn können die Trauer, in der ihre Augen ertrinken, nicht kaschieren. Ihre Hand, die sie in ihren Unterarm gräbt, sucht Halt, den sie seit Langem nicht finden kann. Um genau zu sein, seitdem ihr erstes Kind nicht mehr aufspürbar ist.

»Du brauchst es mir nicht zu sagen. Es war Defnes«, beantwortet sie ihre Frage mit gebrochener Stimme selbst.

»Defne hat *geheiratet.* Und du warst dir zu gut, uns davon zu erzählen?«, schnaubt sie. Ich lasse meinen Kopf weiter hängen. »Du … Sie hat dich eingeladen, und du bist hingegangen. Ohne *mir* etwas zu sagen. Ich habe sie als meine Tochter gesehen!«

Lass los. Ich will, dass sie loslässt und endlich diese Trauer abgibt. Ihre zierliche Statur, die seit fünfzig Jahren genug zu tragen hatte, bricht unter diesem Gewicht zusammen. *Lass los. Es bringt dir und mir nichts mehr, ihm hinterherzutrauern. Er kommt nicht zurück. Selbst wenn er es tut: Defne wird sich nicht scheiden lassen. Sie wird nicht deine Schwiegertochter.*

Das Leben geht für alle weiter. Außer für uns. Ich will doch auch, dass ich endlich abschließen kann!

Früher bin ich immer wütend auf Azra gewesen, weil sie es hinbekommen hat, wieder zu lachen und das Leben in vollen Zügen zu genießen. Habe rotgesehen, wenn sie auf Hochzeiten bei den Volkstänzen mitgetanzt hat, während wir uns nur schwer von unserer dunklen Kleidung und den Tränen verabschieden konnten. Aber sie hat recht gehabt. Das Leben lässt sich nicht auskosten, wenn man in der Vergangenheit verweilt. Die Zeit zieht an einem vorbei, unabhängig davon, ob man trotzig die Füße in den Boden gräbt. Alles, was einem bleibt, ist ein karges Nichts und die lauwarme Erinnerung an das, was gewesen ist. Was niemals wieder sein wird.

Lass los, anne.

»Warum bist du nicht mit mir gegangen?« Die gebrochene Stimme verwandelt sich in Tränen. »Ich hätte sie so gern an ihrem glücklichsten Tag gesehen. Auch wenn er ohne … ohne Onur war.«

Sein Name schneidet eine tiefe Wunde auf, die langsam angefangen hat zu heilen, und ich hasse meine Mutter für diesen Moment. Das Mitleid lässt auf sich warten, stattdessen durchzuckt mich die Wut wie ein Blitz. Ich will das Geschehene vergessen und mein Leben selbst in die Hand nehmen. Warum kann sie nicht aufhören? Warum muss jedes Erlebnis mit ihm verbunden sein?

»Und du bist mit Talhah gegangen. Du hättest mir erzählen sollen, dass du ihn magst. Ich habe doch gesagt, dass er ein guter Junge ist.« Das Lächeln auf ihren Lippen erreicht mich nicht.

Ich habe dir nichts gesagt, weil du es mir versaut hättest.

Meine Mutter ist gut darin, alles auf sich zu beziehen. Sie ist diejenige, die ihren Sohn am meisten vermisst und am schlimmsten unter seinem Verschwinden leidet. Sie ist diejenige, die mein Schweigen am wenigsten verdient hat. Sie ist diejenige, die gesagt hat, wie toll Talhah ist, und deswegen habe ich Gefallen an ihm gefunden.

Sie ist die Hauptdarstellerin, und wir sind nichts als Komparsen, die in ihrem Film auftauchen dürfen. Wir haben eine geringfügige Wichtigkeit und kein eigenes Leben mit eigenen Gefühlen, Wünschen und Erwartungen.

Sie ist meine Mutter. Sie ist die Frau, die mich auf die Welt gebracht und mich großgezogen hat. Trotzdem will ich mich in diesem Moment *endlich* von ihr lösen. Diese enge Wohnung verlassen. Mich aus den Fängen dieser erstickenden Beziehung befreien.

»Wann stellst du ihn uns endlich vor?«

Wenn es nach mir ginge, niemals. Er sollte mein kleines Geheimnis bleiben. Mein sicherer Hafen, in den ich immer einkehren kann, wenn die Wellen zu stürmisch sind und der Wind reißerisch ist. Ein Hafen, den ich nicht mit anderen teilen muss.

Ich zucke mit den Schultern und versuche, an meiner Mutter vorbeizugehen, die mich am Arm zurückhält.

Ihre Augen suchen in meinen nach Zustimmung, als sie die nächsten Worte ausspricht: »Dein Vater möchte ihn gern kennenlernen. Wir würden uns freuen, wenn er zum Essen kommt. Nicht jetzt sofort, aber bald.«

Ich beiße mir auf die Lippe und fixiere die Balkontür hinter ihr, um nicht loszuschreien. Warum hat sie meinem Vater von ihm erzählt? Die Wut brodelt in mir, und ich setze alles daran, sie nicht aufkochen zu lassen. Das würde unschön werden.

Sie lässt mich los, sodass ich endlich in meinem Zimmer verschwinden kann. Gott meint es gut mit mir, denn Azra ist nicht da. Ich schmeiße mich in mein Bett, ohne Fragen beantworten zu müssen, die ich ruhen lassen möchte.

Ich will mein eigener Mensch sein. Warum ist das in dieser Familie so schwer?

Dass mein Bruder lediglich untergetaucht ist, scheint in diesem Moment nicht mehr abwegig.

DREIUNDDREISSIG | OTUZ ÜÇ

Evren

Die Notaufnahme ist wie immer überfüllt. An einem Samstagabend habe ich auch nichts anderes erwartet. Kinder, die weinen, ältere Menschen, die sich über ihre Knochen beschweren, und betrunkene Jugendliche, die nicht aufhören können zu lachen. Jeder Stuhl ist besetzt, sodass ich mich neben dem letzten Sitz gegen die Wand lehne. Den Behälter in meiner Hand drücke ich gegen meine Brust.

Die schwere Tür, die den Wartebereich von den Behandlungszimmern trennt, geht auf, und Talhah tritt mit Koslow heraus. Mein Puls wird schneller, und ich habe das Gefühl, dass die Dose mir jeden Moment aus den Händen rutschen könnte.

»Kümmerst du dich um die Jugendlichen, dann kann ich den wahrscheinlichen Bruch übernehmen?«, fragt Koslow und gähnt. Der Tag scheint lang gewesen zu sein.

»Natürlich.« Talhah geht zu den Schwestern, die hinter einer Glasfront sitzen und mich mit fragenden Blicken angeschaut haben. Es muss sie nerven, dass ich mich, ohne etwas zu sagen, zu den anderen Wartenden gesellt habe.

»Hey.« Talhah klingt genauso müde. Vielleicht hätte ich nicht so früh wegen des Dates aufkreuzen sollen. »Kriege ich einmal die Infos zu den zwei Jungs?«

Er dreht sich in die Richtung der zwei Kichernden. Für einen Moment betrachtet er sie, als würde er sie und die Arbeit, die sie ihm machen werden, abschätzen, bevor er mich entdeckt. Der ausgelaugte Ausdruck verschwindet, und seine Miene hellt sich auf.

»Evren!« Er hält vor mir inne, und sein Blick huscht über meine Züge, worauf mein Körper augenblicklich reagiert – klamme Hände, Herzflattern und eine überwältigende Hitzewelle.

»Willst du kurz reinkommen?« Er macht eine Kopfbewegung in Richtung der schweren Tür. »Ich muss mich noch um den letzten Fall kümmern, danach können wir los.«

Schweigsam folge ich ihm und kann dabei das Brennen der Blicke der anderen nicht ignorieren. Als die Tür hinter uns zufällt, kann ich endlich aufatmen.

Der lange Flur führt in unterschiedliche Untersuchungsräume, und die erste Glastür rechts von uns gehört den Pflegenden.

»Ich habe die Akte in Zimmer drei gelegt, Herr Aziz«, sagt eine Schwester, bevor sie sich in ihrem Stuhl wieder neu ankommenden Patienten zuwendet.

»Ich setz dich kurz bei uns im Büro ab und bin sofort da, okay?«

Ganz am Ende des Gangs öffnet er eine Tür zu einem Zimmer ohne Fenster. Zwei Schreibtische stehen sich gegenüber und sind von meterhohen Regalen umgeben.

»Nimm Platz.« Er greift nach meiner Hand und führt mich zu dem Schreibtischstuhl, der zur Wand ausgerichtet ist. »Was ist in der Dose?«

Ich habe sie völlig in meiner Hand vergessen!

»Für dich«, murmle ich und reiche sie ihm. »Ich habe Kekse gebacken und dachte mir, dass du ein bisschen Nervennahrung brauchst, nach dem anstrengenden Arbeitstag und vor dem Date.«

Er legt die Stirn in Falten und öffnet den Deckel. »Wird das Date anstrengend, oder warum brauche ich Kekse?«

Ich muss schmunzeln, sage aber nichts. Überraschungen sind immer gut. Er nimmt langsam einen Keks heraus und schaut mich abwartend an.

»Ich bin gespannt«, sagt er leise, als keine Antwort von mir kommt. Er schaut auf seine Uhr und schiebt sich den Keks eilig in den Mund. »Die schmecken sehr gut, danke, Eisprinzessin. Aber ich muss langsam los, sonst kommen wir gar nicht mehr raus.«

Bevor ich mich bedanken kann, ist er aus der Tür verschwunden und hat sie unsanft hinter sich zugeknallt. Die Hektik und Unberechenbarkeit des Ärztealltags sind etwas, mit dem ich mich erst anfreunden müsste, wobei das in der Notaufnahme noch mal verstärkt ist. In einer eigenen Praxis wäre das Ausmaß geringer.

Mit einem Seufzen lasse ich mich auf den Stuhl vor einem der Schreibtische fallen. Sogar der Kaktus neben dem Stiftehalter ist eingegangen, dabei sind Sukkulenten nicht sonderlich schwer am Leben zu halten. Die Computer sind uralt. Zum Zeitvertreib tippe ich auf der mechanischen Tastatur herum, die bei der Lautstärke einen Waffenschein bräuchte. Kein anderes Geräusch erfüllt diesen kargen Raum.

Wie es wohl mit den Jugendlichen läuft? Für eine potenzielle Alkoholvergiftung waren sie viel zu gut drauf. Vielleicht haben sie Drogen eingeworfen?

In diesem Raum kommt auch nichts außer dem eigenen Atem an! Wenn ich leise bin und ganz genau hinhöre, bekomme ich mit, wie das Blut durch meine Adern rauscht.

Ich strecke meine Beine aus und genieße den Ausblick auf dicke Wälzer, die ein Vermögen gekostet haben müssen. Wenn die Übungsbücher für den TMS schon teuer sind, möchte ich gar nicht wissen, wie viel waschechte Medizinbücher kosten, die Ärzte und Ärztinnen nutzen, um Diagnosen zu stellen.

Die Tür wird von Talhah aufgerissen, der mit geballten Fäusten und einer steilen Sorgenfalte im Gesicht auf mich zueilt, aber mich nicht wirklich wahrzunehmen scheint.

»Kann ich kurz an den Computer?«, fragt er abwesend.

Ich sage nichts, rücke nur von dem Platz und stelle mich vor das Regal, in dem mich ein weiterer Kaktus erwartet, der seine besten Tage hinter sich hat.

»Entweder wird das echt schnell über die Bühne gehen oder ich bin noch die halbe Nacht hier«, meint er und stöhnt, während er aggressiv auf die Tastatur tippt. »Verdammt!«

Mein Mund öffnet sich, und ich bin kurz davor, ein leises ›Warum?‹ zu flüstern, halte mich im letzten Moment jedoch zurück. Schweigepflicht. Er kann es mir nicht erzählen, trotzdem brodelt die Neugier in mir. Ich muss mir auf die Lippe beißen, um nichts zu sagen, und fahre mit den Fingern über die Buchrücken.

»Herr Aziz …« Mein Kopf schnellt zur geöffneten Tür, in der einer der Jungs steht und mit grünem Gesicht zu Talhah schaut.

Das Tippen, das den ruhigen Raum erfüllt hat, bricht ab, und Talhahs erste Reaktion ist, auf den Jungen zuzugehen.

»Ich bin mir sicher, die Wände wollen uns auffressen. Sie haben uns das gerade zugeflüstert und … und …« Er wird leise, die ersten Tränen lösen sich aus seinen Augenwinkeln, und Talhah legt eine Hand auf seine Schulter.

»Lass uns wieder in dein Behandlungszimmer gehen. Im schlimmsten Fall wechseln wir es auch, einverstanden?« Seine Tonlage ist ähnlich der, wenn er versucht, mich zu beruhigen. Sie gleicht einem Schlaflied, das sich wie zu Hause anfühlt und daher immer funktioniert.

Vielleicht ist zu Hause auch einfach kein Ort. Nicht die Heimat, von der man immer spricht. Nicht die engen vier Wände in einer Wohnung, die vor vierzig Jahren passabel gewesen wäre. Vielleicht sind Diasporakinder dazu verdammt, sich das eigene Zuhause zu erschaffen. Denn weder die deutsche Pünktlichkeit noch die türkische Wichtigkeit der Familie passen zu uns. Nie deutsch oder türkisch oder arabisch genug. Weder das eine noch das andere.

Vielleicht können Talhah und ich ineinander ein Zuhause finden? Ein Zuhause, das konstant ist, das wir nicht nur alle paar Jahre wiedersehen, das *immer* genug ist.

Ein Zuhause, das uns beiden verwehrt gewesen ist.

* * *

Es hat noch eine Stunde gedauert, bis der Toxikologiebericht und die Eltern der zwei Jugendlichen eingetrudelt sind. Währenddessen habe ich durch die ganzen Bücher geblättert und mich kurzzeitig mit Koslow unterhalten – er hat geredet, und ich habe genickt –, der netterweise Talhah abgelöst hat, sodass wir endlich unser Date antreten konnten.

»Ich glaub es nicht.« Talhah fällt beim Anblick der großen Halle die Kinnlade herunter.

»Das ist die letzte Woche, in der wir noch Schlittschuh laufen können«, entgegne ich schmollend und ziehe ihn zum Eingang. Zu unserem Glück ist die Kasse leer, und auch drinnen tummeln sich wenige Menschen. Der Höhepunkt der Saison ist vorbei. Diese Eishalle hat auch nur auf, weil sie sich bis Mitte März rentiert. Danach bauen sie immer weiter ab, bis nur noch die Eiskunstlaufenden und Hockyspielenden sie zum Training nutzen. Der Imbissstand hat längst geschlossen.

»Evren, ich kann nicht Schlittschuh laufen. Ich habe das noch nie gemacht. Was, wenn ich hinfalle und mir den Kopf aufschlage? Ich hatte schon mal einen Nasenbruch, die kollabiert beim nächst–«

Ich schlage ihm gegen die Schulter, was ihn stocken lässt.

»Ich bringe es dir bei«, flüstere ich und kann nicht aufhören, mich umzusehen. Es ist anders, mit ihm an einem öffentlichen Ort zu reden, der verdammt leise ist und wo Menschen zuhören können.

Er hebt die ausgeborgten Schlittschuhe an und muss augenblicklich die Nase rümpfen.

»Riecht nach ganz viel Spaß, hm?«

»Eher nach Verderben und Socken, die vor drei Jahren im Müll hätten landen sollen.«

Während seine braun und klobig sind, hatte ich das Glück, ein neueres Paar zu ergattern, das nicht müffelt und sogar ganz gut aussieht. Die Kufen sind trotzdem stumpf, was bei Schuhen, die tagein, tagaus genutzt werden, zu erwarten ist. Wirklich gute eigene sind jedoch richtig teuer.

Ich lasse mich auf die Holzbank vor dem Eisring fallen und wechsle meine Schuhe. Talhah scheint nicht wirklich überzeugt, da er immer wieder vom Eis zu mir schaut.

»Wie soll man bitte auf diesen dünnen Metalldingern laufen? Das ist gefährlich. Ich –«

»Angst?«, frage ich und hebe eine Augenbraue. Anstatt einer Antwort schweigt er und verschränkt trotzig die Arme vor der Brust.

»Weißt du, wir hatten letztens noch einen Patienten, der sich beim Skaten einen Halswirbel angebrochen hatte und –«

»Dann ist ja gut, dass wir nicht skaten, sondern eislaufen.«

Meinen sarkastischen Unterton ignoriert er und schüttelt den Kopf, als ich ihn auf die Bank ziehe.

»Evren …« Er atmet tief ein und lässt den Kopf hängen, bevor er *endlich* seine Schuhe aufschnürt und die Schlittschuhe überzieht. »Wenn ich mir das Genick breche und in der Notaufnahme als Patient und nicht als Medizinstudierender aufkreuze, dann macht mich Koslow fertig.«

Ich rolle mit den Augen. Warum sind Männer so dramatisch?

»Ich werde dir helfen und deine Hand halten, du Baby.«

Mit wackligen Beinen steht er auf und greift nach meiner Schulter, in die er seine Finger gräbt. Seine Miene rutscht weiter in Richtung Verunsicherung ab. Die offene Belustigung kann ich mir nicht verkneifen, was ihn nicht zuversichtlicher stimmt. Er kaut überfordert auf seiner Unterlippe und wendet sich ab.

»Der TMS ist bald. Musst du nicht eher dafür lernen, statt im März auf gefrorenem Wasser zu stehen?«, fragt er spitz.

Ich öffne den Mund, habe schon eine Antwort parat, schließe ihn jedoch wieder, da uns ein hochgewachsener Mann entgegenkommt. Er fährt sich durch das graue Haar, als er uns passiert und dabei kurz nickt. Erst nachdem er aus meinem Blickfeld verschwunden ist, merke ich, dass ich den Atem angehalten habe. Meine Lungen kreischen regelrecht, weshalb ich tief einatme, um den fehlenden Sauerstoff wieder in meinen Körper zu ziehen.

»Alles okay?« Der Sarkasmus verlässt seine Stimme. Er löst seine Hand von meiner Schulter und umfasst vorsichtig mein Gesicht.

»Mhm.« Seine Finger auf meiner Haut sind die perfekte Ablenkung von meiner Panik.

»Du bist plötzlich so blass geworden.« Er fährt mit den Daumen über meine Wangen, und ich schließe für einen Moment meine Augen. Dass Zärtlichkeiten die Sprache seiner Liebe sind, schätze ich sehr. Sie erden mich und lösen eine Wärme aus, die mich durchflutet, mit der Sonne um die Wette strahlt und jegliche Dunkelheit ausbrennt. Sie zu Asche zerfallen lässt. Ich möchte dieses Gefühl der Sicherheit niemals missen.

»Wollen wir dann aufs Eis, auch wenn ich überhaupt keine Lust habe?« Missmutig lässt er mich los, wodurch die Kälte wieder in meine Gliedmaßen kriecht.

Ich schlage die Lider auf und muss mich erst sammeln, bevor ich auf die Eisfläche zugehe. Sie ist mitgenommen – tiefe Krater zieren ihre Oberfläche, die nicht mehr ausgebessert wird. Ein Zeichen dafür, dass die Saison fast vorbei ist. An den Wänden sammelt sich Eisschnee, und die Musik im Hintergrund ist so leise, dass man genau hinhören muss, um sie aufzuschnappen.

»Es ist leichter, als es aussieht«, flüstere ich, aber das scheint nicht bei Talhah anzukommen, denn er wirkt stetig besorgter.

Ich steige ohne Bedenken auf das Eis und stelle mich vor ihn.

»Willst du dich nicht an der Wand festhalten?« Er greift selbst danach und stolpert auf die Fläche. Ich ziehe ihn reflexartig an den Oberarmen hoch, damit er nicht auf die Nase fällt.

»Pass auf«, zische ich und muss wegen seines entsetzten Gesichtsausdrucks ein Lachen unterdrücken.

»Ich glaube … ich glaube, das ist nichts für mich. Das wars. Mehr brauche ich echt nicht. Ich warte im Auto auf dich oder auf der Bank, egal –«

»Talhah.«

Er schüttelt vehement den Kopf und klammert sich auch mit seiner anderen Hand an die Wand, sodass er mit dem Rücken zu mir steht. So dramatisch.

»Dir wird nichts passieren. Niemand außer uns ist auf dem Eis«, versuche ich, ihm gut zuzusprechen, aber er schüttelt wieder den Kopf und dreht sich nicht einmal zu mir um.

Das wird schwieriger, als ich gedacht habe. Ich hatte ein schönes Date mit ein wenig Bewegung und einer guten Unterhaltung erwartet. Nicht einen Angsthasen, der nicht einmal mit der Wimper zuckt, wenn ein Bruch so fatal ist, dass der Knochen aus der Haut herausschaut, aber sich in die Hose macht wegen abgenutzter Kufen auf Eis.

»Du kannst fahren, ich gucke zu.«

Ich ignoriere seine Worte und greife nach seiner Hand. »Mit einer hältst du dich an dem Geländer fest und mit der anderen an mir. Eislaufen ist wirklich nicht schwer. Es ist wie Rollerskaten.«

Er schnaubt, aber dreht sich so, dass er nicht mehr zur Wand gerichtet ist, sondern fahren kann. »Ja, genau, auf Eis und mit Metall unter den Schuhen, das einem die Halsschlagader aufschneiden könnte.«

Ich mache die ersten Bewegungen nach vorne, und er folgt mir langsam, klammert sich jedoch krampfhaft an die Reling.

»Glaub mir, mit diesen Schuhen könntest du nicht einmal eine Banane schnippeln, so stumpf sind die. Also brauchst du dir keine Sorgen zu machen.«

Diese Worte bringen ihn zum Lachen. Es beruhigt mich, dass er wenigstens nicht mehr vor Angst stirbt.

»Weißt du, was?«, fängt er an.

Ich ziehe ihn ein Stück mit, bis er stoppt und ich verwirrt zu ihm aufschaue. Sein Gesicht ist durch die Kälte gerötet, und seine Haare sind durcheinander.

»Was?«

Er hält an, seine Erheiterung nur schwer unterdrückend. »Ich hätte wissen müssen, dass du dich hier wohlfühlst.«

Ich lege verwirrt den Kopf schief.

»Eisprinzessin.«

Ich muss für eine Sekunde an das Zeichenbuch denken, das unter meinem Bett versteckt ist, und kann der Wärme, der auch die Kälte in der Eishalle nichts anhaben kann, nicht entkommen. Sie rauscht durch meine Venen und erwärmt mich von innen wie ein heißer Kakao, nachdem man den ganzen Morgen Schnee geschippt hat.

Er rückt an die Wand und zieht mich an der Hand zu sich, sodass ich zwischen seinen Beinen zum Stehen komme. »Die Eisprinzessin hat Sie auserkoren, mit in ihr Königreich zu kommen, und Sie weigern sich vehement?« Ich schnalze mit der Zunge, woraufhin Talhah lautlos auflacht. »Das geht im Normalfall mit einer sehr großen Strafe einher.«

»Ach ja?« Er hebt eine Braue, und ich ziehe meine zusammen.

»Mhm.« Ich lasse mir Zeit, bevor ich weiterrede. Irgendjemand muss ihn mal zappeln lassen. »Mit dem Tod normalerweise …«

»Aber?« Er lehnt sich zu mir, wobei sein Blick quälend langsam über mein Gesicht wandert, bis er bei meinen Lippen haltmacht.

Verdammt, was wollte ich noch mal sagen?

»Aber …« Ich räuspere mich und versuche, einen Punkt zu fixieren, der *nicht* sein Mund ist. »Aber ein Kuss reicht diesmal aus.«

Jetzt kann er sich nicht mehr zurückhalten und verfällt in schallendes Gelächter, dabei schießt mir die Hitze in die Fingerspitzen. Ich hätte einen guten Spruch heraushauen können, und dann kam das? O Gott, ich bin viel zu verschossen in dieses selbstgefällige Arschloch.

»Wirklich?«, fragt er atemlos.

»So habe ich es mir sagen lassen … von der Eisprinzessin.«

Talhah zuckt mit den Schultern. »Na ja, wenn sie das will, dann muss ich mich als Teil des Fußvolks ihrem Willen beugen, nicht?«

Ich muss ein paarmal blinzeln, bevor ich verarbeiten kann, was er gesagt hat.

»Genau«, antworte ich heiser und erwarte nichts. Bis er seinen Kopf weiter herunterbeugt und ich automatisch meine Augen schließe.

Seine Lippen sind kalt und schmecken nach dem Keks, den er in der Eile im Krankenhaus heruntergewürgt hat. Werde ich mich jemals an dieses Gefühl gewöhnen? Daran, dass sich jeder Kuss wie ein Klippensprung anfühlt? Nicht wie das Aufkommen auf dem Boden, nein, sondern wie der Fall ins Ungewisse, der aufregend und vor allem *befreiend* ist.

Vielleicht schlage ich nicht auf dem Boden auf. Vielleicht kündigt der Fall auch nur mein Ankommen an.

Mein Ankommen bei jemandem, der Zuhause neu definiert.

VIERUNDDREISSIG | OTUZ DÖRT

Evren

»Danke fürs Heimfahren und das Essen.« Ich zeige auf die Pommes, die auf meinem Schoß ruhen. Zusammen sitzen wir vor meiner Wohnung im Wagen, denn keiner möchte, dass der Abend endet.

Ein schiefes Grinsen legt sich auf Talhahs Lippen, und er macht eine wegwerfende Handbewegung. »Nicht dafür.«

Ich spiele mit einer Fritte, starre auf die Mayo, die sich in den Pappteller eingesogen und einen Fettfleck hinterlassen hat. Das Auto ist warm und kapselt mich von der beißenden Kälte draußen ab. Genauso wie von meiner Familie. Auf engem Raum mit Talhah zu sein, gleicht einem Sommertag, mit dem eine frische Brise spielt.

»Danke, dass du mir die Basics des Eislaufens beigebracht hast.«

Ich muss kurz lachen, höre aber auf, weil sich seine Stimmung trübt. »Es hat sich gelohnt. Abgesehen von den paar Mal, als du dich auf die Fresse gelegt hast.«

Er lehnt sich gegen das Kopfteil. »Man muss ja fallen, um zu lernen, nicht?«

Da ist wieder die Dramatik, aber ich glaube, ich lerne sie zu schätzen. Sie macht das Leben spannender und ihn liebenswürdiger.

»Genau, das nächste Mal wirst du schon supergut sein, da bin ich mir sicher.«

»Es wird kein nächstes Mal geben.«

»Warum?«, quengle ich.

»Weil ich mich garantiert nicht noch mal aufs Eis stelle!« Sein entschlossener Tonfall lässt keine Widerrede zu, also kreuze ich die Arme vor der Brust, um ihm zu zeigen, dass ich den Einwand nicht einsehe. Er ist ein verdammter Spielverderber.

»Langweiler«, murmle ich und schiebe die Unterlippe vor. Wenn er dramatisch sein kann, dann kann ich das auch!

Talhah fährt sich über die Augen. »Dieser Langweiler muss langsam nach Hause, sonst schläft er im Stehen ein.«

Das Kajal lenkt heute nicht von seinen Augenringen ab, sodass sie im kalten Licht des Autos auffallen.

»Hat der Langweiler auch irgendwann mal frei, oder verbringt er das ganze Praktische Jahr auf den Beinen?« Der Sarkasmus ist auch aus meiner Stimme verschwunden.

Ich lege meine Hand auf seinen Oberschenkel, und er reagiert mit der gleichen Geste – die Berührung seiner Hand pumpt augenblicklich Geborgenheit durch meine Venen.

»Auf den Beinen. Definitiv. Und danach als Assistenzarzt auch. Mit fünfunddreißig darf ich dann mal acht Stunden schlafen.« Er hält inne und scheint seine Worte zu überdenken. »Hoffentlich.«

»Dann möchte ich nicht der Grund sein, dass du noch eine weitere Stunde verpasst. Ich will, dass du ausgeschlafen bist.« Ich umfasse seine Hand und drücke sie leicht. Auch wenn mein Inneres danach schreit, mehr Zeit mit ihm zu verbringen, ihn und jede seiner Eigenarten kennenzulernen, ist mir bewusst, dass seine Gesundheit vorgeht. Ich kann mir nicht einmal im Ansatz vorstellen, wie schwer sein Studium momentan sein muss. Ich will die letzte Person sein, die sein Leben erschwert. Er soll in mir einen Ruheort sehen.

»Glaub mir, mit dir würde ich auch bis zu meiner nächsten Schicht Zeit verbringen.« Von Wort zu Wort wird er leiser. »Aber ich möchte keinen schlechten Eindruck bei deiner Mutter hinterlassen. Deswegen musst du langsam hoch, bevor sie sich Sorgen macht, wenn sie von der Arbeit kommt und dich nicht vorfindet.«

»So ein taktvoller Mann. Ich kann nachvollziehen, warum meine Mutter Gefallen an dir gefunden hat.«

Er zuckt mit den Schultern, kann seine Belustigung aber genauso wenig wie ich zurückhalten. Sie versteckt sich in seinen Mundwinkeln, die vergeblich versuchen, nicht zu zucken. »Das kann ich nicht bestreiten, ich bin schon toll.«

Ich nicke wie ein verliebter Teenager, und es ist mir nicht einmal peinlich. Talhah merkt wahrscheinlich gar nicht, welche Wirkung er auf mich hat.

»Du machst es mir einfach, mich in dich zu verlieben«, kommt es schwach von meinen Lippen, bevor ich realisiere, *was* ich gesagt habe.

Die Situation erinnert mich an den zehnten Geburtstag meines Bruders. Meine Eltern waren so überzeugt davon, ihm eine Überraschungsparty zu schmeißen, dass wir seinen Kuchen und seine Geschenke im Geheimen gebacken und eingepackt haben. Als er von der Schule heimkam, sollte er das Licht in der Wohnung einschalten, was unser Signal dafür war, Happy Birthday zu singen. Ich habe angefangen zu singen, als die Tür aufging, und damit die Überraschung voreilig ruiniert.

Die Sekunden ziehen sich zu gefühlten Stunden, und ich wünsche mir nichts anderes als Nadel und Garn herbei, mit denen ich meine Lippen zusammennähen kann. Warum habe ich das nur gesagt?

Seine roten Wangen müssen ähnlich heiß sein wie meine. Habe ich ihn verschreckt? Wird er mich jetzt aus seinem Auto schmeißen und mich blockieren? Nach Timbuktu ziehen, damit ich ihn nie wieder finden kann? Gott, warum habe ich das bloß gesagt.

»Äh …« Mit jeder Sekunde, die er nicht spricht, möchte ich, dass der Boden sich spaltet und mich in sich aufnimmt. »Ich … ich weiß, ich kriege viel zu wenig Schlaf die letzten Tage. Ich kann alles falsch verstanden haben, aber … hast du …«

Der halbe Satz bleibt schwer wie Blei zwischen uns in der Luft hängen und erschwert mir das Atmen. Warum muss ich derart voreilig sein? Vor ein paar Wochen konnte ich ihn nicht einmal ausstehen. Wie kann sich alles so schnell geändert haben? Dass ich noch vor ihm sage, dass ich mich verliebe … Müsste er nicht derjenige sein, der es sagt? Er hat mich doch nicht in Ruhe lassen können.

Was ist nur in mich gefahren?

»Evren …«

Er kommt nicht weiter, denn in diesem Moment klopft jemand gegen mein Fenster. Ich zucke zusammen, doch mein Angstschrei bleibt mir im Rachen stecken. Ich muss erst runterkommen, bevor ich mich zur Tür drehe. Das Licht im Auto wirft schmale Schatten auf die Miene meiner Mutter, die lächelt, als hätte sie mich nicht gerade um zehn Jahre altern lassen.

Ich kurble das Fenster herunter und lege meinen Kopf schief. *Was macht du hier?*

Sie lacht nervös auf, sodass eine kleine Dampfwolke gen Himmel steigt.

»Ich habe das Auto gesehen und dachte mir, dass es mir bekannt vorkommt. Und siehe da« – sie zeigt auf Talhah, der ein Lächeln aufsetzt und die Hand hebt –, »es ist wirklich Talhahs. Wie geht es dir, mein Sohn?«

Sie ignoriert mich vollkommen, beugt sich ins Auto und hält sich am Rahmen fest, um nicht in meinen Schoß zu fallen. Kann sie uns nicht in Ruhe lassen?

»Ganz gut, Frau Yıldırım. Nur etwas müde vom Arbeiten, aber Ihnen geht es bestimmt ähnlich.«

Sie macht eine wegwerfende Handbewegung, die meine Nase knapp verfehlt. Ich kann nur mehrmals blinzeln und mich gegen den Sitz drücken, damit sie mir nicht doch ein Auge aussticht.

»Bei mir ist es immer das Gleiche, aber du rettest ja Leben, da ist die Anstrengung noch mal schlimmer.«

Talhah schüttelt sofort den Kopf. »Jede Arbeit im Krankenhaus zählt. Ohne Sie würde nichts laufen.«

Ich muss alles daransetzen, nicht die Augen zu rollen. So ein verdammter Schleimer.

»Hör doch auf!« Sie schlägt sich verlegen die Hand vor den Mund, doch das Leuchten in ihren Augen nimmt nicht ab.

Wenn Talhah ihr so gut gefällt, dann soll sie mir nicht mit ihm in den Ohren liegen, sondern ihn sich selbst klären.

»Außerdem darfst du mich duzen, darüber haben wir doch geredet.«

Er nickt wie ein gehorsamer Junge, dabei könnte ich schwören, dass das spitzbübische Grinsen auf seinen Lippen geschauspielert ist.

»Möchtest du vielleicht mit hoch? Ich wollte sowieso Tee aufsetzen, und kochen muss ich auch noch.«

Bei genauerem Hinsehen bemerke ich den alten Pullover, den sie zum Arbeiten mitnimmt und jetzt trägt. Das graue Kopftuch, das sie eigentlich nicht mag, ist ihr in die Stirn gerutscht, und sie richtet es zweimal, bis Talhah ihr antwortet.

»Danke für das Angebot. Ich muss aber leider nach Hause. Der Tag fängt morgen sehr früh an.« Das entschuldigende Lächeln erreicht nicht nur meine Mutter, sondern auch mich, als seine grünen Augen in meine schauen.

Mein Herz setzt einen Schlag aus, und mein Magen scheint ein Eigenleben führen zu wollen. Ich umklammere nervös den Sitz und hoffe, dass meine Mutter nichts merkt. Sie wird es sonst nicht ruhen lassen.

»Wenigstens auf einen Tee kannst du doch hochkommen.« Als sie die Unterlippe vorschiebt, ist die Sache für mich gelaufen, weswegen ich mich abschnalle. »Dann kannst du mir auch erzählen, was ihr gemacht habt. Du weißt, die Eisprinzessin redet nicht gern.«

O Gott, die alte Leier wieder. Wann hört das eigentlich auf? Warum redet sie so über mich? Bin ich in ihren Augen infantil und verstehe nichts, nur weil ich nicht spreche?

»Ich würde sehr gern, aber ich muss wirklich nach Hause. Außerdem wartet meine Mutter auf einen Anruf von mir.«

Davon hatte er mir nicht erzählt. Mit zusammengezogenen Augenbrauen schaue ich zu ihm, was er ignoriert.

»Na gut, aber das nächste Mal kommst du nicht so einfach davon«, antwortet *anne* und richtet ihren Blick auf mich. »Willst du dich noch verabschieden? Dann können wir zusammen in die Wohnung?«

Wenn sie auf mich warten wird, dann muss der Abschied schnell gehen. Und ohne Kuss. Sonst reißt sie mir entweder vor Wut den Kopf ab oder kaut mir vor Neugier ein Ohr ab. Aber Nein kann ich auch nicht sagen. Also nicke ich nur, damit wir noch ein wenig Zeit haben.

»Bis dann. Grüß deine Mama von mir!« Sie winkt Talhah zu.

»Mache ich.«

Meine Mutter hat die Güte, zu unserer Eingangstür vorzugehen, sodass ich mich in Ruhe verabschieden kann. Das Fenster hochzukurbeln, ist ein riesiger Akt, von dem meine Armmuskeln schmerzen.

Talhah atmet laut auf. »Deine Mutter ist echt lieb, aber …«

Ich unterbreche ihn. »Viel?«

»Ja!«, platzt es aus ihm raus.

»Ich habe mich dran gewöhnt. Deswegen kann ich mit ihr auch nicht reden, unabhängig davon, ob ich ihr am liebsten was entgegenschreien würde. Wenn ich einmal mit ihr spreche, wird sie nicht aufhören, genau das von mir zu verlangen. Sie wird mir überhaupt keinen Raum geben und dieses Bewusstsein verweigert es mir, mit ihr zu reden. Das Gleiche gilt auch für … uns.«

Uns. Wir. Was sind wir? *Bitte sag mir, was wir sind, Talhah.*

Ich habe vielleicht meine Stimme wiedergefunden, aber die richtigen Worte fehlen mir.

»Für uns?« Er klingt hellhörig, und die Aufmerksamkeit, die er mir schenkt, lässt mich schwitzen.

»Na, wenn ich ihr von uns erzähle. Sie wird das Thema nicht ruhen lassen.« Ich atme einmal tief ein, um meine nächsten Worte aussprechen zu können. »Und ich wüsste auch nicht, was ich ihr sagen soll.«

»Wie wäre es mit …« Er schnallt sich ab und rückt näher zu mir. Seine Hand ist schwer, als er seine Handfläche gegen meine drückt und mit meinen Fingern spielt. »Du warst mein erster Kuss, Evren. Deine Lippen haben sich in meine Haut eingebrannt. Du wirst mich nicht mehr los.« Mit seinen freien Fingern fährt er über meine Unterlippe, und ich kann mich nicht entscheiden, ob ich seine selbstsichere oder schüchterne Art lieber mag – erstere gibt mir Halt und verursacht Herzrasen.

»Du wurdest mich schon dann nicht los, als ich dich ganz oben in der Bibliothek allein sitzen gesehen habe. Als du dein Lesezeichen verloren hattest. Ich bin dir verfallen, bevor du meinen Namen kanntest.« Seine Augen brennen sich in meine. »Die Frage war nie *was*, sondern *wann*, Eisprinzessin.«

»Jetzt« ist das einzige Wort, das meine Lippen verlässt. »Ich will uns jetzt und gestern und morgen und in einer Woche und einem –«

Ich kann meinen Satzrausch nicht beenden, denn Talhahs weiche Lippen landen auf meinen. Zum ersten Mal in meinem Leben bin ich froh um die Stille. Das leise Rauschen der Autos und das ferne Licht der Wohnungen sind laut genug. Dieser Moment entbehrt jeglicher Worte. Seine Lippen auf meinen spielen ein eigenes Lied, das ich singen möchte.

Nach langer Zeit möchte ich singen.

»Okay.« Atemlos trennt er seinen Mund von meinem und blickt über meine Schulter nach draußen. »Deine Mutter wartet, und sie soll sich doch nicht wundern, was du so lange hier treibst, oder?«

Ich bleibe still, kann nur den Kopf schütteln. *Was machst du mit mir, Talhah Aziz?*

»Wir sehen uns morgen in der Bibliothek?«, fragt er. Seine Atmung ist wieder normal, während meine Brust sich noch immer schnell hebt und senkt. »Der Stoff für den TMS lernt sich nicht von allein.«

»Erinnere mich nicht daran.« Ich stöhne und schließe die Augen. Das ist das Letzte, woran ich denken möchte. »Ich habe Angst.«

»Hey.« Sein Ton schlägt in Besorgnis um. »Du wirst das schaffen. Du bist nicht irgendjemand. Du bist Evren.«

»Da bin ich mir nicht so sicher.«

Seine Augenbrauen schießen in die Höhe. »Du bist dir vielleicht nicht sicher, aber ich bin es. Du wirst das packen. Du musst nur lernen. Etwas, das wir nach der Arbeit zusammen machen werden.«

Ich seufze geschlagen. »Okay.«

»Okay«, wiederholt er sanft und fährt unter mein Kinn, um es anzuheben. »Sehen wir uns dann morgen?«

Ich nicke, woraufhin er mir einen kurzen Kuss auf die Wange gibt. »Bis morgen.«

»Bis morgen, Eisprinzessin.«

Die Kälte ist erschlagend, als ich das Auto verlasse und auf meine Mutter zugehe, die über ihre Arme reibt, um sich warm zu halten.

»Da bist du ja endlich.« Sie zittert, was mir einen Tritt in den Bauch verpasst. Ich habe sie viel zu lang allein stehen gelassen. »Ich muss alles wissen. Wo wart ihr? Warum erzählst du mir nichts? Läuft da etwas zwischen euch?«

Nach dem dritten Stock ist nur ihre Atmung zu hören. Ohne Aufzug im siebten Stockwerk zu wohnen, ist, wie ein Kind zu verlieren. Es wird nicht einfacher, egal wie viel Zeit vergeht. Nach dem fünften Stock gerate auch ich außer Atem und wünsche mir, den restlichen Weg hochfliegen zu können.

»Du beantwortest mir zwar meine Fragen nicht« – meine Mutter hält sich ihre Seiten und blickt mit zerknirschtem Gesichtsausdruck auf die weiteren Stufen, die vor uns liegen –, »aber du kannst mir nicht für immer entkommen, junge Dame.«

Wenn sie wüsste, dass ihre Art mich immer mehr ins Schweigen treibt, würde sie sich weiterhin so verhalten?

»Die Treppen werden mit dem Alter immer schlimmer«, sagt sie und hält sich beim Besteigen der Stufen am Geländer fest. Ich folge ihr still – wie immer.

Die letzten Absätze sind besonders schrecklich, meine Oberschenkel brennen, und die Tasche über meiner Schulter ist bleischwer.

»Hast du … deinen … Schlüssel? Meiner … liegt noch … in meiner … Tasche.« Ihre Stimme geht in ihren Versuchen, Luft zu holen, beinahe unter.

Ich krame meinen Schlüsselbund aus der Gesäßtasche. Als wir vor unserer Wohnungstür stehen bleiben, rutscht er mir jedoch aus der Hand.

Das laute Atmen meiner Mutter ist mit einem Schlag nicht mehr zu hören, als sie sieht, wer dort auf uns wartet. Nur noch das Geräusch meiner Schlüssel, die auf dem Fliesenboden aufkommen, hallt im leeren Flur wider.

FÜNFUNDDREISSIG | OTUZ BEŞ

Evren

»War die Eingangstür schon immer kaputt?«

Das Erste, was man von einer Person vergisst, die man für verschwunden hält, ist deren Stimme. Seine jedoch klingt exakt, wie ich sie in Erinnerung habe. Sie ist weich, kratzt an den Wortenden und hat die richtige Tiefe, um Azra und mir vor dem Schlafengehen Lieder vorzusingen, weil unsere Eltern viel zu spät nach Hause kamen.

Meine Mutter ist die Erste – und die Einzige –, die ihre Stimme findet. »Onur?«

Der Name hört sich aus ihrem Mund wie ein Witz an, den ein schlechter Stand-up-Comedian in einer heruntergekommenen Bar reißen würde, von denen es in Berlin genug gibt. Unauthentisch, aber lustig genug, damit man lacht und sich der Eintritt von drei Euro siebzig lohnt.

Aber ich lache nicht. Sage nichts. Bewege mich nicht, sondern richte meine Aufmerksamkeit auf die Person vor mir. Auf meinen *Bruder.*

Seine dunklen Haare sind hinter seine Ohren gestrichen, und der Bart ist neu. Früher hat er keinen getragen. Die Narbe durch seine rechte Augenbraue, die er sich durch Raufereien zugezogen hat, ist nicht mehr pink, sondern weiß. Den Pullover erkenne ich nicht.

»Ich …« Er wird leise, kratzt sich im Nacken und dann am Kiefer. Sein Blick gleitet zu Boden, doch ich starre ihn unentwegt an. »Wollen wir rein?«

Ich kann mich nicht bewegen, nicht nach vorn in die Wohnung, die meine Mutter wie paralysiert aufschließt, nicht nach hinten, um abzuhauen. Mein Inneres ist durcheinander und schlägt Alarm. Neben dem Kampf und der Flucht existiert eine dritte Möglichkeit, mit Gefahr umzugehen. Einfrieren. Von der Überforderung brennen in mir jegliche Sicherungen durch, und ich bleibe an Ort und Stelle kleben.

»Onur, *oğlum*.« Meine Mutter hat sich schneller im Griff und zieht ihn in ihre Arme. Er ist um einen Kopf größer und umarmt sie genauso eilig zurück. »Bist du es wirklich? Bist du das?«

Die gleichen Fragen steigen in mir auf, und alles in mir schreit: *Nein, das ist nicht möglich.* Nach so langer Zeit kann das nicht sein. Wir haben uns alles Mögliche ausgemalt. Wir haben daran gedacht, dass wir irgendwann das, was von ihm geblieben ist, würden beerdigen müssen. Damit Verwandte und Menschen, die ihn lieben, einen Ort haben, an den sie ihre Gebete schicken können.

Ich war wütend auf Defne, weil sie ihn verlassen hat. Aber er steht vor mir. Unversehrt. Gesund. Er hat *uns* verlassen.

Die Wut, die sich wie ein Lauffeuer durch meine Venen kämpft, ist irrational. So, wie er dort steht. Groß, die Schultern nach hinten gezogen, ohne die geringste Spur von Scham. Tut es ihm überhaupt leid, weg gewesen zu sein? Uns weisgemacht zu haben, dass er nicht mehr existiert?

Meine Mutter verteilt Küsse auf seinem Gesicht, fährt ihm durch das Haar und vergießt Unmengen an Tränen. Warum rührt sich mein Herz nicht? Warum weine ich nicht wie sie, sondern stehe noch immer vor der Tür? Muss ich um Einlass bitten? Er ist doch die Person, die nach Jahren zum ersten Mal hier auftaucht.

»Komm doch rein, Evren«, sagt mein Bruder.

Meine Mutter beachtet mich nicht einmal. Als würde er sich in der Sekunde wieder in Luft auflösen, in der sie ihn nicht mehr anschaut. Aber er steht vor uns – lebendig. Nicht in einem Sarg oder Leichensack, wie meine Mutter immer gedacht, es aber nie ausgesprochen hat. Seine Haut hat eine gesunde Farbe, seine Hand ist warm und greift nach meiner, um mich nach drinnen zu ziehen. Er ist nicht tot. Ich bilde ihn mir nicht ein, denn meine Mutter und ich – wir beide –sehen ihn. Dass zwei Personen zeitgleich dieselbe Psychose haben, ist fast unmöglich.

Der Anflug eines Lächelns liegt auf seinen Lippen, die ich genauso pink in Erinnerung habe, wie ich sie vor mir sehe. Sie sind nicht blau. Er ist unversehrt. Das Einzige, was anders ist, sind seine Gesichtszüge, die ihre Weichheit und Jugendlichkeit verloren haben. Sie sind kantiger, männlicher, erwachsener.

»Ich habe euch vermisst.« Er sieht mich erwartungsvoll an, worauf ich nicht zu reagieren weiß. Das leichte Zittern in seiner Stimme zeugt von Ehrlichkeit, aber ich kann den Glauben daran nicht in mir finden. Wo ist er die letzten fünf Jahre gewesen, wenn er uns vermisst hat?

»Hast du Hunger, mein Schatz?« Meine Mutter packt ihn an den Schultern. »Soll ich dir etwas kochen, *kuzum*? Dir ist bestimmt kalt in dem Pullover, setz dich ins Wohnzimmer. Ich mache dir einen Tee, *tamam mı*?«

Sie stolpert über ihre Worte, als müsste sie sie sofort loswerden, sonst würde er durch die Tür gehen und fünf Jahre untertauchen. Wieder.

»Machst du deinem Bruder einen Tee?« Es ist keine Frage, sondern ein Befehl, dem ich nachgehe, ohne darüber nachzudenken.

In der Küche stehen ein Teller und eine Tasse in der Spüle. Azra muss heute zur Uni gegangen sein. Was wird sie denken, wenn sie wieder da ist? Oder mein Vater? Gott, er steht nichtsahnend hinter dem Tresen im Imbiss und verkauft Essen an Menschen, die er nie wiedersehen wird. Ich hoffe, er kriegt keinen Herzinfarkt. In seinem Alter würde er den nicht mehr unversehrt überstehen. Sollten wir ihn vorwarnen? Aber dann wird er hierherrasen. Das wäre noch gefährlicher.

Der Wasserkocher zittert in meiner Hand, und ich muss mehrmals nach dem Henkel der Tasse greifen, um sie aus dem Schrank zu holen. Früher hat er Hagebuttentee getrunken. Ob er ihn immer noch mag? Ändert sich der Geschmack in fünf Jahren? Mag *ich* noch dieselben Sachen?

Ich kann mich nicht einmal daran erinnern, was ich gestern getrunken habe, geschweige denn mit sechzehn. Die Teepackung in der untersten Schublade ist längst verstaubt, da bei uns selten etwas anderes als Schwarztee getrunken wird. Mein Bruder hat ihn nie gemocht.

Das heiße Wasser in der Tasse verfärbt sich augenblicklich pink. Ich muss dreimal überlegen, ob er Zucker benutzt oder nicht. Zwei Teelöffel. Daran glaube ich mich zu erinnern.

Der Weg zum Wohnzimmer mit dem Tee und dem Zuckerbehälter fühlt sich wie der Jakobsweg an. Alles an dem Raum ist grotesk. Der zerkratzte Couchtisch, das alte Sofa, das nachts in ein Bett umgewandelt wird. Der Fernseher, den wir seit sieben Jahren haben. Und mein Bruder inmitten von allem, das er genau so hinterlassen hat. Nur unsere Herzen, unser Leben, unsere Familie haben sich seit jenem Tag unwiderruflich verändert.

»Danke«, sagt er und räuspert sich. »Ich brauche keinen Zucker.«

Ich reiche ihm die Tasse und nehme den Behälter verwirrt an mich. Erinnere ich mich doch falsch?

Er lächelt. »Ich trinke den Tee mittlerweile ohne Zucker. Nahla hat mich dazu gezwungen.«

Meine Mutter schaut verwirrt drein, bevor sie ihre Hand auf sein Knie legt. »Wer ist Nahla?«

Er schluckt und schaut nicht mehr von der Tasse auf, als befände sich die Antwort unter dem aufschwimmenden Teebeutel. Er hebt seine linke Hand an. Ein silbernes Band glänzt an seinem Ringfinger, und ich kann hören, wie meine Mutter laut einatmet.

»*Aman Allah'ım.*« Sie greift sich an die Brust, zeitgleich treten erneut Tränen aus ihren Augen. »Du hast *geheiratet*? Onur, wo warst du? Was hast du gemacht? Warum hast du dich nicht gemeldet? Ich … wir –«

»*Anne*« – er unterbricht sie und greift nach ihrer Hand –, »ich erzähl euch alles, wirklich. Bitte reg dich nicht auf.«

Sie hat seit drei Jahren hohen Blutdruck. Sie kann sich solchen Stress nicht erlauben. Was hat er alles gemacht in der Zeit, in der er einfach … weg war?

»Wo warst du?« Das Schluchzen unterbricht ihren Satz, und ich hole die Küchenrolle, die sie dankend annimmt. »Wir haben dich überall gesucht. Warum bist du gegangen?«

Die wichtigste und berechtigtste Frage. *Warum bist du gegangen? Warum hast du nicht einmal angerufen, um uns zu sagen, dass es dir gut geht? Dass alles in Ordnung ist? Warum hast du uns mit unserer Angst sitzen lassen?*

Er umklammert seine Tasse wieder. »Wenn Azra und *baba* aufkreuzen, erzähle ich euch alles. Alles, was ihr wissen wollt. Es tut mir leid, dass es so gekommen ist. Ich wollte nicht, dass es wie jetzt endet.«

Am liebsten hätte ich geschrien: *Wenn du nicht wolltest, dass es so kommt, warum hast du es dann getan?*

Die ersten Tage nach seinem Verschwinden … oder Untertauchen … habe ich neben mir gestanden. Die Erinnerungen an diese Zeit sind wie eine trübe Suppe. Er hätte uns all das ersparen können. Er ist dafür verantwortlich, dass wir uns Sorgen gemacht haben. Dass wir trauernden Menschen, die einen ganzen Ozean um ihn geweint haben, unsere Tür geöffnet haben.

»Ich rufe sie sofort an. Warte hier.« Meine Mutter steht auf und kramt in ihrer Tasche nach ihrem Handy. Im Flur ertönt ihre Stimme gedämpft, sodass man nicht viel vom Gespräch mitbekommt. Ich hoffe, dass sie den beiden nicht sagt, warum sie früher nach Hause kommen müssen. Einen *echten* Trauerfall in der Familie zu erleben, würde keiner mehr aushalten.

»Wie geht es dir?«, fragt mein Bruder mit belegter Stimme.

Azra war damals noch zu jung, deswegen haben mein Bruder und ich zusammen gespielt und gelacht. Ich habe die wildesten Geschichten erfunden, und er hat sie nachgestellt. Meist war er Ritter, der die Burg aus Kissen in unserem Zimmer verteidigen musste.

»Du willst nicht mit mir reden … verständlich«, murmelt er und schaut wieder in seine Tasse.

Es liegt an ihm. Er ist schuld an meinem Schweigen. Wegen seines Verschwindens habe ich aufgehört zu sprechen. Das möchte ich ihm entgegenwerfen und zusehen, was er damit macht. Wie sehr es ihm wehtut. Oder leidtut. Wird es ihm überhaupt leidtun? Oder sieht er sich im Recht? Wie konnte er mich nur allein lassen? Mit der ganzen Bürde dieser Familie?

Er verdient mein Schweigen am meisten.

»Es tut mir leid.« Die Worte verlassen zwar seinen Mund, aber bleiben auf halbem Weg zwischen uns liegen. Die Ehrlichkeit kommt bei mir nicht an. Hätte er es ehrlich gemeint, dann wäre er nicht fünf Jahre weg gewesen. Ein Jahr. Vielleicht zwei. Nicht fünf.

»Ich habe es hier nicht mehr ausgehalten, Evren. Es war zu viel. Zu viele Erwartungen. Zu viel Arbeit. Ich habe mich mit neunzehn eingesperrt gefühlt. Als könnte ich meine Jugend nicht ausleben.« Die Verzweiflung wird von Wort zu Wort deutlicher und hinterlässt einen faden Beigeschmack auf meinen Lippen.

Was ist mit mir? Habe ich es verdient, meine Jugend zu verlieren? Meine Träume hinter mir zu lassen?

Da ich immer noch kein Wort hervorbringe, schließe ich sie wieder. Die Buchstaben sind zu schwer, um meinen Rachen hochzuklettern, und bilden einen Kloß in meinem Hals. Er hat sich retten können, während ich hier eingehen, mich von Tag zu Tag von jeglichen Wünschen verabschieden durfte.

»Warum redest du nicht mit mir? Nur ein Wort, Evren.« Sein flehentlicher Unterton ist nicht zu ignorieren, aber ich schlucke die Worte herunter und starre auf meine Finger, die plötzlich mein Interesse gewinnen.

»Sie hat nach deinem Verschwinden aufgehört zu reden. Ich habe ihre Stimme zuletzt vor vier Jahren gehört«, antwortet meine Mutter in beiläufigem Ton, setzt sich neben ihren Sohn und lässt dabei keinen Zentimeter zwischen ihnen frei.

»Wegen mir?«, fragt er schockiert.

»Der Stress, haben die Ärzte damals gesagt.«

Nein, deinetwegen. Deinetwegen, abi. *Wegen deines Verschwindens. Wegen der Last, die sich nach dir nicht in Luft aufgelöst hat, sondern auf meine sechzehnjährigen Schultern umgelagert wurde.*

»Das … Entschuldigung.« Sein Blick richtet sich wieder auf mich, aber der wehleidige Ton lässt mich kalt. Er fährt sich über den Kiefer, wobei sein Ring höhnisch glänzt. Er hat geheiratet. Ohne uns. Ohne dass wir sie kennenlernen durften. Er hat sein eigenes Leben. »Entschuldigung.«

»Man gewöhnt sich daran.«

Dieser Satz sollte alltäglich sein. Er sollte nicht wehtun, aber das Messer in meiner Brust sitzt tief, und sie dreht erbarmungslos am Griff.

Meine Mutter hat sich vielleicht daran gewöhnt. Meine Schwester. Mein Vater. Aber ich mich nicht. Es schmerzt, jedes Wort herunterschlucken zu müssen, weil man nicht mehr fähig ist zu sprechen. Alle Gefühle in sich zu behalten, bis sie gezwungen sind, aus mir herauszuplatzen. Nachts mithilfe leiser Tränen, die mein Kissen durchnässen.

Bevor er antworten kann, klingelt es Sturm. Ich springe auf, um der Situation zu entkommen.

Talhah hat sich nicht daran gewöhnt. Er hat mir Nähe und Freundlichkeit entgegengebracht, bis ich mit ihm reden konnte. Warum kann das meine Familie nicht? Bedeute ich ihnen nicht genug?

So viele Fragen, die ich mir selbst nie beantworten kann.

»*Anne* hat versucht, mich zu erreichen. Sie hat gefühlt hundertmal angerufen. Was ist los?«, fragt Azra, nachdem ich die Tür aufgeschlossen habe.

Ich zeige lediglich auf das Wohnzimmer, und sie schaut noch verwirrter drein.

»*Anne*, was ist –« Sie schweigt, wahrscheinlich weil sie wie wir die Situation erfassen muss. Erinnert sie sich überhaupt an ihn? Sie hat Onur zuletzt mit vierzehn gesehen. Zwischen dem Alter und neunzehn liegen Welten. Viel verändert sich.

»Du bist groß geworden, Azra.« Seine Worte sind leicht wie eine Feder.

»*Abi?*« Ihr ungläubiger Ton und die zitternde Unterlippe unterscheiden sich nicht von *annes* und meiner Reaktion, die ähnlich ausgefallen sein muss.

»Ich habe dich vermisst«, sagt er, bevor er sie in die Arme schließt. Ihr Schluchzen wird von seiner Brust gedämpft.

Dabei drängt sich ein Gedanke in den Vordergrund: *Er hat nicht versucht, mich zu umarmen.* Die Eifersucht ist feuerrot und brennt lichterloh. Oder ist es die Scham, die ich wegen dieser Gedanken empfinde? Ich sollte nicht eifersüchtig auf meine Schwester sein.

»Was machst du hier?« Ihr Weinen verwandelt sich in einen Schluckauf, den sie oft bekommt, wenn sie aufgeregt ist. Ihr fehlt die Luft zum Atmen, aber sie kann ihre Tränen nicht aufhalten. Ein ganzes Glas Wasser ist das Einzige, was sie herunterbringt. »Du lebst?«

Bei den letzten zwei Worten dreht sich mir der Magen um, und ich muss mich am Türrahmen festhalten, um nicht vornüberzukippen. Meine Mutter antwortet darauf mit weiteren Tränen, was meinen Bruder anscheinend überfordert – er spannt gequält den Kiefer an.

»Mir geht es gut. Ich … es tut mir leid. Jetzt bin ich wieder da. Ich bin wieder da und werde nicht gehen.«

Das Versprechen ist leer, denn er kann nicht beweisen, dass er es halten wird. Er hat früher ständig versprochen, uns nicht allein zu lassen, ist aber gegangen, als läge ihm nichts an seiner Familie. Wer sagt, dass er es nicht wieder tun wird, wenn ihm alles zu viel wird?

»Wo warst du?«

»Ich erzähle euch alles, wenn *baba* da ist. Versprochen.«

Das ist seit Langem das erste Versprechen, das er hält.

Unser Vater reagiert mit purem Schock, als er zu Hause ankommt. Er muss sich erst einmal minutenlang hinsetzen und meinen Bruder anstarren, bis er ein Wort über die Lippen bekommt. Die blutdrucksenkenden Tabletten, die meine Mutter ihm notdürftig zuschiebt, nimmt er zum ersten Mal, seit ich denken kann, ohne Wenn und Aber an.

»Was ist passiert?«, flüstert er zwischen zwei Schlucken Wasser. »Wo warst du? Warum hast du nichts gesagt?«

»Es tut mir leid, *baba*«, sagt Onur mit belegter Stimme. »Ich war jung und unerfahren.« Mein Bruder beißt sich auf die Lippe, und ich lasse mich auf dem Teppich neben meinem Vater nieder. Auf der engen Couch ist kein Platz mehr für mich. »Ich dachte, ich will mehr vom Leben. Ihr wisst ja, dass ich meine Ausbildung gemacht habe. Als ich damit endlich fertig war, habe ich es hier nicht mehr ausgehalten. Ich wollte ein eigenes Leben haben.«

Ich kann ihm diesen Gedanken nicht verübeln, ich habe ihn oft. Das ist jedoch der springende Punkt. Es sollte bei *Gedanken* bleiben. Denn die Vorstellung, alles Azra zu überlassen, tut seelisch weh. Hat es ihm nicht wehgetan, mir alles zu hinterlassen?

»Ich wollte mein Leben genießen und habe dabei … habe dabei euch verletzt.« Er schüttelt den Kopf, als könnte er selbst nicht glauben, was er getan hat. »Und je mehr Tage vergangen sind, umso weniger habe ich mich getraut zurückzukommen. Die Scham und Angst saßen viel zu tief.«

Meine Mutter atmet dramatisch auf, und ich muss mir auf die Lippe beißen, um nicht loszuschreien. Durchblicke nur ich die Gefühlsduselei? Er hätte sich immer melden können. Egal wie viele Tage vergangen sind. Wir sind eine Familie. Wir halten zusammen. Das weiß er, das war schon immer so.

»Wir wären dir doch nicht böse gewesen«, sagt sie.

»Ich hatte Angst vor eurer Reaktion, ich hatte Angst, wieder in den alten Trott zu verfallen.«

Ich kann nicht wirklich entscheiden, ob die Trübheit in seinen Augen ein Zeichen von Betretenheit oder Trauer ist.

»Ich liebe euch, aber Wedding wurde mir zu viel. Berlin und meine Arbeit. Die Last, mit neunzehn für die Familie zu sorgen. Alles … es war einfach zu viel.«

»Oh … *oğlum*, du hättest immer zurückkommen können. Hier ist Platz für dich. Immer.« Mein Vater ist kein Mann der großen Worte. Er sagt nicht oft, dass er einen liebt. Er meint, er zeige es lieber, aber gerade spielt er mit offenen Karten. Mich überkommt ein unbekannter Schwindel, den ich wegblinzeln muss. Ich will nichts als abhauen und dieser höllischen Situation entkommen.

»Ich weiß«, haucht er. »Aber aus Tagen wurden Wochen, dann Monate und Jahre. Ich habe Nahla vor drei Jahren kennengelernt und konnte nicht mehr aus Wien weg.«

»Wien?«

»Ich bin damals nach Österreich gezogen, einfach um aus Deutschland rauszukommen«, sagt er und knetet seine Hände. »Ich hatte Angst, dass ich wiederkomme, wenn ich nicht weit genug weg bin. Und dann habe ich bei meinem Job Nahla kennengelernt. Das eine hat zum anderen geführt … Wir haben vor einem halben Jahr geheiratet.«

»Und islamisch?« Der Schock, der meiner Mutter ins Gesicht geschrieben steht, bringt mich zum Schnauben. Ist das ihre einzige Sorge? Ihr verdammter Sohn hat *geheiratet*. Er hat eine Frau. Eine ganz eigene Familie. Wie sie entstanden ist, sei mal dahingestellt. Ist eine islamische Ehe überhaupt relevant in diesem Moment?

Onur lacht knapp auf. »*Evet*, auch islamisch. Versprochen. Ich bin vor allem wegen ihr hier.«

Meine Mutter hebt die Augenbrauen, und ich frage mich, ob die Worte auch ihr die Luft rauben. Er ist nicht unseretwegen gekommen. Nicht weil er uns sehen wollte oder uns vermisst hat, sondern wegen seiner Frau.

»Sie wollte euch endlich kennenlernen, weil …« Er hält inne und nippt wieder am Tee, der längst erkaltet sein muss. »Sie ist im dritten Monat schwanger. Sie will, dass unser Kind seine ganze Familie kennt.«

Die Welt bleibt für einen Wimpernschlag stehen, und der Schwindel ist kurz davor, mich zu übermannen. Ich muss mich erst wieder orientieren. Ich bin im Wohnzimmer unserer Wohnung. In Wedding. In Berlin. Mir gegenüber sitzt mein Bruder, der seit fünf Jahren verschwunden ist. Der jetzt angeblich eine Frau hat und ein Kind bekommt …

»Was?«, fragt meine Mutter atemlos.

»Du wirst Vater?«

»Was sagst du da?«

Die Worte sind durcheinander, aufeinander aufgetürmt, bis nichts Verständliches mehr übrig bleibt. Nur ich bin schweigsam und starre den Teppich unter meinen Füßen an – etwas, das mir zum ersten Mal seit Langem leichtfällt. Was wird er noch aus dem Ärmel schütteln?

»Ich wollte nicht mit der Tür ins Haus fallen und euch mit den ganzen Informationen bombardieren, aber fünf Jahre sind eine lange Zeit.«

Fünf Jahre, die für ihn nicht besser hätten laufen können, während ich unter allem, was er zurückgelassen hat, untergegangen bin.

Freude scheint ein Fremdwort in dieser Konstellation von Ereignissen zu sein.

SECHSUNDDREISSIG | OTUZ ALTI

Evren

Bis der Schlaf mich endlich einholt, geht die Sonne längst auf und Azra erzählt etwas von einer Klausur, die sie nächstes Semester nachholen muss.

Nach den schwer verdaulichen Nachrichten gestern Abend ist Onur gegangen, damit seine Frau die Nacht nicht allein im Hotel verbringen muss. Meine Mutter wollte ihn nicht gehen lassen. Die Angst, dass er nicht wiederkommen würde und nur ein Gespenst ihrer Vorstellung war, war zu groß. Er hat ihr jedoch mehrmals versichert, dass er am nächsten Morgen auf der Matte stehen würde.

Seit sechs Uhr morgens schuftet sie deswegen schon in der Küche und bereitet ein Festmahl vor, das sich der König von England nicht hätte entgehen lassen, wäre er eingeladen.

»*Hadi*, aufstehen!«

Die Tür zu unserem Zimmer wird aufgerissen, und ich unterdrücke mein Gähnen.

»Das Essen kocht sich nicht von allein, ihr Lieben. Euer Bruder und seine Frau kommen! Los, raus aus den Federn.«

»*Anne*«, jammert Azra und zieht die Decke über ihren Kopf, was für meine Mutter nicht Hinweis genug ist, dass niemand außer ihr Lust darauf hat.

Sie geht auf Azras Bett zu und zieht die Decke von ihrem Körper. »Raus aus den Federn, habe ich gesagt.«

Missmutig schlage ich meine zurück und platziere meine nackten Füße auf dem Teppich.

»Wann kommen sie denn?« Azras Stimme ist noch immer schläfrig, und der Versuch, ihre Augen mithilfe ihres Kissens vor dem Licht zu schützen, misslingt ihr. Blinzelnd öffnet sie sie.

»Ich bin mir nicht sicher. Onur meinte, dass sie zum Frühstück da sind. Wir haben acht. Sie sollten jeden Moment kommen.« Sie klatscht euphorisch in die Hände. »Macht euch fertig. Ich will euch nicht in euren Pyjamas am Esstisch sehen.«

Mit diesen Worten verschwindet sie aus dem Raum, bevor Azra ihrem Unwillen stöhnend Luft macht.

»Ich weiß, er kommt nicht alle Jahre, aber muss sie so einen Aufstand machen?«, zischt sie und setzt sich mir gegenüber. Ich kann nur mit dem Schultern zucken.

»Wie fühlst du dich? Hilft es eigentlich, dass er wieder da ist?« Sie ist schneller als ich im Aufstehen und geht auf den Kleiderschrank zu. Was zieht man überhaupt an, wenn man die Frau des Bruders kennenlernt, von dem man dachte, man sähe ihn nie wieder?

Ich zucke ein wiederholtes Mal mit den Schultern. Ich weiß es nicht. Sollte es helfen? Vielleicht. Aber ich verspüre keinen Drang zu reden, sondern möchte mich am liebsten vor allem, was jetzt noch kommt, verstecken. Mein Bruder verdient meine Worte nicht. Nicht wenn er uns willentlich verlassen hat. Das Trauma, die Tränen, das Suchen, das Anflehen der Polizei … all das hätte uns erspart bleiben können, hätte er sich doch nur ein einziges Mal gemeldet.

»Aber ehrlicherweise« – sie zieht sich ihr Schlafshirt über den Kopf und tauscht es gegen einen großen Pullover und eine Jeans ein – »kann er mich mal. Du solltest ihn richtig hart bestrafen. Ich hoffe, er hat geheult diese Nacht. Scheißarschloch.«

Überrascht blicke ich auf, was ihr nicht entgeht, denn jetzt zuckt sie mit den Schultern und kämmt ihre dunklen Haare mit ihren Fingern.

»Wie konnte er sich einfach Jahre nicht melden und sich dann trauen, hier aufzukreuzen, als wäre nichts? Als wäre er nur in einem ultralangen Urlaub gewesen. Während *anne* und *baba* krank vor Sorge waren.«

Ihre Ehrlichkeit erschlägt mich. Sie fühlt wie ich. Bin ich also nicht die gemeine, eifersüchtige Schwester?

Nachdem sie ihre Hände eingecremt und sich die Wimpern getuscht hat, dreht sie sich zu mir. »Und dann denkt er, weil er jemanden geschwängert und geheiratet hat, ist ihm verziehen? *Piskopat.*«

Wenn Azra auf Türkisch umschwingt, weiß jeder, dass es ernst wird. Der Filter wird aufgehoben, und sie haut alles raus, was ihr auf der Seele brennt.

»Wo bleibt ihr?«, schreit meine Mutter, woraufhin Azra die Augen verdreht. Mir geht es genauso.

»Soll ich ihm Gift ins Essen mischen?«, fragt sie schmallippig und bringt mich zum Lachen. Es ist gut zu wissen, dass ich nicht die Einzige mit diesen Gefühlen bin. »Hatte er irgendeine Allergie?«

Tierhaare, fällt mir sofort ein, aber da sie ihm keine zermürbte Katze unters Rührei jubeln kann, schüttle ich den Kopf.

»Azra, kommst du jetzt?!« Unsere Mutter wird ungeduldig, und Azra stöhnt ein weiteres Mal genervt.

»Ich helfe ihr mal. Wir sehen uns gleich. Lass mich da draußen nicht allein.« Mit diesen Worten geht sie aus dem Raum, damit ich mich in Ruhe frisch machen kann.

Ich ziehe das erstbeste Kleid über meine Schultern und schlüpfe in eine Strickjacke, die mich warm hält. Eigentlich müsste ich mich bei Melda melden, um ihr zu sagen, dass ich heute nicht zur Arbeit komme. Aber jede Ausrede, die mir einfällt, erblasst neben der Wahrheit. Wenn ich versuche, ihr die Situation zu erklären, werde ich sie nicht mehr los, und sie wird mich mit Fragen bombardieren, auf die ich keine Antwort habe. Das Gespräch würde sich in die Länge ziehen – etwas, das sie besonders gut kann. Einen Tag wird sie ohne mich aushalten können. Der Großteil der Klausurenphase ist schon rum. Die Bibliotheken sollten sich allmählich leeren.

»Evren!«

Ich lasse die Zimmertür hinter mir zufallen, damit ich mir das Geschrei nicht länger anhören muss. Das Erste, was mir entgegenweht, ist der Geruch von gekochtem Essen. Meine Mutter steht vor dem Herd und brutzelt Zwiebeln an, und Azra schneidet Tomaten klein.

»Wir machen *menemen*. Onur hat das immer geliebt. Er hat seit Ewigkeiten nicht mehr meine Küche gegessen«, sagt meine Mutter wehmütig. Azra schüttelt ungläubig den Kopf, was *anne* zum Glück nicht sieht.

»Du kannst schon mal den Tee aufsetzen und die Aufschnitte auf dem Tisch anrichten. Euer Papa sollte bald mit den Brötchen wieder da sein.«

Als hätte sie ein ganzes Heer anzuleiten, kommandiert sie uns herum und kritisiert sogar, wie das Marmeladenglas zwischen der Käse- und Aufschnittplatte liegt. Ich beuge mich ihrem Willen und tue, wie mir geheißen. Je schneller ich hier fertig bin, desto eher kann ich mich in mein Bett verkrümeln.

Früher habe ich mir vorgestellt, wie es wäre, meinen Bruder wiederzusehen, habe mir jedoch meine Gefühlswelt ganz anders ausgemalt. Bunter, knalliger und definitiv freudiger. Wie oft habe ich mir gewünscht, ihn nur noch einmal zu sehen? Wie oft habe ich gebetet, dass es ihm gut geht?

Aber da wusste ich noch nicht, dass er freiwillig abgetaucht ist. Dass er uns bewusst im Stich gelassen hat.

Vorher war das Bild von der Trauer gefärbt, jetzt ist es in rote Wut getränkt.

Die Klingel ertönt und reißt mich aus meinen Gedanken.

»Das müssen sie sein!« Meine Mutter wischt sich ihre Hände wie wild am Küchentuch ab und richtet ihr Kopftuch ein letztes Mal, bevor sie zur Tür geht und sie mit einer schnellen Bewegung aufreißt.

Im Flur steht mein Bruder, neben ihm eine Frau, die ihm gerade mal bis zur Brust reicht. Ihre voluminösen braunen Locken tanzen um ihre Schultern, was ihre zierliche Figur untergehen lässt. Wenige Sommersprossen sprenkeln ihre filigrane Nase, und ihr Lächeln strahlt mit dem meines Bruders um die Wette.

Er strotzt vor Stolz, als sie die Arme ausbreitet und meine Mutter sie an sich zieht.

»Verdammt, ist die hübsch«, zischt Azra neben mir. »Er verdient sie nicht.« Sie lässt die Teller auf den Tisch krachen, wodurch alle sich ihr zuwenden. Ich möchte mich am liebsten wieder ins Bett verkriechen – das hier wird ein verdammt langer Tag.

»Das sind deine Schwestern?«, fragt sie leise an meinen Bruder gerichtet, der nur nickt und die Schuhe von seinen Füßen streift. Als sie sich bücken möchte, um dasselbe zu tun, nimmt er wie selbstverständlich ihre Handtasche an sich und drückt seine Frau in unsere Richtung.

»Azra und Evren«, stellt meine Mutter uns vor. Azra kreuzt die Arme vor der Brust und presst die Lippen zu einem schmalen Strich zusammen. Auch als Nahla auf sie zukommt, löst sie ihre Hände nicht, und die Frau meines Bruders schaut verunsichert zu ihm auf.

»Schön, dich kennenzulernen. Du musst Azra sein? Onur hat viel von dir erzählt.« Ihre Stimme zittert leicht, trotzdem reicht sie ihr die Hand, die Azra nicht annimmt.

»So viel kann er gar nicht zu erzählen gehabt haben, wenn er mich zuletzt mit vierzehn gesehen hat«, antwortet sie spitz und dreht sich wieder dem Esstisch zu.

Meine Mutter schnappt nach Luft und schlägt Azra gegen den Oberarm. »Entschuldige dich sofort.«

Nahla macht eine wegwerfende Handbewegung, aber dass sie verletzt ist, ist nicht zu übersehen. Ihr Lächeln zerbricht, weshalb mein Bruder beschützend eine Hand auf ihre Schulter legt. Sagen kann er trotzdem nichts, denn alles, was Azra von sich gegeben hat, entspricht der Wahrheit.

»Und du bist Evren?«

Ich nicke. Als sie mir ihre Hand reicht, nehme ich sie in meine, obwohl sich alles in mir dagegen sträubt. Aber sie kann nichts dafür. Sie kann nichts dafür, dass mein Bruder abgehauen ist und eine zertrümmerte Familie hinter sich gelassen hat, um eine neue, polierte aufzubauen. Er hat sich einen Neuanfang unter den Nagel gerissen, und wir müssen die Scherben zusammensetzen, um uns nicht zu schneiden.

Der Verlobungsring an ihrer Rechten ist winzig, aber schön. Ob er ihr einen pompösen Heiratsantrag gemacht hat? Er ist nie ein

Mensch der Extravaganz gewesen. Andererseits hat er den dramatischsten Abgang gemacht, den man hätte hinlegen können. Also was weiß ich schon über ihn.

»Von dir hat er auch viel erzählt. Ganz viele Kinderfotos von euch beiden hat er mir gezeigt.« Sie schaut zu ihm auf, und ich kann das Rot an seiner Nasenspitze erkennen.

»So viele waren es auch wieder nicht«, murmelt er und drückt liebevoll ihre Schulter.

Sie kichert, als hätte ihr Lachen niemals die erstickende Dunkelheit erleben müssen – es ist unbefleckt von tiefer Trauer.

»Du darfst schon ehrlich sein.« Sie rollt mit den Augen und schaut wieder zu mir. »Er war genau so, als wir uns kennengelernt haben. Ich musste mein Auto in die Werkstatt fahren. Und dort stand er.«

Zwei Monate bevor er abgehauen ist, hat er seine Ausbildung zum Kfz-Mechatroniker beendet. Der Gesellenbrief ist drei Tage vorher angekommen – wir hatten alle groß zusammen gefeiert.

»Sie hat einige Hundert Kilometer mehr zurückgelegt, als sie mit ihrem Ölstand hätte sollen. Sie kann heilfroh sein, dass ihr der Motor nicht abgesoffen ist. Und das für immer.«

Nahla schlägt ihm gegen die Brust, während es in meiner laut knallt. Warum darf er glücklich sein, wenn er verdammt viel Schmerz angerichtet hat? Warum findet er jemanden, der viel besser zu sein scheint, als er verdient hat?

Er ist dein Bruder, Evren.

Ich sollte ihm das Beste wünschen, aber es fällt mir schwer.

»Euer *baba* ist bestimmt gleich da. Setzt euch doch schon mal an den Tisch.«

»Es sieht wundervoll aus, Frau Yıldırım. Kann ich irgendwie helfen?«

Meine Mutter schüttelt sofort den Kopf und drückt Nahla an sich. »Du bist schwanger, mein Schatz. Du setzt dich jetzt hin und isst für euch zwei. Ich bin jetzt deine Mama. Nichts da mit Frau Yıldırım. Nenn mich *anne.*«

Augenblicklich bilden sich Tränen in Nahlas Augen, und sie beginnt zu schniefen. »Wo ist das Bad?«, piepst sie.

Mein Bruder bringt sie zur letzten Tür im Gang. Als er zurückkommt, nagt die Trauer an seinen Zügen.

»Was ist los?«, fragt meine Mutter besorgt, sogar Azra lässt die Arme vor ihrer Brust fallen und legt die Stirn in Falten.

Onur seufzt. »Ihre Mutter ist gestorben, da war sie erst drei, und ihr Vater ist vor vier Jahren an Krebs verstorben. Sie ist Einzelkind.«

Autsch. *Willkommen im Club der Traumata, Nahla. Du bist nicht allein. Und verletzter als gedacht.*

»*İnanmıyorum.*« Meine Mutter schlägt sich eine Hand vor den Mund und muss selbst Tränen zurückhalten. Verübeln kann ich es ihr nicht. Das ist der erste Moment, seitdem mein Bruder aufgekreuzt ist, dass ich Mitgefühl empfinde. Nahla tut mir leid. Niemand verdient solch ein Schicksal. Vater *und* Mutter zu verlieren, muss eines der schlimmsten Erlebnisse sein.

»Sprecht sie bitte nicht darauf an«, flüstert er und legt einen Finger an seine Lippen. »Das fällt ihr noch immer schwer. Deswegen haben wir allein geheiratet. Ich wollte ihr das mit einer … meiner Familie nicht antun.«

Bevor jemand etwas sagen kann, klingelt es wieder an der Tür, und meine Mutter lässt meinen Vater in die Wohnung. Die zwei Papiertüten mit den Backwaren stellt er auf den Esstisch und kommentiert die betretene Stille mit einer angehobenen Augenbraue. »Habe ich eine Beerdigung verpasst?«, fragt er heiter, doch niemand kann seine Belustigung teilen.

»Erzähl ich dir gleich«, flüstert *anne* ernst, sodass das Lächeln auf seinen Lippen erstirbt.

Nahla stakst unsicher in den Raum. »Entschuldigt.« Ihre Stimme zittert noch immer, und sie fährt sich mit ihren Handrücken unter die Augen. »Die Schwangerschaftshormone.«

Onur umarmt sie fest. »Niemand nimmt dir das übel, *meleğim.*«

Wütend auf ihn zu sein, fühlt sich in diesem Moment unverdient an, so wie er seine Frau umarmt, ihr beruhigende Worte zuflüstert und sich nicht darum schert, dass andere zusehen. Früher ist er nicht so gewesen. Nicht so taktvoll. Nicht so liebend und beschützend.

Seine Beziehung – vor allem seine Frau – verdient meine Wut nicht. Sein unüberlegtes Verschwinden, das Alleinlassen schon … aber nicht sie.

»Wollen wir uns langsam setzen?«, schlägt Azra vor.

Wir folgen ihren Worten.

Das Frühstück verläuft mit leisen Gesprächen und Gelächter, das das Leben für einen Moment einfacher erscheinen lässt. Ich kann mir sogar ein Lächeln abringen, als meine Mutter davon erzählt, dass Onur nach dem Duschen nackt durch die Wohnung gelaufen ist, bis er sieben war. Er kann sie gerade so davon abhalten, Kinderfotos aus der Fernsehvitrine zu holen.

* * *

Wir haben schon nach eins und schlürfen alle *çay*, außer meinem Bruder, der an seinem Hagebuttentee nippt. Nahla erzählt davon, dass sie jeden Kellner- und Verkaufsjob gemacht hat, den Wien zu bieten hat. Sie will wenigstens die Kindergartenjahre in Berlin verbringen. Damit das Baby eine Familie hat. Bei diesen Worten treten ihr wieder Tränen in die Augen, und meine Mutter umarmt sie fest. Ich kann gar nicht fassen, dass ich in einem halben Jahr Tante werden soll.

Als mein Handy neben mir aufleuchtet, stelle ich meinen Tee auf den Couchtisch.

> Talhah: Ich schaffe es heute nicht zum Lernen, Eisprinzessin. Not-OP ist gerade reingekommen. Es wird länger als bis vier dauern. Entschuldige! Ich mache es morgen wieder gut, okay?

Bei seinem Namen macht mein Herz einen Sprung. Ich schaue um mich, um sicherzugehen, dass niemand seine Nachricht sieht. Sonst wird meine Mutter noch anfangen, von Talhah zu erzählen. Und das ist das Letzte, was ich heute will.

Evren: Mach dir keinen Kopf! Alles gut, kein Problem, bis morgen.

Die Not-OP könnte mir nicht besser in den Kram passen. Jetzt muss ich einer Person weniger erklären, was in meinem Leben passiert. Ich würde Talhah nie anlügen wollen, aber die Wahrheit fühlt sich so unglaublich an, dass ich sie ihm genauso ungern auftischen möchte. Nur noch ein bisschen zu zweit … er hat noch genug Zeit, meine Familie kennenzulernen. Bis dahin möchte ich beides strikt voneinander trennen. Wenn ich ihm erzähle, dass mein Bruder da ist, würde er vielleicht hierherfahren. Das kann ich nicht zulassen, jetzt, da mein Leben sowieso kopfsteht.

Ich möchte, dass er mein kleines Geheimnis ist – weit weg von allem. Sobald sich alles beruhigt hat, werde ich ihm davon erzählen. Und sobald ich selbst weiß, *was* ich vom Auftauchen meines Bruders halte. Ich möchte nicht, dass er das Gefühl hat, ich wäre nicht froh darüber, während er sich wahrscheinlich nichts anderes wünscht, als dass sein Vater vor seiner Tür steht.

Talhah: Lern brav. Ich frage dich morgen ein wenig ab und schulde dir einen Kaffee. Soll ich dich in der Bibliothek abholen?

Evren: Das wäre toll, und du bist mir definitiv nichts schuldig!

Talhah: Wir sehen uns morgen, Eisprinzessin. Du wirst mich nicht mehr los.

Beim letzten Satz zieht sich mein Magen zusammen, und ich muss das Handy weglegen, um mich zu beruhigen. *Du wirst mich nicht mehr los.* Ich würde ihn nie loswerden *wollen*. Talhah ist aktuell die alleinige Konstante in meinem Leben.

Und eine weitere Person, die ich zwar nicht direkt anlüge, vor der ich jedoch Dinge verheimliche …

SIEBENUNDDREISSIG | OTUZ YEDİ

Evren

Als ich am nächsten Morgen aufwache, steht die Sonne längst hoch am Himmel. Bei dem Versuch, mein Handy ausfindig zu machen, falle ich aus dem Bett. Es liegt neben meinem Nachttisch auf dem Boden. Der Akku ist fast leer, sodass ich meine Augen zusammenkneifen muss, um bei der geringen Bildschirmhelligkeit die Uhrzeit zu erkennen.

Wir haben schon elf Uhr. Scheiße. Verdammt. Ich hätte vor zwei Stunden auf der Arbeit sein sollen. Warum hat mich mein Wecker nicht geweckt? Das ungute Gefühl beschleicht mich, dass mein Handy genau deswegen neben meinem Nachttisch liegt. Ich muss so müde gewesen sein, dass ich den Alarm ausgeschaltet und das Handy weit von mir weg verfrachtet habe.

Die gestrige Nacht hat sich gezogen, deswegen kann ich es mir selbst nicht verübeln. Nahla und mein Bruder haben uns alles von Wien erzählt, was es zu wissen gibt, und uns Tausende Bilder gezeigt. Meine Mutter hat nicht nur einmal geweint, weshalb mein Bruder sie die meiste Zeit im Arm hielt.

Ich lasse mich aufs Bett plumpsen. Melda muss heute auch ohne mich auskommen. Sie hat mir gestern Nachmittag schon geschrieben, wo ich denn bleibe, aber ich habe nicht geantwortet, weil ich keine Zeit hatte. Obwohl ich ihr eine Antwort schuldig bin. Die Arme weiß doch gar nicht, was los ist, und macht sich bestimmt Sorgen. Seit ich dort arbeite, habe ich so selten gefehlt, dass ich alle Fehltage an einer Hand abzählen könnte. Und jedes Mal habe ich früh genug Bescheid gesagt oder bei einem Notfall schnellstmöglich angerufen.

Aber in den letzten Tagen ist viel passiert – ich komme nicht hinterher. Wie sollte ich das Melli erklären, wenn ich es selbst nicht verstehe? Sie wird zwei Tage ohne meine Unterstützung aushalten können, da bin ich mir sicher.

Azra platzt ins Zimmer. »Endlich bist du wach«, sagt sie. »Wir warten auf dich. Alle wollen spazieren gehen, um Nahla ein wenig herumzuführen. *Hadi*, zieh dich an.«

Obwohl ich überhaupt keine Lust habe, nicke ich zur Antwort und streiche mir die Haare hinters Ohr. Das sieht Azra als Zeichen, den Raum zu verlassen. Ein paar Momente, die ich allein genießen kann, bevor das Leben mich unbarmherzig zurück in die Realität zieht.

* * *

»Wedding ist nicht zu vergleichen mit Wien … Berlin als Ganzes nicht«, erzählt mein Bruder, der Nahlas Hand hält, die von einem Plattenbau zum nächsten schaut. In Wien ist man wahrscheinlich den Luxus der Altbauten gewohnt. Ob der Plattenbau in ihr eine ähnlich depressive Stimmung auslöst wie in mir?

Egal wie sehr Wedding mein Zuhause ist, der Tag, an dem ich diese Tristheit hinter mir lasse, wird der Tag sein, an dem ich *wirklich* glücklich werde.

Wir zeigen ihr dabei nicht nur unseren Stadtteil, sondern auch Friedrichshain, Mitte und zum Schluss Kreuzberg. Da gibt es den besten Döner, weshalb ich schon immer gern dorthin gegangen bin – mein Bruder erinnert sich sogar daran, was mir für eine Sekunde erlaubt hat, meine Wut zu vergessen. Die Wut, die so viel Platz in meinem Inneren einnimmt, dass ich nicht weiß, wo ich das Vermissen und Freuen verstauen soll. Denn ich bin glücklich, dass er wieder da ist, und ich habe ihn auch vermisst, aber manchmal erblassen diese Gefühle einfach neben dem alles überschattenden Ärger.

Es ist schon spätabends, als wir endlich zu Hause ankommen. Mein Handy hat den ganzen Tag in meiner Tasche gelegen, und als ich es heraushole, um zu schauen, ob ich irgendwelche Nachrichten habe, stockt mir der Atem.

Melli hat versucht, mich mehrmals anzurufen, und die vier Nachrichten, die sie mir geschickt hat, werden von der einen zur nächsten immer panischer.

Melda: Hey, ist alles okay? Du warst heute und gestern nicht da. Schreib mir bitte.

Melda: Evren, ist alles in Ordnung?

Melda: Evren … wenn du die Nachricht siehst, antworte.

Melda: Der Typ, der dich schon einmal abgeholt hat, war hier und hat nach dir gesucht. Ist alles okay?

Oh, verdammt! Ich habe das Treffen mit Talhah glatt vergessen. Wie ist mir das entgangen? Noch dazu, nachdem das davor schon abgesagt wurde und ich ihn total vermisse!

Er hat ebenfalls versucht, mich zu erreichen. Nicht nur telefonisch, sondern auch per Nachricht.

Talhah: Ich werde mich verspäten. Der Arzt, der mich ablösen sollte, ist eine Stunde zu spät. Entschuldige.

Talhah: Ich werde mich beeilen!

Talhah: Ich komme dich abholen, bis gleich, Eisprinzessin. Ich freu mich darauf, dich zu sehen.

Talhah: Ich war gerade bei dir auf der Arbeit. Deine Kollegin meinte, du warst heute und gestern nicht da. Ist etwas passiert?

Talhah: Du hast mir nichts gesagt von gestern. Ist alles okay?

Talhah: Evren, bitte reagiere. Ich kriege dich nicht ans Telefon. Muss ich mir Sorgen machen? Ist es wieder so eine Sache wie letztes Mal? Ich hol dich ab, falls du mich brauchst.

Talhah: Ein Lebenszeichen ...

Talhah: Evren, komm schon. Bitte.

Talhah: Okay, ich komme zu dir. Verdammt, du machst mir Angst.

Die letzte Nachricht ist eine halbe Stunde alt. Ich atme tief durch, um meinen Herzschlag zu beruhigen. Ich muss Talhah sofort zurückrufen. Wenn er hierherkommt, wird das ein verdammtes Chaos. Ich weiß selbst nicht, was mir die letzten zwei Tage passiert ist. Wie soll ich ihm das alles erklären, ohne selbst unterzugehen?

Wenn ich einen ruhigen Moment habe und mich an den Fakt, dass mein Bruder wieder da ist, gewöhnt habe, will ich ihm davon erzählen. Es läuft gerade so gut, das Letzte, was ich möchte, ist, unsere Beziehung durch mein kompliziertes Leben durcheinanderzubringen. Er verdient das nicht. Er verdient etwas Besseres.

Nachdem meine Eltern mit Azra einkaufen gefahren sind, streiten sich Nahla und mein Bruder darüber, ob Döner ohne Zaziki noch immer Döner ist oder nicht, sodass ich mich unbemerkt in mein Zimmer verkriechen und die Tür hinter mir schließen kann.

Ich klingle Talhah mehrmals an, aber jedes Mal werde ich zur Mailbox weitergeleitet. *Warum gehst du nicht ran?*

Die nächsten zehn Sekunden dehnen sich zu einer Ewigkeit aus, bis es an der Tür klingelt, die prompt jemand öffnet. Scheiße.

»Hallo. Wie kann ich dir behilflich sein?« Mein Bruder hat die Tür geöffnet. Nur meine Mutter weiß von Talhah, und Azra ahnt etwas. Das soll so bleiben.

Scheiße. Scheiße. Scheiße.

Ich lehne meine Schläfe an die Tür und drücke mein Ohr gegen das Holz. Vielleicht geht Talhah ja und niemand muss erfahren, was er für mich ist.

»Hey.« *Verschwinde, Talhah.* »Ich glaube, ich habe mich im Stock vertan. Entschuldigung.«

Ich schließe vor Erleichterung die Augen und lasse mich gegen die Zimmertür fallen. Das war einfacher als gedacht. Gott meint es heute gut mit mir.

»Wen hast du denn gesucht?« *Nein. Onur, halt die verdammte Klappe. Lass ihn einfach gehen. Bitte.*

»Evren Yıldırım.« Talhahs Stimme klingt verwirrt und viel zu nah. Verdammt nah. Er soll gehen. Ich werde ihn gleich wieder anrufen und ihm irgendetwas erzählen. *Bitte, geh.*

»Dann bist du hier richtig.«

Verdammt.

Ich balle meine Hände zu Fäusten und versuche, meine Atmung unter Kontrolle zu bekommen. *Danke, Gott … für nichts.* Scheiße. Das wird nicht gut enden.

»Oh …« Mehr kommt nicht von Talhah.

Am liebsten möchte ich ihm telepathisch sagen, dass das das Zeichen ist zu verschwinden. Bevor alles über uns hereinbricht. Bevor mein sicherer Hafen unter dem Tsunami meiner Familie untergeht.

»Wer bist du?«, fragt Onur defensiv, als würde er jemand Betrunkenen nicht in seinen exklusiven Club reinlassen wollen.

»Wer bist *du*?«, wiederholt Talhah spitz.

»Ich bin ihre Familie. Also …?«, fragt Onur ungeduldig. *Sag nichts, Talhah, bitte sag einfach nichts.*

»Ihre …« Die restlichen Worte bleiben in der Luft hängen. Ich kann Talhahs Reaktion nachempfinden, weil ich beim Wiedersehen mit meinem Bruder dieselbe hatte.

»Evren?« Seine Stimme ist nun lauter, und ich kneife die Augen zusammen. Diese Fürsorge schmeichelt mir normalerweise, aber gerade möchte ich, dass er verschwindet.

»Hey, hey, hey.« Pause. »Wo zur Hölle willst du hin? Denkst du, du kannst einfach durch *meine* Haustür spazieren, wie es dir passt, ohne meine Frage zu beantworten?«

Da ist der Onur, den ich kenne. Aufbrausend, kurzsichtig und völlig irrational.

Nahla bemerkt seinen Stimmungsumschwung auch und mischt sich in das Gespräch ein. »Beruhige dich. Lass ihn doch einfach durch, Onur.«

»Onur?«

»Kennen wir uns?«

Ich öffne die Tür und stolpere regelrecht in den Flur. Talhah hat noch immer seinen Kittel an. Er hat sich nicht einmal die Zeit genommen, sich umzuziehen.

Er wendet sich mir zu, und ich meine, Erleichterung auf seinem Gesicht zu erkennen.

»Evren.« Er drückt sich an meinem Bruder vorbei.

Onur dreht sich zu mir um und schaut mich verwirrt an. »*Bu kim*, Evren?«, spuckt er regelrecht.

Ich tippe eine kurze Nachricht an ihn.

Evren: Gib mir eine Minute.

Ich hoffe, er nimmt mich ernst und lässt mich in Ruhe. Auch wenn es nur kurz ist. Ich muss das klären, bevor alles hochgeht.

»Was ist los?«, flüstert Talhah, als ich ihn am Arm packe und in mein Zimmer ziehe. Die Tür fällt hinter mir zu, und ich schließe sie ab, damit niemand reinkann. »Ich habe mir solche Sorgen gemacht. Du hast auf keine meiner Textnachrichten reagiert. Ich bin davon ausgegangen, dass du wütend auf mich bist. Ich war echt spät dran und habe mich so beeilt, dass ich mich nicht einmal umgezogen habe. Du weißt nicht, wie viel Panik ich hatte, als deine Kollegin gesagt hat, dass du seit zwei Tagen nicht auf der Arbeit warst. Ist alles okay?« Seine Sorge landet zusammen mit seinen Händen auf meinen Schultern, wandert mit seinen Zeigefingern zu meinem Hals. Ich möchte diese Situation ignorieren und mit ihm verschwinden.

»Was ist los?«, wiederholt er leiser und lässt seinen Blick durch den Raum wandern. Meine Seite ist aufgeräumt, und auf Azras Bett stapelt sich Kleidung. In diesem Zustand sollte er nicht das erste Mal mein Zimmer sehen. »Ist das dein … Bruder?« Er ist genauso verwundert wie ich.

»Ja, das ist er.«

Talhah öffnet ungläubig die Lippen, was ich ihm nicht verübeln kann. Mir geht es ähnlich. »Ist er einfach aufgetaucht? Habt ihr ihn gefunden? Die Polizei?«

Die Fragen sind nett gemeint, er ist immerhin besorgt. Aber sie sind viel. Zu viel. Ich will sie nicht beantworten, doch es führt kein Weg daran vorbei. Er ist ehrlich zu mir, ich kann ihn nicht anlügen. Das wäre nicht fair.

»Er ist von allein gekommen«, antworte ich und kralle mich in seinen Kittel. Ich brauche dringend Halt. Er ist die einzige Person, die mich nicht aus dem Gleichgewicht bringt.

»Warum? Warum plötzlich jetzt?«

»Seine Frau ist schwanger, deswegen.« Vielleicht sind das Informationen, die ich nicht aussprechen sollte, aber ich kann nicht anders. Onur ist gekommen, weil er es wollte. Um sich selbst etwas Gutes zu tun, nicht unseretwegen.

Talhah zieht verwirrt die Augenbrauen zusammen. »Frau? Schwanger?«

»Ja.« Ich beiße mir auf die Lippe, um das unangenehme Gefühl zu unterdrücken, das durch mein Inneres wirbelt. Scham. Meine gebrochene Familie liegt vor dem perfekten Medizinstudierenden. *Versau es dir nicht, Evren.* Wird er gehen, wenn er merkt, dass ich ihm nichts als Scherben zu bieten habe?

»Und er ist einfach mir nichts, dir nichts aufgetaucht? Als wäre nichts gewesen? Wegen seiner Frau? Nach verdammten fünf Jahren?«

Die Fragen schneiden wie geschärfte Messer, obwohl ich weiß, dass er sie nicht böse meint. Ich möchte sie nicht bejahen, sondern mich in Luft auflösen. Vor meinen Problemen fliehen. Noch ein letztes Mal damit davonkommen.

Ich vergrabe mein Gesicht an seiner Brust.

»Wie geht es dir damit?« Er nimmt mich in seine starken Arme, streicht durch mein Haar, und ich will mit ihm weg. Weg von hier. Raus aus dieser Wohnung. Raus aus Berlin, wenn es sein muss.

»Ich dachte, ich würde mich freuen, aber ich fühl mich einfach leer.« Ich schluchze und muss mir erneut auf die Lippe beißen, damit die Tränen nicht aus meinen Augen quellen. »Es tut weh.«

»Nur damit ich das richtig verstanden habe: Der Bruder, der vor fünf Jahren verschwunden ist, der ist jetzt hier? Und dir geht es schlechter als zuvor?«

Ich nicke, zu mehr bin ich nicht imstande.

»Das fühlt sich wie ein schlechter Film an«, sagt er ungläubig, und ich kann ihm nur zustimmen.

»Ja.« Ich atme auf. »Deswegen war ich die letzten Tage nicht auf der Arbeit. Alles war zu viel. Ich wollte nicht, dass du herkommst.«

Talhah schiebt mich von sich und sieht genauso verwirrt aus, wie ich mich fühle. »Warum?«

»Weil –« Meine Antwort wird jäh durch ein hartes Klopfen unterbrochen.

»Ist alles okay bei dir? Soll ich reinkommen?« Onur rüttelt an der Klinke, die sich um keinen Zentimeter bewegt. »Evren, wer ist das? Bedrängt dich dieser Typ? Lass sie in Ruhe!«

Talhah schnaubt und fährt sich müde durchs Haar. »Als ob es ihn jetzt, nach fünf Jahren, interessiert, ob es dir gut geht.« Seine Worte sind so laut, dass mein Bruder sie gehört haben muss.

»Pscht!«, mache ich und drücke meinen Zeigefinger gegen seine Lippen.

»Was zum Fick hast du gesagt?«, donnert es von der anderen Seite. »Sag mir das doch ins Gesicht, wenn du dich traust, du Wichser!«

»Talhah, bitte«, flüstere ich in der Hoffnung, dass mein Bruder mich nicht hört. Unter normalen Umständen hätte ich nicht geredet, aber die Art, wie Talhah zu mir und dann zur Tür schaut, erlaubt mir keine Stille. Er sieht fertig und besorgt aus. Keine gute Kombination. Ich hätte auf mein Handy schauen und ihm antworten sollen.

Mein Bruder rüttelt wieder am Türknauf, und Nahla protestiert leise. »Mach jetzt die Tür auf!«

»Warum wolltest du nicht, dass ich komme?« Er blendet die Schimpferei meines Bruders aus, als würde sich die Welt um mich drehen, klingt jedoch verletzt.

Mir fehlen die Worte. Ich weiß nicht, ob es an der Antwort liegt oder daran, dass mein Bruder mich hören kann. Ich bleibe still.

Talhahs Miene verhärtet sich, er geht auf die Tür zu und ignoriert meinen wortlosen Protest. Ich habe das Gefühl, dass dieser Streit völlig ausarten wird. Allein, wie mein Bruder momentan reagiert. Das wird nicht gut enden.

Talhah reißt die Tür auf und tritt zur Seite. Onur stolpert dadurch ins Zimmer. Das kurze Zucken um Talhahs Mundwinkel ist nicht zu übersehen.

Die Aufmerksamkeit meines Bruders richtet sich auf mich, bis er Talhah anvisiert. »Was fällt dir eigentlich ein, dich in unsere Familienangelegenheiten einzumischen?« Onur geht auf ihn zu und drängt ihn gegen meinen Kleiderschrank.

»Chill mal.« Talhah drückt ihn von sich weg, doch mein Bruder bewegt sich, ohne zu zögern, wieder auf ihn zu und presst seine Schultern gegen das Holz. Talhah überragt ihn um wenige Zentimeter, aber das stört ihn nicht – seine Züge sind stählern.

»*Chill mal?*« Onur lacht spöttisch auf und sucht Zustimmung bei Nahla, die betreten auf den Boden starrt. »Du kommst in mein Haus, ignorierst mich und belästigst meine Schwester? Ich glaube, *chillen* ist das Letzte, was ich tun werde.«

Ich will schreien, will meinen Bruder von Talhah wegreißen. Sagen, dass mich niemand belästigt. Aber ich bin wie eingefroren. Talhahs erschöpfte Augen, seine ausgelaugte Haltung … er braucht gerade alles andere als *das*.

»Was denkst du, wer du bist?«, zischt Onur ungläubig, was Talhah völlig kaltlässt.

Mich aber nicht. Er ist mein Freund. Die Person, der ich noch vor Kurzem meine Gefühle gestanden habe. Die mein kleines Geheimnis weit weg von meiner zerbrochenen Familie sein sollte.

»Onur, es reicht«, murmelt Nahla und versucht, ihn am Arm wegzuziehen. Vergeblich.

Ich gehe auf beide zu und packe meinen Bruder auch am Unterarm, aber er schüttelt mich ab. Nur bei seiner Frau gibt er nach mehreren Versuchen widerwillig nach. Nahlas Wangen sind rot, und sie lässt den Kopf in den Nacken fallen.

Talhah glättet mit fahrigen Bewegungen seinen Kittel, wobei sein grüner Kasack zerknittert. »Es ist doch scheißegal, wer ich bin. Ich würde mir an deiner Stelle verdammte Sorgen darum machen, dass es deiner Schwester in deiner Anwesenheit schlechter geht.« Er schenkt meinem Bruder ein unterkühltes Lächeln, das seine Augen nicht erreicht. »Du kannst dir gerne die Auszeichnung für den besten Bruder abholen. Herzlichen Glückwunsch.«

Für einen geladenen Moment wird es still. Ich weiß, dass jetzt alles hochgehen wird wie eine Bombe, die ich nicht mehr entschärfen kann. Und meine Beziehung wird zum Kollateralschaden.

»Was hast du gesagt?«, zischt Onur. »Wiederhol das noch mal.« Er schubst Talhah gegen den Schrank, der hilflos gegen die Wand kracht. »Komm, sag es.« Wieder schubst er ihn an den Schultern gegen das Holz, und Talhah zieht scharf die Luft ein. »Ich höre zu, du Hurensohn.«

Ich will einschreiten, meinen Bruder wegziehen, ihn anschreien und Talhah in meinen Armen halten, bis wir uns auflösen. Aber nichts geschieht. Ich komme einfach nicht vom Fleck. Der Gedanke zu fliehen ist das Einzige, was mich durchflutet.

»Rück von mir ab.«

»Was, wenn nicht?«, höhnt mein Bruder, und die ersten Tränen brennen in meinen Augenwinkeln. Er war schon immer aggressiv. Hat viel zu schnell die Geduld verloren und im Affekt gehandelt.

Wie oft saßen meine Eltern im Büro des Rektors und mussten meinen Bruder wegen einer Schlägerei abholen?

»Onur, hör auf«, fleht Nahla, aber er reagiert nicht, starrt unentwegt Talhah an, der seinem Blick standhält.

Talhah steckt lässig die Hände in seine Taschen und legt den Kopf schief. »Was, wenn nicht?«, wiederholt er langsam. Er lässt sich nicht aus der Ruhe bringen. »Keine Ahnung, frag deine Schwester. Du machst dich gerade verdammt unbeliebt.« Seine Mundwinkel zucken, und ich weiß, dass er zum K.-o.-Schlag ansetzt. *Bitte nicht, Talhah, du kennst ihn nicht, du kennst seine Art nicht.* »Und du hattest eh schon verdammt schlechte Karten.«

»Talhah«, flüstere ich, und meine Stimme vertrocknet wie eine ungegossene Blume.

Alle Blicke schnellen überrascht zu mir. Ich kann nur blinzeln, um die aufsteigenden Tränen zurückzuhalten.

»Und warum erzählst du ihm *unsere* Angelegenheiten, Evren? Warum redest du mit ihm? Wer ist er?« Onur deutet auf Talhahs Brust.

Statt zu antworten, wende ich mich ab. Was würde ich sagen, wenn ich sprechen könnte, wenn meine Stimme nicht eingegangen wäre? Er sagt es so, als würde ihn die Tatsache verletzen, dass ich über sein Verschwinden geredet habe. Als würde es ihn unrechtmäßig in ein schlechtes Licht rücken. Dabei hat er das schon selbst getan!

»Wer ich bin?« Talhah schaut mich erwartungsvoll an. »Sag ihm, wer ich bin, Evren.«

Seine Worte sind spitz, und ich weiß nicht, ob die plötzliche Härte an mich oder an meinen Bruder gerichtet ist. So oder so sind Talhahs letzte Worte laut und ersticken jeglichen Willen, ihm zu antworten, im Keim. Warum provoziert er meinen Bruder?

»Evren«, knurrt Onur. Mein Name klingt aus seinem Mund anschuldigend, obwohl er kein Recht dazu hat.

»Onur, es reicht jetzt wirklich. Lass deine Schwester in Ruhe«, geht Nahla dazwischen. Ihr entschuldigendes Lächeln lässt mich kalt. »Anscheinend verstehen sich die beiden so gut, dass sie mit ihm reden möchte. Wir haben uns doch über Mutismus informiert.« Ihre Worte werden weicher, was mein Bruder nicht verdient hat. Als sie ihn *endlich* von Talhah losbekommt und ihre Hände auf seine Brust legt, lässt er die Schultern sinken.

Er dreht sich von mir weg, und ich kann wieder aufatmen. Meine zu Fäusten geballten Hände entkrampfen sich. Ich schließe für wenige Sekunden die Augen, um runterzukommen.

»Warum er?«, flüstert er. Onurs Gesichtsausdruck ist verzerrt, während Talhah mich weiterhin wortlos anstarrt. Ich kann ihn nicht lesen wie sonst. Was denkt er gerade? Aus was für einer Familie ich komme? Wie schwach ich bin? Dass ich ihn nicht beschützen kann? O Gott, nach diesem Abend ist die Sache mit uns gelaufen.

Er wird mich hassen.

»Sag es ihm, Evren.« Talhahs Ton ist flehend, aber ich bekomme meinen Mund vor Angst nicht auf. Das müsste er wissen – ich kann unter Druck nicht reden. Warum versucht er, mich zu zwingen? Das ist nicht fair. Diese Situation ist einfach nicht fair.

Was, wenn mein Bruder wütend wird, weil die Person, die er sich als temporären Feind ausgesucht hat, mein Freund ist? Ich will einfach, dass es vorbei ist.

Als nichts von mir kommt, leckt sich Talhah über die Lippen und schüttelt den Kopf. »Das hier ist mir einfach zu albern«, zischt er und drängt sich an meinem Bruder vorbei. »Warum ich? Weil ich kein Arschloch bin, das andere verlässt, wenn es brenzlig wird.«

ACHTUNDDREISSIG | ثمانية و ثلاثون

Talhah

»Was ist los?« Zelal zieht die Augenbrauen zusammen, als ich durch die Tür stürme und Kälte mitbringe. Ich könnte die Vierzimmerwohnung mit meiner Wut aufheizen. Die dreißig Minuten Fahrt nach Hause hätten mich längst abkühlen müssen, aber es brodelt noch immer in mir.

»Nichts«, zische ich und drücke mich an ihr vorbei. Aber ich kann sie nicht abschütteln. Dafür ist sie trotz ihrer kleinen Körpergröße viel zu penetrant. Sie hat nach der Bewerbung für ihr Zimmer alle zwei Tage nachgefragt, ob sie es denn bekomme.

»Talhah –«

Müde halte ich inne und versuche, ruhiger zu sprechen. »Ich bin einfach nur kaputt. Die Arbeit war anstrengend.« Was keine Lüge ist. Die Notaufnahme war überrannt, weshalb ich meinen Kaffee in der Pause im Stehen und in wenigen Schlucken austrinken musste. Die Pflegenden hatten keine ruhige Minute mit mir. Meine Hände haben durch die fünf Tassen Koffein und wegen mangelnder Ernährung nur gezittert, sodass sie Blutabnahmen und Verbände übernehmen mussten. Sie können das sowieso besser als ich.

»Wolltest du dich nicht mit Evren treffen?« Sie lässt nicht locker, obwohl ich in mein Zimmer gehe und meinen Kittel ausziehe. Verdammt, ich hätte ihn im Krankenhaus lassen müssen! Die Reinigung wird mir eins überbraten. Das ist der zweite, den ich mitgenommen habe.

»Eigentlich schon«, antworte ich kühl und donnere meine Tasche auf den Boden, was Socke aus dem Schlaf reißt. Er liegt seelenruhig auf meinem Bett und dreht sich auf den Rücken, um sich Streicheleinheiten einzuholen.

»Okay.« Sie kreuzt die Arme vor der Brust. »Warum bist du dann hier? Will sie zu uns kommen?« Das Grinsen und die hochgezogenen Augenbrauen sollen mich zum Lachen bringen, aber nichts als Ärger durchströmt mich. Ich wollte mich mit Evren treffen, wollte ihr beim Lernen helfen und ihr diesen Iced Coffee kaufen, den sie mag, trotz der Minusgrade. Ich wollte.

»Nein.« Meine knappen Antworten beirren Zelal nicht, im Gegenteil. Ich werde nicht allein gelassen, sie rückt noch näher. Auch die Türen der anderen öffnen sich quietschend. Na toll. Wir haben Zuschauer.

»Bist du aufgeregt, oder wie?« Sie schiebt ihre Unterlippe vor. »Ich habe doch gesagt, dass du nicht viel darüber nachdenken darfst, sondern einfach machen musst. Außerdem … dass sie es bis jetzt mit dir ausgehalten hat, zeugt doch nur davon, dass sie dich will. Sie musste sogar den ersten Schritt machen. Mehrmals.«

In jedem anderen Moment hätte ich gelacht. Ich wäre vielleicht auch rot geworden. Aber jetzt, hier, nach dem, was alles vorgefallen ist, möchte ich die Tür vor Zelals Nase zuschlagen und mich in mein Bett verkriechen.

»Was ist hier los?« Yousef reibt sich die Hände über die Augen und schiebt sich dunkle Strähnen aus der Stirn. Seine Jogginghose sitzt tief auf seinen Hüften, und das T-Shirt ist auf links, was ihm einen belustigten Blick von Atlas einbringt. Beide sehen verschlafen aus.

Zelal schüttelt ungläubig den Kopf und lehnt sich gegen seine Schulter. »Unsere ewige Jungfrau hat irgendetwas mit Evren versemmelt und rückt nicht mit der Sprache raus.«

»Was –«

Bevor Atlas überhaupt zu Wort kommen kann, unterbreche ich ihn. »Das stimmt verdammt noch mal nicht. Ich habe nichts versaut.« Ich habe nichts kaputtgemacht. Vielleicht ein bisschen. Ich hätte ihren Bruder nicht so angehen sollen. Aber er ist auf mich zugegangen, hat mich wie ein Kleinkind gescholten! Verdammt. Ich musste mich wehren. Und Evren. Sie hat ausgesehen, als würde sie jeden Moment weinen. Als würde sie sich an das letzte Stück Selbstbeherrschung klammern.

»Was ist passiert?«, fragt Yousef ruhig. Im Gegensatz zu Zelal überschattet seine Neugier nicht den Inhalt seiner Worte. Auf seinen Zügen ist ehrliche Sorge zu erkennen.

Ich sacke in mich zusammen. Vielleicht habe ich es doch versaut.

»Das ist jetzt echt nicht der Zeitpunkt.« Ich fahre mir übers Gesicht und möchte mich ins Bett hauen. In das Bett, auf dem Evren gesessen hat, nachdem ich ihr das Zeichenbuch geschenkt hatte. Bei der Erinnerung daran durchzucken mich Freude und Blöße zugleich. Gott, ich weiß wirklich nicht, wie man sich der Person gegenüber verhalten sollte, die man lieben lernt. Sie ist die erste.

»Lasst ihn in Ruhe. Wir können ihn auch morgen beim Abendessen ausquetschen.« Atlas ist sonst immer auf Zelals Seite, aber scheint meine schlechte Laune zu verstehen.

Bevor sie noch weiter diskutieren können, knalle ich allen dreien die Tür vor der Nase zu. Zelals wütendes »Hey« kann die Holztür dennoch nicht abdämpfen.

»Na«, murmle ich und setze mich neben Socke, der zu schnurren anfängt. »Sind wir zwei endlich allein?«

Ich lasse meine Finger über sein weiches Fell gleiten, was mich augenblicklich beruhigt. Vielleicht ist es doch nicht meine Schuld gewesen. Evrens Bruder hat mich angegriffen, und sie hat einfach nur dagestanden. Ich hätte nicht erwarten sollen, dass sie redet, aber in dem Moment habe ich mir nichts anderes gewünscht. Ich habe mir gewünscht, dass sie sich für mich entscheidet.

Ich hatte Hoffnung, weil sie meinen Namen gesagt hat. Dass sie *jetzt* den Mund öffnet und ihrem Bruder klarmacht, dass er mich in Ruhe lassen soll. Nicht, dass ich das bräuchte. Ich habe mich verdammt noch mal zurückgehalten! Ich habe seine Tiraden ertragen, seine Sticheleien über mich ergehen lassen, denn ich wollte Evren nicht verletzen. Ihr Schluchzen hat hundertmal mehr gestochen als Onurs scharfe Zunge. Ich wollte einfach nicht, dass sie weint. Nicht meinetwegen. Nicht, nachdem ihr Bruder wieder aufgetaucht ist – nach so viel Schmerz und Sorge. Ich würde ihr nie zur Last fallen wollen. Sie ist schon so verdammt traurig. Ihre feinen Gesichtszüge, die schmalen Schultern und diese verdammte Trauer in ihren Augen, die sie auch beim Lachen begleitet … ich wollte kein weiterer Grund dafür sein.

Aber warum hat sie gar nichts gemacht? Sie hätte nicht reden müssen, aber *irgendetwas* tun können. Eine kleine Notiz oder Textnachricht an Onur wären genug gewesen. Hat sie *meine* Trauer nicht wahrgenommen? Nicht sehen wollen? Absichtlich ignoriert?

Hätte sie gewollt, hätte sie *etwas* getan, oder nicht? Sie hätte sich auch davor melden und mir erzählen können, dass er wieder da ist. Ich musste erst vor ihrer Haustür stehen, um es zu erfahren. So etwas Großes und Bewegendes hat sie für sich behalten. Das würde ich nie tun. Sie ist die erste Person, der ich es erzählen würde, sollte ich etwas von meinem Vater hören. Die erste.

Ich habe mit offenen Karten gespielt. Immer. Anders kenne ich es nicht. Meine Mutter hat gesagt: *Lieber kennt jemand meine schlechten Seiten und mag mich weniger, als dass er eine Vorstellung von mir hat, die ich nicht erfülle.* Ich habe Evren von meinem Vater erzählt, von der Flucht, von meinem Bruder. Und ich hätte ihr noch mehr verraten, sie hätte nur fragen müssen. Wenn ich etwas gelernt habe, dann ehrlich zu sein.

Warum hat sie mir nichts gesagt? Vertraut sie mir nicht? Warum schweigt sie genau dann, wenn ich sie nicht lesen kann?

Ich wollte doch nur, dass sie für mich einsteht. Nur dieses eine Mal. Ist das zu viel verlangt gewesen?

NEUNUNDDREISSIG | OTUZ DOKUZ

Evren

»Stimmt das, Evren?«

Ich hätte ahnen müssen, dass dieser Abend verflucht ist. Ich hätte wissen sollen, dass mein Bruder sich vom Ausplaudern der Geschehnisse des heutigen Tags nicht abbringen lassen würde. Er ist ganz der Alte – sein Wille steht über dem Wohl aller.

»Du redest mit Talhah?« Meine Mutter rückt näher zu mir und legt ihre Hand auf meinen Oberschenkel. Ihre Berührung durchzuckt mich wie ein Blitz, und mein Instinkt ist, einfach aus der Tür zu gehen.

»Dieses Scheißarschloch.«

»Onur, es reicht«, zischt Nahla und schüttelt ungläubig den Kopf.

Das hast du geheiratet.

Wenn Menschen lange weg sind und wir sie vermissen, dann erinnern wir uns nur an das Gute. In meinem Fall an die Nächte, in denen Onur mir Schlaflieder vorgesungen hat, oder die Tage, an denen er sich mit meinen Lehrern gestritten hat, damit ich die verdiente Note bekomme. Als er gelernt hat, meine Haare zu flechten, weil unsere Mutter schon aus dem Haus war, bevor wir uns für die Schule fertig machen mussten.

Diese Erinnerungen trüben die Wahrheit. Alles, was dazwischen geschehen ist. All das Schreien, das nächtliche Abhauen und morgendliche Aufkreuzen, das Geld, das er immer versprochen hat mir zurückzuzahlen. Das wortlose Verschwinden.

»Oh, *kızım.*« Die Tränen fließen wieder über *annes* Wangen, und ich frage mich, wie sie so viel Flüssigkeit in ihrem Körper tragen kann.

»Er darf also vor mir mit dir reden? Vor mir?«, beschwert sich Azra und kreuzt die Arme vor der Brust. »Nur weil er ein Mann ist.«

»Azra«, kommt es zeitgleich von unserer Mutter und unserem Vater, der bisher ruhig geblieben ist. Die einzige Person, die mir Raum gibt. Aber dafür ist meine Mutter mir zu sehr auf die Pelle gerückt und lässt mich wie eine neu entdecke Spezies nicht aus den Augen.

»Nur ein Wort, Schatz«, fleht sie.

»Wer ist er überhaupt?«, stochert mein Bruder weiter und beugt sich fordernd zu mir vor. Nahla schüttelt den Kopf und wird rot um die Nase.

»Medizinstudierender, arbeitet bei mir im Krankenhaus«, sagt meine Mutter knapp und schaut nicht einmal zu ihm.

»Deswegen der Aufzug.«

»Könnt ihr Evren nicht einfach in Ruhe lassen?«, interveniert mein Vater wütend, aber jeder ignoriert ihn. Jeder außer mir. Ich schenke ihm ein schwaches Lächeln. Ein kleines Danke dafür, dass er meine Grenzen versteht.

»Evren«, bittet meine Mutter mich um eine Reaktion, und ich kneife die Augen zusammen. Ich möchte mir das nicht antun. Wenn sie versucht, mich zu zwingen, dann werde ich noch eher schweigen. Das muss sie doch endlich begreifen. Nach verdammten vier Jahren.

»Hatice, lass sie in Ruhe. Das arme Mädchen tut sich schon schwer genug«, wiederholt mein Vater diesmal mit festerer Stimme und erlaubt mir, endlich aufzuatmen. Ich schaffe Abstand zwischen mir und *anne*, um aus dem Wohnzimmer zu verschwinden. Eine Sekunde länger halte ich nicht mehr aus.

»Du hast sie verjagt.« Das sind die letzten Worte, die noch bei mir ankommen, bevor ich endlich die Zimmertür hinter mir schließe. Wie auf Kommando läuft das Wasserwerk.

Warum ist heute alles einfach nur ausgeartet?

Es sollte ein normaler Tag werden. Hätte ich bloß Talhah abgesagt. Dann hätte er all das nicht miterleben müssen. Meine dysfunktionale Familie. Die Unfreundlichkeit, die aus meinem Bruder sickert, der längst kein Teil mehr meines Lebens war. Der sich entschieden hat, wieder aufzukreuzen, weil es ihm gerade in den Kram passt. Damit sein Kind eine Familie hat, die seine Frau nicht hatte. Selbstsüchtige Gründe.

Es hat ihm nicht gereicht, das zu kriegen, was er wollte – tosenden Applaus, eine Familie, die ihn aufnimmt, ohne Wenn und Aber. Nein, er hat währenddessen andere in den Abgrund geschubst. Warum? Weil es ihm Spaß macht?

Ich lasse mich auf mein Bett fallen und greife nach meinem Handy, das ich seit den fehlgeschlagenen Anrufen bei Talhah nicht mehr angefasst habe. Diesmal ist der Bildschirm gähnend leer. Weder Talhah noch Melli haben sich bei mir gemeldet. Dass er versucht, mich zu erreichen, sollte ich sowieso nicht erwarten.

Nach diesem Debakel würde es mich nicht wundern, wenn er mich gar nicht mehr aufsucht und lieber Abstand hält. Dass ich nicht geredet habe, war Herausforderung genug, eine weitere würde sogar ihn überfordern. Und diese Hürde ist keine, die sich umgehen lässt. Die durch Reden ausradiert wird. Meine Familie klebt für immer an mir, und er muss sie aushalten können.

Schlimmer … ich gehöre zu ihr. Ich bin nicht anders als meine übereifrige Mutter, meine zynische Schwester, mein selbstsüchtiger Bruder und mein gutmütiger, aber passiver Vater. Will man so etwas überhaupt daten? Ich wäre an Talhahs Stelle schon längst über alle Berge.

Ich lasse das Handy auf den Boden fallen und versuche abermals, die Tränen aufzuhalten, aber es geht nicht. Sie hinterlassen Spuren auf meinem Hals, bevor mein Pullover sie aufsaugt.

»*Abla* …« Das Klopfen an der Zimmertür ist viel zu laut, und ich möchte schreien, dass ich in Ruhe gelassen werden will. Wie immer bleibe ich still.

Azra öffnet die Tür und lässt sie leise hinter sich zufallen.

»Darf ich mich zu dir setzen? *Baba* hat mich geschickt.« Eine Antwort wartet sie nicht ab – sie setzt sich neben mich und legt ihre Hand auf meinen Arm. »Tut mir leid, dass ich das eben gesagt habe … Ich weiß, dass Talhah nett sein muss, wenn du dich ihm öffnest. *Özür dilerim.*« Sie seufzt und fährt sich durchs Haar. »Das war nicht fair von mir. Wirklich, es tut mir leid.«

»Er ist nett«, flüstere ich und muss die Aufregung in mir herunterschlucken. Der Knoten in meinem Hals hat sich für einen Moment gelöst. Meine Augen müssen ähnlich groß sein wie die von Azra, die mich mit offenem Mund anstarrt.

»Ich hänge das jetzt nicht an die große Glocke«, haucht sie und schaut mich an, als könnte ich mich jeden Moment in Luft auflösen.

Ich muss bei ihren Worten lachen. Es ist klar, dass sie Angst hatte, ich würde gar nicht mehr mit ihr reden. Ich kann es nur mit einem Schmunzeln quittieren.

Besser so. Hab Angst, Azra. Sonst bin ich diejenige, die sich immer vor dir fürchten muss.

»Okay, vielleicht an die kleine Glocke.« Sie drückt Zeigefinger und Daumen zusammen und schiebt ihre Unterlippe vor. »Ich habe deine Stimme vermisst. Ich kann verstehen, dass Talhah nicht von dir loskommt und dir anscheinend wie ein Dackel hinterhergerannt ist.«

Als ich sie mit zusammengezogenen Augenbrauen anschaue, zuckt sie mit den Schultern. »*Anne* war … sehr gesprächig.«

Natürlich. Natürlich war sie das. Wie sollte es auch sonst sein?

»Sie findet ihn toll, weißt du?«

Dass sie ihn toll findet, ändert nichts an meiner jetzigen Situation. Er ist weg. Er ist gegangen und wird nicht wiederkommen. Das würde ich bei solch einer Familie auch nicht. Bei einem Bruder, der ihn aus heiterem Himmel von der Seite anmacht, obwohl er nicht einmal weiß, wer Talhah ist und was er seiner Schwester bedeutet.

Er übernimmt Große-Bruder-Aufgaben, dabei bin ich einundzwanzig, nicht mehr sechzehn. Wir sind aus dem Alter raus. Vieles hat sich verändert seit dem einen kalten Januarmorgen. Er kann nicht erwarten, dass wir uns fünf Jahre zurückentwickeln, weil er sich beim Aufholen schwertut. Es ist seine Schuld.

Es ist verdammt noch mal seine Schuld.

VIERZIG | KIRK

»Das nächste Mal sollst du mir einfach Bescheid sagen, wenn du nicht kommst. Ich habe mir Sorgen gemacht!«

Klänge Mellis Stimme nicht so ernst, dann hätte ich angefangen zu lachen. Mit ihrem Meter fünfzig und dem roten Hut über ihren Locken sieht sie aus wie ein kleiner Feuerwehrmann statt wie eine Bibliothekarin, die mich zur Rechenschaft zieht.

»Dein Loverboy auch«, fügt sie hinzu, und der Spaß in mir erstirbt. »Er war völlig verwirrt, als er realisiert hat, dass du nicht da bist. Er meinte, er sei von der Arbeit hierhergerast.«

Die Erwähnung setzt sich wie ein Stein in meinen Magen ab. Jede weitere Bewegung tut weh. Ich muss alles daransetzen, um davon nicht zu Boden gerissen zu werden und die Bücher in meiner Hand fallen zu lassen. Ich hatte mir die restliche Woche freigenommen. Heute am Montag habe ich noch immer nichts von ihm gehört.

»Hat er dich denn wenigstens ausfindig machen können?« Den neugierigen Unterton ignoriere ich und nicke. Er hat mich aufgefunden, aber *wie*, das ist eine andere Sache.

Bevor Melda weiterreden kann, verlasse ich die Rezeption und visiere die Englischabteilung an, um die Bücher an ihren rechtmäßigen Platz zu stellen. Ich habe mich genug in Selbstmitleid gesuhlt und mein Bett nur verlassen, um auf die Toilette zu gehen. Es war eine miserable Woche. Vielleicht hilft das Arbeiten beim Vergessen. Wenigstens für den Moment.

Außerdem muss ich weiterlernen. Bis zum TMS sind es gerade einmal vier Wochen. Ich habe im Januar bewusst den frühen Termin gewählt, damit ich es bald hinter mir habe. Ich weiß nicht, ob ich es jetzt bereue oder nicht. Ich möchte den TMS schreiben und einfach nach vorne schauen, aber mir ist auch bewusst, dass ich Unmengen an Stoff pauken muss. Viele fangen ein Jahr vorher damit an, nicht drei Monate.

Mein Handy klingelt, was mich so sehr erschreckt, dass ich die Bücher überfordert abstelle. Verdammt, wie konnte ich vergessen, mein Handy auf leise zu stellen? Wut kocht in mir auf, als ich sehe, wer es ist. Und wer es *nicht* ist.

»Hey, Evren!«, begrüßt mich mein Bruder.

Ich kaue auf meiner Unterlippe, während ich das Handy mit dem Ohr gegen meine Schulter drücke und die Bücher aufhebe.

»Nahla und ich wollten uns heute ein paar Wohnungen anschauen. Hättest du Lust mitzukommen?«

Er hat sich mit seiner Frau dazu entschieden, wieder hierherzuziehen. Er hat erzählt, dass er seinen Meister in Bayern an der Grenze gemacht und danach in Wien gejobbt hat. Sein alter Arbeitgeber in Berlin hat ihm einen sehr guten Lohn angeboten, dafür dass er zurückkommt, und weil auch Nahlas Firma kein Problem darin gesehen hat, sie an die Zweigstelle in Berlin zu versetzen, sind sie jetzt hier. Es hätte wirklich nicht besser laufen können für die beiden.

Manche Menschen haben einfach verdammt viel Glück und andere … andere nicht.

»Du kannst mir gern per Nachricht antworten«, redet er ungehemmt weiter. »Wir haben Besichtigungen in Charlottenburg und Prenzlauer Berg und ein paar in Kreuzberg und Wedding.«

Charlottenburg? Prenzlauer Berg?

Ich rümpfe die Nase. Die Wohnungen in Wedding und Kreuzberg sind wahrscheinlich irgendwelche überteuerten Neubauten. Ich spüre es schon, wie es unter meiner Haut juckt. Mein Bruder macht genau das, worüber wir uns immer aufgeregt haben.

Während in den Sechzigern Gastarbeitende in jene Gebiete gepfercht wurden, sucht sich die heutige Oberschicht ausgerechnet diese aus und treibt Menschen aus ihren Wohnungen, die seit Generationen dort leben. Allein an der Luxemburger Straße unweit von uns steht ein Luxusgebäude. Jedes Mal, wenn ich daran vorbeigehe, möchte ich meine Stirn gegen die Wand schlagen. *Im verdammten Wedding.*

Trotzdem sage ich Onur zu. Er möchte unsere Beziehung kitten, auch wenn er sich dabei miserabel anstellt und mich die meisten Tage zornig zurücklässt. Ich kann nicht für immer wütend auf ihn sein, dafür habe ich ihn viel zu sehr vermisst.

* * *

Ich behalte recht. In Kreuzberg waren es nur Neubauten, bei denen die Miete bei tausendfünfhundert kalt anfängt. Nur in Wedding haben wir uns eine ältere Wohnung angeschaut, die Nahla nicht gefallen hat. Dafür war die Altbauwohnung im Prenzlauer Berg sehr beliebt bei ihr. Als ich für Falafeln zum Görli wollte, hat sie die Lippen zusammengepresst und entschuldigend den Kopf geschüttelt. Mein Bruder hat mit einem Schulterzucken geantwortet und mir versprochen, dass er das Essen bezahlen werde.

Dabei war mir das Geld egal. Ich mag die Falafeln, und früher sind wir jeden Freitag nach der Schule dorthin. Er hat mir den Laden gezeigt. Jetzt ist er plötzlich viel zu gut dafür. Wir haben uns zusammen darüber lustig gemacht, dass der Prenzlauer Berg plötzlich der Hotspot für junge Reiche geworden ist. Als ich noch ein Kind war, sah es dort ähnlich wie in Wedding aus.

Was für einen Unterschied fünf Jahre und eine Frau, die gut geerbt hat, machen können.

»Schmeckt dir der Burger nicht? Wenn du unbedingt möchtest, können wir auch Falafeln essen gehen, nachdem ich Nahla bei uns zu Hause abgesetzt habe.« Mein Bruder schenkt mir ein schwaches Lächeln.

Miteinander Zeit zu verbringen und gemeinsam zu essen, ist seine Art, sich zu entschuldigen … denke ich. Nachdem Talhah aus der Wohnung gestürmt ist, ist auch mein Bruder aus meinem Zimmer verschwunden. Übers Wochenende sind wir uns aus dem Weg gegangen. Das letzte Mal, dass er sich über ihn unterhalten wollte, war, nachdem meine Mutter mich auf mein Reden angesprochen hatte. Seitdem ist das Talhah-Thema stillgelegt.

Ich zucke mit den Schultern – ich bin an einem Punkt angekommen, an dem ich erschöpft bin. Ich versuche, ihm zu verzeihen und mich darüber zu freuen, dass er wieder da ist. *Ich freue mich auch.* Ein Mensch, der bis heute mein Hintergrundbild ist, den ich jeden Tag vermisst habe, ist wieder da. Ich habe mir das Glücksgefühl nur größer vorgestellt. Einvernehmender. Wie Neonfarben, die so stark leuchten, dass man sich nicht sicher ist, ob man noch in Farbe sieht oder nicht.

Aber die Freude hält sich in Grenzen. Ist grau, weiß, schwarz. Ermüdend. Das große Knallen, der Applaus und die Girlanden bleiben aus. Übrig bleiben Streitereien, Schreien und Ungewissheit. Als müsste ich Barrikaden der Trauer hochklettern, um meinen alten Bruder vor mir zu haben – die Version, die ich über die letzten fünf Jahre vermisst habe.

»Evren.« Er schüttelt den Kopf und tupft sich den Mund mit seiner Serviette ab. »Ich … es tut mir leid, aber …«

»Onur«, funkt Nahla dazwischen und legt ihre Hand auf seinen Unterarm, kann aber sein Besteck nicht davon abhalten, klirrend auf dem Teller zu landen.

»Es ist jetzt Tage her! Du sagst nicht, wer er *wirklich* ist, sagst nicht, warum er von allem weiß. *Du redest überhaupt nicht!*«

Ich zucke zusammen und lege die Gabel in meiner Hand auf den Holztisch. Trotz der Untersetzer heben sich Kondenswasserringe von der hellen Farbe des Tisches ab.

»Onur, nicht schon wieder.«

»Ich … ich möchte doch nur meine Schwester wiederhaben.«

Wir wollen alle etwas wieder. Ich möchte mein Leben, meine Chancen, meine Wünsche, die unter seinem Verschwinden vergraben wurden, wieder. Und er jemanden, der seinetwegen nicht mehr existiert. Wegen seiner selbstsüchtigen Entscheidungen.

EINUNDVIERZIG | KIRK BİR

Evren

Nach der Arbeit in der Bibliothek zu bleiben und zu lernen, erweist sich als einfach, als mein Bruder nicht aufhört, bei uns zu Hause aufzukreuzen. Auf der Suche nach einer Wohnung übernachten er und Nahla in einem Hotel unweit von uns und besuchen uns daher oft. Es würde kaum einen Unterschied machen, wenn er gleich wieder in sein altes Zimmer zöge. Das hat meine Mutter ihnen auch tausendmal angeboten, aber sie haben wiederholt abgelehnt. Gott sei Dank.

Nachdem sie ihre Wohnung gefunden haben, wollen sie wieder nach Wien zurückreisen und alles Restliche dort klären. Wie lange das dauern wird – keine Ahnung. Ist es komisch, dass ich mir wünsche, sie für eine Weile nicht zu sehen?

»Magst du einen Tee?«

Meldas helle Stimme erkenne ich sofort. Wie immer bin ich ganz oben auf der letzten Etage. Trotz der Stille habe ich sie nicht kommen gehört.

Der kleine Bär auf der dampfenden Tasse winkt mir zu, und ich nicke. Ein Tee wäre gar nicht schlecht. Vor allem in Anbetracht der Zeit, die ich hier noch verbringen werde. Vor mir liegen noch genug Aufgaben, die ich durcharbeiten muss. Ich bekomme ein besseres Gefühl für sie und kann viele intuitiv richtig lösen, aber *viele* ist für den TMS nicht ausreichend. Ich muss in einem extrem hohen Perzentil landen, damit ich für das Studium in Berlin bleiben kann.

Falls ich studieren kann.

»Fencheltee ist okay?« Sie reicht mir den Tee, und auch wenn ich ihn nicht sonderlich mag, nicke ich erneut. Ihr könnte ich nicht das Herz brechen. Sie hat sich die Mühe gemacht, hier hochzukommen und mir etwas zu trinken anzubieten, trotz des strikten Verbots.

Und niemand kommt an den Regeln vorbei, wenn es nach Melda geht.

Als der Becher meine Fingerspitzen streift und Melli mir stolz über die Schulter streicht, ist der Tee nur noch lauwarm. Die Wärme, die Melda mir seit Tag eins schenkt, ist unvergleichlich. Sie ist wie der Frühling, der sich momentan mit blühenden Osterglocken schmückt. Eine willkommene Abwechslung vom langen Winter – von meiner lange trist gewesenen Welt. Sie hat mich immer mit offenen Armen empfangen, obwohl ich nichts als Kälte anzubieten hatte.

»Danke.«

Mellis Augen werden groß. Ich müsste längst an diese Reaktion gewöhnt sein, aber sie zaubert ein Lächeln auf meine Lippen. Auch wenn ich nicht viel rede, sie schaut mich immer mit liebevollen Blicken an, und ich werde das Gefühl nicht los, dass ihre Umarmungen fester ausfallen als zuvor.

»Weißt du, ich werde mich echt schwer daran gewöhnen können.«

Hitze wandert in meine Wangen.

»Aber umso mehr freue ich mich, wenn du mit mir redest.«

Sie drückt mich so überschwänglich an sich, dass ich fast nach hinten falle und mein Mäppchen mit auf den Boden reiße. Im letzten Moment halte ich mich am Tischrand fest und richte uns auf.

Sie lacht. »Ich wollte das erste Mal nicht mit der Tür ins Haus fallen, aber jetzt, da das Sprechen sich häuft, bin ich dafür, dass du meine Neugier stillst.«

Ihre Neugier kennt keine Grenzen, doch das macht sie zu Melda. Zu einer Person, die ich lieben gelernt habe.

»Aber davor lasse ich dich allein, damit du in Ruhe lernen kannst. Ich will dich nächstes Semester nämlich nicht mehr hier sehen, sondern dich in deiner eigenen Bibliothek besuchen. An der Charité.«

Mein Herzschlag setzt eine Sekunde lang aus, bevor er sich bei ihren Worten beschleunigt. In wenigen Monaten könnte ich mir meinen Traum erfüllen … jetzt, da mein Bruder wieder da ist. Vielleicht würde es meiner Mutter leichter fallen, mich loszulassen. Vielleicht würde er ihr unter die Arme greifen, sodass ich das nicht mehr übernehmen muss. Nahla und er haben anscheinend keine Geldsorgen, und wenn sie wirklich daran interessiert sind, unser Leben einfacher zu machen, dann können sie vielleicht aushelfen. Onur wusste schon immer, dass ich Medizin studieren möchte. Wenn er mich auf diese Weise unterstützen sollte, wäre einiges getan. Ich könnte meinem Traum nachjagen, mich für das Studium bewerben und studieren wie …

Talhah. Ein heftiger Stich jagt durch meine Brust, wodurch ich für einen Moment nicht atmen kann. Er hat sich noch immer nicht gemeldet, und ich traue mich nicht, es weiter bei ihm zu probieren. Weil ich weiß, dass ich es versaut habe. Unsere Beziehung ist viel zu frisch gewesen, um solch einen Schlag zu überleben. Hätte er gewollt, hätte er sich gemeldet. Aber er möchte nicht. Möchte mich nicht mehr. Und wer bin ich, dass ich mich ihm aufdränge? Er hat Besseres verdient.

Gott, ich vermisse ihn.

* * *

Der Bleistift in meiner Hand wird schwer, als ich über das weiche Blatt fahre. Mein Zeichenbuch ist wieder zur Hälfte gefüllt mit Kritzeleien. Seit Tagen kann ich keine richtigen Zeichnungen anfertigen. Die Details fehlen, und jegliche Wahrheitstreue ist verschwunden. Mein Kopf ist zu voll für intrikate Details und Modelle.

Ich vermisse Talhah und kann niemandem davon erzählen. Meine Mutter würde sofort darauf anspringen und sagen, dass ich ihn kontaktieren soll. Eine Entschuldigung an meinen Bruder würde alles wiedergutmachen, würde sie sagen. Aber ich möchte nicht, dass Talhah sich bei ihm entschuldigt. Er hat nichts falsch gemacht. *Ich* bin schuld. Ich hätte in dem Moment eingreifen sollen. Ich hätte meinem Bruder sagen sollen, dass Talhah mein Freund ist, dass er das Recht hat, alles zu wissen. Genauso wie Nahla alles weiß. Ich konnte nicht.

Talhah braucht jemanden, der in solchen Situationen seine Seite wählt. Auf den er vertrauen kann. Jemanden, der ist wie er selbst. Ohne zu überlegen, hat er mich nach der Konfrontation mit Kuzey auf Defnes Hochzeit entschuldigt und ist mir hinterhergeeilt. Anstatt sich zu beschweren, hat er mir sein Jackett gegeben, weil er gesehen hat, dass ich durchnässt war.

Er ist zu gut für mich.

Auf dem Papier vor mir verschwimmt alles zu einem unkenntlichen Nichts – sogar Azra hat aufgehört, interessiert auf die Seiten zu starren. Normalerweise macht sie mir Komplimente oder fragt nach der Bedeutung meiner Zeichnungen. Diesmal hat sie mir angeboten, einen neuen Stift zu kaufen. Aber es liegt nicht am Stift. Nicht am Material. Es liegt an mir und meinem Kopf, der nicht leise sein kann. An meinen rasenden Gedanken, die kein Halten mehr kennen.

Und an der Tatsache, dass ich eigentlich in jeder freien Minute, die ich habe, für den TMS lernen sollte, die Angst vor der Klausur mir jedoch jegliche Kraft raubt, um produktiv zu sein.

ZWEIUNDVIERZIG | KIRK İKİ

Evren

Die Sonne scheint von Tag zu Tag heller, weshalb die Jacken der Studierenden dünner werden. Die Winterstiefel stehen auch bei mir im Schuhschrank, aber das Wetter kann ich nicht genießen. Nicht jetzt. Der Ausblick aus dem Café muss reichen.

Es ist wie immer leise hier – keine Musik wird abgespielt, und die wenigen Menschen, die sich unterhalten, tun es in einem gedämpften Ton, den ich kaum mitbekomme. Das bisschen Gebärdensprache, das ich dank Talhah gelernt habe, erlaubt mir, einen Kaffee zu bestellen. Um genau zu sein, einen Iced Coffee. Ich bin hier mittlerweile so oft, dass die nette Barista weiß, was ich trinke, ohne dass ich es ihr sagen muss. Ich bin mir nicht sicher, ob ich das gut finden oder vor Scham im Erdboden versinken soll.

Die Tür geht auf und lässt für eine kurze Sekunde das Zwitschern der Vögel herein. Mein Blick zuckt augenblicklich in ihre Richtung, und Enttäuschung macht sich in mir breit, da es niemand ist, den ich kenne. Vielleicht ist das auch mein Grund gewesen hierherzukommen. Ich habe gehofft, Talhah zu sehen. Doch bis jetzt ist es aussichtslos. Nur einmal habe ich seine männlichen WG-Mitbewohnenden angetroffen. Aber sie haben mich entweder sehr gut ignorieren können oder mich schlichtweg nicht erkannt. Wie sollten sie auch? Sie haben mich ein Mal gesehen. Einfach alles mit Talhah ist schiefgegangen, bevor es überhaupt richtig anfangen konnte.

Jedes Mal, wenn meine Mutter fragt, ob ich denn wieder mit ihr rede, drehe ich mich einfach weg. Seit drei Tagen fragt sie nicht mehr, und ich hoffe, dass sie nicht noch mal auf Talhah zu sprechen kommt. Dass sie sich bei der Arbeit über den Weg laufen, ist denkbar. Vor allem bei meinem Glück. Oder Pech – wie man es nimmt.

Auch mein Bruder meidet das Thema, aber ich gebe ihm nicht

die Möglichkeit, davon anzufangen. Es ist ein beklemmendes Gefühl, dass er wieder da ist. Ich habe mich schnell an seine Anwesenheit gewöhnt. Fast so, als wäre er nie weg gewesen. Als wären die letzten fünf Jahre nicht passiert. Nur mein Schweigen ist die letzte Erinnerung an den Schmerz, das Suchen, die Angst.

Ich sollte mich genauso wie meine Mutter freuen, mich jeden Abend mit ihr an den Herd stellen, um ihn und Nahla zu bekochen, und Luftsprünge machen, wenn sie vorbeikommen. Aber es geht nicht. Die Freude und der Wunsch, meinen Bruder glücklich zu machen … die setzen bei mir nicht ein. Die Wut brodelt noch immer, und wenn ich ihn sehe, möchte ich ihm ein *Warum* entgegenschreien, obwohl er es tausendmal erklärt hat.

Die Erklärung ist aber nicht genug. Nicht genug, um solchen Schmerz zu rechtfertigen. Wie schaffen es alle anderen, ihm zu verzeihen?

Vielleicht bin ich einfach zu hart. Zu unfair. Zu nachtragend. Vielleicht ist es meine eigene Schuld – meine restliche Familie bekommt es hin. Ich muss wieder einmal aus der Reihe tanzen. Wie immer.

Wären mir Worte nicht derart fremd, dann wäre das Ganze mit Talhah nicht so aus dem Ruder gelaufen. Auch das ist meine Schuld gewesen. Ich hätte mich längst bei ihm melden können. Mit ihm über das Geschehene reden können.

Er hätte sich auch melden können …

Ich schlage das Buch vor mir zu und muss ein lautes Stöhnen unterdrücken. Verdammt. Kann er mir nicht einfach aus dem Kopf gehen? Es gibt genug andere Dinge, die mich beschäftigen sollten. Meine Mutter – meine Familie – weiß immer noch nicht, dass ich den TMS machen möchte. Sie glauben, dass ich gerade unterwegs bin, um einzukaufen, oder in einem Café zeichne.

Wie soll ich ihnen die Sache mit dem TMS so kurz vor der Prüfung offenbaren? Ich will mir ihre Reaktion nicht ausmalen, aber ich kann davor auch nicht weglaufen.

Warum darf *ich* nicht einfach fliehen?

DREIUNDVIERZIG | KIRK ÜÇ

Evren

»Sind Sie bereit?«

Die Stimme klingt laut und motiviert. Der Mann reißt die Tür auf und blickt in die riesige Menge. So viele Menschen, die alle noch verdammt jung aussehen, warten mit mir vor dem großen Saal. Sie müssen das Abitur erst seit Kurzem hinter sich haben, oder es steht ihnen noch bevor.

Ein Nicken geht durch die Runde, und das Murmeln ebbt ab. Meine Hände sind schweißnass, weshalb mein Stift mir mehrmals aus den Fingern rutscht.

Nach der Arbeit in der Bibliothek zu sitzen, um zu lernen, hat mich die letzten Wochen über die größte Kraft gekostet. Vor allem der Lügenspagat. Wie oft ich meiner Mutter weismachen musste, dass ich länger arbeite, obwohl die Klausurenphase längst vorüber war. Dass ich das Geld der Überstunden noch nicht bekommen habe, dass die Verwaltung es verschlampt habe, was nie passiert ist. Ich will nicht wissen, wie schwer das Lügen ist, wenn man spricht. Ich kann mir wenigstens die Worte zurechtlegen, überlegen, was ich abschicke.

»Taschen und alle Wertgegenstände sind hoffentlich in der Garderobe abgestellt«, redet der Mann unbeirrt weiter, während er die Menge in den Prüfungssaal eintreten lässt. »Ich werde gleich alle Namen und Einladungspapiere durchgehen. Bitte legen Sie Ihren Ausweis bereit.«

Die Tische stehen weit voneinander entfernt, und ich setze mich nach hinten. Es rumort im Raum wie in einem Bienenstock, der sich auf den Winter vorbereitet. Ich versuche, die Geräusche zu ignorieren, sonst werde ich aufgeregter. Am liebsten möchte ich aufstehen und den Raum verlassen.

Vielleicht ist das Medizinstudium doch nichts für mich. Vielleicht ist es am besten, wenn ich einfach weiter in der Bibliothek arbeite. Ich mag es dort ganz gern. Medizin kann auch ein Traum bleiben, oder? Die Frage ›Was wäre, wenn?‹ erscheint mir angenehmer als das Gefühl, zu versagen, den TMS nicht zu schaffen und keinen Studienplatz zu bekommen.

Aber ich bin schon hier – es gibt kein Zurück mehr.

Also lege ich meine Einladung, die ich vor meiner Mutter abfangen musste, und meinen Ausweis vor mir auf den Tisch. Die zwei mitgebrachten Bleistifte wandern von meiner linken Hand in die rechte und wieder zurück. Der Mann kommt vor mir zum Stehen, was mich innehalten lässt. Er gleicht die Einladung und meinen Ausweis miteinander ab, bevor er mir ein Hinweisheft reicht.

»Da sind die Notizblätter drin. Bitte nur darauf schreiben. Nicht auf die Aufgabenblätter oder den Antwortbogen.«

Ich nicke, aber er ist schon weitergegangen und redet mit dem Mädchen, das auf ihrem Stuhl hin und her rutscht.

Der Test wird den ganzen Vor- und Nachmittag andauern, und ich habe mich noch nie so unvorbereitet gefühlt. Nur der Kinderriegel, den mir Melli gestern auf der Arbeit für heute zugesteckt hat, erinnert mich daran, dass irgendjemand an mich denkt und für mich hofft.

* * *

Als ich endlich den stickigen Raum verlasse, weiß ich nicht, wo oben und unten ist. Ich geistere durch das Gebäude, zusammen mit allen anderen, die nicht aufhören können, über Nummern und Aufgaben zu reden und Antworten zu vergleichen.

Die Nervosität durchzuckt mich, und ich kneife meine Augen zusammen. *Nicht mehr daran denken – es ist vorbei.* Ich kann an meinen Antworten nichts ändern. Egal wie lange ich den anderen lausche und meine Antworten mental ihren gegenüberstelle, an das meiste kann ich mich sowieso nicht mehr erinnern. Ich habe erwartet, dass der Test eine gefühlte Ewigkeit dauern wird und ich mich im Anschluss nur noch nach Hause wünschen würde, aber die Zeit ist wie im Flug vergangen, da ich konstant unter Zeitdruck gestanden habe.

Ich atme auf und verlasse das Gebäude auf direktem Weg zur nächstgelegenen Bahn. *Der TMS ist hinter mir*, wiederhole ich in Gedanken. Ich muss auf meine Ergebnisse warten und mich im Juli fürs Medizinstudium bewerben. Ich möchte meiner Familie sowieso heute vom TMS erzählen – bis zur Bewerbungszeit sieht die Welt vielleicht schon ganz anders aus, und ich kann mein Glück wirklich versuchen. Mehr ist nicht drin.

Trotzdem verschwimmen die Minuten zu knappen Sekunden. Ich setze mich wie automatisiert in die Bahn, steige am Leo wieder aus und laufe nach Hause. Die Zeit steht noch immer unter der Magie des TMS, denn sogar die Fahrt vergeht wie im Flug, was mir zugutekommt. Ich will nicht hochgehen und meinen Eltern begegnen. Aber irgendwann muss ich ihnen alles erzählen. Irgendwann wird das Ergebnis per Post ankommen. Ich kann nicht alles abfangen und in meinem Zimmer verstecken. Vielleicht noch bis Juli, wenn die Bewerbungszeit beginnt, doch dann? Dann muss ich mit der Wahrheit rausrücken. Ich kann nicht für immer davor flüchten. Dass ich es ihnen heute erzähle, habe ich mir nicht umsonst vorgenommen.

Die Wohnung ist wärmer als sonst, obwohl die Vermieter längst die Heizung abgeschaltet haben. Alle sitzen am Esstisch, trinken *çay* und unterhalten sich lachend. Sie können sich glücklich schätzen, dass die Nachbarn unter uns sich noch nicht beschwert haben.

»*Abla!*« Azra fällt mir um den Hals und zieht mich in eine Umarmung. Ihre Finger zeichnen ein Herz unter mein Schlüsselbein, und ich drücke sie. Seitdem ich das eine Mal mit ihr geredet habe, ist sie an meiner Seite. Ich schätze ihre Nähe und die liebevolle Art, mit der sie mir einen neuen Bleistift und Zeichenblock gekauft hat – viel mehr habe ich seitdem trotzdem nicht sagen können. Manchmal fällt mir das ›Danke‹ leicht, ein andermal fühlt es sich an, als wäre meine Zunge an meinen Gaumen geschweißt.

»Wir haben uns schon gefragt, wo du bleibst«, sagt meine Mutter. Ihre Stimme ist heller als je zuvor, ihre Wangen sind nicht mehr so eingefallen, und in ihren Augen, die bis vor Kurzem fahl waren, leuchtet richtige Lebensfreude. Mein Bruder schenkt ihr die Jahre, die sie in seiner Abwesenheit verloren hat. Darf ich ihm dann noch böse sein?

Er beobachtet mich und trinkt einen Schluck seines Hagebuttentees. Er hat es noch immer nicht aufgegeben, mit mir zu reden. Bis jetzt ist er erfolglos. Ich habe ihm nichts zu sagen. Was denn auch? Wenn ich meinen Mund öffnen würde, würden ihn nichts als Anschuldigungen treffen. In dem Moment würde er sich wünschen, dass ich nie wieder gesprochen hätte. Also erspare ich ihm sogar Schmerz, indem ich nichts sage. Er weiß es nur nicht.

Ich atme einmal tief durch und stelle meine Tasche ab, um mein Handy herauszuholen und eine Nachricht abzuschicken, die ich auf dem Weg hierher getippt habe. Wenn ich sie jetzt erst verfassen müsste, weiß ich, dass mein Mut in sich zusammenfallen würde.

Evren: Ich muss euch etwas sagen. Und jetzt, da *abi* da ist, ist es an der Zeit, glaube ich. Ich habe heute den Test für medizinische Studiengänge abgelegt. Ich möchte mich im Sommer fürs Medizinstudium an der Charité bewerben.

Diverse Handys vibrieren, und alle schauen erst mich, dann verwirrt ihr Telefon an. Meine Mutter hat sogar Nahla der Familiengruppe hinzugefügt, sodass auch ihr Gesicht vom blauen Licht erleuchtet wird.

Die Stille, die für wenige Sekunden folgt, ist nervenzerreißend. Schnelle Blicke werden untereinander ausgetauscht und richten sich dann auf mich.

»Du hast Abitur gemacht?«, fragt mein Bruder verwirrt und fängt sich einen genervten Blick von meiner Schwester ein.

»Tja, wärst du da gewesen, wüsstest du, dass sie es an der Abendschule nachgeholt hat. Neben ihrem Job. Frauen zerbrechen unter Druck anscheinend nicht wie Männer.« Sie rümpft die Nase und wirft sich das Haar über die Schulter. »Oder hauen ab.«

Meine Mutter schlägt ihr gegen den Unterarm, und mein Bruder sagt nichts, sondern lässt sich tiefer in seinen Stuhl gleiten.

Ich räuspere mich, sodass die Aufmerksamkeit wieder auf mir liegt, obwohl das das Letzte ist, was ich möchte. Ich habe das noch nie gemocht. Als wir in der Grundschule zu Weihnachten noch Theaterstücke in unserer heruntergekommenen Turnhalle aufgeführt haben, habe ich alles dafür getan, um ein Tannenbaum oder Schneemann zu sein. Alles, um nicht im Mittelpunkt zu stehen.

»Ich … *kuzum* …« Meine Mutter seufzt und spielt mit dem Ende ihres Kopftuchs, das sie im Nacken zusammengebunden hat. »Ich weiß nicht.«

Etwas in mir zerbricht. Ist es die Hoffnung, die ich bis eben noch gehegt habe, oder doch die Erwartung einer Stütze, die sie für jeden zu sein scheint, außer für mich?

»Sie kann es doch ausprobieren«, meldet sich mein Vater zu Wort.

»Das sind sechs Jahre, Ahmet. Sie geht arbeiten –«

»Wenn es wegen des Geldes ist, müsst ihr euch doch keine Sorgen machen«, grätscht mein Bruder dazwischen. »Wir können aushelfen.«

Nahla nickt und schenkt meiner Mutter ein besänftigendes Lächeln, die jedoch den Kopf schüttelt.

»Wir wissen doch nicht mal, wie lang ihr hierbleiben werdet oder ob ihr das Geld nicht selbst braucht. Es sind sechs Jahre, und ihr bekommt ein Kind.«

Ich will schreien. Ihr sagen, dass ich niemandem zur Last fallen würde. Dass sie mein BAföG haben könnte, wenn es sein muss. Dass sie mir doch gratulieren kann, dass ich es heile aus diesem gottverdammten Test geschafft habe. Aber ich bleibe leise und beiße mir auf die Lippe.

»Ich habe genug geerbt, *anne*«, murmelt Nahla und fährt sich unbeholfen über den Unterarm. »Genug, um zu helfen. Evren soll es ausprobieren, und vielleicht kann sie ja auch nebenbei weiter in der Bibliothek arbeiten?« Das perlweiße Lächeln, das sie mir schenkt, erwärmt mir das Herz, wie es seit Langem nichts mehr geschafft hat. Für diesen Moment bin ich meinem Bruder dankbar. Zum ersten Mal.

Ich nicke sofort, und meine Mutter zieht unschlüssig die Augenbrauen zusammen.

»Sie muss das Ergebnis des TMS bekommen und sich dann noch fürs Studium bewerben. Das hat Zeit, die du nutzen kannst, um nachzudenken«, schlägt Azra vor und streicht ihr über den Arm.

»Das ist schon immer ihr Traum gewesen. Den sollten wir ihr doch gönnen«, fügt mein Vater hinzu.

Meine Mutter nickt kapitulierend. »*Tamam.* Wir reden noch mal darüber, wenn dein Ergebnis da ist.«

Die Freude, die durch mich fließt, als die Worte ihre Lippen verlassen, bricht mir die Rippen. Auf eine gute Weise. Die Vögel, die sonst in ihrem Käfig sitzen, nicht fliegen können und nur mit den Flügeln flattern, werden befreit. Ich kann wieder tief in meine Lungen atmen.

Azra steht kreischend auf und klatscht in die Hände. »Meine Schwester wird Ärztin!« Das Grinsen auf ihren Lippen ist ansteckend. Sie schließt mich fest in die Arme und flüstert mir auf Türkisch ins Ohr: »Ich habe darauf gewartet, dass du darüber redest. Du machst viel zu selten unter deinem Bett sauber.«

Einen Moment lang bin ich baff.

»Ich bin stolz auf dich!«, kreischt sie weiter, und mir wird heiß.

Es steht nicht einmal fest, ob ich studieren kann oder nicht. Ich habe nur den TMS geschrieben und noch nicht einmal das Ergebnis erhalten. Wenn sie sich jetzt schon überschwänglich freut, was passiert, wenn ich es nicht schaffe?

Zu der Angst, meine Familie nicht mehr unterstützen zu können, gesellt sich ein kleiner, mieser Freund: die Furcht zu versagen. Vor den Augen aller, die bereit sind, mir unter die Arme zu greifen. Vor meinem Vater, der möchte, dass ich es ausprobiere. Vor der Frau meines Bruders, die mich viel zu wenig kennt, um selbstlos ihr Erbe zu teilen. Vor meiner Schwester, die mehr Vertrauen in mich hat als ich selbst.

Aber ist das überraschend? Ich habe mich auf halbem Weg verloren. Irgendwo zwischen dem Moment, als ich nicht mit auf die Klassenfahrt konnte, weil wir kein Geld dafür hatten, und der ersten Nacht, in der mir der bittere Geschmack des Verlusts auf der Zunge zergangen ist.

Wie können andere mir vertrauen, während ich nur zweifle? An mir, an meinem Können, an meiner Intelligenz, an meinen Gefühlen. Wie konnte Talhah mich nur mögen, wenn ich mich selbst nicht kenne?

Die Splitter des Käfigs, der soeben aufgebrochen wurde, schmerzen. Sie stechen in meine Organe, in meine Muskeln, in meine Venen. Meine Lungen können nicht mehr expandieren, fallen in sich zusammen, und schwarze Punkte tanzen vor meinen Augen.

»Alles okay?«

Ich kann die Stimme niemandem zuordnen. Sie ist besorgt. Laut. Weit weg.

Meine Hand wandert zu meiner Brust, im Glauben, sie könnte mechanisch mein Herz zum Schlagen bringen. Oder es davon abhalten, so verdammt schnell zu rasen. Was passiert mit mir?

»Evren!«

Herzinfarkt. Ich habe einen verdammten Herzinfarkt.

VIERUNDVIERZIG | KIRK DÖRT

Evren

Gleißendes Licht ist das Erste, was ich sehe, als ich zu Bewusstsein komme. Ein leises Stöhnen entweicht meinen Lippen.

»Evren?« Die tiefe Stimme, nach der ich mich seit Wochen sehne, ertönt neben mir, und ich muss alles daransetzen, nicht augenblicklich aufzuspringen.

Die letzten Wochen ist alles noch in Ordnung gewesen. Ich habe gelernt, gearbeitet und währenddessen ignoriert, dass ich ihn vermisst habe. Immer noch vermisse. Je mehr Zeit vergangen ist, desto weniger habe ich mich getraut, mich bei ihm zu melden. Was hätte ich nach drei Wochen, gar fünf Wochen sagen können? *Es tut mir leid? Du fehlst mir?*

So läuft die echte Welt nicht.

»Evren, ich weiß, dass du wach bist.« Er hält kurz inne. »Ich sehe es an deinem Herzmonitor.« Sein belustigtes Schnauben erlaubt es mir aufzuschauen.

Talhah steht vor mir. Sein Gesicht weist darauf hin, dass er mindestens genauso verunsichert ist wie ich. Die Augenbrauen sind zusammengezogen, und seine Hände hat er in den Taschen seines Kasacks vergraben.

Was macht er hier? Wo bin ich?

Die Erinnerung an das Geschehene fällt wie ein riesiger Steinbrocken auf mich herab. Ich habe meiner Familie vom TMS erzählt, davon, dass ich Medizin studieren will, und danach … danach ist alles schwarz geworden.

»Du wurdest eingeliefert, weil du plötzlich zusammengeklappt bist. Dein Herz und das CT sehen gut aus. Du hast dir nichts am Kopf getan.«

Ich blinzle mehrmals, bis endlich durchsickert, wovon er redet. Ich bin im Krankenhaus. Sie haben Untersuchungen gemacht? Ich kann mich nur an den Schwindel erinnern und an dieses gottverdammte Herzrasen. Ich dachte, ich würde gleich tot umkippen.

Talhah spielt mit dem Gummibezug seines Stethoskops, das um seinen Hals liegt, als böte er ihm Halt. Ich vergrabe meine Hände in der Decke.

»Die Notaufnahme hat dich hochgeschickt. In ein Zimmer.« Er schaut überallhin, jedoch nicht in mein Gesicht. »Wir wollen noch ein paar Tests machen, bevor wir dich heute entlassen. Ist irgendetwas passiert, dass du plötzliche Herzpalpitationen hattest? Irgendetwas Spezifisches? Möchtest du darüber reden?«

Meine Lippen bleiben verschlossen, und ich schaue ihn an, als hätte er vor mir zugegeben, dass er sich über Nacht Flügel hat wachsen lassen.

Er seufzt und schließt resigniert die Augen. »Bitte bestraf mich nicht mit deinem Schweigen. Das ist nicht fair, Evren.« Er fährt sich durch die Haare, die er geschnitten hat, und etwas tief in meinem Magen explodiert dabei. Ich mochte seine Haare, so wie sie waren. Aber wenn man nicht mehr im Leben einer Person ist, dann kann sie sich auch ohne einen verändern.

Ich sollte nicht wütend sein, aber es brodelt in mir. Bin ich auf ihn sauer oder auf den Fakt, dass er genau das getan hat, was ich von einer Person erwarte, die mich liebt? Mich verlassen.

»War es wegen des TMS?«

Ich beiße mir auf die Lippe.

»Deine Mutter hat erzählt, dass du ihnen gesagt hast, dass du ihn geschrieben hast. Danach ist es passiert. Lag es daran?« Seine Tonlage ist nicht zu deuten. Sie wird nicht höher, seine Worte werden nicht schneller. Weder Freude noch Aufregung ist zu hören. Er klingt fast schon stoisch. Als würde es ihn nicht interessieren. Als wäre ich egal. Dabei ist er doch derjenige gewesen, der mir beim Lernen geholfen hat. Der mir seine Übungsbücher überlassen hat. Der mir seinen Lernplan ausgedruckt und mich mit Kaffee abgefüllt hat, bis ich genug Koffein intus hatte, um selbst das Mittel gegen Krebs zu finden.

Mein Mund bleibt versiegelt. Ich möchte ihm sagen, dass es stimmt, dass mein Herz gerast hat und ich gedacht habe, dass der heutige Tag mein letzter auf Erden sein würde. Aber ich bekomme meine Lippen nicht voneinander gelöst. Sie liegen eisern aufeinander und wollen sich nicht öffnen. Nichts hat sich geändert, alles ist wie am Anfang.

Wir sind aber nicht am Anfang. Ich lerne ihn nicht zum ersten Mal kennen und finde ihn ein wenig nervig. Nein. Ich habe ihn vermisst. Sein Lachen, sein Wissen, seine Geduld, sein Verständnis – alles an ihm. In diesem Moment ist er mir jedoch entfremdet. Wie ein Lieblingsbuch aus der Kindheit. Ich erkenne den Buchdeckel und die Charaktere. Sie lösen die gleichen Emotionen wie damals aus: eine gewisse Wärme, da man weiß, was auf einen zukommt. Keine bösen Überraschungen, sondern nur eine schöne Art der Vorhersehbarkeit.

Jetzt ist das Buch verstaubt, und ich kann mich nicht mehr an die Geschichte erinnern, nur das Cover ist mir bekannt. Und ich vermisse es.

Ich wünschte, die Medikamente, die sie mir gegeben haben müssen, würden mir Mut schenken, eine gesunde Leichtsinnigkeit, und nicht nur bodenlose Müdigkeit, die die Knochen beschwert. Ich *will* mit ihm reden, aber ich kann es einfach nicht.

Er seufzt und setzt sich ans Fußende meines Bettes. Seine Schultern sacken nach unten. »Können wir dieses Sauersein auf ein andermal verschieben? Ich habe nicht mehr lange Pause und will nur wissen, wie es dir geht.« Er gibt auf. Ich sehe es in seinen Augen, die er auf seinen Schoß gerichtet hat, und an den Händen, die nicht ruhen können, sondern mit dem Ärmel seines Kittels spielen.

»Warum hast du es nicht einfach sein lassen? Ich habe dich doch darum gebeten. Warum musstest du meinen Bruder provozieren?« Nach den Worten muss ich stark husten und merke erst jetzt, wie trocken mein Hals ist. Wo ist meine Familie?

Sein Blick schnellt zu mir hoch, und nicht mehr der dreiundzwanzigjährige Talhah sitzt vor mir, sondern ein kleiner verletzter Junge.

»Er ist auf mich zugegangen, das weißt du. Ich habe mir Scheißsorgen um dich gemacht! Evren, ich …« Er schüttelt den Kopf und blickt aus dem Fenster. »Du konntest mir nicht einmal vertrauen. Ich habe dir so viel erzählt, um dir meine Hand zu reichen, aber ich war es nicht mal wert, davon zu erfahren, dass er wieder zurück ist. Hätte ich das genauso wie die Sache mit deiner Mutter aus dir rausquetschen müssen? Oder das mit deiner Freundin? Oder –«

»Talhah –«

»Eine Beziehung ist keine verdammte Einbahnstraße, Evren«, zischt er. »Man trifft sich immer in der Mitte, nicht nur auf den drei Metern, auf denen du dich wohlfühlst.«

Ich presse meine Lippen zusammen und blinzle, um meine Tränen zurückzuhalten. Er hat nicht unrecht, ich kann von ihm keine Perfektion erwarten, wenn ich nicht einmal das Mindestmaß erfülle. Aber dass ich ihm meine Seele vor den Füßen ausbreite, damit er potenziell darauf herumtrampeln kann, ist zu viel verlangt. Ich habe seit fünf Jahren alles für mich behalten. Weder Schmerz noch Freude geteilt, denn sie wären nirgendwo angekommen. Ich hätte vielleicht ein Nicken und ein halbes Lächeln entgegengebracht bekommen, aber das wars. Wie erwartet er von mir, dass sich das in wenigen Wochen ändert? Dass ich meine Angst vor Bindung überwinde und ihm vertraue, trotz der ständigen Furcht vor dem Verlassenwerden?

Die Tür geht auf, und meine Familie kommt rein. Talhah steht vom Bett auf und räuspert sich, bevor er, ohne sich zu verabschieden, aus dem Raum rauscht.

»Wow, wie freundlich«, kommentiert mein Bruder und blickt ihm ungläubig hinterher.

Kann er nicht ein Mal den Mund halten? Er ist zwar fünf Jahre weg gewesen, aber verhält sich noch immer wie ein pubertierender Teenager. Anscheinend musste einer von uns in der Zeit nicht erwachsen werden.

»Onur«, zischen Nahla und meine Mutter zeitgleich. Azra verdreht die Augen, während mein Vater unbeirrt auf mich zukommt und mich in die Arme schließt.

»Wie geht es dir, Schatz?« Seine Worte sind wie Balsam für meine Seele. Unwillkürlich lösen sich die ersten Tränen aus meinen Augenwinkeln. Sie haben anscheinend auf eine Einladung von der einzigen Person gewartet, die mich liebt.

Ich drücke mein Gesicht in seine Halsbeuge und wispere: »Nicht gut.« Er ist eine der Personen, die mein Schweigen am wenigsten verdient haben; er hat mich immer unterstützt. Egal wie viel wir hatten oder eben nicht hatten – er hat versucht, uns alles zu ermöglichen.

Er drückt mich fester gegen seine Brust. »Ich habe dich vermisst, *kuşum*.«

Bei den Worten muss ich noch heftiger weinen. Mein Vater hat mich immer geliebt. Mit diesem Kosenamen und einer Hand in meinen Haaren. Er hat mir so oft vorgelesen und mich zum Schlafen gebracht, auch nach einem Vierzehn-Stunden-Tag. Er ist der beste Vater gewesen, den man sich in solch einer Situation hätte wünschen können. Vielleicht ist er auch einer der stärksten Gründe, warum ich Angst habe, Medizin zu studieren. Ich möchte ihm das Leben nicht noch schwerer machen. Er verdient Ruhe, Auszeiten, ein Wochenende. Er ist zu alt, um noch viel zu schuften, damit wir gerade so über die Runden kommen. Wenn mein Gehalt wegfällt, wird es nicht einfacher werden.

Er ist damals mit seinem Vater hierhergekommen, um ein besseres Leben zu führen. Aber ist es hier besser als woanders? Hat er das gefunden, was er gesucht hat?

»Wie geht es dir?« Meine Mutter setzt sich auf die andere Seite und schenkt mir ein trauriges Lächeln. »Hat Talhah irgendetwas gesagt?« Sie lässt sich nicht anmerken, was sie von uns hält – oder von der Situation, in die ich mich manövriert habe. Aber seit dem Vorfall hat sie auch nicht mehr versucht, mich mit ihm zu verkuppeln. Vielleicht findet sie ihn nicht mehr berauschend. Immerhin hat er ihren einzig wahren Sohn angeschrien. Ob sie sich je solche Sorgen um Azra oder mich machen würde, falls wir verschwinden sollten?

Onur ist immer ihr Liebling gewesen.

»Sie ist wach und lässt sich umarmen. Das ist ein gutes Zeichen«, sagt mein Vater.

»Die Ärzte haben auch gesagt, dass alles in Ordnung ist.« Meine Mutter streicht über meinen Arm und drückt kurz zu. »Nur noch ein paar letzte Tests, und wir können nach Hause.«

»Endlich, ich habe so einen Hunger und *abla* bestimmt auch.«

Azras Worte ernten böse Blicke von allen vieren, weswegen ich anfange zu lachen.

»Da hat jemand aber gute Laune«, kommentiert mein Bruder und kommt mit großen Schritten auf mich zu. »Willst du irgendetwas? Sollen wir dir etwas zu essen bringen? Worauf hast du Lust? Ich steige ins Auto und hol–«

»Toll! Sie kriegt alles, was sie will. Ich habe gefragt, ob wir einen kurzen Stopp bei McDonald's machen können, und du hast mich eiskalt abgewimmelt!« Azra rollt mit den Augen. »Das nächste Mal kippe *ich* um.«

»Azra –«, fängt mein Bruder an, aber ich unterbreche ihn mit einer wegwerfenden Handbewegung. »Soll ich losgehen? Dir und ihr was holen?«

Ich nicke, obwohl ich keinen Hunger habe. Azra hat hier bestimmt genug gesessen und auf mich warten müssen. Wenigstens das soll ihr gegönnt sein.

Mein Bruder springt sofort auf, klopft seine Hosentaschen ab und holt seinen Autoschlüssel hervor. »Schreibt mir, was ihr wollt, und ich fahre.« Bevor er geht, gibt er Nahla einen Kuss auf den Kopf, was sie mit einem Lächeln quittiert. Mein Herz reagiert in Lichtgeschwindigkeit darauf. Es knackst, und ich will mich dafür schelten. *Ich habe es versaut.*

Warum brechen Herzen nicht einfach entzwei, warum hört es bei einem Knacks nicht auf? Warum müssen sie zerschmettert werden?

»Du warst schon immer sein Liebling«, murmelt Azra und setzt sich zu mir.

»Das stimmt doch gar nicht!«, empört sich mein Vater.

Nahla fängt an zu lachen. »Na ja … er hat auffällig oft über Evren geredet« – sie stockt für einen Moment –, »was nicht heißt, dass er nicht über dich geredet hat, Azra. Aber du warst damals noch klein, und mit Evren hat er wirklich alles gemacht. Er hat immer gesagt: Sie ist nicht meine Lieblingsschwester, aber meine erste.«

»Ich hätte doch sein verdammtes Zimmer besetzen sollen.«

»Azra!«

Während meine Mutter ungläubig den Kopf schüttelt, unterdrücken wir alle ein Lachen. Azra scheint sich Nahlas Worte nicht zu Herzen zu nehmen, sondern schnaubt belustigt und umgreift meine Hand, in der nicht die Infusionsnadel steckt.

»Euer Bruder liebt euch beide genau gleich viel«, sagt meine Mutter. »Ich liebe euch auch alle gleich. Man kann doch nicht zwischen Geschwistern oder Kindern unterscheiden.«

»Ich mag *abla* definitiv mehr.« Azra hat heute wirklich Lust, einen Streit vom Zaun zu brechen. Sie rückt näher zu mir, um mich in eine Umarmung zu ziehen. Ihre Finger fahren kurz über mein Schlüsselbein, hinterlassen ein Herz, und ich umarme sie zurück. »Und du liebst *abi* am meisten, also ist doch alles gut«, sagt sie an unsere Mutter gewandt.

»Ich liebe Onur nicht am meisten! Ihr seid wie Finger an einer Hand – man braucht alle und könnte niemals einfach einen abhacken, weil man ihn weniger mag.«

Diese Analogie ist unsterblich, sie hat sie seit meiner Kindheit ständig wiederholt, wenn jemand kurz vorm Zubettgehen gefragt hat, wen sie denn am liebsten habe.

»*Abi* ist definitiv dein Daumen«, sagt Azra unbeeindruckt, und Gelächter bricht aus uns heraus.

Das Einzige, was meine Mutter schafft, ist, rot zu werden.

FÜNFUNDVIERZIG | KIRK BEŞ

Evren

»Hey, können wir uns kurz noch mal unterhalten?« Mein Bruder wischt sich die Lippen an einer Serviette ab.

Ich schiebe nickend die letzten Pommes in meinen Mund.

Azra ist nach Hause gegangen, weil sie sich noch für eine Gruppenarbeit mit Kommilitonen treffen muss, mein Vater ist zum Imbiss aufgebrochen, und meine Mutter ist mit Nahla gefahren, da diese müde gewesen ist. Schwangerschaften sind kein Witz. Ihre Hormone sind mittlerweile so durcheinander, dass sie zweimal wegen ihrer krummen Pommes und wegen der Tatsache geheult hat, dass sie eigentlich doch lieber Sushi essen will, aber nicht darf. Mein Bruder hat ihr versprochen, auf dem Weg zurück ins Hotel veganes mitzubringen.

»Ich wollte mich …« Er atmet laut aus. »Es tut mir leid. Ich habe mich bei dir nicht richtig entschuldigen können. Ich war einfach von meinen Wünschen geblendet. Entschuldige. Alles. Das mit dem Verschwinden, das Auftauchen und Erwarten, dass alles wieder normal sein würde. Dass du mit mir sprechen würdest. Ich habe mich nicht gemeldet, entschuldige.«

Die Serviette in seiner Hand zerknittert und fällt zwischen uns, aber niemand hebt sie auf, um sie in den Mülleimer zu werfen. Als ich nichts sage, wendet er sich von mir ab.

»Ich hätte all das nicht von dir erwarten sollen. Du hast nicht gesprochen, und ich wollte, dass es sofort besser wird. Aber so funktioniert das nicht. Ich kann nicht damit rechnen, dass alles wieder beim Alten ist, nur weil ich es will.« Er atmet aus. »Es tut mir leid, dass ich Ewigkeiten gebraucht habe, um mich aufrichtig zu entschuldigen. Es ging die letzte Zeit nur um mich. Ich habe dich nicht erreichen können wie die anderen. Und als du heute vor Stress umgekippt bist

ist, habe ich endlich gemerkt, dass du alles, was ich hinterlassen habe, auf deinen Schultern tragen musstest. Es tut mir leid, Evren.«

Er legt seine Hand auf meine, und die Wärme, die sie ausstrahlt, schmerzt zum ersten Mal nicht. Sie ist angenehm auf meiner Haut, die erkaltet ist zwischen diesen krankenhausweißen Wänden. »Du bist meine Schwester, mein Ein und Alles.« Er lacht kurz auf. »Sag das Azra nicht.«

Ich schüttle den Kopf und kann nur schwerlich das Lächeln auf meinen Lippen unterdrücken. Wir haben alles zusammen gemacht, er hat mich immer gestützt und sich vor mich gestellt in der Hoffnung, mich vor allen anderen zu verstecken. Vor der Welt, die uns unfair behandelt hat. Die unsere Kinderherzen ohne Erbarmen zersplittert hat. Die uns weisgemacht hat, dass Chancengleichheit existiert, aber sie ist nichts als ein Traum der Armen und die Lüge der Reichen.

»Es tut mir leid, dass ich gegangen bin und dir die harte Arbeit überlassen habe. Ich konnte sie nicht mehr stemmen und hätte nicht erwarten sollen, dass du es kannst. Mit sechzehn. Es tut mir leid.« Der Griff um meine Hand verstärkt sich, und seine Züge erweichen. Sein Blick ist trüb, und die Lippen sind schuldbewusst zusammengepresst. »Ich bin jetzt da, um zu helfen. Um die Last wieder auf mich zu nehmen, Evren«, sagt er.

Die Sintflut, die die letzten fünf Jahre immer und immer wieder über mich hereingebrochen ist, flaut zu einem leisen Plätschern ab. Zwischen dem monotonen Piepen und dem Wind, der gegen die Fenster peitscht, kann ich zum ersten Mal seit Langem wieder einatmen. Meine Lungen bestehen nicht mehr aus unbiegsamem und zerbrechlichem Glas – sie bewegen sich, dehnen sich, nehmen Sauerstoff in sich auf.

»Es tut mir leid. Ich werde besser sein. Ich werde dich nicht mehr allein lassen. Mich nicht ungefragt in dein Leben einmischen. Es tut mir so verdammt leid«, flüstert Onur und zieht mich in eine Umarmung. Die Papiertüte voller Fritten knistert zwischen uns, aber das ist mir egal. Auch ich lege meine Arme um ihn.

Ich habe meinen Bruder wieder. Zu einem Teil. Auch wenn der Weg der Vergebung ein langer ist, auf dem einem Steine vor die Füße gelegt werden, damit man wieder umdreht … Lieber gehe ich ihn, statt meinen Bruder für alle Ewigkeit zu verlieren. Denn sauer zu sein und Verachtung in sich zu tragen, ist der einfache Pfad. Ich muss mich nicht mit dem Schmerz, den er in mir hinterlassen hat, beschäftigen, sondern darf ihn vergraben. Aber vergraben bedeutet nicht verschwunden oder geheilt. Gefühle strecken ihre Ranken nach allem aus, was sich in der Nähe befindet. Man erntet, was man sät.

Ich presse mich fest gegen seine Brust und weine ungehemmt, bis sein Shirt durchnässt ist.

»Ich werde nicht mehr gehen«, wiederholt er wie ein Mantra und streicht mir durch das Haar, das ich längst hätte waschen müssen. Er kommentiert es nicht, sondern umschließt mich enger.

»Das mit Talhah tut mir leid.«

Als sein Name fällt, schrecke ich hoch und fahre mir mit dem Handrücken über die Wangen.

»Ich hätte ihn nicht angreifen sollen, schon gar nicht, weil du ihm vertraut hast. Ihm etwas anvertraut hast, das mir peinlich war. Ich muss zu meinen Fehlern und meinem Versagen stehen.« Sein Blick wandert von meinem Gesicht zu seinen Fingern, die mit seinem Ehering spielen. »Du hast genauso gut ein Recht auf jemanden, dem du alles anvertrauen kannst, wie ich. Ich … ich war nur überrascht, als ich realisiert habe, *was* er für dich sein kann. In meinem Kopf warst du noch immer die sechzehnjährige Evren und …« Er verliert den Faden, aber ich muss nicht mehr hören, um zu verstehen. »Ich meine, ich kam mit Defne auch um das Alter herum zusammen. Ich … entschuldige.«

Als ihr Name fällt, blicke ich in sein Gesicht, aber nichts als ein kleines Lächeln umspielt die Lippen meines Bruders.

»*Anne* hat mir alles erzählt«, flüstert er. »Dass sie geheiratet hat. Und wie sehr ich sie verletzt habe. Ich hoffe, sie hat jetzt jemanden, der besser sein kann. Der ihr alles bietet, was sie verdient.«

Ich weiß nicht, wie ich mir den Zeitpunkt ausgemalt habe, an dem das Defne-Thema angeschnitten wird. Es musste irgendwann kommen. Onurs Reaktion habe ich mir nicht vorstellen wollen. Die Ruhe und Ausgeglichenheit in seinen Zügen waren nicht unter meinen wahrscheinlichsten Erwartungen. Er hat geheiratet und ist aus der Jugendliebe herausgewachsen. Das ist doch gut, oder nicht? Defne und er können endlich ihren Weg gehen, ohne dass ihre vergangene Beziehung auf ihnen lastet.

»Es tut mir so leid, das mit Talhah. Ehrlich«, wiederholt er, und ich kann nur laut einatmen.

Dabei ist das nicht *nur* seine Schuld. Ich habe auch welche mitzutragen. Talhah wollte lediglich ein wenig Vertrauen. Er hat mir so viel anvertraut, mich aufgefangen in Momenten, in denen ich nichts erzählen wollte. Er ist für mich da gewesen, ohne die ganze Geschichte zu kennen, ohne mich sprechen zu hören. Er ist an meiner Seite gewesen, *meinetwegen*. Weil er mir zeigen wollte, dass das zwischen uns funktionieren kann.

Ich habe ihm genug vertraut, um ihm *mich* preiszugeben, aber meine Familie …

»Eigentlich müsste ich mich bei ihm entschuldigen«, sagt Onur.

Bevor du dich entschuldigst, muss ich es tun.

Talhah verdient etwas Besseres, aber nicht unbedingt in einer anderen Person. Er verdient mehr als das, was ich ihm bis jetzt geboten habe. Er verdient meine Ehrlichkeit, mein Vertrauen, mich in meiner Blöße.

Ich stehe auf und fummle an dem Pflaster herum, das die Infusionsnadel an Ort und Stelle hält.

»Was machst du da?«

Mein Bruder zieht meine Hand weg, und ich schaue ihm flehend in die Augen. Talhah muss noch in der Notaufnahme sein. Bevor es zu spät ist, will ich mit ihm reden. Das zwischen uns klären. Denn ich bin jemand, der notorisch zu spät ist. Der jegliches Glück um eine Handvoll Sekunden oder wenige Zentimeter verpasst. Diesmal nicht. Diesmal möchte ich gewinnen und glücklich werden.

»Willst du zu ihm?«

Noch bevor er die Frage zu Ende ausgesprochen hat, nicke ich.

»Okay, gut, aber lass mich doch eine Schwester rufen –«

Ich schüttle den Kopf, er lässt seinen in den Nacken fallen, schaut für einen Augenblick gen Decke und seufzt.

»Ich kümmere mich ums Abmelden«, sagt er resigniert und hilft mir, die Infusion zu lösen. Die Nadel ziept beim Austritt, aber ich lasse mir nichts anmerken, sondern presse das Pflaster gegen die kleine Wunde in meinem Handrücken und steige in meine Schuhe, um das Zimmer zu verlassen.

Die Flure sind voll, und das Pflegepersonal hetzt durch die Räume, flüstert sich in müden Stimmen etwas zu, aber ich bin viel zu fokussiert auf die Fahrstühle, um etwas mitzubekommen.

Der Spiegel im Aufzug schmettert mir netterweise die Wahrheit entgegen – mein Sweatshirt ist zerknittert, mein Pony steht in alle Himmelsrichtung ab, und mein Haargummi hält gerade einmal drei Strähnen zusammen.

Mit schnellen Bewegungen fahre ich unter meinen Wimpernkranz und entferne die Mascaraspuren, die sich von denen einer durchzechten Nacht nicht unterscheiden. So ähnlich fühle ich mich – als hätte mich ein Lastwagen zigmal überfahren. Meine Knochen schmerzen, mein Nacken ist verspannt, und ich muss mehrmals blinzeln, bis keine Sterne mehr vor meinen Augen tanzen.

Die Türen gleiten auf. Ein Arzt steigt ein, nickt mir kurz zu, sagt jedoch nichts. Zusammen verlassen wir den Aufzug im Erdgeschoss. Er geht zum Röntgen, während ich scharf nach rechts abbiege, um in die Notaufnahme zu gelangen. Wie immer quillt sie mit Menschen über, die schon viel zu lang auf medizinische Hilfe warten. Die Schwestern hinter der Scheibe lassen sich jedoch nicht aus der Ruhe bringen, als ich vor ihnen stehen bleibe.

»Versichertenkarte«, sagt die jüngere der beiden ganz gelassen und tippt auf ihrer Tastatur.

Ich schüttle den Kopf, woraufhin sie fragend die Augenbraue hebt.

»Dann reichen Sie sie nach«, sagt sie. »Name? Geburtsdatum? Warum sind Sie hier?«

Als ich wieder den Kopf schüttle, dreht sie sich zu ihrer Kollegin, die deutlich älter wirkt und genervt seufzt.

»Wie können wir helfen?«

Wo ist Talhah? Wo ist Herr Aziz? Ich muss ihn sehen.

Ich will die Worte sagen, schreien, flüstern – egal was. Aber nichts entgleitet meinen Lippen. Hinter meinem verschlossenen Mund spielt sich eine ganze Symphonie an Worten ab. *Ich möchte zu ihm. So schnell es geht. Es ist wichtig. Ich muss mich entschuldigen. Ich liebe ihn.* Eine Symphonie ohne Zuhörer. Der Höhepunkt geht unter meiner Angst unter. Gleicht einem leisen Wimmern, das sich nicht einmal einen Weg durch die Plastikscheibe zwischen mir und der Schwester erkämpfen kann.

Ich schlucke ihn herunter, und die Tränen drücken gegen meine Augenwinkel – ihre eigene Art, sich über mich lustig zu machen. *Du bekommst die Worte zwar nicht heraus, aber uns wirst du nicht los. Erbärmlich.*

»Wie können wir Ihnen helfen?«, fragt die Schwester erneut, diesmal spitz. Sie kreuzt die Arme vor der Brust und hebt beide Augenbrauen.

Ich zucke zusammen, weil zwei Hände auf meinen Schultern landen. »Wir suchen Talhah Aziz«, sagt mein Bruder. Seine Nähe fühlt sich zum ersten Mal, seit er wieder da ist, beruhigend an.

»Herr Aziz ist außer Haus.«

»Wissen Sie wo?«

Sie zuckt mit den Schultern. »Er ist heute früher gegangen, um seinen Geburtstag zu feiern.«

Ich registriere die Worte mit einer kurzen Verzögerung und muss alles daransetzen, nicht das Atmen zu verlernen. Er hat heute Geburtstag. Ich wusste das nicht. Wir sind nie dazu gekommen, über Geburtstage zu reden. Warum habe ich nie nachgefragt? Er hat sich an seinem Geburtstag mit mir gestritten. Ich war nicht fair ihm gegenüber.

Die Tränen kann ich nun nicht mehr zurückhalten. Ich drehe mich zu meinem Bruder, damit die Schwestern die Schlieren auf meinen Wangen nicht sehen.

»Hey«, flüstert er und umarmt mich. »Ich fahre dich zu ihm. Sag mir die Adresse. Ich bring dich hin. Du kannst mit ihm reden. Nur bitte … bitte weine nicht.«

Ich nicke, und er gibt mir einen kurzen Kuss auf den Haaransatz, bevor er mich aus dem stickigen Raum zieht und mit mir im Schlepptau das Krankenhaus verlässt.

»Alles wird gut werden, Evren.«

Seine Worte sind nett gemeint, sie legen sich wie eine wärmende Decke um meine Schultern, aber es bringt nichts, wenn die Kälte von innen kommt. Ich bin schuld an ihr. Ich habe sie verursacht mit meiner Art, meiner Verschlossenheit, meiner Angst. Ich bin schuld.

Ich wollte ihn einfach mit niemandem teilen. Aber anscheinend wollte ich es so sehr verhindern, dass ich vergessen habe, *mich* mit ihm zu teilen.

Eine Beziehung ist keine verdammte Einbahnstraße, Evren.

»Weißt du, wohin wir müssen?« Onur lässt sich von meiner Trauer nicht beirren. Er führt mich zu seinem Auto und streicht über meine Wangen, um die letzten Tränen wegzuwischen. »Das wird schon. Ich bin mir sicher«, sagt er und schenkt mir ein aufmunterndes Lächeln.

Meine erste Reaktion ist, mein Handy hervorzuholen und unter meinen Notizen Onurs Ordner zu öffnen. Er beinhaltet nicht viele Nachrichten, aber jetzt, da wir uns häufiger sehen, wird er nützlicher. Dieser Moment jedoch bietet keine Zeit fürs Tippen und Lesen, vor allem dann nicht, wenn Onur jemanden braucht, der ihn zu Talhah dirigiert.

»Ich weiß, wo er wohnt«, sage ich atemlos zwischen zwei Schluchzern.

Onurs Augen weiten sich, und seine Hände versteinern an Ort und Stelle. Er sagt jedoch nichts, schaut mich an und nickt langsam. »Okay, dann steig ins Auto. Ich fahre.« Er nickt wieder – eher sich selbst zu als mir. Ich sage nichts weiter außer einem sporadischen »links« und »rechts abbiegen«.

Als wir vor dem richtigen Gebäude zum Stehen kommen, löst sich jegliche Trauer von mir, die Tränen verflüchtigen sich, lediglich die Angst bleibt in meinen Knochen stecken, die sich nicht mehr bewegen möchten. Als wüssten sie, was uns erwartet. *Konfrontation.*

»Schöne Gegend«, kommentiert mein Bruder und schaut aus der Windschutzscheibe. Der Motor erstirbt, die Musik bricht abrupt ab.

Für ein paar Augenblicke sitzen wir still nebeneinander. Ich schaue nicht zu ihm, um seinem erwartungsvollen Blick auszuweichen. Ich möchte jetzt, da Talhah unweit von mir ist, nicht aus dem Auto steigen. Was ist, wenn er mich gar nicht sehen will? Meine Worte nicht hören will? Übel könnte ich ihm das nicht nehmen.

»Es wird nicht weniger beängstigend, wenn du wartest.« Das Lächeln meines Bruders ist sanft, und als er seine Hand auf mein Knie legt, will ich aufgeben. »Ich hatte auch mal einen riesigen Streit mit Nahla. Als wir geheiratet haben, wollte sie schon nach Berlin. Eine Familie haben. Aber ich habe mich vor Angst gesträubt.« Das Lächeln auf seinen Lippen verrutscht, und seine Stimme wird leiser. »Im Endeffekt ist es halb so schlimm gewesen. Wir haben uns entschieden, als wir von der Schwangerschaft erfahren haben. Ich konnte nicht mehr dagegen ankämpfen, sonst hätte sie angefangen zu weinen.« Wir beide müssen lachen. Die Schwangerschaftshormone sind echt nicht nett zu ihr. »Und ich bin froh, dass ich es gemacht habe. Vielleicht sogar enttäuscht, dass ich nicht früher aufgekreuzt bin.«

Er hat recht. Es hinauszuzögern, bringt nichts. Ich will zu Talhah und das alles klären. Ihn zu verlieren, ist das Gegenteil von dem, was ich mir von diesem Jahr erhofft habe.

Ich atme einmal durch, drücke meinen Rücken durch und schnalle mich ab.

Mein Bruder klopft mir aufs Knie. »Das ist die Evren, die ich kenne. Du bist eine Kämpferin.«

Möchte ich das wirklich sein? Irgendwann ist eine Kämpferin ausgelaugt und müde. Kann ich nicht einfach ich sein?

Wo hat dich das denn hingebracht, Evren?

Es führt kein Weg daran vorbei. Wenn ich will, dass die Beziehung funktioniert, muss ich auf Talhah zugehen.

»Du schaffst das«, ermutigt mich mein Bruder, bevor ich endlich die Beifahrertür öffne. Ein letztes Lächeln gibt mir die Kraft, auszusteigen und zum Gebäude zu gehen. Zu meinem Glück lässt sich die Eingangstür aufdrücken, sodass ich nicht vor der Sprechanlage stehen und hoffen muss, dass mich jemand am Schweigen erkennt.

Hier habe ich den Luxus eines Aufzugs, was mich vor einer peinlichen Atemlosigkeit bewahrt, sobald ich vor der Wohnungstür stehe.

Die Fußmatte ist abgenutzt und hätte drei Sommer zuvor ausgetauscht werden müssen. Meine Finger wandern zur Klingel, die mehrere Nachnamen zieren – darunter Aziz.

Ich beiße mir auf die Lippe und drücke den Knopf, bevor ich es mir anders überlegen kann. Es reicht – ich kann nicht für immer Angst haben und mich verstecken. Manchmal muss man Risiken eingehen, um das zu bekommen, was man will. Manchmal muss man das tun, was man *selbst* will. Nicht das, was für alle anderen gut ist, nicht das, was alle anderen von einem erwarten.

Talhah reißt die Tür ruckartig auf. »Evren?« Sein fragender Blick brennt sich in meine Haut. »Was machst du hier?«

Die grünen Augen, die Bartstoppeln und das unordentliche Haar – vertraut, aber weit entfernt. Ich möchte ihm in die Arme fallen und ihn küssen und niemals loslassen. Aber ich weiß, dass ich es versaut habe, dass es vielleicht zu spät ist für all das.

»Hey«, murmle ich.

Er öffnet die Tür weiter, und das Innere des Flurs kommt zum Vorschein. Von der Decke hängen Girlanden, während sich Ballons auf dem Boden tummeln. Talhah zieht abrupt einen Partyhut von seinem Kopf und wickelt den Gummizug um seinen Finger.

»Hey.«

Leise Musik dringt aus der Küche, und Gelächter trifft auf meine Unsicherheit. Ich würde viel lieber Spaß haben, statt hier zu stehen, aber ich habe mich in die Sache reingeritten … ich muss auch wieder rauskommen.

»Warum bist du hier?«

Die Frage soll nicht wehtun oder gemein sein, dafür sieht er viel zu neugierig aus. Trotzdem kann ich nichts gegen das nagende Gefühl tun, das sich in meinem Inneren ausbreitet.

Ich atme tief durch und richte meinen Blick auf meine schwarzen Sneakers, die plötzlich sehr interessant sind. »Ich wollte mit dir reden«, flüstere ich und kann die Tränen, die in meinen Augenwinkeln brennen, erneut nicht aufhalten.

»Wir können reden«, sagt er sanft. Als ich aufblicke, ist das Mitleid in seine Züge geätzt. Ich will sein Mitleid nicht, will nicht, dass er mir nur verzeiht, weil ich ihn an seinem Geburtstag mit Trauer überflute.

Ich schlucke meine Tränen herunter. Als Rache bilden sie einen Kloß in meinem Hals. Ich war nie gut darin, mit Konfrontationen umzugehen. Schweigen ist angenehmer. Einfacher.

Talhahs Schultern entspannen sich. »Komm, lass uns in mein Zimmer gehen.«

Mir fällt ein gewaltiger Stein vom Herzen, als er mir nach allem, was passiert ist, die Einladung ausspricht.

Sein Schlafzimmer ist so, wie ich es in Erinnerung habe. Das Bett gemacht, die Regale voll und das Keyboard auf seinem Schreibtisch. Die Tür fällt dumpf hinter uns ins Schloss, und Talhahs Geruch umhüllt mich wie eine schöne Erinnerung.

»Geht es dir gut?«, fragt er besorgt.

Ich nicke, obwohl ich mich miserabel fühle. Ich möchte nur, dass er mich in den Arm nimmt und mir sagt, dass alles gut wird, dass ich alles schaffen kann und dass er für mich da ist. Dafür habe ich ihn jedoch zu sehr verletzt. Ich kann das nicht von ihm erwarten.

»Warum bist du schon hier? Du solltest doch noch für ein paar Untersuchungen im Krankenhaus bleiben.«

»Mir geht es gut«, antworte ich kleinlaut und streiche ein paar lose Strähnen hinter meine Ohren. Nach Jahren des Schweigens bin ich davon ausgegangen, dass ich nicht mehr würde lügen können, dass die Lügen meine Zunge verbrennen und ich über sie stolpern würde.

»Bist du dir sicher?« Talhah hebt seine Hand und will über mein Gesicht fahren, zieht sie jedoch wieder zurück und setzt sich auf sein Bett. Diesmal besetzt Socke es nicht. Ich hätte ihn gerne als Puffer hier gehabt, denn jetzt liegt Talhahs Aufmerksamkeit vollends auf mir.

»Mhm.« Zu mehr bin ich nicht imstande.

»Okay«, er seufzt, »hau raus. Worüber möchtest du reden?«

Die Nervosität ätzt sich durch jeglichen Mut, aber ich ignoriere meine höllische Angst. »Ich … ich wollte mich entschuldigen.«

»Okay?«, fragt er. Ich weiß nicht, ob es mir nur so vorkommt, aber er klingt schnippisch. Verdient habe ich es.

Ich schüttle den Kopf. »Es tut mir leid, dass ich dir nicht direkt von meinem Bruder erzählt habe. Ich hätte dir vertrauen sollen. Du hast es ja auch. Ich fühle mich schlecht deswegen. Ich hatte einfach nur Angst, dass ich enttäuscht werde. Diesmal weiß ich nämlich nicht, ob ich es überstehen würde.« Ich muss schlucken und tief durchatmen, um weiter ehrlich zu sein. »Ich hatte Angst, dass ich mehr als nur meine Stimme verliere.« *Dass die Symphonie zu einem kreischenden Ende kommt und die Instrumente verklingen.*

»Evren.«

»Ich weiß, das Richtige ist, ehrlich zu sein. Dir die gleiche Ehrlichkeit entgegenzubringen, die du mir auch entgegengebracht hast. Aber ich wusste nicht, wie ich ehrlich zu dir sein soll, wenn ich es nicht zu mir selbst sein kann.« Meine Worte verheddern sich ineinander, stolpern auf dem Weg aus meinem Mund, und das trockene Schluchzen macht es nicht besser.

»Das –«

Ich unterbreche ihn ein weiteres Mal, denn wenn ich jetzt nicht alles herausbekomme, werde ich wieder schweigen. »Du hast recht, ich hätte dich vor meinem Bruder in Schutz nehmen sollen. Ich hätte nicht zulassen sollen, dass er dich so behandelt. Und ich hätte mich bei dir melden sollen. Mich entschuldigen sollen nach dem, was passiert ist. Ich habe mich geschämt.« Die Tränen kann ich nicht mehr zurückhalten. »Ich wusste nicht wie. Wie soll ich mich bei dir entschuldigen, nachdem ich dich enttäuscht habe? Du bist die letzte Person, die meine verkorkste Familie verdient hat. Es war schon schwer, dich an mich ranzulassen, aber an meine Familie?« Ich japse nach Luft, dabei verschwimmt meine Sicht vollends. »Das konnte ich dir nicht antun. Deswegen wollte ich, dass das alles zwischen uns bleibt. Mein kleines Geheimnis. Vielleicht hättest du mich dann irgendwann so sehr geliebt, dass meine Familie auszuhalten gewesen wäre.«

Talhah steht vom Bett auf, und ich vergrabe mein Gesicht in meinen Händen.

»Evren«, wispert er und legt seine Arme um mich. Die Wärme, die ich seit Wochen vergebens versucht habe zu ersetzen, umhüllt mich. »Es ist okay.«

»Nein, ist es nicht. Du sollst mir nicht so einfach verzeihen. Nicht, nachdem ich mich Wochen nicht gemeldet habe.«

»Ich habe mich auch nicht gemeldet!«

»Aber du hattest einen guten Grund.«

»Nein, hatte ich nicht. Ich hätte mir das alles nicht zu Herzen nehmen müssen. Klar war ich verletzt. Es hat sich komisch angefühlt, dass du viel über mich wusstest und ich nichts über dich, aber« – er löst sich von mir und nimmt mein Gesicht in seine Hände –, »aber ich hätte verstehen müssen, dass ich es nicht mit irgendjemandem zu tun habe. Sondern mit Evren Yıldırım. Jemandem, der es wert ist, graduell und langsam kennengelernt zu werden.« Er stockt, bevor sein Blick über mein Gesicht wandert; ein kleines Lächeln bildet sich in seinen Mundwinkeln, und sein Grübchen kommt zum Vorschein. »Graduell und langsam geliebt zu werden.«

»Die Narbe auf meiner Nase habe ich mir mit vier im Sandkasten geholt. Ich hasse Rotkohl, und meine Lieblingstiere sind Giraffen.

Als mein Bruder wieder da war, war ich mir für mehrere Tage gar nicht sicher, ob ich mich freuen soll oder nicht. Der TMS ist gut gelaufen … glaube ich«, rattere ich in Windeseile zwischen Schniefern herunter.

Talhah lacht auf. »Evren, es ist okay, du musst nicht alles auf einmal mit mir teilen. Ich bin mit langsam einverstanden, solange du ehrlich bist.«

»Ich liebe dich auch«, flüstere ich und vergrabe mein Gesicht wieder an seiner Brust. Er umarmt mich fest und gibt mir einen Kuss auf den Kopf. »Alles Gute zum Geburtstag.«

»Danke, *habibti*.«

SECHSUNDVIERZIG | KIRK ALTI

Evren

»Ich habe dein Geburtstagsgeschenk nicht vergessen!«, ist das Erste, was ich sage, bevor ich zur Picknickdecke trete. Talhah, der es sich längst gemütlich gemacht hat und die warme Sonne auf seinen Armen genießt, schiebt sich lässig die Sonnenbrille von der Nase und hebt eine Augenbraue.

»Du hast das Date geplant, und ich dachte mir, dass ich endlich das Geschenk bringen kann.« Ich ziehe meine Sandalen von meinen Füßen und setze mich im Schneidersitz neben ihn. »Entschuldigung, dass es so lange gedauert hat.« Dass ich an seinem Geburtstag ohne Geschenk aufgetaucht bin, stattdessen aber mein inneres Chaos mitgebracht habe, tut mir immer noch leid.

Er macht eine wegwerfende Handbewegung und zieht mich an meinen Schultern näher zu sich. Seitdem wir uns ausgesprochen haben, ist er viel direkter mit seiner Zuneigung. Er schafft es sogar, mich zu küssen, ohne dabei auszusehen, als müsste er es sich vorher ganz genau überlegen.

»Gut, sonst hätte ich dich nicht auf die Decke gelassen und das Essen allein genossen.«

Sein Sarkasmus lässt mich mit den Augen rollen, was er mit einem Kuss auf die Stirn quittiert.

»Es ist nichts allzu Großes, also erwarte nicht viel«, sage ich und hebe warnend meinen Zeigefinger.

Talhah nimmt meine Hand in seine und wirft einen Blick in meine Tasche, in der ich nach dem Geschenk grabe. »Wenn da gleich kein Verlobungsring mit einem drei Kilo schweren Diamanten rauskommt, werde ich enttäuscht sein.«

»Nun«, murmle ich und hole das Zeichenbuch und das Lesezeichen heraus. »Heute ist vielleicht dein Glückstag.«

Als ich ihm das schwarze Buch, das er mir geschenkt hat, und den dünnen Briefumschlag reiche, schaut er mich fragend an. »Ich weiß ja nicht, von welchem Planeten du kommst, Evren, aber hier auf der Erde sehen Ringe nicht so aus.«

Ich schubse ihn an der Schulter weg von mir und greife nach dem Picknickkorb neben ihm. Zu meinem Erstaunen ist er prall gefüllt mit Erdbeeren, Weintrauben und einem Baguette belegt mit Käse und klein geschnittenem Gemüse. Er muss ein halbes Vermögen im Supermarkt gelassen haben. Dabei verdient er gerade einmal so viel wie bei einem Minijob in seinem Praktischen Jahr.

»Mach erst den Briefumschlag auf!«, sage ich zwischen zwei Weintrauben, die ich mir in den Mund schiebe.

Als er das Magnetlesezeichen herausfischt, kräuselt er die Nase. »Was ist …« Bevor er den Satz beenden kann, dreht er es um.

Das Grinsen, das sich auf meine Lippen legt, muss so extrem zufrieden aussehen, dass sich Talhah bei meinem Anblick das Lachen nicht verkneifen kann.

»Schön, dich kennenzulernen, Talhah«, sage ich.

Er bleibt für wenige Sekunden leise, schaut zwischen mir und dem Lesezeichen hin und her, auf dem auf einer Seite sein Name und auf der anderen meiner eingraviert ist.

»*Ya'aburnee*«, flüstert er und beugt sich zu mir, um mich zu küssen. Ohne die üblichen Hemmungen, ohne Angst und ohne das Rotwerden. Ich kann beim besten Willen nicht sagen, ob ich es nicht eventuell vermisse, ihn nervös zu sehen.

Du begräbst mich. Das ist nicht das erste Mal, dass er es sagt, aber beim ersten Mal habe ich ihn gezwungen, mir die Bedeutung zu erklären.

›Es ist ein arabischer Ausdruck. *Ya'aburnee.* Du begräbst mich. Ich liebe dich so sehr, dass ich lieber vor dir sterben, vor dir begraben werden würde, als den Schmerz zu spüren, den dein Tod auslöst.‹

»Arschkriecher«, sage ich mit einem Augenrollen. »Jetzt mach das andere Geschenk auf.« Dabei gefällt es mir, wenn er das sagt. Wenn er mich *habibti*, *omri* oder *rohi* nennt. Wenn er mir arabische

Wörter beibringt und mir Familienfotos zeigt. Wenn er mich besuchen kommt und mit meiner Familie am Küchentisch sitzt, mein Schweigen und die schlechten Witze aller über sich ergehen lässt. Weil er mich liebt.

Er schlägt die erste Seite auf, und sein Blick verweilt für ein paar Momente auf einem halbherzigen Portrait von ihm, mit Kohle gezeichnet. Das nächste ist ein abstraktes Selbstportrait von mir. Danach eins meiner Gefühle und meiner Ängste. Meiner Zuneigung ihm gegenüber und meiner Angst vor der Beziehung. Er liest die Erklärungen auf den Rückseiten durch, und seine Gesichtszüge entgleisen von Glück zu Besorgnis – er wirft mir zwischendurch jedes Mal einen Blick zu – wieder zurück zu Glück.

»Du wolltest doch meine Zeichnungen sehen.« Ich nicke in die Richtung des Büchleins. »Hier sind alle, die ich wegen uns gezeichnet habe. Alle, die mit dir zu tun haben.«

Bei manchen habe ich meine Komfortzone verlassen und sogar mit Farbe gezeichnet, weil sonst das Gefühl, das ich dabei gespürt habe, überhaupt nicht rübergekommen wäre.

»Wow … warum hast du mir das nicht schon vorher gezeigt? Du zeichnest wunderschön«, sagt er atemlos, und ich muss mehrmals blinzeln, um nicht wie ein Baby zu flennen.

Die letzten Wochen sind sowieso schon eine emotionale Achterbahnfahrt gewesen. Wir haben erfahren, welches Geschlecht das Baby meines Bruders hat – es wird ein Mädchen. Ich habe die Ergebnisse meines TMS bekommen – ich habe mit hundertneunundzwanzig Punkten überdurchschnittlich abgeschnitten, sogar in den Top-fünf-Prozent. Talhah hat mir seinen Bruder Malik vorgestellt, der für eine Woche nach Berlin gekommen ist – er hat mir ein paar Gebärden beigebracht und seine eigenen Grafiken erklärt. Ich habe mich für das Medizinstudium beworben – momentan steht auf der Website fett in Blau: *Zulassung zurzeit nicht möglich*. Bis jetzt hat mich die Universität also nicht angenommen, und ich warte noch auf Rückmeldung zum Nachrückverfahren. Ich habe mich lediglich bei der Charité beworben.

»Du bist verdammt talentiert.«

Talhahs Worte reißen mich aus den Gedanken. Ich muss sie abschütteln, um ihm überhaupt ein dankbares Lächeln entgegenbringen zu können.

»Danke.«

Er legt den Kopf schief und das Buch beiseite, bevor er sich nach hinten lehnt und sich auf seinen Unterarmen abstützt. »Wo bist du wieder mit den Gedanken, Eisprinzessin?«

Ich seufze und konzentriere mich auf das Blau des Himmels. »Überall und nirgendwo.«

»Also wie immer?«

»Wie immer.« Ich lasse mich vollends auf die Decke fallen, um Sonne zu tanken. Ich bin niemand, der schnell braun wird, aber wenn ich nur ein wenig Farbe abbekommen sollte, wäre das schon ein Gewinn.

Talhahs Finger fahren über meine Oberarme, sodass ich meinen Kopf auf seinen Oberschenkel lege, wo er meine Gesichtskonturen nachzieht. Seine Hände sind warm und federleicht. Ob es an seiner Vorsicht liegt oder daran, dass die Schwere des Praktischen Jahrs von ihm abgefallen ist, weiß ich nicht. Er ist kurz davor, seine Doktorarbeit abzugeben, und hat wahrscheinlich eine Assistenzarztposition im Virchow sicher. Er fängt mit der Chirurgie an und muss danach noch den Facharzt für Orthopädie machen. Jedes Mal, wenn ich ihn besuche, sitzt er an einem Übungsnahtset. Das Keyboard ist fast schon vergessen.

»Ich habe überlegt, nach Damaskus zu fliegen.« Sein Blick ist auf den See gerichtet, an dem Kinder mit ihren Eltern Enten füttern, sodass ich nur sein Kinn sehen kann, während seine Finger über meine Konturen wandern.

»Allein?«

Er zuckt mit den Schultern. »Ich weiß es noch nicht. Meine Mutter meinte, diesen Sommer sieht es gut aus. Vielleicht wird sie auch mitkommen.«

Ich setze mich auf, was seine Aufmerksamkeit auf mich zurücklenkt. Seine grünen Augen sind wieder mit dem Kajal umrahmt – oder *kohl*, wie es auf Arabisch heißt –, und das Piercing, zu dem er auch mich zu überreden versucht hat, glänzt in der Sonne. Seiner Meinung nach würde mir eines an der Nase ebenfalls stehen, aber ich habe vor dem Schmerz viel zu großen Respekt.

»Das hört sich doch gut an.« Dass mein Herz ein paar Etagen in die Tiefe rutscht und ich Furcht herunterschlucken muss, sage ich ihm nicht. Syrien ist nicht nur die Gefahr, die man uns in Form von hochaufgelösten Pixeln ins Wohnzimmer liefert, aber trotzdem kann ich nichts gegen die Angst tun. Sie setzt sich fest und lässt sich nicht abschütteln.

»Damaskus ist sicher zurzeit«, sagt er, und ich weiß, er hat die Furcht von meinem Ausdruck abgelesen. »Es ist nicht so, wie es scheint. Mein Lieblingsrestaurant aus meiner Kindheit hat seinen Laden wieder aufgemacht. Viele erbauen sich Neues – neue Häuser, neue Schulen, neue Kindergärten … neue Erinnerungen.«

Darin sind Menschen gut: aus Schutt und Asche neue Hoffnung zu gewinnen. Uns bleibt nichts anderes übrig, oder nicht? Immer und immer weiterzumachen, bis wir auf bessere Zeiten stoßen.

»Meiner Oma geht es gut, aber wie lange noch? Sie wird nicht jünger, und ich will sie sehen, bevor …«

»Natürlich! Tu das. Bitte.« Ich bin jetzt diejenige, die über seine Wangen fährt und ihm einen Kuss auf die Nasenspitze gibt. »Familie ist Familie. Egal, wo sie ist, egal, wie es dort aussieht.«

Er nickt, und sein Grübchen gräbt sich in seine linke Wange. »Nicht alles wurde dem Erdboden gleichgemacht. Ich freue mich auf die Moscheen und das *baklava*, die Sonne und die Strände. Meine Familie, die neben dem Krieg auch andere Erinnerungen geschaffen hat. Meine Cousine hat ihren Bachelor fertig bekommen.«

»Das muss gefeiert werden.«

Er seufzt und legt den Kopf in den Nacken. »Ich wünschte, du könntest sie kennenlernen. Irgendwann. Meine Oma – sie ist zu meinem Onkel gezogen – würde dich lieben und auch meine Tanten würden dich in ihr Herz schließen. Wir könnten zusammen *maamoul* backen, und ich könnte dich in meine Lieblingsmoschee bringen. Dort, wo das Licht mittags schön reinfällt und die Kirchenfenster, die überlebt haben, leuchten …«

In solchen Momenten möchte ich ihm unglaublich nahe sein.

»Wir würden auf dem Weg zurück Eis kaufen, und es würde schmelzen, bevor wir überhaupt über die Türschwelle getreten sind. Pistazieneis natürlich.«

Ich lache und schüttle den Kopf. »Alles andere wäre eine Sünde.«

»Genau!« Seine Mundwinkel zucken, sind aber nicht stark genug, um ein Lächeln zu formen. »Wir würden *richtiges baklava* essen.«

»Hey!« Ich schlage ihm gegen die Brust. »Türkisches *baklava* ist auch gut.«

»Tut mir leid, aber … nein. Es ist *zu* süß.«

»Die letzten, die du bei uns gegessen hast, habe ich gemacht!«, empöre ich mich.

Er schaut alarmiert drein. »Die … die waren anders«, versucht er, »die waren superlecker. Besser als alles, was ich je gegessen habe. Ich habe mir die Finger –«

Ich unterbreche ihn, indem ich von ihm abrücke und ihm die kalte Schulter zeige. »Natürlich. Mhm … das würde ich auch sagen.«

»Evren.« Er zieht mich wieder zu sich, und ich kann mein Kichern nicht unterdrücken, als er mir einen kurzen Kuss auf die Lippen gibt und meine Haare hinter meine Ohren steckt. »Dein *baklava* war super. Ich würde sogar Fleisch essen, wenn du es angefasst hast.«

Das ist also die Flitterwochenphase, von der meine Mutter nonstop redet, nachdem Talhah das Haus verlässt. *Ihr schaut euch durchgehend verliebt an! In der Zeit kann man nicht genug voneinander bekommen. So ist der Anfang. Junge Liebe, nicht?*

Aber ich möchte es nicht missen. Ihn nicht missen. Und seine Familie kennenlernen, ihnen davon erzählen, wie toll er sich macht und wie stolz sie auf ihn sein können. Wenn das Universum es gut mit uns meint, ist vielleicht sogar sein Vater aufzufinden. Über diese Hoffnung reden wir nicht häufig – es tut ihm zu sehr weh. Aber wir haben alle Zeit der Welt, jede noch so kleine Wunde anzuschauen und uns gegenseitig zu verarzten. Unsere Heimat ineinander zu finden und aufzubauen – Zuhause ist mehr als ein zerrütteter Ort.

»Ich hoffe, du kannst gehen.«

»Ich auch.«

Hoffnung ist der Antrieb, der es uns erlaubt, einen Schritt nach dem anderen zu machen, auch wenn wir nichts lieber wollen, als aufzugeben. Ich muss selbst lernen, dass Zynismus nicht die Antwort auf jeden potenziellen Rückschlag ist. Man muss nicht alles abblocken, nur weil man selbst Angst vor Abweisung hat.

Mein Handy vibriert, was uns beide aus den Gedanken reißt. Eine neue Benachrichtigung prangt auf dem Bildschirm. Eine Mail.

»Die ist von Hochschulstart«, flüstere ich.

Talhahs Brauen schießen in die Höhe. »Und?« Er wartet nicht auf meine Antwort, sondern beugt sich über den Bildschirm, als ich mit zittrigen Händen auf die Mail tippe.

»Am Status meiner Bewerbung wurde eine Änderung vorgenommen«, murmle ich. Ich habe das Gefühl, dass Tausende Sekunden sich geduldig aneinanderreihen, während ich den beigefügten Link öffne, mich einlogge und darauf warte, dass die richtige Seite lädt.

»Ich habe eine Zusage.« Meine Stimme versagt auf halbem Weg nach draußen, und ich schlage mir eine Hand vor den Mund.

»Evren!«, kreischt Talhah, und das Grinsen, das ihm vor ein paar Minuten schwergefallen ist, macht sich augenblicklich auf seinem Gesicht breit. »Du wirst an der Charité Medizin studieren!«

Ich werde an der Charité Medizin studieren. Ich werde Medizin studieren. Ich –

»Ich bin so stolz auf dich, *aşkım.*« Seine Türkischstunden, die meine Mutter im spaßeshalber aufzwingt, wenn er da ist, und die ich nur mit einem Augenrollen kommentieren kann, lohnen sich einzig und allein für die Kosenamen, die mein Herz höherschlagen lassen.

»Ich …« Mir fehlen die Worte. Ich lade den Bescheid herunter und überfliege ihn eilig, wobei die Tränen wie auf Knopfdruck laufen.

Talhah zieht mich in eine Umarmung. »Frau Doktor Yıldırım, magst du deine Familie anrufen und Bescheid sagen?«

Als mein TMS-Score überdurchschnittlich gut war, hat sich meine Mutter überreden lassen, mir ihren Segen für die Bewerbung zu geben. Mein Bruder hat sie überzeugt, nachdem er ihr seinen Miet- und Arbeitsvertrag vorgelegt hat, um ihr zu beweisen, dass er nicht wieder verschwinden wird. Obwohl ich ihren Segen nicht brauchen sollte – etwas, woran ich in meiner Therapie arbeite.

Die langen Stunden in dem quälend stickigen Raum mit dem Psychotherapeuten in Ausbildung und seiner Supervision haben mich die letzten zwei Monate begleitet. Nicht nur, um meine Stimme wiederzufinden, sondern mich. Die Person, die ich über die letzten Jahre verloren geglaubt hatte. Es war hart, Grenzen zu ziehen und mich getrennt von meiner Familie zu betrachten. Ich muss meine eigenen Entscheidungen für mich treffen, nicht für sie. Zeitgleich hat mir das aber das Selbstbewusstsein gegeben zu kommunizieren. Mich und meine Bedürfnisse anzusprechen. Meine Mutter zu konfrontieren, wenn sie mal wieder zu viel ist. Dass ich mich allen anderen in der Familie sogar verbal mitteile, ist ein offenes Geheimnis, das sie zu Beginn gekränkt hat, bis sie zu einer Familiensitzung beim Therapeuten mitgekommen ist. Sie hat sich damit zum ersten Mal in meinem Leben für mich freigenommen. Auch wenn sie es nicht ganz versteht, sie versucht es häufiger, statt meine Gefühle wie früher zu ignorieren.

»Ich sollte sie anrufen«, wispere ich, mein Blick weiterhin auf die Buchstaben auf meinem Handy gerichtet. Ich habe eine Zusage.

Ich möchte erst meinen Vater anrufen, aber er geht nicht ran. Azra ist in der Uni und mein Bruder auf der Arbeit. Die einzige Person, die mich noch nicht hat sprechen hören, ist meine Mutter. Auch wenn die anderen es nur sporadisch mitbekommen haben, ist es an der Zeit. Ich habe gelernt, dass ich nichts an der Vergangenheit ändern kann und dass Fehler begangen worden sind, die mich verletzt haben. Dass auch meine Mutter ihren Teil dazu beigetragen hat. Aber es liegt an mir, die Wunden zu flicken.

»Hallo?«

»*Anne*, ich wurde zugelassen«, flüstere ich.

»*Allah'ım*, Evren!«, sagt sie atemlos. Dann schweigt sie. Gleichzeitig kann ich mein Glück noch immer nicht fassen. »Du … du hast …« Sie wird wieder leise, und ich höre ihr Schluchzen durch die Leitung. »*Kuzum*, ich habe deine Stimme vermisst.«

»Ich habe dich auch vermisst.« Ob die Tränen, die meine Wangen hinablaufen, wegen der Zulassung oder wegen ihr kommen, kann ich nicht sagen.

Talhah nimmt mich in den Arm und fährt mir durchs Haar. »Ich bin so stolz auf dich.«

Noten aneinanderzureihen, ist nur die halbe Arbeit. Erst die Musiker, die ein Stück spielen, machen die Symphonie aus. Endlich kann ich mich von den Notenblättern lösen und *meine* Symphonie vortragen.

ENDE | SON | خاتِمة

GLOSSAR

abi (tr.) = Anrede für älteren Bruder
abla (tr.) = Anrede für ältere Schwester
aman Allah'ım (tr.) = o mein Gott
anne (tr.) = Mama
aşkım (tr.) = mein Schatz
baba (tr.) = Papa
Bu kim? (tr.) = Wer ist das?
canım (tr.) = Kosename, der übersetzt »meine Liebe« bedeutet
çay (tr.) = Schwarztee
evet (tr.) = ja
habibti (ar.) = Kosename, der übersetzt »mein Schatz« bedeutet
hadi (tr.) = los
hayir (tr.) = nein
hemen (tr.) = sofort/jetzt
İnanmıyorum. (tr.) = Ich glaube es nicht.
kızım (tr.) = meine Tochter
kuşum (tr.) = Kosename, der übersetzt »mein Vögelchen« bedeutet
kuzum (tr.) = Kosename, der übersetzt »mein Lämmchen« bedeutet
mama (ar.) = Mama
meleğim (tr.) = Kosename, der übersetzt »mein Engel« bedetutet
oğlum (tr.) = mein Sohn
omri (ar.) = Kosename, der übersetzt »mein Leben« bedeutet
Özür dilerim. (tr.) = Entschuldigung.
piskopat (tr.) = Psychopath
rohi (ar.) = Kosename, der übersetzt »mein*e Seelenverwandte*r« bedeutet
Seni seviyorum. (tr.) = Ich liebe dich.
tamam (tr.) = okay
tamam mı? (tr.) = Einverstanden?
teyze (tr.) = Anrede für Tanten
ummi (ar.) = Mutter (Hocharabisch)
Ya'aburnee. (ar.) = Wortwörtlich: »Du begräbst mich.« Eine Redewendung, die verdeutlicht, dass man hofft, vor der geliebten Person zu sterben, da ein Leben ohne sie nicht zu ertragen wäre.

NACHWORT

Dieses Buch ist so ehrlich und persönlich, manchmal frage ich mich, ob es eine kluge Entscheidung war, es zu meinem Debüt zu machen. So erfährt die Buchwelt aber, was mir nicht nur als Autorin, sondern als Mensch wichtig ist.
Ich hatte die Ehre, die Geschichte einer postmigrantischen Frau aufzuarbeiten. Zwischen den Zeilen befindet sich die Realität vieler (Kinder von) Migrant*innen in Deutschland, denn unsere ist eine, die viel zu häufig unter den Teppich gekehrt wird. Gastarbeit, Rassismus, transgenerationale Traumata, Pflicht- und Schuldgefühle gegenüber Familien, die in kalten, individualistischen Händen zerbrechen. Evren ist ein Teil vieler Menschen. Ich sehe ihre Aufopferungsbereitschaft in den ältesten Kindern von Familien, ich sehe die ungesunde Arbeitsmoral ihrer Mutter in so vielen migrantisierten Eltern, die Angst haben, nichts mehr zu leisten und abgeschoben zu werden, ich sehe den Spagat zwischen den Kulturen, den viele junge Menschen hinlegen müssen, und sich selbst bei dem Versuch verlieren.

Ich könnte viel über dieses Thema reden, möchte aber Platz für die Opfer von Hanau machen. Neun migrantisierte Menschen wurden am 19.02.2020 Opfer eines rassistischen Anschlags. Dieser Anschlag ist nicht der erste oder letzte, den wir ertragen mussten und werden.

In Gedenken an:
Gökhan Gültekin
Sedat Gürbüz
Said Nesar Hashemi
Mercedes Kierpacz
Hamza Kurtović
Vili Viorel Păun
Fatih Saraçoğlu
Ferhat Unvar
Kaloyan Velkov

Hier erfahrt ihr, wie ihr selbst für die Opfer aktiv werden könnt:
https://19feb-hanau.org/

Genauso ist es bei Talhah. Zwar hat es sein Bruder Malik in diesem Buch gesagt, aber es gilt für alle: Geflüchtete Menschen sind in den Augen vieler erst dann ›gut‹, wenn sie etwas leisten, den Kopf unten halten und mehr Bild als Ton sind. Es gibt keine guten oder bösen Geflüchteten. Es gibt Menschen, die vor Krieg, Verfolgung oder schlechter Wirtschaft fliehen. Die eher den Tod für die Möglichkeit auf ein besseres Leben in Kauf nehmen, als eine Sekunde länger dort zu bleiben, wo sie geboren wurden. Dass ihre Kämpfe heute instrumentalisiert werden, um Politik zu machen, ist abscheulich. Talhah ist ein ›Positivbeispiel‹, das er nicht sein muss. Das keine geflüchtete Person sein sollte. Diese Menschen sind niemandem etwas schuldig. Vielmehr sind wir ihnen die Rettung aus dem Mittelmeer, Asyl und gute, zuvorkommende Integrationspolitik schuldig.
Allein im Jahr 2022 sind jeden Tag sechs Menschen auf offenem Meer ertrunken. Kein Mensch ist illegal, und Seenotrettung ist kein Verbrechen.

Mehr Informationen zur Seenotrettung und wie man selbst aktiv werden kann: **https://sea-watch.org/**

DANKSAGUNG

Ich habe schon etliche Geschichten geschrieben, habe Tausende Seiten gefüllt. Das ist meine erste Danksagung, und ich weiß gar nicht, wo ich beginnen soll. Mir ist das Buch an vielen Stellen schwergefallen, weil die Geschichte der beiden eine ganz fragile ist.

Angelika. Danke, dass du an mich und dieses Buch geglaubt und es geliebt hast, bevor ich es konnte. Ohne dich wäre die Geschichte nicht da, wo sie jetzt ist.

Kathrin. Du bist nicht nur die beste Agentin, die ich mir hätte wünschen können, sondern auch eine Freundin. Danke fürs Dranglauben und Mitfiebern. Danke, dass ich mich bei dir mit meinen Bedenken, Träumen und Wünschen sicher fühlen kann. Danke, dass durch deinen Agentinnenzauber mein Debüt das Buch geworden ist, das mir nicht mehr hätte bedeuten können.

Anya. Danke, dass ich mich bei Fragen und Überwältigung an dich wenden konnte, weil wir uns einen ähnlichen Space in der Buchbranche teilen. Ohne dich, deine Zuversicht und das gleiche Interesse an Diversität würde ich mich hier nur halb so wohlfühlen.

Basma. Danke, dass ich diesen Weg mit dir gehen darf. Wir verändern die Buchbranche Schritt für Schritt. Ich freue mich auf alles, was kommt, weil ich es mit dir teilen kann.

Veronika. Danke, dass du schon nach den ersten Seiten gesagt hast: »Das Buch muss ich haben!« Evren, Talhah und ich könnten nicht glücklicher in deinen Händen sein. Die Arbeit, die du in dieses Projekt gesteckt hast, zeugt von einer Liebe zu Geschichten, die nicht jeder hat.

Larissa. Ohne dich wäre das Buch nicht in dem wundervollen Zustand, in dem es jetzt ist. Ich bin an unserer Zusammenarbeit mit dem Ziel, das Beste aus dieser Geschichte herauszuholen, und an deinem Wissen gewachsen. Danke, dass ich von dir lernen durfte.

Sherin. Danke für die liebevolle Art, mit der du Talhah unter die Lupe genommen hast. Durch dich ist die Repräsentation so viel echter und nahbarer geworden.

Julia. Danke für das Lesen und Draufhinweisen, wenn etwas bei Malik oder

Evren nicht gestimmt hat. Deine Hilfe hat das Buch inklusiver gestaltet, und ich hoffe, auch begrüßender für jeden Menschen.
Teja. Ohne dich wäre Berlin in diesem Buch nicht zum Leben erwacht und ich hätte Evrens Lieblingsfalafeln am Görli nie probiert. Danke.
Anne und baba. Danke, dass ihr an manchen Tagen mehr als ich an meine Träume geglaubt habt und ich mit vierzehn den »Familienlaptop« 24/7 besetzen durfte, um zu schreiben. Danke, dass ihr – egal wie alt oder gut ich war – daran festgehalten habt, dass ich es sowieso schaffen werde. Euer unendliches Vertrauen hat mir das Selbstbewusstsein gegeben, ins kalte Wasser zu springen und es zu versuchen. Immer und immer wieder, denn Aufgeben war nie eine Option.
Marie, Emy, Patty, Ju. Danke, dass ihr mich so herzlich in eurer Mitte aufgenommen habt. Danke für das offene Ohr und das Aushalten meiner Klagen und Freude. Ohne euch würde dieser Job nur halb so viel Spaß machen.
Banu, Esma, Friederike, Iman und Thorina. Danke fürs Testlesen, ihr habt das Buch schon in seiner Rohfassung ins Herz geschlossen.
Ein riesiges Danke an das Carlsen-Team und jede*n, die*der hinter der Entstehung dieses Buchs stand. Das Schreiben ist bei einer Veröffentlichung lediglich die halbe Miete.

TRIGGERWARNUNG

Diese Geschichte enthält folgende sensitive Themen:

Verlust und möglicher Tod von Familienmitgliedern

Posttraumatische Belastungsstörung und Umgang mit Traumata

Panikattacken

Mutismus

Depression

Leistungsdruck

Flucht und Umgang mit geflüchteten Menschen in Deutschland

Krieg, hier vor allem der syrische Bürgerkrieg

Erwähnung von Waffen und Bomben

Verlust des Gehörs durch Bombeneinschlag

Rassismus und direkte Rassismuserfahrung

Erwähnung eines Autounfalls mit Todesfolge im Kindesalter

TRUSTING

Was The Hardest Part

ERSCHEINT IM FRÜHJAHR 2024

Rabia Doğan

Trusting Was The Hardest Part (Hardest Part 2)

Ca. 448 Seiten, 13,5 x 21,5 cm

Ab 16 Jahren

€ (D) 14,00

ISBN 978-3-551-58535-6

LEAVING

Was The Hardest Part

ERSCHEINT IM SOMMER 2024

Rabia Doğan

Leaving Was The Hardest Part (Hardest Part 3)

Ca. 448 Seiten, 13,5 x 21,5 cm

Ab 16 Jahren

€ (D) 14,00

ISBN 978-3-551-58536-3

Entdecke unsere New Adult Romance

Wir produzieren nachhaltig

- Klimaneutrales Produkt
- Papiere aus nachhaltigen und kontrollierten Quellen
- Hergestellt in Europa

MIX
Papier | Fördert gute Waldnutzung
FSC® C083411

Lektorat: Larissa Bendl, Veronika Herzog

Sensitivity Reading: Sherin Nagib

Umschlaggestaltung: ZERO Werbeagentur, München

Umschlagabbildung: Collage unter Verwendung von Motiven von shutterstock.com / © mexrix / © rom-anni / © ma_i_vi

Innenklappen-Illustration: Atiye Bayram

Satz: Pinkuin Satz und Datentechnik, Berlin

Produktionsmanagement und Innenlayout: Gunta Lauck

Litho: Margit Dittes Media, Hamburg

ISBN 978-3-551-58534-9